# コロナ禍日記

# コロナ禍日記

タバブックス

## 目次


韓国チプコク日記―コロナ禍と私の90日　**木下美絵**［韓国・京畿道　2020年1月23日〜5月11日］……5

防ぐために・反射しないために　**香山哲**［ドイツ・ベルリン　2020年2月6日〜5月22日］……35

散木記（抄）　**円城塔**［日本・大阪　2020年3月某日〜5月21日］……61

コロナ禍絵日記　**ニコ・ニコルソン**［日本・東京　2020年3月3日〜5月26日］……83

波士敦日乗（ぼすとんにちじょう）　**大和田俊之**［アメリカ・ボストン　2020年3月13日〜5月29日］……93

コロナの時代の育児　**谷崎由依**［日本・京都　2020年3月17日〜5月23日］……121

グッドモーニング、ベトナム日記　**速水健朗**［日本・東京　2020年3月19日〜6月1日］……153

日日京都映画雑記2020春　**田中誠一**［日本・京都　2020年3月20日〜5月22日］……177

UKロックダウン日記　**楠本まき**〔イギリス・ロンドン　2020年1月24日〜5月22日〕……203
営業自粛日記　**西村彩**〔日本・東京　2020年3月30日〜5月20日〕……235
春の相槌　**マヒトゥ・ザ・ピーポー**〔日本・東京　2020年4月1日〜5月22日〕……265
コロナ下飯日記　**王谷晶**〔日本・東京　2020年4月7日〜5月22日〕……293
余の過ごしたるコロナ禍の日日　**福永信**〔日本・京都　2020年4月13日〜5月22日〕……313
もうこれでいいや日記　**栗原裕一郎**〔日本・東京　2020年4月16日〜5月23日〕……337
床上げ　**中岡祐介**〔日本・神奈川　2020年4月17日〜5月20日〕……373
個人的な四月　**植本一子**〔日本・東京　2020年4月22日〜5月11日〕……391
『コロナ禍日記』編集日記　**辻本力**〔日本・東京　2020年4月6日〜7月2日〕……413

# 韓国チプコク日記―コロナ禍と私の90日

韓国・京畿道　2020年1月23日〜5月11日

木下美絵

木下美絵

きのした・みえ／1981年生まれ。ソウル大学国際大学院韓国学専攻修了。韓国旅行情報サイト記者、在韓日系団体職員を経て、現在は日韓書籍の版権仲介を行う「ナムアレ・エージェンシー」代表。

# はじめに

アンニョンハセヨ。日本と韓国で出版される書籍の版権仲介を行っています、木下美絵と申します。ソウルから南に約1時間の京畿道（キョンギド）・龍仁（ヨンイン）市で、韓国人の夫とヨンシギという名の元保護犬、2人と1匹で暮らしています。

韓国は2月半ば以降、南東部の大邱（テグ）という都市を中心に新型コロナウイルスの感染が急速に拡大しました。20万人以上の信者を抱える宗教団体の大邱支部で集団感染が発覚。それが発端となり3月上旬には全国で1日500人以上の陽性者が発生し、隔離用の陰圧室も不足するなど一時は危機的な状況に陥りました。

一方、私事ですが、ちょうどその頃、お腹に新しい命が宿っていることが分かりました。結婚10年目、初めての妊娠。しかし世間はまさにコロナ禍です。嬉しさもありましたが、これからどうなるのだろうと漠然とした不安を感じました。

伝播力が非常に強く、しかしワクチンや特効薬はいまだ存在しない未知のウイルス。私個人がとれる予防策は、「チプコク（＝ひたすら家で過ごすこと）」でした（もっとも、4月以降はつわりがひどく外出どころではなかったですが……）。万歩計の歩数が100歩にも満たない日々。行動範囲はかなり狭まってしまいましたが、自分を取り囲む様々な状況に思いを巡らせ、できるだけ日記に残しました。

幸い韓国は徹底的にPCR検査を行い、陽性者の動線把握に注力することで感染の拡がりを比較的早期に抑え込むことに成功しました。5月初旬には外出自粛を伴う厳格な感染防止策が緩和され、日常を送りながら予防を講じる「生活防疫」へと移行しています。

今や「K防疫」と世界から注目される対策が取られた韓国で、実際何が起こっていたのか。日本出身者の1人として過ごした日々を通じて、その様子が少しでも伝われば幸いです。

## 2020年1月23日（木）

［行政安全部］新型コロナウイルス感染症予防のため、手洗い・せきエチケット・マスク着用などのルールを守り、発熱や呼吸器に症状が出た場合は1339（疾病管理本部コールセンター）または保健所に相談してください。

新型コロナウイルスに関するアラート【*】が携帯に初めて届いた。数日前に韓国で最初の感染者が確認されたことを受けての注意喚起。今日は行政安全部（部は日本の省に相当）から。明日からソルラル（旧正月）連休。我が家も例年通り夫の実家へヨンシギを連れて帰省予定。片道4時間で着けるか？　今回は昨年亡くなったお祖父さんの祭祀があるので親戚一同集合する。

【*】韓国では国や自治体から重要なお知らせ（大気汚染や自然災害、交通規制など）があると「安全案内メール」という件名でSMSが送られてくる。

## 2020年2月1日（土）

1日に1人、2人と少数ではあるが連日感染が確認されるようになってきた。外出しても先週とはうって変わり、マスクをつけている人の方が多い。うっかり忘れて出てきてしまうと非常に肩身が狭い。

今のところ感染が確認されたのは武漢からの帰国者や感染者と身近に接触した人に限られている様子。しかし、一緒に食事をしただけで感染した人もいたりして、目に見えないウイルスの存在に何とも言えない怖さを感じる。そんなことを考えていたら、龍仁市からメールが。

［龍仁市］新型コロナウイルス確診患者【*】はいませんのでご安心ください。

何というタイミング！　ひとまず、まだ市内では感染がないとのことでホッとする。

夕方、ヨンシギの散歩ついでに行きつけのカフェに寄ったら、入口に手の消毒剤とウェットティッシュが置かれていた。店長さんに声をかけると、「今週来週が要注意でしょ？　個人でもできるだけ予防しないと！」と。閉店近くまで世間話をして、「どうか健康で！」と挨拶して帰った。

【＊】韓国では感染が確認された人を「確診者」と呼ぶ。「〇番確診者」という風に順にナンバリングされ、性別や年齢、感染発覚までの動線、搬送先の病院、現在の容体、接触者の検査状況といった詳細を当局である疾病管理本部が毎日公表している。

## 2020年2月9日（日）

6日から8日まで日本出張。今回は仙台と東京で、知人の会社の通訳をメインにエージェントの仕事を少し。それにしても今回ほど空港を利用するのに緊張したことはなかった。普段なら空港に行くだけで浮き立ってしまうのに、不特定多数の人が行き来する場所ということで全然そんな気にもならず、とにかく無事で帰ってくることだけを考えた。実際、自宅を出てから帰宅するまで、食事と通訳、打合せ以外はマスクをほとんど外すことのない3日間だった。

出発の日、一緒に行った韓国人の知人は用心して換気口付きの高性能マスクをつけてきたが、ずっとつけているとさすがに息苦しいらしい。翌日からは普通のマスクに変わっていた。

日本到着後、空港から中心部に移動しながら気になったのはマスク着用率の低さだった。電車内でも街中でも、マスクをつけていない人が結構、いやかなり多い。知人は「マスクが手に入らないのか、それともまだ危機感がないのか」と話していたが、私にもよく分からない。今や外出にマスクは必須の国から来て、マスクから漏れ出す熱気で常にメガネを曇らせている私たちからすると、「大丈夫なんだろうか？」とちょっと戸惑ってしまう光景だった。

通訳のほうは、昨年夏以降、韓国での日本製品不買運動で日本関連の取引が激減したことに対する説明とお詫び、それを受けて来期の契約内容について調整を請うという厳しい内容。会議が終わりホテルに戻ったらどっと疲れが出て、いつもなら買い出しに出かけるのだが一歩も外に出ず部屋で過ごした。テレビでは横浜港沖に停泊中のクルーズ船のニュース。船内で10人の集団感染が確認されたとのこと。船内には4000人（!）近くいて、検査が進めばさらに増える可能性があるという。

数カ月ぶりの日本だったが、今回はなぜか「早く韓国に帰りたい」と思ってしまった。仕事のストレスもあったが、同じアジアでコロナの脅威が叫ばれているなか、何だか日本の様子があまりに普段通りでかえって不安に感じた。日本帰国中にこんな気持ちになったのは初めてで、自分でもちょっと驚いた。

## 2020年2月18日（火）

感染症専門家の岩田健太郎教授が、ダイヤモンド・プリンセス号内の実態に関する告発動画をYouTubeにアップした。船内の感染対策の惨状を赤裸々に伝える内容で、思わず見入ってしまう。専門家の意見を聞き入れない厚労省、不十分な情報開示に見られる隠ぺい体質など、現場で指揮を取る政府当局についても厳しい指摘あり。14日間の船内待機で、今なお乗員乗客3711人は船から降りられないでいる。今日時点で感染者数は450人以上。

ダイヤモンド・プリンセス号を見ていると、韓国のセウォル号沈没事故を思い出す。修学旅行中の高校生など300人以上が死亡・行方不明となった痛ましい事故。事故発生当時、船内に留まるよう指示があったため、多くの乗客が逃げ遅れたという話もあった。

あの時、朴槿恵（パク・クネ）政権が見せた混乱とずさんな対応には全国民の批判が集まった。事故の深刻さを完全に見誤ったために初動が遅れ、救助のゴールデンタイムを逃してしまうという取り返しのつかない失態。さらには事故発生当時の記録に関する改ざん疑惑まで。国民の不信は募りに募り、その後の崔順実（チェ・スンシル）ゲートを経て、結局、朴槿恵元大統領は弾劾されたのだった。

果たして「船」という共通点だけだろうか。セウォル号事故をめぐる当時の状況の節々に、日本の現政権とどこか重なるものを感じるのは私だけだろうか？

## 2020年2月20日（木）

今日は早朝からソウルへ。著作権業務でお世話になっている日本の取引先の方々を韓国の出版社にお連れした。待ち合わせ先のホテルでマスク越しに久しぶりの再会を喜びつつも、すぐに新型コロナの話題に。今の日本の街の様子や政府のクルーズ船対応についてあれこれ話す。

ロビーでの話もほどほどに、地下鉄で訪問先の出版社へ。今回、日韓両社は初対面。版権契約は基本的にエージェントを介して全ての業務が進行するので、契約関係にあっても双方の担当者が直接やり取りすることは多くない。そんなわけで進行役としては少し心配していたが、映画や音楽など思わぬ共通項で盛り上がり、今後の協業の可能性についての明るい話も出たりして通訳しながらホッとする。

昼食後、日本側も韓国側も次の予定まで時間があるので近くの漢江(ハンガン)に行ってみることに。「いきなり!?」と思ったが（朝早かったので実は帰る気満々だった笑）、2月とは思えない陽気で最高の散歩日和。「ええい、ままよ」と思い直し、ご一緒させてもらう。ゆったり流れる漢江を横目に、ちょうど隣り合わせた韓国出版社のMさんと歩きながら話をした。お互いの近況や最近おすすめの作品など、久々に会ったので積もる話がたくさん。Mさんは本当に知識豊富で、会うといつも「みえ代表、この本（作家）知ってます？」と新しい世界を教えてくれる。話をしていると日本に紹介したいタイトルがどんどん増えていく。「やっぱりエージェントの仕事って面白いな」と1人でアッツくなっていたら、漢江沿いを何と1駅分歩ききっていた。日本の方々にも「気持ちよかった」と言っていただけたし、私も久々にリフレッシュできた。

## 2020年2月22日（土）

2月19日を境に確診者数が一気に急増している。1日に50人、100人、200人と日に日に倍増するようなものすごいスピード。特にこれまで感染が確認されていなかった韓国南東部の大邱（テグ）とその周辺で大規模な感染が起こっている。報道によると、18日に大邱で感染が確認された31番目の確診者が通う新興宗教団体で集団感染が起こった様子。テレビでは「新天地（シンチョンジ）」【*】というその宗教団体での礼拝の様子が何度も映し出されていた。広大なワンフロアを埋め尽くすように正座している大勢の信者。前後、左右の間隔は肩幅ほどもない。こんなに密着していれば集団感染の危険はかなり高そう。

昨日今日と京畿道、龍仁市、そして隣接する水原市から届いたメールでも新天地に触れられていた。

［龍仁市］大邱、慶北地域、新天地大邱教会を最近訪問された方のうち、発熱や呼吸器に症状がある場合は保健所へ連絡してください。

【*】正式名称は「新天地イエス教会証しの幕屋聖殿」

## 2020年2月24日（月）

韓国国内の確診者が800人を越え、感染病の危機警報が最高段階の「深刻」に引き上げられた。警報のレベルには「関心」「注意」「警戒」「深刻」の4段階があり、「地域社会での感染拡大・全国的な拡散」が見られると深刻レベルとなるらしい。

午前中、龍仁市内で新型コロナの確診者が発生したというメールが3通連続で届く。市内では初めて。「ついに来たか」と通知を見ながら緊張感が走る。

［龍仁市庁　案内1］コロナ19　確診1名　動線案内。2月21日（金）8時30分　○○洞▲▲出勤（自

家用車)、12時00分　○○洞■■(食堂名)、19時20分　帰宅(自家用車)

[龍仁市庁　案内2]　2月22日(土)終日自宅、2月23日(日)10時00分~11時30分　○○区保健所訪問後自宅、16時00分　確診通知および京畿道医療院へ移送

[龍仁市庁　案内3]　手洗い、マスク着用など各自衛生徹底、疑わしい症状が発生したら1339(疾病管理本部コールセンター)、031-120(京畿道コールセンター)、1577-1122(龍仁市コールセンター)へ連絡してください

**2020年2月26日(水)**

確診者が1146人と1000人を越えた。大邱・慶北地域の人が全体の80%を占めている。また、全確診者に占める新天地信者は約60%に上っていて、これもかなりの割合。信者間や信者を通じての2次感染、3次感染が深刻な様子。大邱を封鎖すべきかどうかの議論まで出ているなか、200人以上の医療関係者が大邱でのボランティアを志願したというニュースに胸が熱くなる。

昨日、新天地側は政府と合意して信者名簿を提供することになった。が、信者数を聞いてたまげた。何と約21万5000人。そんなに多いの?! しかも名簿には「教育生」と呼ばれる予備信者は含まれておらず、実際はもっと多いらしい。

以前から新天地という団体は他の教会に潜入しては信者の引き抜きを行うなど、勧誘の仕方が問題視されてきた。そこに今回の集団感染。しかも教団側が信者であることを隠すよう指示していたことなども明らかになって、新天地に対する世間の不信感はかなり高まっている。

韓国全国に多数の支部が存在するので、自治体も信者名簿を基に全数調査を行ったり対応に追われているが、中でも強硬路線で耳目を集めているのがイ・

ジェミョン京畿道知事。京畿道内の新天地支部で今月、約1万人規模の集会が行われていたことが分かり、その参加者から確診者が続出するや、24日には道内にある新天地関連の施設数百カ所を14日間強制封鎖する緊急行政命令を発表。昨日は道内の新天地支部を警察を動員して強制調査、信者と予備信者の名簿を確保した。

強制封鎖に強制調査と「韓国のドゥテルテ」との異名を持つイ知事らしい強烈な対応だなと思ったが、周りでは「さすがイ・ジェミョン」と感心したり称賛する声があちこちから聞こえてくる。

## 2020年2月27日（木）

確診者数の増加が止まらない。今日は昨日から334人増えて1595人（死亡者13人）。この勢いはどこまで続くのかとすごく心配だが、大邱・慶北地域で暮らす人々は私とは比べものにならない大きな不安の中で毎日を過ごしているに違いない。

夕方、安倍総理が全国の小中高校に春休みまでの一斉臨時休校を要請したとのニュース。さっそく週明けの3月2日からということで、あまりにも急だ。案の定、家庭や教育現場は大混乱している。

先日発表されたイベント自粛要請もそうだが、唐突で一方的な日本政府の「要請」に国民の日常が振り回されているように思えて仕方がない。政府が明確な指針と対策を示さないから、現場の国民が動くしかないし、混乱の余波をもろに受けている。

ちなみに現在春休み中の韓国でも先週、新学期開始日が3月2日から3月9日に一週間延期された（韓国の1学期は3月スタート）。その際、各家庭の負担が大きくなることを考慮して、教育部は幼稚園や小学校での一時預かりサービスを提供することを発表。また雇用労働部も介護や育児で休む必要がある場合に取得可能な家族休暇の活用を促したり、女性家族部も共働き家庭や低所得層のための対策を講じると言っている。

韓国もどの程度実行されて、実質的な負担軽減につながるかは分からない。でも、生じうる様々な可能性に対して関係部署で検討がなされているということ、何らかのサポート体制が用意されているということが分かるだけでも国民の安心感は違ってくるのに……と思う。

## ２０２０年2月28日（金）

昨日１日で確診者は５７０人以上増え、計２３３７人となった。疾病管理本部も不眠不休で対応に当たっているのだろう。当局トップで、毎日ブリーフィングを行う鄭銀敬（チョン・ウンギョン）本部長の疲れた表情からもその大変さが伝わってくる。先日は髪を短く切って登場したが、「洗髪の時間も惜しまねば」というのがその理由らしい。

韓国のコロナ対応では大統領よりも鄭本部長の存在感が圧倒的に大きく感じられる（役割が異なるので当然のことだが）。鄭本部長はソウル大学医学部を卒業した予防医学分野の専門家。２０１５年に韓国でＭＥＲＳの感染が拡大した際は疾病管理本部の疾病予防センター長としてメディア対応に当たった実績がある。

トップ自ら毎日14時に確診者に関する報告を行い、記者からの質疑応答に答える姿をもう１か月ほどテレビで見かけているが、いつも変わらず落ち着いた口調で淡々と対応していて本当にすごい。並大抵の責任感と使命感がなければ務まらないと思う。

ＳＮＳでは鄭本部長や疾病管理本部に感謝と激励の声が何万と上がっているそうだ。＃고마워요_질병관리본부（ありがとう_疾病管理本部）、＃힘내요_정은경（がんばれ_鄭銀敬）などなど。ストレートに思いを伝える人が多い韓国ならではの心温まるアクション！

## ２０２０年2月29日（土）

今日は暖かかった。どこかに行きたくなる天気だが、遠出は控えて近場で過ごす。夫とカフェに行きがてら近所を歩いていると、良い天気に誘われてか何だか人出が多い。みんなマスク姿だが、食堂や川沿いの遊歩道にこんなにたくさん人がいるのを見かけたのは久々だった。

日本の製菓学校を卒業した女性オーナーが1人で切り盛りするカフェでお茶。ここのケーキは韓国で一番おいしいと思う（我が家基準）。しばしマスクを外しケーキとコーヒーを楽しんでいたら、店内にいた別のお客さんがコホッ、コホッと咳をし始めた。最初はマスクを押さえて咳き込んでいたが、狭い店内で周りの視線が気になるのだろう。少しして帰っていった。

最近は外で咳をするのにも本当に気を使う。ちょっと喉に何か引っかかったときとか、へヘン！　と咳払いしたいのを必死で我慢している。

本日届いた安全案内メールは計3通。確診者の動線案内が1通、明日は日曜なので宗教行事（礼拝、ミサ、法会）を控えるようにとの内容が2通。

## 2020年3月1日（日・祝）

新型コロナの影響が各界各所に出ているが、私のところにも初めて仕事のキャンセル連絡が来た。今月中旬に行われる予定だった通訳案件。某自治体の方から訪韓予定が延期になったと連絡をもらう。私や家族の状況を案じてくださったので、「市内で感染者は出ていますが、動線も全て公開されているので何とか自衛できています」と返信。その方が住む地域ではまだ感染が確認されていないが、「潜在的な感染者がいるかもしれないし、マスクも十分に手に入らない状態で毎日の電車通勤が不安です。いつ感染してもおかしくないです」とおっしゃっていた。

え！　思ったより日本の状況は深刻なのでは？　何だかよく分からなくなってきた。というのも、韓国の確診者が1000人、2000人とどんどん膨れ上がる一方で、日本の検査陽性者があまりにも少ないままだからだ。つい昨日も在韓の知人とその話をしていた。もちろん韓国は新興宗教での集団感染という特異なケースがあったが、単純に考えても日本は人口だって韓国の約2倍だし、海外からの人の流入も相当多いはず。にもかかわらず、大都市の東京や大阪でさえ陽性者数が1桁台というのが不思議でたまらない。

やっぱり元々の検査数が少ないんだろう。韓国は少しでも疑わしい症状があればコールセンターに連絡し、保健所や病院の屋外などに設けられた選別診療所で迅速に検査を受けられる。なので少なくとも「感染しているかもしれない」という不安を抱えたまま何日も苦しむことはない。最近ツイッターで「熱や咳があるのに検査してくれない」「病院をたらい回しにされた」と嘆く投稿がよく流れてくるが、見かけるたびに胸が締め付けられる。

## 2020年3月2日(月)

韓国国内で感染が拡がっていることを受けて、夫の会社でも今日からいくつか対策が取られることになった。1つ目は時差通勤。電車やバスのラッシュ時間を避けられるよう、9時始業が10時始業になった(終業時間も1時間遅くなる)。2つ目は、昼食は外の食堂に行かず出前やお弁当を社内で食べること。そして3つ目は、社外での打ち合わせは延期または中止すること。既に在宅勤務に切り替えている企業も多いので、そんなに無理はないらしい。

ひとまず1週間の予定で実施されるそうだが、状況によっては延びる可能性もあるとのこと。時差通勤は30分ほど家を出る時間が遅くなっただけで余裕のある朝を過ごせたので、今後も続いてほしいかも。

## 2020年3月5日(木)

今日アパートのエレベーターに乗ったら、階数ボタンの部分に抗菌フィルムが貼られ、手の消毒剤のボトルも新しく設置されていた。またエレベーター内の掲示板を見ると、地下にある住民専用のジムや読書室(中高生が勉強できる空間)、ブックカフェもコロナ収束まで無期限閉鎖とのこと。アパートレベルでも早々に感染対策が取られていて安心する。

## 2020年3月6日（金）

数カ月前に日本の出版社さんから話をいただき、調整を進めてきた3月下旬の韓国出版社訪問アテンドの件。約1週間にわたり10社近く会う予定で、体力持つかなぁと若干心配になりつつも非常に楽しみにしていた仕事だったが、昨日正式に中止が決定。う う、残念。2月半ば以降、韓国で感染が拡大するも確診者は南東部に集中していたし、ソウル市内もしっかり防疫が行われているので人混みさえ避ければ何とか大丈夫ではないかとどこか楽観視していた。しかし昨夜、安倍総理が中韓からの入国者に対し2週間の施設待機を要請する「新たな水際対策」を発表。事実上の「入国拒否」で、これが決定打となってしまった。

今日は訪問予定だった各社にメールと電話でキャンセルの連絡を入れた。皆さん既に状況はニュースでご存知で「状況が落ち着いたら、ぜひまたお声がけください」という前向きなお返事と共に、健康を気遣う温かい言葉までかけてくださり大変ありがたかった。

## 2020年3月9日（月）

今日から「マスク5部制」が開始。確診者が急増しマスクが手に入りづらくなってきた状況に対する措置で、月曜から金曜までの5日間、指定された曜日に決められた枚数（1人2枚）の公的マスクを購入できる。購入できる曜日は個々人で異なり、月曜日は「1・6」、火曜日は「2・7」という風に生まれ年の最後の数字によって決まっている。購入時は身分証が必要で、価格は1枚1500ウォン。マスク不足に乗じて高値で販売する人や、中にはマスクの袋の中にキッチンタオルを入れて包装した「偽マスク」を流通させて摘発される詐欺事件なども最近出てきているので、ちゃんとした品質のものを適正価格で確実に購入できるというのは非常に助かる。ちなみにこの公的マスク、韓国で1日に生産される1000万枚のマスクのうち、80％の800万枚を政府が確保・流通させているそうだ。そのうち200万枚は医療機関や感染病特別管理地域（大邱・慶北地方）へ優先的に配布され、残りの600万枚がマスク5部制を通じて販売される。

朝、ヨンシギの散歩で薬局の前を通ったら、開店前だというのに長い行列ができていた。初日からすごい。マスクをつけている人がほとんどだったが、この寒い中、並んでいる間に体調を崩したり、ましてや感染したりしないか少し心配になった。

## 2020年3月10日（火）

通訳やアテンドの仕事が続々とキャンセルになるなか、版権仲介のほうは幸い以前とほぼ同じようなペースで業務を進められている。ただ、1つだけ困っているのが契約書や見本誌を日本に発送するときに利用するEMS（国際スピード郵便）。先日郵便局に行ったら窓口で1か月以上かかると言われてしまった。「コロナの影響で飛行機が減便されて、いつ飛ぶか分からないんです」と。ひとまずその日の荷物は送ったが、いつまでこんな状況が続くやら。全社在宅勤務となったので一旦送付は控えてほしいという出版社もあり、仕事部屋に発送待ちの荷物がどんどん増えていっている今日この頃。

## 2020年3月11日（水）

東日本大震災から9年。今年もヤフーの検索募金に参加し、14時46分に黙とうした。

日本で一体何が起きているのか？　家族や友人は無事か？　心配でたまらなかった9年前の3月11日。一番近い隣国と言われながら、海を隔てた日韓の距離をあのときほど恨めしく感じたことはなかったが、コロナ禍にある今日もあの日と同じく日本にいる大切な人々のことを考えている。

## 2020年3月15日(日)

食材やシャンプーが尽きたので近所の大型スーパーで買い出し。こんな時期だから人が集まるスーパーに行くのも少し勇気がいる。お客さんはいつもの週末に比べると60%くらいか。買い物カートの持ち手には抗菌フィルムが貼られていたが、持参した使い捨てビニール袋をはめて押している人もいた。

生活用品売り場に行ったら箱入りのマスクが大量に売られていた。値段もそこまで高くない。もう普通に手に入るようになってきたんだなと安心する。夫に「日本の家族に送ってあげようかな」と言うと、韓国政府が海外へのマスク搬出を禁じているそうで今は送れないと言う。夫の勤め先の社長もアメリカに住む娘にマスクを送ろうとしたが、郵便局の窓口で中身を聞かれ、結局受け付けてもらえなかったらしい。

## 2020年3月18日(水)

2月に受けた体外受精の結果を聞きに病院へ。入口ではコロナ対策で検温と手の消毒が念入りに行われていた。もちろんマスクは必須。

経腟エコーを受けるために下着を脱ぎ、診察用のスカートに着替えたのだが、ふと「マスクは外すべきか?」という疑問が浮かんだ。下はすっぽんぽん(スカートははいているが)、上は着込んでいてマスク姿。アンバランスなのが何だかおかしかった。一応先生に「マスクしたままで良いですか?」と尋ねると「もちろん! お互い気を付けるのが一番」とご自分のマスクを指さしながら答えてくれた。馬鹿な質問してすみません……

診察の結果は「妊娠」。しかも双子だった。移植した3つの受精卵のうち、2つが着床したようだ。「少し前に双子を授かる夢を見たんです」と言ったら「そういう人、結構多いんですよ。予知夢ね」と。まさかの正夢になってしまった。

診察を終えて駐車場に向かう途中、なぜか足が震えてきた。親になるという嬉しさと緊張感。そして、コロナに感染せず無事に妊娠を維持できるのかという不安。いろんな感情が入り混じった複雑な心境だった。

## 2020年3月21日(土)

朝、日本の妹からLINE。今週末の連休は家族(夫+赤ちゃん)で地元に帰る予定だったがやめたという。妹は首都圏に住んでいて実家は東海地方なので新幹線と電車で長時間移動が必要。「今は正しい判断やね」と言おうとしたら、「帰れなかったから日本橋にお出かけしてくる。家族で買い物」と来た。

連休中の都内は人出も多いだろうし、無症状の感染者と接触する可能性も少なくないはず。2月下旬から外出自粛中で、行動範囲が半径数キロの姉は心配でたまらないが、日本の状況を肌で感じることができないので強く止められない。「マスクして気をつけなよ」としか言えないのがもどかしい。

それはジム通いが生きがいで、夜は居酒屋を経営している母に対しても同様で、もし近くにいれば「ジムなんか行かないで!」「お店も休んでよ」と言いたくて仕方がない。でも「ジムも毎日消毒されてるし、お店も気をつけながらやってまーす」と言われると、それ以上返せなくなってしまう。そんな状態がもうひと月ほど続いている。

私がコロナに対して過敏なのか? でも韓国での急激な感染拡大と無症状者の多さを目の当たりにしていると不安にならざるを得ない。家族にはどうか無事でいてほしいと毎日心の底から祈っている。

## 2020年3月22日(日)

ヨンシギの散歩に出かけたら、外はすっかり春の世界。黄色い花を咲かせたサンシュユ、ほのかに香る梅の花、ぷっくり膨らんだモクレン。そして、雲1

つない青空と澄んだ空気。こんな気持ちの良い春を韓国で迎えるのは何年ぶりだろう。というのも、春先の韓国といえば恒例の黄砂に加え、近年はPM2.5や車の排気ガスによる大気汚染がとても深刻で、霞がかかった灰色の空が定番になっていたからだ。

新型コロナの影響で、中国の工場が稼働をストップしているのだろう。韓国国内も外出自粛や在宅勤務への転換で交通量が激減している。専門家たちがどんなに警鐘をならしても、解消されるどころか年々ひどくなるばかりだった大気汚染の問題。それがここ2カ月ですっかり話題にも上らなくなった。

「地球にとって人間はウイルスであり、新型コロナはワクチンだ」という言葉を韓国で最近よく耳にする。すっかりきれいになった空を見て、なるほどなぁと考えさせられる。でも、いつまでも人間を危険にさらす「コロナ」ワクチンに頼るわけにはいかない。コロナが終息したら、ウイルスとなってしまった人間こそがこれまでの行動や考え方を見直して、2度とウイルスにならないための一歩を踏み出すことが大事になってくるはず。

夜、ニュースを観ていたら耳を疑うような性犯罪事件がトップニュースに。テレグラムというメッセンジャーアプリで女性たちの性搾取動画が大勢の会員らによって売買されていたらしい。被害者には未成年もいるとのこと。事件の詳細を追っていたら、あまりのむごさに言葉を失ってしまった。「n番部屋」というテレグラム上のチャットルームを利用していた会員数は推定26万人以上とのこと。容疑者と加入者全員の身元公開を求める請願が青瓦台ホームページに上がっていると知り、早速署名した。

## 2020年3月23日（月）

昨日から感染拡大防止に向けた政府勧告として「社会的距離の確保」がスタート。携帯にも次々と取り組み内容に関する通知が届く。確診者情報も日に4〜5通ずつ来るので、ＳＭＳの着信音が鳴りっぱなし。

［中央災難安全対策本部］３月22日～４月５日まで、会合・イベント・旅行などは延期または中止。生活必需品の購入や病院訪問、通勤時以外は外出自粛。症状がある場合は出勤しないでください

［中央災難安全対策本部］４月５日まで宗教施設、遊興施設、室内体育施設は感染予防のため運営中断。やむをえない場合も防疫当局の遵守事項履行が必要です

［中央災難安全対策本部］社会的距離の確保―会社員の行動指針。症状がある場合は在宅勤務、社内では２ｍの距離をとること、向き合って食事をしない、大勢の人が利用する空間は使用しない、退勤後はすぐ帰宅

［中央災難安全対策本部］家族と同僚と守る２週間の「ストップ」に賛同してください！　おひとりおひとりの献身に感謝申し上げます

## 2020年3月24日（火）

コロナと並んでニュース番組はどこも「ｎ番部屋」事件。文在寅（ムン・ジェイン）大統領も会員全員に対する調査が必要とコメントを出したようだ。容疑者の身元公開を求める請願はここ数日で一気に３００万人を突破した。他人の人生を滅茶苦茶にしておきながら、平気な顔で日常生活を送っている加害者が26万人もこの韓国社会に存在すると思うと、怒りと寒気で全身が震えてくる。

## 2020年3月26日（木）

つわりにもいろんな種類があるようだが、私の場合は「においづわり」のようだ。冷蔵庫のにおい、ご飯の炊けるにおい、シャンプーや石鹸のにおい。あ

らゆるにおいにえずきまくっている。一番きついのが、ヨンシギの体臭（ヨンシギごめん……）。そろそろ洗わないといけない時期でもあったので、今日はトリマーさんにシャンプーだけお願いした。きれいになってこれで安心と思ったら、今度は犬用シャンプーの残り香で気持ち悪くなりダウンするという想定外の結末……
今日も「社会的距離の確保」に関する安全案内メールが届く。高齢者とその家族に向けた指針。
［中央災難安全対策本部］社会的距離の確保―お年寄りの行動指針。感染遮断のためできる限り家で過ごしてください。特に禁煙、禁酒、手洗いと咳マナーを守ってください
［中央災難安全対策本部］お年寄りを看病する際は徹底した衛生ルールを順守すること。ご高齢の家族には安否電話（元気かどうかを尋ねる電話）をかけてください。離れていても心は近くに

## 2020年3月27日（金）

コロナの影響で韓国各地の春祭りが中止・延期となっているが、ソウル随一の桜の名所、石村湖があるソンパ区も桜祭りの中止を決定したとのこと。湖をぐるりと囲む公園内への立ち入りも禁止される。

まだ予断を許さない状況だけに賢明な判断だと思う。かたや日本では総理夫人のお花見写真が物議を醸している。浮かれて写真撮ってる場合じゃないでしょうよ……

## 2020年3月31日（火）

今日時点で韓国国内の確診者数は９７８６人。１万人目前という感じだが、新規感染者は新天地関連の検査が終了した3月上旬をピークに一気に落ち着いてきた。あと国内感染のケースが減っていて、今日自治体から届いた確診者情報も4件すべて海外からの入国者。

日本の母から「市内のホテルに泊まった2人から陽性!!　怖いです」とLINE。先日の志村けん死去の際も「さすがに有名人が亡くなるとビビるわ」とすぐ連絡が来た。私が何度気を付けるよう言ってもあまり真剣に受け止めてくれなかったのに、ここ数日の出来事でコロナの恐ろしさをようやく実感したみたいだ。

### 2020年4月2日（木）

お肉券、お魚券の次は布マスクか……あれだけ国民が実質的な保障を求めているのに、またしても斜め上から攻めてくる日本政府。

韓国のゴールデンタイムのニュースでも、サザエさんのパロディ動画を映しながら日本のマスク配布を取り上げていた。世帯数にかかわらず2枚というのは少なすぎるのではないかという指摘。ごもっともでございます……

日韓関係が悪化し始めた昨年夏以降、「日本、どうした??」と、周りの韓国人からちょくちょく聞かれる。日本と言えば、誠実で計画的で注意深くて緻密。そんな韓国の人々が持っていたイメージとは異なる姿が見られるようになってきたからだと言う。あくまで日本政府を指してのことだろうが、何だか最近は日本全般に対する関心さえも薄くなってきているように感じる。

### 2020年4月4日（土）

先週からポツポツ咲き始めた桜が満開に。春爛漫。今年は状況が状況だからか、ひと際きれいに見える気がする。こんな大変な時代でも季節は巡るし、草木はきちんと本分を果たしていてすごいなぁとしばし見とれた。

### 2020年4月5日（日）

本来は今日までだった「社会的距離の確保」が19日

まで2週間延長。教会などの宗教施設、クラブをはじめとした遊興施設、一部ジムなどに可能な限り引き続き運営中断を求める内容。携帯にも通知が届いた。

［中央災難安全対策本部］コロナ19予防に最も効果的な「社会的距離の確保」が2週（～4月19日）延長されました。もう一度ご賛同いただき、愛する人たちを守ってください

最後の一言が韓国らしいなと思う。これぞ「情」の国！

**2020年4月9日（木）**

京畿道と龍仁市から新型コロナによる経済支援金として「災難基本所得」がもらえるそうで、今日は申請に関するSMSが届いた。金額は道から10万ウォン、市から10万ウォンの計20万ウォンで、地域貨幣の加盟店で使える。この加盟店というのは「年間売上10億ウォン以下の店舗」で、大型マートや百貨店などは除外。つまり地域の飲食店やスーパー、病院などが使用対象となる。申請方法は2通り。ホームページでクレジットカードを登録するか、住民センターや一部銀行で専用のプリペイドカードを発行してもらう。

と、ここまで確認して申請対象を見ると「外国人は除外」とあった。何でー?! この2か月間、韓国人と同じように外出自粛を守り、日韓の往来が途切れたためにキャンセルになった仕事も少なくない。それに何より、税金だって納めているのに。

納得がいかないので、京畿道のホームページから意見を送った。韓国人同様に暮らしている在韓外国人も支給対象に含めてほしいと書く。

夜、帰宅した夫に意気揚々と意見書の文面を見せたら、「難しいんじゃない? 選挙前だし」とあっさり言われてしまった。確かに私に韓国の選挙権はないけど、その前に道民であり市民だ。とりあえず京

識道からの回答を待ってみる。

## 2020年4月10日（金）

昨夜の『イ・ギュヨンのスポットライト』【＊】は面白かった。「コロナコリア、誕生秘話！」として、韓国の検査キットやドライブスルー検査がいかにして生まれたかを紹介していた。

特に印象的だったのは、韓国にとって大きな痛手となったMERSの経験が新型コロナで十二分に生かされたという話。MERS当時、感染拡大の要因となったのが、検査キットの開発と使用開始が大幅に遅れたことだった。それを教訓に新型コロナでは中国が塩基配列を公開するや、国内の専門家と民間業者を集め開発に向けたプロジェクトを早々に始動（しかも旧正月の連休中に……）。キットが出来ると、当局は使用に関する緊急承認を行い迅速な生産と販売を可能にした。プロジェクト立ち上がりから民間部門での検査体制普及までわずか2週間。驚異的な速さだ。

世界に先がけ大邱（慶北大病院）で最初に実施されたドライブスルー検査の逸話も興味深かった。ドライブスルーという形式は今回初めて出たアイデアではなく、もともとは生物兵器テロ発生時の医薬品配布手段の1つとして2018年に韓国で考案されたものだそうだ。感染学会のサイトで発表されていたそのアイデアから今回ヒントを得たのが、他ならぬ慶北大病院の院長。自ら病院の実状に合わせて設計図を手書きで描き、それを基に検査施設が作られたという。

検査キットにしてもドライブスルー検査にしても、ものすごいスピード感。普段仕事をしていても進行の速さや臨機応変な対応は韓国ならではだと思うことが多いが、コロナ対策でもそんな韓国の本領が発揮されているように感じた。

【＊】イ・ギュヨンプロデューサーが進行を務めるＪＴＢＣの時事番組。韓国で今イシューとなっている社会問題を追及・検証する。

## 2020年4月12日（日）

朝食後、胃がムカムカするので横になる。何気にインスタグラムを開いたら、思わず2度見してしまう動画が流れてきた。アカウントは首相官邸。星野源さんの楽曲「うちで踊ろう」が左に、安倍総理が自宅でくつろぐ様子が右に表示されているコラボ動画。国として一刻の猶予も許されない大事な時期に、こんなのほほん動画を企画して全世界に公開してしまう無神経さ。想像力のなさ。洗濯物を干していた夫に見せたら「アベもアベだが側近も問題だよ。止める人が誰もいなかったっていうのが不思議だわ。韓国だったら光化門広場でデモが起こるレベルだよ」と。まったくだ。怒りが湧くやら呆れるやら、つわりの気持ち悪さも増幅され、とんだ1日になってしまった。

## 2020年4月14日（火）

2月に日本に帰国後、韓国に戻るタイミングを見計らっていた日韓夫婦の知人が先日帰ってきた。仁川空港では14日間の隔離期間中に体調などを報告するアプリのダウンロードが必要だったが、入国手続き自体はそれほど大変ではなかったとのこと。空港からは行き先ごとに入国者専用の大型バスが用意されていて、それに乗って帰宅（夜遅くの到着だとタクシーが用意される）。その後、保健所でＰＣＲ検査を受けたそうだ。

自治体からは生活必需品が大量に届いたという。カレーやスープなどのレトルト食品、インスタントラーメンにパックご飯、お菓子など。全て無料。別の帰国者が発信していた情報で知ったが、生活必需品の代わりに現金を受け取れるケースもあるらしい。1日2回の体調報告が義務付けられ、隔離期間中の外出は罰金刑となるなど厳しい反面、隔離者に対して手厚い支援を行う韓国。一方、隔離の重要性だけが強調され、交通手段も用意されず、空港に段ボールベッドが並ぶ日本。対策の違いをまざまざと見せつけられたようだった。

## 2020年4月15日（水）

今日は第21代国会議員選挙で韓国は公休日。選挙実施で最近落ち着いてきた感染者数がまた増加に転じるのではないかという声も出ていたが、投票に行った夫によるとしっかり対策が取られていたらしい。一定の間隔を空けて並び、投票所に入るときは検温と手の消毒。韓国では専用の判子を押して投票するのだが、その際も使い捨てビニール手袋が提供され素手での投票は禁止。今までにないルールの下での選挙だったが、特に混乱もなくスムーズに運営されていたそうだ。

日本は休日ではないので、午後はメールの返信など少しだけ仕事をする。タバブックスの代表・宮川さんに「最近日本のニュースを聞くと体調が……」と話したら、「日本の状況は胎教に悪いので見ないで……苦笑」と返信をいただく。

胎教というと、最近まで私はお腹の赤ちゃんに対する初期教育のことだと思っていた。実はそうではなく、お母さんの精神状態が安定することで赤ちゃんに良い影響を与えること、だそうだ。日本のトンデモ政策に怒ったり、イライラしたり、不安になったり……確かに今の状態は良くないかも。気にはなるけど、たまには意識的にスイッチを切らねば。

## 2020年4月16日（木）

昨日の選挙は与党「共に民主党」の圧勝。2月以降、文政権が進めてきたコロナ対策が大きく評価された格好。ようやく国内の確診者数も落ち着いてきたし、支持率も益々上がっていきそう。

午前中、夫と病院へ。今日も入り口で検温と手の消毒。先週の検診で双子の1人の心拍が弱く「もしかしたら難しいかもしれない」という話だったので、緊張しながら診察を受ける。エコーの結果、やはり1人の成長が止まっていた。もう1人はスクスク育っていて週数相当。双子だった場合は特に処置は不要でこのまま自然に吸収されるとのこと。お腹に手を当てて「またおいで」と心の中で言ってあげた。今日はセウォル号沈没事故6周忌。文在寅大統領のツイートが胸に刺さる。

「コロナ19」に対応する私たちの姿勢と対策の中にはセウォル号の教訓が込められています。「社会的責任」を遺産として残してくれた子どもたちを記憶し、国民に心から感謝申し上げます。

「二度と同じことを繰り返してはならない」。セウォル号以後、そんな思いから韓国の人々はそれぞれの立場で努力を続けてきた。国家の不正や不祥事に対しメディアは徹底して検証と追及を行い、国民は全力で抗議の声を上げ、文在寅政府を新たに誕生させた。韓国の人々に広く芽生えた「社会的責任」。それこそが、今コロナに一丸となって立ち向かう原動力にもなっている気がする。

## 2020年4月17日（金）

先日「災難基本所得」の件で京畿道に出した意見書について返事が来た。

京畿道の災難基本所得支給について道民の皆様から多くの意見をいただきましたが、コロナ19による経済危機克服を目的として緊急に支給が決定されたため、支給手続き等において混同されることがございましたならお詫び申し上げます。道民の皆様の全ての意見が反映できなかった点につきましては広いご理解をお願いいたします。

なぜ外国人を支給対象に含められないのか？　その理由を少しでも聞きたかったのだけど一切触れられていなくてがっかり。メールの末尾にあった評価はもちろん「不満足」にした。

## 2020年4月20日(月)

「社会的距離の確保」は2度目の延長が決定し、連休明けの5月5日までとなった。ようやく1日の新規確診者数が1桁台になってきたが、さらに抑え込みを徹底する狙い。念には念を入れてという感じだ。日本ももうすぐゴールデンウィークだが、韓国も今年は1日だけ休めば6連休になるので旅行に出かける人がかなり多いらしい。済州島行きの飛行機チケットは普段の約3倍の値段、ソウル発・地方行きのKTXもほぼ売り切れ状態、さらに韓国東部の海沿いもすでに宿がいっぱいだそうだ。個人的には国内でもまだ長距離移動するには時期尚早だと思うが、そろそろ外出自粛に限界を感じている人が多いんだろう。

それにしても、災難基本所得。私にはくれないくせに自治体からは「申請しましょう!」メールが連日来る。ほのかな期待を抱いて試しにサイトで手続きしてみた。夫を「世帯主」として選択後、自分の続柄を項目から選ぶのだが、最初に「配偶者」を選択したらエラー(該当なしの表示)が出た。次に「同居人」を選択してもエラー。やけくそになって「その他」を選択してもエラー。私は存在しないのか?! 何か地味に傷ついた。

## 2020年4月26日(日)

夫に災難基本所得(計20万ウォン)が支給されたので、最近体調の良い日は遠慮なく外食している。地元の食堂はほぼ全店使用可能でとても助かる。今日は昼食にスンデクッ(豚の腸詰入りスープ)の店へ。先月来た時よりも明らかに賑わっている。最近は1日の確診者発生数も1桁台だし、災難基本所得も支給され始めて、外食を気軽に楽しむ人が増えたようだ。災難基本所得は使う側にとっても使われる側(地域の自営業者)にとっても経済支援になる本当に一石二鳥の制度だと思うが……在住外国人には支給されないのが、やっぱり納得いかない。

［後日談］龍仁市の場合、結婚移民者と永住権所持者に限り、6月16日から在韓外国人も申請・受給が可能となりました。

## 2020年5月1日（金）

今日は「勤労者の日」。連休が始まった夫、ヨンシギと久しぶりに出かけた。といっても車で5分のカフェだが、それでも以前に比べて気楽に外に出られるようになったのが嬉しい。このお店にもコロナ前はほぼ毎週来ていたのに、外出自粛や私の体調不良で前回来てからもう1か月以上が経ってしまった。大好きな店長さんを見つけるや、ヨンシギ大興奮。まるで涙の再会。

天気が良いので（26度！）外のテラス席に座った。風が爽やかで気持ちいい。青々と若葉を茂らす街路樹を眺めながら、いつの間に季節が変わったんだろうと思う。この2か月間、どこかにタイムスリップしていたみたいな不思議な気持ちになった。外には半袖の人もたくさん。マスクをしていない人が急に増えていて若干心配になる。確かに今日みたいに暑いときついけど……この連休で感染者が増えないかちょっと不安。

## 2020年5月6日（水）

45日ぶりに「社会的距離の確保」が終了し、今日から「生活防疫」（生活における社会的距離の確保）という新しい方針での日常が始まった。社会活動と防疫を同時に実施していくという考え方。手洗い・うがい・適度な距離を保つなど基本的なルールは維持されるものの、2月下旬から休館中だった美術館・博物館・図書館などは今日から再開、小中高校も5月13日から順次登校開始と、やっとコロナ以前の日常を取り戻す準備段階に入った感じがする。生活防疫への移行を前に、中央防疫対策本部がブリーフィングで語った言葉が印象的だった。

誰も進んだことがない道ですが、必ず進まねばならない道です。試行錯誤もあるでしょうし、専門家の間では意見が分かれるかもしれません。正解は、この状況が全て終わった後、結果が教えてくれるでしょう。

まだまだ感染の不安は残るものの、未曽有の事態に不眠不休で対応し、徹底的な検査実施と透明な情報公開で各自が自己防疫に集中できる状況を維持してくれた当局に、ひとまず感謝の気持ちと拍手を贈りたい。

## 2020年5月8日（金）

生活防疫に入った途端、ソウルで新たな集団感染が発生した。感染場所となったのは梨泰院（イテウォン）のクラブ数か所で、連休中に訪れた人など既に15人の感染が確認されたとのこと。また新たな緊張感に包まれている。ウイルスと人間のいたちごっこのような関係はこれからも続いていくんだろう。

携帯には感染源と見られる男性が訪問したクラブ名と訪問時間帯を知らせるメールが届いた。

［京畿道庁］5月2日ソウル梨泰院　次の店舗を訪問した人は2週間外出・接触自粛、症状がある場合は保健所を訪問してください（○クラブ0時00分～3時00分、△クラブ1時00分～1時40分、□クラブ3時30分～3時50分）

## 2020年5月9日（土）

梨泰院クラブ集団感染の件。感染源と見られる男性の動線を自治体が公開したが、訪問した店舗のうち一部が同性愛者向けだったことから、ある新聞がその事実を大々的に見出しに使用。結果、ネット上で男性の個人情報が拡散してしまう人権侵害が起こってしまった。

私はこの男性と同じ市に住んでいる。振り返れば6

日に市から男性の確診者情報も届いていたが、そこに簡潔に記載された年齢や居住地を確認する程度で特に気にも留めていなかった。動線の詳細は市のホームページに飛べば見られるのだけど、4月中旬以降は確診者も激減していたし居住地が同じ町内でない限りは確認することもなくなっていた。

そんななか起こった今回の問題。自治体の公表段階では言及されていなかった店舗の特性をわざわざ見出しに載せ、世間の不要な関心を煽った某新聞社は批判されて当然だろう。一方で今回の一件を通じて韓国社会における性的マイノリティへの差別意識が露呈したことは決して見逃されてはならない事実だし、韓国政府がコロナ対策で打ち出してきた「透明な情報公開」とプライバシーの確保を今後どう両立させていくべきかを問う出来事にもなったと思う。

## 2020年5月11日（月）

梨泰院クラブ集団感染の確診者が70人を越えた。急速な感染拡大が懸念されているが、5000人以上と見られる来店者のうち3000人あまりの確認が難航しているとのこと。来店者が最も恐れるのは言うまでもなくアウティング（本人の了解を得ずに性的指向が暴露されてしまうこと）の問題だろう。今日からソウル市では梨泰院集団感染の件に限って匿名で検査を受けられるようになった。京畿道は連休期間中に梨泰院エリアを訪問しただけの人にも無料で検査を行うという。保健福祉部も滞留資格のない外国人に強制出国させないことを条件に無料の検査を受けるよう勧告した。

感染力が人一倍強いウイルスの特性に、社会の様々な問題が絡み合ってきている。コロナ禍以前の世の中ではなかなか注目されてこなかった、でも至極重要で皆で考えていかねばならない問題をコロナが1つずつ浮き彫りにしていっているような気がする。

# 防ぐために・反射しないために

香山哲

ドイツ・ベルリン　2020年2月6日〜5月22日

## 香山 哲

かやま・てつ／1982年生まれ。漫画家。2005年、神戸大学大学院医学系研究科を中退。漫画以外にもエッセイやコンピューターゲームなどを制作。13年より断続的にベルリンに滞在、18年からパートナーと2人でドイツのベルリン・ミッテ区に在住。19年にドイツ語学校を卒業し、毎日家で漫画を描く。趣味は絵や文を書くこと。著書『心のクウェート』『ベルリンうわの空』など。

## 2020年2月6日　木曜日

スーパーマーケットの野菜売り場でセキュリティに声をかけられた。髪型を褒めながら親しげに話しかけてきたけど、英語だったので不思議に思った。ドイツ語で応えると、僕が旅行者か居住者か聞いてきた。店舗入口にセキュリティがいるスーパーは普段から珍しくないが、このスーパーで見たのは初めてだった。

(このスーパーは、僕は4回に1度ぐらいしか使わない。有機野菜や地産地消をすこしだけ気にかけたチェーン店で、客層も含めて気に入ってるので使っている。歩ける範囲にはアフリカ系、トルコ系、中華系のもの、ビオ(オーガニック)、大型のもの、格安のものなどがあり、適当に使い分けている。明らかにこの店の客にはヨーロッパ系の人が多く、メガネをかけた人も多い。そして僕が新製品を見ていると「それはおすすめだよ」と話しかけてくる人も)

カッセ(レジ)では、ビニール手袋をつけた係が紙幣を神経質に触っていた。僕の会計を終えたあと、束ねた紙幣を袋に入れてバックヤードに向かった。僕の後だからなのか、それは分からない。他のレジの人はその人ほど神経質じゃなさそうで、手袋もしていなかった。買い物前にスーパーの中に併設されているカフェでケーキを食べたけど、ケーキで得た愉快な気持ちは、何とも言えない不確かな不安で消えてしまった。これからそういうことが多くなるなら、アジア系のスーパーに行こうと思った。他のスーパーではまだそういうことは体験していない。

新聞によると、先月末(1月27日)にドイツで初めてのCOVID-19感染者が確認された。その人と接触のあった人や、感染の経路についてのニュースなども続いた。一通りウイルスについてインターネットで調べてみたが、僕にはあまりよく分からなかった。SARSやMERSのような感じだろうか。

## 2020年2月23日　日曜日

ライプツィヒ出身のイラストレーター、Hong Leさんが描いたアジア人差別についての漫画が新聞で紹介されていた。電車の中で咳をしないように気を付けなきゃいけなくて大変、みたいな内容。この人はドイツ生まれだけど、外見がアジア系なので色々なことを体験していて、それをドイツ語で発表している感じだった。たしかに公共交通機関は緊張するし、街中で僕と通り過ぎる時だけに首に巻いたマフラーを鼻まで上げる人もいる。500人に1人そういう人がいるだけでも、ものすごく居心地が悪く感じる。

衣料品チェーン店で、やけに咳き込んでいる中年女性がいた。店員の女性2人はお互いに、明らかに要注意なケースなら店の外に一旦出てもらおうと話していた。咳き込んでいた人は自分から出ていったが、店員も別にヒソヒソ話すわけではなくて、堂々と店内の安全のためという感じだった。スーパーでもそうだったけど、まだ全店統一基準や対処マニュアルなどは無くて、各店員がその場で判断している印象。働いている人はかなりストレスになっているかもしれない。

## 2020年2月25日　火曜日

夕方、近所で「チャイナ!」と子どもに言われたので歩み寄っていくと、すぐにその子は逃げた。スマートフォンのカメラを向けて追いかけると、他の子たちもうしろから付いてきた。逃げた子どもは元の場所にぐるっと走って、通りに面した建物に入り込んだ。6~15歳の幅広い子どもたちがいる託児所のようなビルで、ガラス張りなので前からそういう場所だというのは知っていた。子どもたちが集まってきて、無秩序に次々と僕に質問してくるが、すぐに中からスタッフの男性が出てきたので、事情を話した。

スタッフの彼は最初に謝ってくれて、その後、子どもたちが問題を抱えた不安定な状態だということを説明された。この施設自体、そういうものだという。それは知らなかった。僕はスマートフォンの記録は消すと約束し、アジア人差別を防ぐようなことを施設で子どもたちに伝えると約束してもらった。スタッフのうしろに犯人がおそるおそる近づいてきて謝ったりしていたが、何を言ってるか聞き取れなかった。

ニーハオ！　とかチャイナ！　とか言われることは、以前から何度かあった。大体毎回、とっさに反応するのは難しい。いつも、怒りみたいなものよりも先に驚きやショックが立ち上がってきて、そのあと、「僕の人生がこの人のようでなくて良かった……」と自分勝手な雑念が浮かぶ。

## 2020年2月26日　水曜日

昨日とは反対の方角、川沿いの遊歩道で下校中の子どものグループとすれ違った。そのうちの1人が僕を見るなりこそこそと呟き込む素振りをし、その後にコロナとつぶやいた。僕はイヤホンをしていたので確信が持てず、そのまま歩いた。今までの例とは違って、とてもそんなことを言いそうにない女の子だった。

用事を済ませて帰って、食事を済ませた後、長い時間いろいろ考えこんでしまった。僕はこの土地に溶け込もうとしている。もうちょっと家賃の高い地区に引っ越してもいいと思ってるけど、だからといってこの地区がどうなってもいいとは思わない。何かしないといけないという思いが強くなってしまって、夜、チラシを作って貼っておいた。

漫画で動物を描いて、擬人化した犬の集団が、1人の猫を「ネコ！」「病気ネコ！」と言っている様子。そこに「差別を野放しにしないようにお願いします」と書いた。夜中、他の貼り紙が貼ってあるような場所に4枚貼った。寒くて手が冷たかった。

2日連続でこんなことがあって、とても嫌な予感がする。起こったことの嫌さというか、凶悪度は低いものだと思うけど、加速度が気になる。つい最近まではほとんど無かったことが、急に連続して起こった、その加速度。とにかく早く病気の蔓延が止まったり、解決法の糸口だけでも見つかったりしてほしい。

## 2020年2月28日　金曜日

NPRというアメリカの非営利メディアで、Malaka Gharibさんという人が子ども向けの漫画を公開していた。データを印刷して冊子にできるようにもなっていて、COVID-19の基礎的な説明や、感染者を差別しないように、という内容だった。人種についても。ヨーロッパのほとんどの国は英語の情報でも広まりやすいので、この機会に教育が進んでほしい。

作ったチラシ・ポスターを作り直した。「99％の人は、僕や仲間に差別的なことをしません。おかげで僕は不安や恐怖に耐えることが現段階ではできています。ベルリンの人々、ありがとうございます」という内容にした。そうしないと自分のメッセージとして落ち着きが悪いなと思ったからだ。人を差別するような状態になってしまったり、差別の問題を理解できていない状況（教育状況や周囲の環境）になってしまっている人と、自分が接点を持つことも嫌だし、言葉や紙で働きかけようとする関わり方ですら気が向かない。だからあえて、大多数のまともな人のほうに向かって言葉を投げる。このほうが個人的にやりたいことに近い。だけどもしもっとひどい状況になれば、趣味だの好みだの関係なく、しっかり直接的に否定したりしないといけないと思う。でも今はこれでいいと思った。

あいかわらず漫画を描く日々。先月単行本が出た関係で、日本のラジオに電話で出たり、雑誌などに文章を寄稿したりする用事が多い。3月もそういう予定がいくつかある。差別的なことを言われて嫌な思いはあるけど、悩む暇もあまり無い。漫画も文章も、やるべきだと思ってやっていることだし、巡り巡って差別や他の問題を減らすことにつながるかもしれない。だからとにかく自分はこれをしっかりやるべきだという気持ちになれている。人類全体としては完全に愚かで終わっているし、多くの人間には個人的にはまったく関わりたくないけど、それでも社会の中で自分が生きて、やっていくことがある。毎日8時間半は寝ないと、そういう気持ちも投げ出してしまいたくなるので、とにかく好きなように料理をして好きなように食べて、たくさん眠る。

## 2020年3月3日　火曜日

さんざん迷っていたけど、ワルシャワに来た。今回はたった2泊3日だし、宿代は2400円、電車は往復7500円。最悪、好きなスーパーや食事だけ軽く楽しんで、用事を済ませたあとは宿で仕事でもしていればいいだろうと思った。電車は5時間ほど。国境を超える少し手前で、何十台も戦車を積んだ貨物列車を見かけた。普段見かけない軍や赤十字みたいな車両を見ると、何かが起こっているのか心配になる。難民問題でドイツが大変だった時、そういう車両を連日見かけたのを思い出した。

電車で何時間も咳をしないで過ごすのは大変かもしれないと思ったけど、1度か2度ぐらいしか咳が出なかった。ポーランド側に入ってからも乗車券の確認が何度かあった。食堂車は使わず、携帯用の消毒液で手をきれいにしてから、家から持ってきたチョコレートを食べた。

すこし遅れてワルシャワに着いて、まず宿に行った。中央駅から歩いて15分ほどだった。こんな便利な場所で1泊1200円。すこし警戒したけど、大丈夫そうな感じだった。部屋はしっかりしていて、きれいだった。トイレとシャワーとキッチン・ダイニングは共用で、それらもとてもきれいで新しかった。

一通りチェックしようと回っていたら、共用キッチンで赤ちゃんを抱きながらミルクを作っている女性がいた。詳しく分からないが、ルーマニアあたりを思わせる服を着ている。挨拶をすると、挨拶をし返してきたが、すぐに「ブハン?」と聞いてきた。聞き取れなかったので聞き直し、武漢から来たのかを聞いてきたのだと分かった。ドイツから来たのだと言ってもあまり理解していないようで、仕方ないので会話を中断してキッチンを使わないことにした。途中で彼女は「私はジプシーだ」と言っていた。

部屋に帰って落ち着いて考えた。だけど分からないことが多いので諦めた。ベルリンにも似たような感じの、模様のある布の服を着てサンダルで、物乞いをしている人がいる。そのベルリンの人たちはロマだと自称していた。宿は1200円だけど、空き部屋が余っている当日に直接頼めばもうちょっと安いのかもしれない。だとすると、普段は定住せず物乞いなどをして、たまに1泊だけしてシャワーやキッチンを使って、ゆっくり休むという生活もありうる。宿の周囲は世界中からの観光客が多く、高いレストランやバーもたくさん見かけたし、大道芸をする人もいた。色んな可能性があるから、全然分からないけど。

まともな教育を受けていなくて、貧しいがゆえに視野や想像力が小さくなって自分勝手にふるまう人は多い。悪気や憎しみによって差別をしていることはむしろレアで、大体こちらが怒ったり強く出るとこそこそ逃げたり恥じたりする。キッチンにいた人もそんな感じだった。ツイッターでの悪口や不気味なリプライなども、記録を取って弁護士に預かってもらいましたと伝えると、驚くほど高い確率でアカウントをすぐに消したり謝ってきたりする。すごくインスタントで、浅い思考すらせずに、他人への攻撃的接触をやってしまう状況にある人たち。良くない環境からの影響を全身に受けてしまって、抜け出せないまま自律不能になってしまった人たち。世界のせい、とも言える。

ここより1000円高い宿にすれば、こういう体験は一気に起こりにくくなるだろう。実際僕は、いつも最安の宿は選ばず、それより何段階か上にする。それでも宿の値段というのは日によって大きく変動するので、選んでないつもりが最安宿になってしまうこともある。ただ、金を出して「やばい奴」にエンカウントしないようにすればいいというだけの話ではない。そんな単純な最適解はありえない。それに自分は、自称ジプシーの人生や背景に興味もあるんだと思う。

## 2020年3月6日　金曜日

結局、滞在中に嫌な目にあったのは最初の自称ジプシーのことだけだった。

大好きなミルクバー（ポーランド式カフェテリア）には、4店舗も回れた。古い時代がしっかり残った造りとシステム。証券取引所のような掲示板に並ぶ値段表から料理を探してメモを取り、銀行のような窓口に見せる。次の窓口で料理を受け取り、最後の窓口に食器を戻す。最近オープンした現代的なミルクバーでは、商品表は画面になっていて、店内もバーガーキングをかわいくしたような感じだった。どの店員も親切だったし、かなり年配の人でも英語が使えた。去年末にクラクフに行った時もそうだった気がする。クラクフもアウシュビッツが近いので、世界中から1年中人が来る場所だし。

150年ぐらい前からある、生協のような組織がやっているスーパーにも行けた。ロッカーのように箱が壁一面にあって、その中にパンやジャムのビンが控えめな量ずつ並んでいる。ポーランドにもソ連崩壊後にたくさんの多国籍企業が入ってきて、それはやっぱり圧倒的に強いんだけど、こういう店も残っていて、その中には地元の小さなお菓子メーカーの製品などがある。どれも素晴らしかった。

チャリティーショップでコートが1500円だったので買った。わりと丈の長い、チェスターフィールドコートと呼ばれるような感じで、こういうのが前から欲しかった。というのも、気軽にアジア人を馬鹿にするような人は、明らかに身なりで見下せそうな人間を攻撃標的に選んでいるからだ。詐欺や痴漢と同じに思える。知り合いの女性から、そういう理由で髪を染めたりピアスをしたという話は何度も聞いたことがある。そうやって、自衛のためにファッションを選ぶのはなんか癪だなと以前は思うこともあった。だけど今は、「気に入るデザインの中から、最大限ゾンビが寄ってこないものを選ぶ」という感覚を肯定できている。それはアウトドア用品を機能と楽しさの両面から選ぶのにも似ているし、そんなに不自然ではないと感じる。また、社会環境があって、その中で自分がどう生きていくかという表明もファッションの一面だとするなら、「環境にいる嫌な奴らが自動的に関わってこないように生きる」というのは、個別のゾンビに対してではなく、世界や社会に対する態度だ。

僕は移民で、ビザもいつ継続できなくなるか分からないので、できるだけ買い物は少なく、服もかなり貰い物で済ませていた。でも徐々に、遠慮なく自分の生活を自分の思うようにしていくことも大事だと思っている。残念ながら、今は特にそれが効果を発する時だから、どんどん自分の人生に集中できる装備を整えていこうと思った。

ワルシャワに行った一番の用事は、ウヤズドゥフという地区のコンテンポラリーアートのギャラリーに行って、ヒスロムという3人組の大きな展示とワークショップを見ることだった。3人は色んな国の人と協力して、土木と言ってもいいような規模の制作をおこなっていた。国境を越えて長い距離を運んできた大きな石が、ギャラリー中庭にある井戸の底に沈められていた。それをみんなでワイヤーで取り出し、展示室に運ぶ。ギャラリーの建物の2階には別の展示やコレクションがあり、スタッフが親切に案内してくれた。このセンターは色んな人のレジデンスもやっていて、敷地内にその建物があった。ヒスロムも滞在プログラムでこの建物に住んでいて、とても興味深かった。彼らとはベルリンで知り合って、やっていることに興味を持ったのだった。

色んな人に会って、自称ジプシーのような人とも会って、でもどの人とも違う感じで生きている自分について考えながら帰った。帰りの電車は疲れた。まず、出発時間が早まっていた。窓口の人がドイツ語も少し分かったので、変更になったプラットフォームを聞いて、そこに行った。すると今度はいくら待っても来ない。周りの人も同じ電車を待っているというので、とにかく待って、無事に乗れた。

往路と同じように、車内で何度か乗車券や身分証明書のチェックがあった。ペットボトルの水も3回ぐらい配りに来た。僕が要らないと言うと、無料だからどう？　と改めて英語で聞いてくれた。なんて素晴らしい人だろうと思って、炭酸がない方をくださいと言った。ドイツ側に入ってから、12ロール入りとかのトイレットペーパーを持った人が乗客にいた。ベルリンでは品薄だから、どこかで買ってきたのだろうか。

## 2020年3月7日　土曜日

ベルリンに戻ってきた。家から最寄りの地下鉄駅で夜中、若者4人組のうちの1人の女がふざけて「コロナウイルスだ〜」と僕から逃げた。駅から外へ、同じ方向に行くつもりだったのでカメラで撮りながら歩いていくと、信号待ちで追いついた。そのままカメラを向けていると、押し黙っていた彼らは2つに分かれて、一方はキオスクに、もう一方は住居建物に入っていった。同じ惑星に、同じ生命種として生まれたのに、こんなにも違ってしまう。4人組は成人しているような見かけだったが、かなり愚かな感じではあった。

## 2020年3月8日　日曜日

2月25日の場所と同じところで、8~10歳ぐらいの男の子のグループの1人がすれ違う時に「コロナ」と言ってきたので振り返ってカメラを向けると全員逃げ出した。歩いて追いかけようとすると、かなり遠くまで走って逃げて行った。

こういうことがこんなに続くのだろうかと、うんざりする。気分が悪いし、疲弊する。この場所は、家から駅に行く途中の道だ。モスクが2つ、老人ホームも近くにあって安心感があった。今は、通りたくない道になった。

社会のどういう力学で発生している現象なのかが分かり切った、何も謎がない、どの時代にもどの国にもありふれた、大した覚悟も伴っていない愚かな行為。それが自分の歩く道でたびたび発生し、こちらにぶつかってくる。

#ichbinkeinVirus（私はウイルスではない）というハッシュタグが各種SNSでたくさん使われている。突き飛ばされたり、家の前に消毒液の容器が散乱していたというのも見た。統計分布というか、ハインリッヒの法則的な感じで、たくさんの小さな差別的事案があって、時々悪質なものがあったり、ごくまれに物理的な暴力を伴ったり凶悪なものが発生するのだろう。ドイツでも、州によって傾向がある。ベルリンは全体としては多様性を重んじる文化が根付いているが、まったく逆な人もたくさん住んでいる。

ドイツでは、数年前からの難民問題や大きなテロによって、護身グッズが流行したらしい。今では下火かもしれないが、通販サイトを見たらスタンガンやペッパースプレーなど、かなり豊富に並んでいる。僕も欲しいし、一緒に住んでいる家族は女性で背も低いので、買うことに決めた。いずれにせよ、一部商品の買い占めや品薄はすでに起こっていて、可能性として何十ステップか先に暴動がある。そうなる前の段階でも、自分だけが運悪くひどい経験をする可能性だってゼロではないし、今回アジア人はその確率がかなり上がってしまっている。それでも確率はゼロに近いだろうけど、0・00001％でも、自分にとっては大きく感じる。無駄なほど先回りして対策しておくことで、不安を乗りこなしたい。また、簡単に他人を信用しないという、自分の基準をしっかりさせておくのにも有用だと思った。信頼できる人たち、仲良くしたい人たちがいるのは、とてもありがたいことなんだ。

**2020年3月10日　火曜日**

イタリアでの感染が深刻になっていて、ベルリンでも大きなイベントが中止になったりしている。サッカーの無観客試合のことを、ニュースが「幽霊試合」と呼んでいた。

**2020年3月15日　日曜日**

犬の散歩に行った(半年ぐらい前から、ベルリンに住む友達の犬を週に1度、散歩している。飼い主が外国に行っている時に預かったりもしていた)。

地区や小さなブロックによって全然雰囲気が違うことを改めて感じた。家族とも一緒に歩いて、それを同感してもらった。30分歩くと、路面電車で5駅ぐらいに相当する。その間に、3つの地域を経る。1つ目はうちの近所。粗大ゴミが違法に捨てられ、お菓子やジュースのビニールが落ち、犬の糞が歩道部分にも放置されている。そこを抜けるとすこし雰囲気が変わる。自動車修理をする小さな工房などもあり、ゴミも少ないが生活感が少し薄い。その緩衝地帯のような地域を抜けると、急にきれいで落ち着いた団地のような雰囲気もあるブロックが現れる。ここには明らかにゴミが少なく植木もきれいで、ヨーロッパ系の人が多く住んでいる。

ベルリン全体の平均では移民的バックグラウンドを持った住民は人口の30%程度。だけど、僕の住んでいる地区は55〜65%で、10分歩いた東の地区は15%を切る。モザイク状になっていて、50%を超えるような地区だからこそ僕でも家が見つかったということもあるだろう。もちろん、移民が悪いのではない。移民がドイツ国内で、低い立場に押し込まれて、悪い役割をやらされ、定着させられやすいのだと思う。そんな状況でも大多数の人は真面目に善良に生きてるし、親切にしてくれる人も多い。だけど弱い立場の人が多いから、社会のしわ寄せがこの人たちに来やすく、中には善良ではいられない人もいる。それは、誰がその立場になってもそうなるだろう。

## 2020年3月17日　火曜日

フランスで外出制限。イギリスは集団免疫的な発想を見直すとのこと。ドイツでもメルケル首相の会見があった。レストランの営業時間が制限される。各国で、ここ数十年の間に削りすぎた公的なバッファが取り戻されれば良いなと思う。国民皆保険やインフラについての考え方についても、テレビで専門家が討論していた。

## 2020年3月18日　水曜日

昨日、日本のラジオに電話出演して「まだベルリンではマスクをしている人は見ていない」としゃべったけど、今日2人も見た。大きな薬局の前だった。あいかわらず小麦やトイレットペーパーは品切れになっていた。

住んでいるヴォーヌング（集合住宅）のロビーに貼り紙があった。「同じ建物に住む隣人へ。お年寄りや持病、体質などで買い物や薬局へ行くのが大変な場合、無料で手伝うので声かけてね」と書いてある。普段からこのロビーには「私の荷物、だれか預かっていませんか？」とか「最近、家賃の値上げを言われたんですが、みなさんの状況を教えてください」とか「今週末、誕生日パーティーをするのですこしうるさいです。我慢できない場合は、直接来ていただくか、こちらに電話してください」とか、色んな貼り紙がされている。また、いらなくなった家具や本や雑貨、時には調味料やシャンプーなんかも「あげます」と置いてある。こういう気楽なやり取りが僕は結構好きだし、言いたいことを言い合って、周りが何を考えてるか分かるという快適さもある。同じ人間が、周りで生きているという気配が分かる感じ。

今描いている漫画連載の内容に悩む。実録漫画のような内容でもあるので、登場人物たちが病気の蔓延を全く無視して（あるいは知らずに）行動している世界を描くことに、今は不気味さを感じる。結局、次回は「主人公が2011年の福島原発事故について思い出す」という内容にした。当時僕が思ったことや、情報を収集・解釈をして行動した記録は日記に残してあるので、それについて。そういう記録をとっておくと自分の行動を後でチェックできるから日記・雑記をおすすめするよ、という内容にした。

## 2020年3月22日　日曜日

メルケル首相の会見を見た。新しいルールが決まった。3人以上で集まることが禁止、外出の制限。レストランは持ち帰りや配達のみに。「人間を守る」という目的のために合理的な対策の組み立てをおこない、その組み立てプロセスに使った感染症研究所のデータ・理由を説明し、解釈・判断した責任の所在も確かにしておくのが権力の仕事だ。一方こちら側は「それに納得できるか自分の頭で考えるプロ」になっておかなくてはならない。

## 2020年3月23日　月曜日

米と牛乳は買えたけど、小麦とトイレットペーパーは無かった。

自転車を買った。近所の中古自転車屋に行った。この通りには古道具屋や古着屋が多い。ベルリンには石畳の道が多かったり、ガラスが落ちていることが多いからか、僕が買いに行った時も誰かが自転車を持ち込んで相談していた。その様子を見た感じでは、店員は親切そうだった。地中海や中東あたりからの移民であろうおじさん2人が店にいた。看板や貼り紙のドイツ語は、明らかに初歩的な間違いが連発している。自転車を探しに来たと言うと、英語で対応してきた。予算を伝えると、これがおすすめだ、とすぐに1台勧められた。たしかに良い。なんか、バッテリーを使った電動アシストではない機構で助力してくれている感覚があり、軽い。だが値段が高い。予算を言ったのに、それよりすこし高い自転車を勧めてきた。僕は形と色が気に入らないと気分が悪くなってしまうので、安い中でも良さそうな見かけのものを選んで、それに乗せてもらった。ああ、それも良い自転車だよ、とおじさんは適当に言って、カギを外したりしてくれた。僕はベルリンで1台目の自転車だし、今後乗らなくなるかもしれないし盗まれるかもしれないので安く済ませることにした。過不足ない対応で代金や領収書のやり取りをしてもらい、僕は自転車を家まで押していった。まだ交通ルールが頭に入ってないからだ。自転車専用道路がほとんどの道にあり、自転車用の信号、標識を見る。ルールは難しくはないだろうけど、細かい罰金が決まっているし、僕はできるだけ問題を起こしたくないから押して帰った。とにかくこれで電車やバスを使わないでも生活できそう。

自転車屋のおじさん2人は、どういう流れでここで店をやっているのだろう。同じ出身の人から雇われてここに配属されたりするのだろうか。島国では起こりにくいことも、ここではたくさん見かける。

## 2020年3月24日　火曜日

カウフランドという大きなスーパーに行った。街中のスーパーとは違って駐車場もあって、郊外からも人が来る店だ。入店規制もショッピングカートの使用義務（自動的に客同士の距離が取れる）も無かった。駐車場に救急車が来ていて、人だかりや警察の姿もあったけど、特に大きな問題ではなさそうだった。店頭には「他人とは2メートルの距離を」などと書かれた掲示板があり、セキュリティスタッフが客の流れを指示していた。

店内には不用心で明らかにルール違反な人たちもいて、衛生感覚もかなり良くなかった。そういう客が多いからだろうか、レジの人もかなりストレスを受けているようだった。僕が、おつりのコイン枚数が最小になるように小銭を出そうとしたら「紙幣だけ！」と強く言われてしまった。しばらく近所のスーパーだけ行こうと思った。近所のスーパーの人たちは、大体僕のことを覚えてくれてるし。

ちょっとずつ外出を減らしてきたけど、これからは1週間に1度だけの外出に。水曜日にだけ、友達の犬の散歩と食料の買い物をする。自分は肺が弱いほうだし、ドイツ語もうまくないし、こういう状況なら極力最低限の外出にしようということになった。医療関係者の負担や感染が増えることが一番怖い。

## 2020年3月25日　水曜日

公園に人が多かった。広い公園なので、ピクニックできるような場所で寝たり、本を読んだり、コンピューターで作業してる人もいた。ベンチで電話している人も多い。たしかにヨーロッパのこの季節は、暗くて長い冬が終わった喜びを味わうものだけど、すこし不安になる。バス停に、家庭内暴力で困っている人向けの紙が貼ってあった。

それどころじゃなくなったのか、外出を減らしたりしてるからだろうか、アジア人を理由に何か言われたりすることは全然なくなった。

## 2020年3月26日　木曜日

各国の感染状況を見たりしていて、データのとり方や統計手法にも差があるので比べたりするのは難しいと思った。感染の定義などについても色んな違いがあるし、途中で基準が変わったものもあるみたいだ。1年経てば人口の増減、つまり死者数から今回の病気の状況が推測できるかもしれない。でも高齢化で毎年何十万人も人口が減っているので、年齢別に見られるようなデータが揃ったとしても分からないことが多いままかも。

例えば日本の原発事故のデータや調査結果報告書などでは、9年経った今でもまだ改ざんなどが見つかったりする。失業など景気を示すパラメータも、カウント方法を変更できたりしてしまう。それを不誠実だとみなし、厳罰が待っているような環境があれば、人は自然とそういうことをしなくなる。国ごとにそれぞれ微妙に民衆の意識や考え方や雰囲気が異なる。

**2020年3月30日　月曜日**

雪が降った。今年の冬には1度も見なかったので、不思議な気持ちだった。でも雪を見るためだけに家を出るほどではないから、窓を開けて外の写真を3枚撮った。全然写っていなかった。

注文していた電動歯ブラシと、水圧でデンタルフロスみたいにできる機械が届いた。たまたま自分は今までどおり仕事を家でやっていて、外出が週1回でも困らない。だけど料理と食事がかなり気持ちの健康を支えてくれているので、歯を大事にしよう……という気持ちが高まって、家族の分と2セット買った。

野菜を切るだけでも、卵を焼くだけでも、少しの工夫や手際でおいしくなったりするし、ほどよく意識も使うので、考え事が止まってくれる。他の時間はずっと頭が勝手に何かを考えだすから、瞑想やテトリスみたいに「無軌道な思考が止まる時間」がもっとあったほうがいい。料理や自転車は、注意力を使うから良いな。

**2020年4月1日　水曜日**

公園に、子どもたちが遊んだ形跡がたくさん残っていた。特に多かったのは地面に描かれた色んなモチーフのケンケンパ（hopscotch）や、木の枝で組まれた小屋だった。小屋はテントのように円錐上に枝を組み、3人ぐらいなら中に入れる大きさのものも多い。公園の中を1時間ほど歩いていると、そういう小屋が10個は見つかった。

今は各国が同時に同じ問題に取り組んでいるので、各国の抱える社会問題や弱点などが可視化されやすい。また、どんな社会を目指しているかという理念や、実際にその理念に向かってどんな施策が行われているかも見える。もっとドイツ語をしっかり上達させようと改めて思った。

## 2020年4月7日　火曜日

ここ4日ほどでブレンダー（3Dモデリングソフト）を一通り使えるようになった。つい最近メジャーアップデートしたらしく、YouTubeでチュートリアル動画を見ていても、手元のソフトと微妙に作りが違って同じ操作をできなかったりするけど、推測して色々試している。空間に簡単な立体物を置いたり、それを初歩的に変形したり、表面に絵（テクスチャ）を貼り付けたり、動かして映像出力するところまでやった。

どれも細かい調整とかはできないし仕組みは分からないけど、最低限全作業通すと、不思議と「使える」という自信が生まれる。たとえばそのうち、ディズニーの子会社の子会社みたいな単位のユニットが、全員在宅で分業してクラウドでそれを組み合わせながらアニメーションを作ることもあるかもしれないし、似たような案件はすでに見聞きしたことがある。仕事にしようという気持ちがあるわけではないけど、「使おうと思えば使える」と自分で知っておくのはいいことだと思う。

これ以外にも、なんとなく「興味はあったけど挑戦する機会がなかった」ものに気軽に手を出していこうと思った。電子工作や、野菜作り、編み物をしたり、肉まんを作ったり、他にも手を出してみたいことはたくさんある。それらをちょっとかじって、「やっぱり漫画が自分に合うなあ」と、旅行から帰ってきて家に入った瞬間みたいな気持ちになるのもいいし、案外長く続くものも見つかるかもしれない。初心者として、へたくそなことができるのは、とても贅沢だ。稼ぐために何か1つだけに絞って訓練して、より稼ぐためにさらに訓練し、稼ぎを高め続けるために「よそ見」をしないのは、僕には向いてない。

## 2020年4月9日　木曜日

熱中症のような感じになって、2日寝込んで、治った。暑熱順化というのがあるらしく、春から真夏にかけて、だんだん体が慣れていく。冬の体のままだと、真夏ほどじゃない日でもダメージが大きい。特に今は週1回しか家を出ないから、その暑熱順化が不十分なのかもしれない。いずれにしても、最近集中力が減ってきたのが気になっていた。部屋で何時間も作業する生活を10年以上続けていると、どれぐらい運動して、どれぐらいこまめに水を飲んだり換気をしたりすれば自分の最大性能が出せるか大体分かっている。それでも明らかに気が散ったり姿勢が悪くなったりしやすいので、運動が足りてなくて筋肉が落ちてるんじゃないかと思う。運動を増やす。

## 2020年4月14日　火曜日

「Nuclear Throne」というゲームを、3月からずっとやっていて、累計プレイ時間を見たら142時間と書いてあった。核戦争後の世界で、たくさん現れる怪物や組織や警察に、銃などで立ち向かっていくゲームで、遊ぶたびに毎回マップや敵がランダムに変化する。サクサクと軽快に遊べて、音も絵も好きな感じなので、現実逃避するために欠かせないようになっていた。

で、遊ぶたびにオンラインで配信していたので、何人かいつも見に来てくれる人ができて、その人たちとしゃべりながら毎日のように遊んでいた。特に日本でラッパーをやってるメテオさんは、日本時間の夜中でも朝方でもほとんど毎日配信を見に来てくれて、お互い住んでる場所の状況を言い合ったりしていた。それにしても142時間というのはすごいなと思う。

## 2020年4月16日　木曜日

東京で居酒屋をやっている弟が、普段やってる寿司や和食ではなく、中華のテイクアウトを始めた。弟はずっと色んな店で働いてきて、やっと1年ぐらい前に独立して自分の店を始めた。感染が広がるちょっと前に電話でしゃべった時には、これから店をどうしていきたいとか話していた。今、チャーハンや焼きそばや麻婆豆腐を1パック300円とかで売っていて、それは想像していた事業計画とは違うだろうけど、考えていた店の理念に沿う選択肢なんだろうなと思う。麻婆豆腐が特に食べたい。レトルトやインスタントがないから、アジアスーパーで醤や油を何種類か買ったら作れるかな。

## 2020年4月17日　金曜日

部屋の模様替えをしたら、とても気分が良くなった。太陽光が当たりやすいところに机とソファを移動させた。暖かくなってきてから、リスがよく部屋の前の木に登ったりしていて、それが見えるのもいい。

## 2020年4月24日　金曜日

運動しながらでもしっかりラジオを聞いたり、通話しながらの仕事で便利なように、ワイヤレスイヤホンを買った。いくら制作や仕事が在宅でできるといっても、この状況では平常時の気持ちで集中するのは難しいから、できるだけ快適になったり楽しくなったり気持ちが紛れるような工夫や買い物をしている。食べたことない食材や、普段なら買わないちょっとしたアイスやお菓子をスーパーで買ったり、すぐに読めなくても楽しそうな本を注文したり、ウイルスの研究に寄付したり。近所のSoziale Zaun（困っている人のために、街の特定の場所のフェンスに、透明のビニール袋に食べ物などを入れてくくりつけておく活動）も見に行こうと思ってる。

## 2020年5月13日　水曜日

電車やバスを使わなくなって約2ヶ月経った。自転車は便利だ。繁華街でも自転車人口が多いけど、わりとみんなちゃんと2段階左折（右側通行）したり手信号をやっている。まだヘルメットを買ってないけど、買おうと思う。さっと目的地まで移動するし、公共交通機関も使わなくなったし、それに何より週1回の外出だ。引き続き、他人からアジア人を馬鹿にするような言葉は投げられていない。世の中がどうなっても投げる人は投げ続ける……ということもあるだろうし、教育によって少しずつ変わっていくということもある。だけど今週や今月という直近を生活していく上では、すでに存在していて急に変化できない人を、僕は避けようと思ってる。自分の好きな生活を我慢しない程度に避けた上で、言葉や表現で何かできればと思う。

犬の散歩に行くと、あいかわらず人はのんびり遊んでいる。公園の平原では、体操をするチーム、ボクシングのスパーリングをやる人、楽器をやっている人、色々いた。口笛を吹いて自転車に乗っている人が近づいて来て、話しかけてきた。犬が逃げてしまったらしく、少ししゃべった。帰り道のキオスクで飲んでいる人が「今週はずっと天気がよかったね」と言ってきたり、ベルリンの人たちが元々持っていた気楽さが戻ってきているのかも、とも思う。

ちょうど1年前から、ブレーメンを離れて日本に留学していた大学生がドイツに戻ってきた。2週間の自宅待機も終わって、元気みたいで安心した。この人とはSkypeを使って語学交換をやっていたが、是非また再開しようということになった。

## 2020年5月15日　金曜日

去年末に就職先が見つかったばかりの家族が勤めている店も営業再開した。休業時の補償も受け取れた。店舗などではまだマスクをつける決まりになっていて、店員も透明樹脂のフェイスガードをつけている。

1995年にオウム真理教の一連の事件があって、阪神淡路大震災も兵庫県で体験した。その時はまだ13歳だったけど、それ以降、強大で数日以上続くような動乱を体験するたびに、社会や人々や地球や宇宙の中で自分が何をどう思って何をして生きていくかを文章に残しておいた。何かに迷った時や、選択肢が多い時、ふんわりしてて何でもない時、考えておいたことが基準になって良かった。動乱があるたびにそれを改めて大きく考え直して、意識を強く持ち直すきっかけになった。今回は特に長期間だし、隅々まで深く考え直している気がする。

## 2020年5月20日　水曜日

ハイツング（お湯を循環させる暖房。建物全体で動いている）が工事で止まっている。まだ寒い日がある上、生活が夜型になっているので少しだけつらい。2月中旬にフランス人の友達と「人種によって平熱が違うから、感染しやすさが変わるかもね」「でも鳥は大体40度とかだから……」という話をしていたのを思い出した。僕の住んでいる地区には、初夏になっても黒いダウンジャケットを着ている人が多い。その人たちは、もっと寒いかもしれない。

## 2020年5月22日　金曜日

COVID-19を意識した生活も、もう100日を超えた。3月にワルシャワに行った時に食べたプラッキ（ポーランド風ポテトパンケーキ）がおいしかったので、家でも作れるようにした。じゃがいもと玉ねぎをすり潰すんだけど、フードプロセッサーを持っていないから大変で、みじん切りや千切りでもうまく作れるかもしれない。次買い物に行ったら、タイプ405ではなくて550の小麦粉（日本でいう薄力粉とか強力粉の違い）やベーキングパウダーを買って、肉まんを作ろうと思ってる。

# 散木記（抄）

**円城塔**

日本・大阪　２０２０年３月某日～５月21日

## 円城 塔

えんじょう・とう／１９７２年生まれ。ものかき。札幌生まれ、大阪在住。映画評と音楽評はせず。仕事場は喫茶店。日に２、３件を回っていたが在宅に。もともとあんまり人とは会わず、１日の会話が家族以外は「お弁当温めますか」だけであることも珍しくない。ここ数年、アニメの脚本などを書いていた。アニメの作業が前代未聞の勢いで遅延しているが「俺は悪くない」。大事なことなので２度書いておくと「俺は悪くない」。

## 2020年3月某日

東京にて、文學界新人賞の選考会。

編集部側としては、マスクも用意し、選考委員の席の間の距離もあける、とのことで事前に打診。

選考会は順調に終わる。

これが獲るのではないかという予想は外れたが、これで通せるのであれば、通すにこしたことはなし（つまりは判断保留）。

自分の場合どうしても、減点の一番少ないものを評価してしまうところがあり、押しが弱いことをあらためて自覚する。

## 3月8日（日）

札幌にいる母親から、この6月に父親の一周忌をやるという連絡がくる。父親が死んだのは4年前だし、命日はそもそも8月。

## 3月9日（月）

我思う、と思うときの脳内のインパルスパターン自体は我ではない。ではなにを思っているのか。

## 3月12日（木）

いっそトイレットペーパーを通貨にしてしまうというのが早いのではないか。使わないと劣化していく貨幣としても。

## 3月13日（金）

朝起きると、右耳がなんだか聞こえない。

耳鼻科へ行くと、思ったより深刻な調子で、突発性難聴だと告げられる。最初はステロイドで様子を見るが、変化がなければ、入院して点滴ということになる、とのこと。

突発性難聴は最初の2週間が勝負で、以降はそこで聴力が固定されるものなのだそうだ。

ボリス・ジョンソン、集団免疫戦略を発表。犠牲は覚悟するらしい。

## 3月14日（土）

「謎の論文のようなもの」を素材としてつくっている。Jupyter Notebookは確かに便利だが、釈然としないところも多い。

小説家は、機械学習用のデータとして、小説を書いている間のキーログも売ればよいのではないか。

母親から、この6月に父親の一周忌をやるという連絡がくる。

## 3月15日（日）

世の中、道理を知らない人ばかりなので、偽陽性と偽陰性の話（ベイズ）をまとめる。
https://gist.github.com/EnJoeToh/45f9d3ddc1ab dd4712ddbeb91303e32a
とりあえず、このあたりのことが通じていない相手と何かを話してもはじまらない。
Gistが適当な場所とも思えないが、noteでは数式も覚束ない。Qiitaかとも思ったが、Qiitaは技術用のものだ、とかいうありがたい指摘を頂き、Qiitaユーザーらしいなあ、と思う。やはり、はてな、ということになるのか。

## 3月16日（月）

耳鼻科再検診。体感的には50％ほど回復しているが、測定の結果もそんな感じ。単に慣れてきたというのもある。このままステロイドでの回復を期待するか、点滴をやっておくべきか、時間的なものもあって悩ましいが、「時節柄」、大きな病院へ行っても、点滴に回すリソース（入院が必要）はないかもしれない、と言われる。もろもろ勘案してこのまま行くことにする。

SIRモデルについても、書かねばならないのでは、という気持ちがつのるが、専門ではないので、どこでなにを踏むかがわからない。適当な解説を探す。

スカイプで東京と打ち合わせ。2話まわり。しかし素材はどうつくったものなのか。

この頃やたらと、ウエルベックの『ある島の可能性』と、やまだないとの『ero*mala』が浮かぶが、どちらも手元にはない。

ボリス・ジョンソン、集団免疫戦略から1歩後退。

## 3月17日（火）

耳は音量的には不自由していないが、わんわんと響く感じが悩ましい。

謎ノートづくり。「謎な数式をガーッと書いてもらえればそれでよい」と言われることがよくあるが、世に「謎の数式」というものはない。

なんだか急に街の空気が変わる。マスク率も急速に減少。売っていないせいもある。みんな飽きてきたのか。

ハンロンの剃刀のよい日本語訳はないものか。

## 3月19日（木）

大阪の街はなんだか急に気が緩んだ様子で、飲み屋街に人があふれている。

これはさすがに危ないのではないかと思うのだが、大阪人の選択というものなのか。

という話を誰かとするべきなのではないか、たとえば、岸政彦さんなどと。別段面識があるわけではないが。

Financial Timesの感染者数データなどを眺め続ける。

## 3月20日（金）

朝起きると、岸さんから連絡が入っており、驚く。

飲みに行こうということになる。

考えてみるとこの10年ほどで、3月20日に大阪にいたのははじめてである。

自分は移動体通信というものを勘違いしていたなと思う。あれは、人間が家から離れた場所で活動するためのものではなくて、遠隔でロボを動かすものであったのだ。脳だって、体の奥にひきこもって手足に仕事をさせている。

### 3月21日(土)

飲み会は人を増やして、4月1日にということになる。もう今日にでもという気持ちがないではないが、あまりフットワークが軽すぎるのもどうかと思ったりもする。

大阪の楽観ムードは、キタとミナミで差がある様子。キタの方が楽観的で、ミナミの方が厳しい雰囲気。が、単に心斎橋、難波の外国人観光客がいなくなったせいであるのかもしれない。


うららかな土曜日を、『渚にて』など読みすごす。

アマビエが流行っているが、疫病といえばまず、吉田神社を勧請したりするものなのではないか。

何も考えずにアクションを書いてみるなどする。

スーパーマーケット前
＊世代間隔離を目的とした外出規制によりスーパーの買い出し時間が区分されている。

カートに食料品を山積みにして押して出てくる老婆。

角を曲がって見通しのない道へ。

デカい斧を片手に下げた女登場。老婆の前に立ちはだかる。胸には新生児用ベビーキャリア(赤ん坊の顔は見えない)。

立ち止まる老婆。

女「それ、もらうから(物資を指す)」

斧を振り上げる女。

両手をカートにつっこみ取り出すと、それぞれの手にリボルバーを構えている老婆。斧の一撃をかわし発砲するが、女もかわす。

少し離れて州兵2人登場、老婆と女にライフルを向け制止。

構わず、女を狙う老婆。州兵、老婆へ発砲。吹き飛ぶ老婆。

うずくまる女（気づかれないうちに、老婆の拳銃を拾っている）。

女にかけよる州兵。

女、顔を上げると、州兵に発砲。

州兵、からくも女に一撃を見舞うも倒される。

女、ベビーキャリアをはずす。ゴトリと落ちるベビーキャリア（鉄板入り。ただの装甲だった）。

足元に転がる州兵2人。

**3月22日（日）**

理数系の罵り合いがひどいのだが、理学系と工学系と医学系はもともと相手のことを、正気か？　と思っているものである。

人の集中を避けろというなら、なくすべきはまず休日で、有休を好きなようにとれるようにするべきだろう。ゴールデンウィークとかどうするつもりなのか。

**3月23日（月）**

大学は、教員各自の判断で、授業をオンライン配信せよということになりつつあるらしいが、それはもう、ただの私塾なのでは？

日本での死者数を抑えているのが、相互監視型の従順な日本人ということになれば、それは徳川家康の功績ということになるのではないか。権現か。

スカイプ打ち合わせ。3話まわり。

**3月24日（火）**

風が過去へと吹きつけて、去年の桜を散らしていくことであるよ、という和歌を偽造するのはどうか。

『古今和歌集』などを、タイムトラベルものとして読み直すことの可能か否や。ゾンビ映画でいえば、序盤が終わり緊張感が高まりはじめているところあたり、か。

しかし、この規模で経済を停止させると、無事にリブートできるものなのだろうか。

一番安い方法で金をばらまく手段を考える。難しい。年金の仕組みはあえて切り離したものなので、そちらを利用するのは難しかろう。住民票、マイナンバーを口座と結びつけるのは本来避けるべきことである。

欧米はそもそも戸籍制度が異なるし、政府が個人の口座なんて把握しているはずはないので、もう金が支払われているとかいう報道はなんだか信用ならない。エストニアとかは別だが。

**3月25日（水）**

チャンギージーの『ヒトの目、驚異の進化』の書評を送る。

**3月26日（木）**

一旦水に沈めてみて、浮かび上がってこなければ貧困と認定する、みたいな。

どんなSF作家でも、和牛券を配るなんていう状況は予想できまい、と言っている人をみかけ、田中啓文ならできる、という応答に深くうなずく。

まずオンライン化されるべきは国会なのではなかろうか。

**3月27日（金）**

チャンギージーの『ヒトの目、驚異の進化』の書評が出る。早いな。

https://www.hayakawabooks.com/n/nb5481cbf0f64

突発性難聴から2週間。聴力はほぼ回復。慣れも大きい。ステロイドの効果なのか、20年来のつきあいだった背中の脂漏性湿疹も一緒に消えている。

貨幣数量説について悩む。

フィッシャーの交換方程式はなんだか熱力学っぽいよなあと思っていたが、師匠がギブスであるとのこと。なにかと気になる人である。ギブス。

母親から、この6月に父親の一周忌をやるという連絡がくる。時間を置いてまたくる。

クオモNY州知事がJavits Centerで、たがいに距離を開けて座る軍人を前に会見している写真。ともかくもうまい。大阪サミットで肩寄せ合っていた各国首脳の写真とは格が違う。

## 3月28日(土)

六国史以降、正史の編纂が途絶えているのはやはり残念なことなのではないか。

引き換え券がどうこう、という話をきちんと書き記し、後世の注釈者を悩ませるべき。


『日本三代実録』を手に入れる。

街から人が減っている。人の歩みは緩やかとなり、口調はやけにはやくなっている。混乱している人に多く見られる振る舞いである。

CNNが本格的に在宅でのニュースをはじめた。

厚労省の発表するPDFから、Poppler経由でJSONを提供しているサイトがある。厚労省が最初からJSONで出せばよい話だ。PDFは今や、FAXみたいなもんだろ。

## 3月29日(日)

自営業者の困り具合というのはなかなか伝わりにくい。年金を止めてみる、というのがてっとりばやい「解説」なのではないか。

母親から、先日は来てくれて有難う、というメッセージ。行っていない。

こちらが預けた金を振り込みたいので口座を知らせろとも。金は預けていない。

## 3月30日（月）

諸般の事情により、４次元立方体を回転させて、左巻きと右巻きを入れ替えるというアニメーションをつくり直す。

ファビピラビル（アビガン）の開発者の一人の記事を読む。

https://www.jmedj.co.jp/journal/paper/detail.php?id=14305

ウイルスのＲＮＡ合成阻害を目的とする薬。すなわち、ウイルスが耐性を持つことはほぼありえない。が無論、そんなことをすれば催奇性を持たない方がおかしくて、当然出る。薬害訴訟の渦が巻き起こる可能性とかをちゃんと考えねばならないものである。

さて、ウイルスが耐性を持ち得ない薬を作り出せたとしたら、ウイルスの方も人間に免疫を持たせないような仕組みを発達させそうなものである。

そもそも免疫の獲得が確認できていない時点で、集団免疫戦略を前面に出すことは適切なのか。

## 3月31日（火）

明日予定の飲み会をどうするか相談。

個人的にはやりたいところなのだが、ここから誰か感染者が出ると、間違いなく新聞沙汰になる、というメンツ。断念が無難、という結論に達する。

スカイプで東京と打ち合わせ。６、７話まわり。

## 4月1日（水）

詰め小説、というものは可能であるかを考える。

Twitterでつぶやいていたら、大森望さんから、１週間くらいで書けとの応答がくる。なんという雑な依頼か。

若島正さんの詰将棋の本を発掘してみる。『盤上のフロンティア』のまえがきを読み返してみるが、ほぼ狂気の域に達している。

が、詰将棋ってしたことがない。

文庫解説の原稿を送る。

## 4月2日（木）

なにとなく書きあぐねていた、コロナ関係の所感を求めるメールへ返信する。受信は3月23日だった。コロナ関係のところを以下抜粋。


コロナまわりですが、やっぱり、最大予想死者数が出てこないのが問題で（最近、アメリカは出してますが）、ゆえに、なにを引き換えにするのかが全てトリアージに集積されているのが問題なのではないでしょうか。

どうもわからないことの多いシン・コロナですが、致死率は3％程度という見立てを維持するとして、全人類が感染したとして（しないですが）、まあ、3億人は死なないよね、という話で、スペイン風邪の時は1億人死んだそうですが、世界人口も20億だったので、だいたいそのくらいの感じ？

というところから、なにをすればどこまで減らしていけるのか、を議論しないとどうにもわからないなあ、というのが所感です。

50億死ぬね、とかいう話であれば、強権もなにも関係なく、独裁者でもいいからなんとかせよ、という感じになりますが……


しかし、このコロナの日本における死者数の少なさは謎で、基本、死者数は隠せないはずなので（所見も随分と違うようですし）、

・なんで東京でまだ感染爆発していないの？
・春節であれだけ賑わっていた心斎橋で感染爆発が起こっていないのはなぜなの？
・でも、雪まつりで感染爆発しそうになったのはなぜなの？
・満員電車ではうつらないのに、宴会だとすぐうつるのはなんなの？
・本当に、手洗いの成果なの？　日本だけそんなに手を洗うの？

というあたりが深い謎です。
と思っていたところ、やっぱり日本でも簡単にうつるくさい、ともなってきている昨今、そうだなあ、最大、国内３００万人程度の死者を「しょぼい」と言っていられるのかなあ、でもイタリアを見ると、20万人くらいですみそうだなあ（後記　イタリアの人口は日本のほぼ半分。４月上旬のイタリアでの死亡者数はおよそ2万人。このまま10万人程度の死亡者数になるのではないかというざっくり勘定。その2倍）、それって年間の肺炎で死ぬ人の数と同じ（後記　４月３日の記述参照。実際は12万人程度）なので、毎年やってこなければ許容できる範囲、となったりはしないか……と、いったところです。

しかし各国の、マネーバラマキですが、あれは借金なんでしょうか、ヘリコプターマネーなんでしょうか……

ヘリコプターマネーだとすると、史上空前規模の経済学的実験なはずなのですが、経済学者が静かなのが謎です。

（このあとはふつうに大インフレがくる、というのがふつうの見方で、いやこない、というのがＭＭＴのような……）

## 4月3日（金）

たまたまテレビをつけたらやっていた、「ギルティ～この恋は罪ですか？～」が、初回からおそるべき登場人物数と回想量で驚愕する。

調べ直すと、日本での年間の肺炎での死亡者数は12万人ほどだった。

結局のところ、ワクチンが開発されない限り、死亡者数の総数は変わらない。大雑把に言えば、全員がかかり、うち、死亡率分が死ぬから。ワクチン完成まで引き延ばしをするというのが手ではあるが、その間、人間は歳をとっていく、というのもわりと重要なところであって、若いうちにかかっておけ、という意見もわからぬでもないし、国ごとに対応が異なるともう、人の移動をどうするべきかわからない。

また別の「所感」を求める原稿依頼。『約束の果て黒と紫の国』読了。覚悟、作分、手柄が揃った形か。

**4月4日（土）**

昨日の依頼原稿を送る。

近所の桜が、ソメイヨシノも八重桜も満開である。一緒に咲くのは滅多にないことであるらしい。

UPLINKがVimeoでの映画提供開始（後記　この後6月、UPLINKでは労使問題が明らかとなる）。サブスクリプトする。

日本は金を刷りまくっても大丈夫という意見が多いが、では金を刷れない国はどうすればいいのかという話を無視してよいわけか。金を刷った国が援助すればよいという話なのか。それともアルゼンチンのようにデフォルトを繰り返せばよいということであるのか。

**4月6日（月）**

『華氏451度』を眺めつつ、自分には、ブラッドベリを読むためのなにかが根本的に欠けていると思う。

吉野の桜も山を挙げて稀に見る満開とのこと。

『南朝全史』を読んでいる。

さて、このあたりからは当然、人命と経済をはかりにかけることになる。が、ここで一番に避けるべきは、人命を金額に換算することで、それは馬鹿なSFに登場するAIがまっさきに提案してくるはずの事柄である。人文諸学はこれに強く反論するべきだ。

もっとも、AIが馬鹿になるのは制作者が馬鹿だからである。

**4月7日（火）**

本来はこの日がアフレコ開始、1話収録予定日で、顔合わせをかねて東京の予定だったが、収録は5月まで延期。

スカイプで打ち合わせ。7話と8話。

その前に、別件スカイプ相談。アニメーションにおける報酬の発生はなにを成果物とするかが難しい。が、単純に食わねばならぬ。なんだかんだでビジュアルの設定もやっているのをどうするのかとか。去年には終わっているはずの仕事である。

4月4日に送った原稿の掲載号発売は順延、とのこと。noteに先行掲載という打診もくるが、noteのCSSのプアさでこれは組めないのと、やや可燃性が高いと本人としては思うのでそちらは遠慮しておくことに。プラットフォームによって書き方は変わる。

緊急事態宣言発令。

## 4月8日(水)

『女は下着でつくられる』を読んでいたら、今東光が訪ねてくるシーンがあった。

## 4月9日(木)

詰将棋小説を1週間という締め切りに間に合わせるのは断念。無理だろ。

母親から、父親が叙勲されたと連絡。要領を得ない。お前は人の心がわからないというメール届く。

## 4月10日(金)

今こそ沈黙交易復活のときなのではないか。

フーコーは新装版が出るそうだが、なんで新訳にならないのか。

このところずーっとやってるアニメーションのタイトルは本日解禁予定だったが、延期とのこと。それにしてもほんとに10月に放映できるのか。

そうしていつ、関わっていることを公言できるようになるのか。

**4月12日（日）**

母親が、こちらの預けた金を送ったという。送んな。どうもこのところ、あまり眠れない。眠れても悪夢しか見ない。

**4月14日（火）**

スカイプで打ち合わせ。9話。まだ最終13話の大落ちが揺らいでいるというのはどうしたものか。

制作会社も閉鎖される由。次回からは、それぞれの家をつないでの打ち合わせということになるらしい。遅延はげしい。みんな急に使うようになったのか。

『方丈記』など読み返す。

あまさへえやみうちそひて、まさるやうにあとかたなし。

さて、この「えやみ」とはなんであったか。

**4月15日（水）**

クオータニオンで回すしかないか、という気分になる。自分の人生にクオータニオンが登場する日がこようとは。

ときどき3Dを触る以外には無理という状況に陥るが、そのたびにProcessingを持ち出してきたり、POV-Rayを触ったりしている。ここはUnityかBlenderを触れるようになっておくべきなのではないかとよく思う。

要は、スクリプトでオブジェクトを置き、形でブーリアンができればよいのだ。

西浦博氏による、ノーガードであれば国内で40万人が死亡という試算が出る。

そんなところという気がするが、別に根拠があるわけではない。

疫学系の方々の頑張りには頭が下がるが、それでも元としたデータと数理モデルが公表されないのは古風にすぎる。オープンにして不特定多数が検証、が今後標準的となるべきである。

が、それでは議論が成り立たぬという可能性もわりあい高そうで、システムに馬鹿が混じるのは、信号にノイズが混じるのと同じで避けられない。

世の中、倍々ゲームを体感できない人間の数は思っていたよりはるかに多い。

## 4月16日（木）

「1列に並ぶ円柱に、斜め方向からビームが入射し、角方向へ同心円状に歪みを生じさせた跡」を、斜め方向から正面に移動しつつ見る、というムービーをつくる。「見てみないとわからない」ということのコスト。

## 4月18日（土）

スタンフォード大によるサンタクララでの抽出調査。標本数３３００。１桁％がすでに抗体を持つとのこと。すでに広く拡散しているというのは、ひとつの解釈として見込みがあるのではないか。

## 4月19日（日）

どうもこの頃、市場で売っている食材の質が上がっている。が、流通も混乱しており、劣化しているものもまた多い。

○○日経ってもウイルスが生存、という表現をよくみかけるが、ウイルスは生き物に分類されることになったのだったか。

## 4月21日（火）

スカイプで打ち合わせ。７話。

初、それぞれの家からの打ち合わせ。

こちらとしては、今年になってからずっとスカイプで参加しているので特に違和感はなし。

やはり遅延目立つ。

『かぐや様は告らせたい』（18）を読む。

**4月22日（水）**

『お吟さま』電子版を読んでいたら「漕然」という言葉が出てきて困惑する。「嘈然」でもなかろうし、なにか。

若島さんより、初版紙本では「懵然」となっている、とのこと。この字がまた、『字通』にも『新潮日本語漢字辞典』にもない。

ロスの大規模調査では、感染率が想像以上に高く、致死率は大概低いという報告。

**4月24日（金）**

タイムマシンによって歴史改変が可能であれば、タイムマシンが発明されない時間線が安定なものとなるのではというニーヴン説について考えている。

**4月27日（月）**

『お吟さま』を読み終わり、今東光を追う気になっているのだが、手軽な入手が難しい。神智学との関係が気になるところである。

『方丈記私記』を読み返しかけ、三木卓の『私の方丈記』を読んでみる。

**4月28日（火）**

スカイプで打ち合わせ。7、8、9話。

遅延があまり気にならなくなっていることに気づく。が、単に喋り方の慣れ、という気もする。

文字化けメッセージをつくる、という仕事。意外にこれは難しい。それを送るのはもっと難しい。まあ、画像で送ることになるわけだが。

**4月29日（水）**

数ヶ月ぶりに深く眠ることができた。90分ほど。寝ていないわけではないが、常に浅い。

ノーガード戦法で挑むブラジルの死者が５０００人を超える。免疫が獲得されるなら、世界で最初に集団免疫を達成するのはスウェーデンかブラジル、ということになるのか。

世界的な封じ込めに失敗している以上、今後ウイルスは世界をぐるぐる回ることになるわけで、問題は国境をいかに開けるか、ということになるわけだが。

**4月30日（木）**

井上靖の『本覚坊遺文』を読んでいた。人は自然とメタ小説へたどりつくものなのか。『孔子』と『後白河院』も読んでみようかと思う。

**5月2日（土）**

が、その前に『孔子暗黒伝』を読み返してみた。昔よりもややわかるようになっている。『暗黒神話』の方がKindleになっていないのはなんなのか。

気温、26度に上昇。

**5月3日（日）**

井上靖の『孔子』を読み終わる。奇書の類であろう。

白川静の『孔子伝』を読み直しはじめる。

**5月4日（月）**

『孔子伝』に「日記まで読まれるような生活は、どうにも高尚なものとはいいがたい」という一節がありり深くうなずく。

母親から、一周忌をこの6月にやるという連絡。

緊急事態宣言の月末までの延長。

**5月5日（火）**

スカイプで打ち合わせ。9話。なかなか筋がまとまりきらぬ。後ろに下げたものを上に上げなおしているからで、7、8、9あたりで衝突するせい。

それにしたって、マスクは無効、むしろ有害、という大規模調査の話はどうなったのか。

### 5月6日（水）

26度。暑い。

井上靖がこだわっていた、「葵丘の会盟」における、最終兵器としての黄河利用不可条約が気に掛かるので、横山光輝の『史記』文庫版を読み返しかける。SFの素材になりそうなところではある。

ネッククーラーを購入してみる。ペルティエ素子で首元を冷やす。モバイルバッテリーで駆動。排熱のためにファンが回るのでそこそこの音。とりあえずの使用感はよい。

「邦に道なきとき、穀することは恥なり」とまあ論語は言うが、老荘へ向かうことになった雰囲気がようやくしみじみと。

### 5月7日（木）

母親から、父親の一周忌をこの6月にするという連絡。

大阪、一気にリブートムードへ傾く。

### 5月9日（土）

今年の関西は、ハモ余りを気にしている人が多い。祇園祭が中止のゆえ。

墨子について真面目に考えるべきなのではないかとの念つのる。

### 5月10日（日）

「此日本国の衰ふる初めは、これよりなるべし」（増鏡）

母親より、お前は人の気持ちのわからない冷たい人間だ、作家のくせに優しい言葉のひとつも書けない。というメッセージが来る。

## 5月11日（月）

「謎の計算」を考える羽目に陥る。世に謎の計算というものはない。単にバグがあるだけだが、バグも規則に従って起こるものである。仕方がないのでフレドキンのビリヤード計算などを思い出しつつ論理回路でも考えることにする。フレドキンゲートをつくろうかと思ったが、そういうものを求められているわけでもない。

## 5月12日（火）

スカイプ打ち合わせ。8、9、10話。

『諸子百家』（浅野裕一）読み終わる。孔子を下げ、公孫竜を上げるスタイルに疑問符が浮かぶも、ああ、『古代中国の言語哲学』の人だった。

『猫が西向きゃ』（1）（2）を読み、育児休暇だったことを知る。

『KILLER APE』（5）が出ていたことに気づかなかった。

## 5月14日（木）

オンライン相談も飽きてきたので、せめてカメラの刷新をはかる。いまどきのPC内蔵カメラは優秀だが、のっぺりするのは免れないし、みんな真正面から相対しているのは単に間抜けだ。技術にはどこまでついていけるものか。

SIGMA fp購入。セッティング、の前にまず、iPadをサイドカーにしてみる。どうも気持ちだけがあり、作業が追いつかないのだが、それは別に昔からのことという気もする。

緊急事態宣言緩和。

北海道、埼玉、千葉、東京、神奈川、京都、大阪、

兵庫は解除されず。ゆかりのあるのは、札幌、東京、大阪で、サンフランシスコもオークランドもダメな以上、手も足もでない。

**5月15日（金）**

SIGMA fp設定。画質はFHDに下げること。多分、PCのスペックが追いつかない。サイドカーの方にも載せないこと。

東京での大規模調査、感染率がそもそも低いという報告が出はじめる。すでに集団免疫が成立している説にかなり期待していたのだが。

それはますます国境をあける判断が難しい。

**5月16日（土）**

雨模様。湿度が高く、へばり気味。

どうした拍子か、母親が急に緊急事態宣言を認識し、今年が一周忌ではないことを理解した模様。

**5月17日（日）**

子供の頃からお前には人の気持ちがわからない、自分にはわかっているという顔をするな、そんなことができたからなんだというのか、と言われ続けてきた人々のために何かが書かれるべきなのではないか。

評伝などでも、数学系の事柄などは省かれることがほとんどだし、書き残されるものが書き手の知識を超えることはまず起こらない。

たとえば、石田三成などか。

**5月18日（月）**

ケアマネージャーさんから電話。母親は自分で札幌の施設を探すつもりになっているらしい。いや、あなたは大阪の施設に入る予定になっているのだが。

スカイプ打ち合わせ。9、10話。どうも先へ進まない。

『石田三成』（桑田忠親）読み終わる。

『ダンジョン飯』(9)読み終わる。

## 5月19日(火)

アフレコ再開される。第1話。このアニメ業界のなにがなんでも各話で横に輪切りにするやり方は、もはや弊害の方が大きくはないのか。

人の密集をさけるために、ブースに入る声優さんは1度に3人まで、交代するごとにマイク等を消毒とのこと。

現場は最低限の人数とし、ほかはGoogle Meetで眺める。が、それとは別に現場との意見交換用のスカイプも立ち上がっており、簡潔さには遠い。

ほぼはじめて、動いている画を見る。美術設定皆無の状態で脚本をやっているのだから、ほとんどエスパー状態である。本来は、絵なしで脚本など書けぬ。もっとも、脚本なしで絵が描けぬという事情も理解はできる。

通常は2時間ほどで終わるものというアフレコだが、そのような事情で実に6時間以上が費やされる。いや、そもそも脚本はアフレコに全部出席したりしないのでは？

椅子を新調しないと体がもたない。

## 5月21日(木)

大阪、緊急事態宣言解除。

人出はあまり変わらず。

このところ急に空が明るくなってきた。猶予期間はいまだ続く。その理由はまだわからない。ここまでのところ、全ての人間が間違っていた。人は学ばない。そうして、人は学ばないということさえも学ばない。

# コロナ禍絵日記

## ニコ・ニコルソン

日本・東京

2020年3月3日〜5月26日

ひとごとじゃ
なくなっちまったな・・・・

## ニコ・ニコルソン

にこ・にこるそん／漫画家。宮城県出身、東京都在住。代表作に東日本大震災で津波で流された実家を再建するまでのエッセイ『ナガサレール イエタテール』、認知症になった祖母との生活を描いた『わたしのお婆ちゃん』など。重いテーマが多いものの、本人はのんべんだらりと生きている。夢は猫を飼うこと。新刊『マンガ認知症』が筑摩書房より発売中。

## 3月3日(火)

新刊の発売日。
渋谷の東急本店の丸善ジュンク堂へ。
マンガ売り場の棚を10往復。ない。
店員さんに勇気を出して聞く。
「あのー。ニコ……？ ニコルソンて人のナガサレール
なんとかって……震災のマンガありますか？」
作者本人と知られないように打った小芝居が
白々しすぎて、ひとり恥ずかしくなる。

なんか…
今日発売みたいで…
カァァ
名前は聞いたことあるなァ…
新刊棚にあった


ハチ

顔真っ赤っかで自分の本2冊と
先日取材で穂村弘さんが話題に
出した河野裕子さんの詩集を買う。
近くのルノアールで読む。
右隣の席にEXILEみたいな若者
左隣の席に外国人観光客。渋谷っぽい。

## 3月11日(水)

実家が津波に流されてから9年。
毎年、この時期はテレビもネットも
震災の話題ばかりなのに
今年はコロナと半々。

トイレットペーパー
残り2ロール。
焦燥感。

この時期いつもウンザリしてる母にとっては良かったのかも…
忘れたいわ！
いや良くはないけど。

## 3月14日(土)

銀座へ。小雪が舞っていた。
ソニービルのQueenの展示にふらり立ち寄る。
個室展示は接触を避けるためか休止で残念。
準備した人の無念を思う。
最近はマスク姿の人も増えた。
みんなどこで買ってるん？
2月からとんと見かけない。
トイレットペーパー残機1。危機感。

## 3月17日（火）

フジロック、ラインナップ発表。
ＦＫＡツイッグスがくるぞ――！
8月開催なら、さすがに大丈夫だろ。

twigs
2015年に
フジで見た。
マジで
生き神様だと
思った。

## 3月18日（水）

高輪ゲートウェイ駅だそう。
この名前に慣れる日もくるのかなぁ。
結局、略して高輪って呼びそう。

## 3月25日（水）

東京は外出自粛要請がでた。
スーパーに行くと即席麺やパスタ、米の棚が空。
買い占めマジか。震災の時を思い出すけど
今は工場も物流も動いてる。何のための買い占めか。
と、ぼーっとしてたけどレジに並ぶ人が
全員、食料カゴいっぱいだと
塩昆布とヨーグルトしか入ってない
自分のカゴは正解なのか不安になってきた。
いや、家に米と味噌さえあれば大丈夫（婆の教え）。

みそ
にぎり！

## 3月29日（日）

志村けんがコロナで死ぬなんて……。
会ったことはなくても、ぽかりと心に穴が空いたよう。
谷口ジロー先生やさくらももこ先生が亡くなった時も
同じ気持ちになった。
一緒に暮らしたわけでもない、会ったこともすらないけど
気がつけば自分の本棚や文房具箱やテレビの中、
友達との会話の中に当たり前のようにいた。
遠い親戚よりテレビの志村。マンガのももこ。

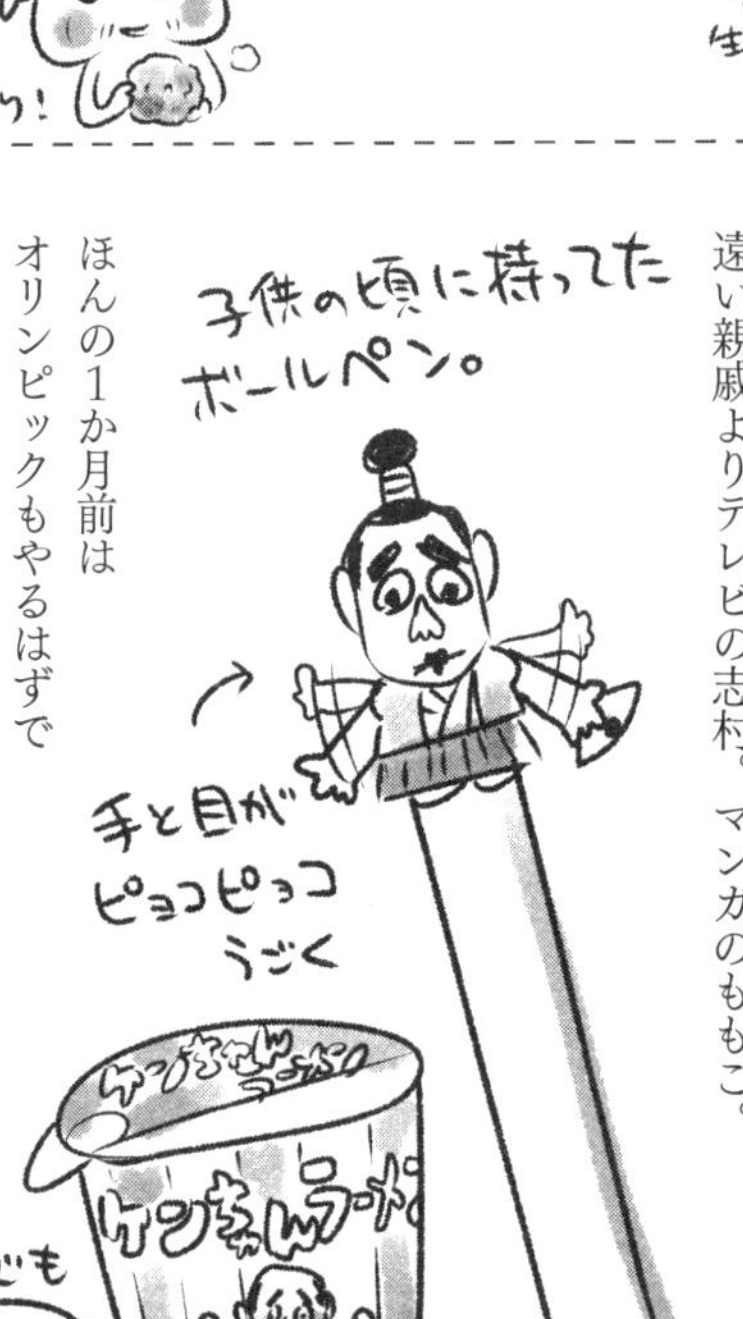
子供の頃に持ってた
ボールペン。
手と目が
ピョコピョコ
うごく
ケンちゃんラーメン
いつでも
新発売

ほんの1か月前は
オリンピックもやるはずで
志村けんも生きていたのになぁ。

## 4月2日(木)

国がマスクを配布するそう。
いまだにマスクはどこの薬局にもない。

薬局には
張り紙。
本日、マスクと
消毒アルコール類
入荷は
ありません。

病院からの帰り道
目黒川沿いを歩くと桜満開。
平日だからか、自粛のせいか花見客はいない。
最近は外に出るのも気をつかう。
しばし、歩きながらの花見。

もしコロナにかかっても軽い風邪の症状で
大したことないと聞いてたのに
Twitterでまわってきた入院してる人のリポート
読んだらめちゃくちゃキツそうで震えた。
やばいやつじゃん。
クドカンもコロナに感染したそう。
毎回、ラジオ聴いてたから驚くなぁ……。

## 4月3日(金)

筑摩の連載無事入稿。
宅急便をドア越しに受け取る。
人との接触を避けること
徹底されてきた。

置いておきまーす
ありがとうございまーす!

「家から出られないなら
せめて良いもの食べよう」と肥えていくのを
コロナ太りというらしいけど
漫画家は元々がひきこもり生活なので変わってない。
でも、今月からついにジムが休みになってしまったので
体は鈍る。ネームやプロット作業で喫茶店に
行けないのも地味に辛い。
白紙を前にじっと座ったままだと
叫び出したくなる。
ドトールのミラノサンドAと
ブレンドのセットが恋しい。

ビーフ
パストラミ
&
生ハム

# 4月7日(火)

安倍総理、緊急事態宣言。

毎朝8時前、小学生の元気すぎる
「おはよおございます!!」で
強制的に起こされていた頃が
懐かしい。

家の前が通学路。

# 4月11日(土)

コロナも自粛も関係なく締め切りはやってくる。
映画館に行きたい。
1月30日に品川で『パラサイト』観た以来だ。

手帳を開いてみる。
1月は普通に取材もしてたし
友達の娘とお絵かきをして遊び
ケーキを分け合った。
上野動物園で人混みの中
ゴリラの一家も見たし
新宿で焼き鳥も食べてた。
1月の自分が憎い。

ネコちゃん描いて～
いいよ!
茶色のネコ? 白色? シマ?
にじいろネコちゃん!
ぐりぐり
子供の自由さよ…

---

なんなら2月は取材で成田空港にも行ってた。
コロナは国内で猛威を振るう前で
「中国の春節が終わるのを待てば?」と言われて
念のため予定を遅らせたんだった。
2月2日の時点で欠航は武漢行きのみだった。
その日は成田山にも寄って落花生を買って帰った。
次の日には同じ成田山で節分会が開催。
「麒麟がくる」の面々や白鵬や海老蔵が豆を撒いていた。
今なら百合子が「密です!」と鬼の形相で
金棒を振り回してもおかしくない。

密です!!

不要不急の外出を避け
ソーシャルディスタンスと
ステイホームをみんなでトゥギャザーして
オーバーシュートをストップさせるのが大事とのこと。

家を出る前は必ずマスクを。
スーパーの入り口では手をシュッシュと消毒。
野菜や果物は触らず選びとり透明シート越しに
レジで代金を支払う。家に帰ったらまず手洗い
そのあとスマホをアルコールで拭いて消毒。
これが私の日常になってしまった。

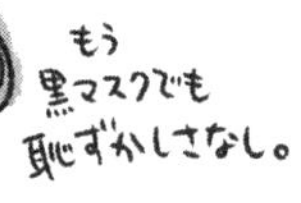

もう黒マスクでも恥ずかしさなし。

## 4月12日(日)

人と全く会わない日々。
孤独に耐えかね愛用の湯たんぽに
目玉シールをくっつけてみた。
今にも喋り出しそうだ。
名前をつけても良いかもしれない。
人肌に温くて、ほどよく重みもあり
もふもふ柔らかい。
そっと抱いて傾けるとこっちを見る。
うつ伏せに置くと苦しそうだ。
夜、抱いて寝て朝起きたら目玉が取れてて少し泣いた。
終わりが見えない自粛生活に疲れてきてるのかも。

トモダチ…

隣で解体工事が始まる。
現場は密ではないもんね。
昼ごはん作るのに換気扇をつけたら
ちょうど瓦屋根を剥がしてた
作業員さんたちがいたらしく
「腹減るな！」「チキンラーメンだな！」
という会話が。「ご名答」と思いつつ麺をすする。

もちろん
ナベから
直食いよ。

## 4月22日(水)

連載中のラブコメ漫画のペン入れ。
ヒロインが調理をしているシーンでは
「手洗いのコマを描いたほうがいいのでは？」とか
「モブにマスクさせたほうがいいかな？」とか
つい考えてしまう。

震災後もこういう悩みはあって作品世界の中で
「震災をなかったことにして描くかどうか」
作家友達と話したりもした。
結局、今連載中のものに関してはそのままとした。

震災とコロナで違うのは
日常生活そのものに密接に関わってきてしまうので
作画として避けようがないということ。
読者が違和感を感じたら
それがノイズに
なりそうで怖い。

アフターコロナの漫画界どうなるのかなあ。

2020年の
春!?

こんな時期に
マスクなしで
飲み会行くような
主人公なんだ…

マンガ

とか
思われたり
して…。

## 4月26日（日）

6月発売の新書の単行本作業。

5月、6月発売の漫画家友達の本は7月以降に延びたそう。

担当編集さんに私も延期した方がいいか相談。

「自粛が6月まで続いているような状態なら弊社自体終わりです」と簡潔なお答え。

予定通り、6月発売で腹をくくる。

## 4月28日（火）

ネームの合間に料理をする。

喫茶店を封じられた今、3食自炊。

料理はいい。

順番通りに作れば出来上がるし手間をかければ美味しくなる。ネームもそうならいいのに時間をかけて不味くなることが多々ある。

ラタトゥイユや
ピクルスを瓶に詰めて常備菜に。

瓶に詰めて並べると達成感が何倍にもなる気がする。
婆も瓶詰めが好きで、いちごジャムを始め、数の子入りの松前漬け、ラッキョウ、梅干し、梅酒カリン酒、アンズ酒、アロエ、グミの実、サガリンコオトギリソウと床下にみっちり瓶を貯めこんでいた。

オトギリソウ⁉
飲めるの⁉と
しらべたら
キズぐすり用だそう…
グミ


そして月日が流れ、
10年、20年経ち、もはや誰も食べる気をなくすほど熟成された瓶詰めたちは津波で全て流され、幻の瓶詰めとなった。
婆の20年ものの熟成梅酒やカリン酒
酒を飲める年齢になった今、飲んでみたかった。

## 4月29日(水)

朝食。鉄フライパンを熱し、油を引き、卵を落として弱火にして、外側はカリっと、黄身は半熟。いつもの目玉焼き。

こんないつもの当たり前のことが明日はできなくなるかもしれない。

## 4月30日(木)

みたらし団子を作る。

団子を丸めるという行為は心躍る。

公園の砂場で泥団子を作って、無心でピッカピカに磨いてた頃から変わらない。団子を丸めるのは楽しい。

友達が教えてくれた梅ジャムとあんこをまぜて作る梅餡は初めて作ったけど梅の酸味と餡子の甘みがよく合い美味しかった。

クッキーも焼く。

薄力粉とバターと砂糖をまぜ、型を抜き、トースターで焼くだけ。

クッキーの半分はバターでできていた。

1箱、平気で食べきってた頃が恐ろしい。

## 5月4日(月)

人生でこんなに長いこと人と会わないのは初。

ジムにも行かず、打ち合わせもなく、さすがに孤独が身に染みる。雨の日はより寂しい。そんな中、思わぬ来客。

ベランダの物干しにとまって雨宿りしている。

クチバシも体も小さいのでまだ子供っぽい。

ぷるぷる身を振るわせ、羽を乾かし、あーあーと鳴く。

窓を開けても逃げない。


「雨宿りかい」

「あ、あー」

「お母さんどこ?」

「あー」

「フンしないなら
いてもいいよ」

「あーあ」


会話が成り立っている気がして嬉しい。

小雨になったら飛んでいった。

それから雨の日はよく来るようになった。

フンはしない。

## 5月7日(木)

いよいよ巣ごもり生活に限界がきていた友達と近くの公園に軽い運動をしにいく。マスクをつけ、アルコール除菌スプレー持参。犬用のゴムボールでキャッチボールをしていると視線を感じる。

茂みの中におじさん。睨まれている。

雲行きが怪しいので早々に帰ろうとするとおじさんが公園の入り口で待ち構えていた。

「ソーーーーーーシャルディスタンスなので離れてお話ししますが！ここでのボール遊びは禁止です！」 

ビシッと看板を指差すおじさん。

たしかに看板には「ボール遊び禁止」とある。

大人になってボール遊びで怒られるというしょうもなさに友達と力なく笑い合い、謝罪し、すごすご帰る。


その後、同じ公園でボールを持った親子が警察に事情聴取されている場面に出くわした。

誰かが通報したよう。

ソーシャルディスタンスおじさんの顔が浮かぶ。

長引く自粛生活、みんな余裕がなくなってる感。

## 5月10日(日)

実家に帰れないまま5か月。

2～3月は東北新幹線が便限定で半額になるので2月の姿の誕生日には帰ろうと思ってたのに4月の母の誕生日も祝えないまま、母の日になった。

好物のうなぎを送る。奮発して特上。

## 5月26日(火)

昨日、緊急事態宣言解除。

近所の居酒屋で久々に友人と飲む。

店員さんに「何時までですか？」と聞くと申し訳なさそうに「22時までです……」。

全然悪くないのに。レモンサワー、かつおのタタキ、いわしの酒盗、レンコンの明太子焼き。

どれも涙がでるほど美味しかった。幸福感。

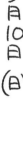

# 波士敦日乗（ぼすとんにちじょう）

大和田俊之

アメリカ・ボストン　2020年3月13日～5月29日

大和田俊之

おおわだ・としゆき／1970年生まれ。慶應義塾大学教授。専門はアメリカ文学、ポピュラー音楽研究。『アメリカ音楽史』（講談社）で第33回サントリー学芸賞受賞。編著『ポップ・ミュージックを語る10の視点』、長谷川町蔵との共著『文化系のためのヒップホップ入門1、2、3』（アルテスパブリッシング）など。2020年4月より1年間サバティカル（研究休暇）を取得し、ハーバード大学ライシャワー日本研究所客員研究員としてボストン郊外のマサチューセッツ州ケンブリッジ市に滞在。妻と娘（10歳）、息子（7歳）の4人家族。

## 二〇二〇年三月十三日(金)

アメリカに到着して一週間。妻と子供二人は昨年夏にこちらにきていて、私はこれまで学園祭期間や年末年始、さらに入試前の休暇を利用して一、二ヶ月に一週間ほどの割合でこちらに滞在してきた。渡米は三月下旬のつもりだったが、コロナ禍のせいで国の行き来が制限されるのではないかと思い、三月七日に急遽飛行機に飛び乗った。

きょうから子供たちが通う公立小学校が一時休校を決定。二週間とのことだが、おそらくもっと長引くだろう。午後三時半すぎ、トランプ大統領が国家非常事態宣言を出す。マサチューセッツ州のこの日の新規感染者15、新規死亡者0。以降この数字を記録【*】。

【*】数字はニューヨーク・タイムズによるマサチューセッツ州の一日ごとの新規感染者数、新規死亡者数。https://www.nytimes.com/interactive/2020/us/massachusetts-coronavirus-cases.html#map

## 三月十四日(土)

八時起床。毎週土曜の午前中は家族で掃除。いま、住んでいるのはハーバード大学のキャンパスから徒歩十分の場所にあるブラウンストーン(十九世紀に建てられた古い赤褐色砂岩を使用した建物)。三階建ての三階、アルコーヴ付きの1LDK。もともとこの街には私の博士論文の外部査読者でもあった元ブランダイス大学教授、故マイケル・T・ギルモア先生ご夫妻が住んでおり、この物件もギルモア先生のパートナーでバーナード大学教授デボラ・ヴァレンツ先生の知人経由で紹介してもらった。実は同じ建物の２ＤＫの改装が終わり次第、そちらに移るという条件で借りたものの、工事が一向に進まず、結局もとの１ＬＤＫに居続けている。家具付きで雰囲気も良いので気に入っているが、いかんせん二人用のユニットなので冷蔵庫が小さく、子供たちもアルコーヴで寝る羽目に。あとひとつ、ここはゴミを捨てるのに台所の裏のドアから地下に降りるのだが、その階段が非常に狭く急で高所恐怖症にはなかなかの難所である。

昼食後、家族で外出。近所のウォルグリーン（ドラッグストア）とホールフーズ（スーパーマーケット）をまわるが、トイレットペーパーや消毒液などは品切れ。髭剃りなどを購入後、リンカーンパーク（公園）へ。娘はリップスティック（変形スケートボード）、息子はサッカーボールで遊ぶ。娘が転んで怪我をしたので帰宅。夜、ミートソースを作る。〈新規感染者15、新規死亡者０〉

## 三月十五日（日）

八時起床。朝食後、市が運営するシェア自転車のブルーバイクを使ってターゲット（大型スーパー）まで。トイレットペーパーも洗剤もない。ユニオンスクエアでピザを買って帰宅。日本人の美容師さんが家まで来てくれて妻と子供二人の髪を切ってくれた。美容師さんは妻が通う語学学校の元生徒で、アメリカ人の夫とこちらに住んでいるとのこと。

午後、息子がクラスメイトと遊ぶというので妻と外出。小学校の近くの公園で合流。夕方、マサチューセッツ州ベーカー知事の会見。学校は四月の第一週まで休校、レストランはデリバリーのみに制限されるとのこと。だいぶ本格的になってきた。〈新規感染者26、新規死亡者０〉

## 三月十七日（火）

八時起床。小雨。午前中、子供の勉強をみる。休校が発表されたのと同時に娘は学校から支給されたクロームブックを持ち帰ってきた。小学校の校長先生から、休校中の教育について現在対応中とのメールが届く。先生方も忙しそうだ。

午後一時ごろ、気分転換のために外出。人はまばら。ハーバードスクエアのデリでサンドイッチを注文、ハーバードコモンズ（広場）のベンチで食べる。公園は閉鎖されていて、あれだけ賑わっていた子供たちの姿もない。ひと気がなく、ふとSF映画のようだなと思う。

帰宅すると、息子のクラスメイトとその双子の姉たちが遊びに来ていた。近々帰国が決まったポーランド人家族の子供たちで、ご両親は荷造り中。午後五時ごろ、三人の子供を送りがてら相手方のお宅へ。お父さんは化学者、お母さんは外資系企業に勤めていて、急遽、金曜日に政府調達機で帰国することになったという。お茶をご馳走になりながら、九〇年代に日本でも上映されたクシシュトフ・キェシロフスキの映画を思い出し、話題にするととても喜んでいた。『ふたりのベロニカ』、『トリコロール』三部作、それに『デカローグ』や『殺人に関する短いフィルム』なども見たな……。そういえばアンジェイ・ワイダもポーランドですよね、とひとしきり映画談義。

帰宅後、ライシャワー日本研究所の事務担当者からビザの件でなかなか厳しいメールが届く。この状況で家族での一時帰国は避けたい。〈新規感染者21、新規死亡者0〉

### 三月十九日（木）

八時起床。子供たちのリモート授業が始まった。グーグル・クラスルームを用いて毎日課題が与えられ、その進捗状況を先生が把握するというもの。それぞれの科目や課題の推奨時間も決められている。それにしても、先生方もこの突然の変化に対応するのに大変そう。夕食は、鳥むね肉のレモンバター焼。〈新規感染者72、新規死亡者0〉

### 三月二十日（金）

八時起床。午後三時、地下鉄ハーバード駅で元ゼミ生のＩくんと待ち合わせ。Ｉくんはこのコロナ禍のなか、卒業旅行の名目で三月一日からロサンゼルス、サンフランシスコ、シカゴ、ワシントンＤＣ、フィラデルフィア、ニューヨーク、ボストンと二十日間に渡ってアムトラックでアメリカを横断してきた。彼がアメリカに出発したときはまだ緊張感もさほどなかったものの、ニューヨークに到着した時点で店が閉まり始めて影響を実感したとのこと。また、ニューヨークで利用した民泊では、アジアからの旅行者ということで差別的な質問をいくつか受けたという。トランプ大統領がコロナのことを「武漢ウイルス」とツイートし始めたこともあり、メディアでもコロナ禍におけるアジア人／アジア系への差別的行為が増加していることが報道されている。通りがかりに突然汚い言葉をかけられたり、ウーバーで乗車拒否されたりといった事例も聞く。ここは大学街でリベラルな人が多く、子供たちが通う公立学校ではコロナウイルスの報道が始まった時点で早速特別授業があり、ウイルスを特定の人種と結びつけないよう徹底的に指導がなされた。それでも、子供と外を歩くときにすれ違いざまに睨まれたり、あからさまに避けられたりすることは何度かある。

Ｉくんと小一時間、キャンパスを散歩しながら話す。〈新規感染者85、新規死亡者1〉

## 三月二十一日（土）

八時起床。快晴。午前中は掃除。午後、リンカーンパークで子供たちはバスケットボールとキックスクーターで遊ぶ。人は少ない。夜、キーマカレーを作る。夕食後、子供たちと学校で出された英語の課題に取り組む。〈新規感染者112、新規死亡者1〉

## 三月二十二日（日）

八時起床。夜、妻が通う語学学校のクラスメイトで韓国人のヒョンさんが来宅、夕食を一緒に。高校を卒業したばかりで、アメリカの大学に進学するために英語を勉強しているとのこと。韓国のご両親も心配していて、帰国を迷っているそうだ。娘がK-POPについていろいろ尋ねていた。それにしても、妻はいつのまにか語学学校で世界中から集まったさまざまな世代の友人を作っており、その社交力にあらためて感心する。〈新規感染者121、新規死亡者3〉

## 三月二十三日（月）

マサチューセッツ州ベーカー知事が自宅待機勧告を発表。スーパーマーケットや薬局など「エッセンシャル・サービス」以外の店舗営業を禁じる通達。実質的なロックダウンが始まる。散歩やランニングなどは許されるが、基本的には自宅に居続けなければならない。小学生の子供が二人いて、しかも家が狭いのでかなりしんどい。

夜、妻と映画『ゲット・アウト』を鑑賞。ジョーダン・ピール監督。やはりホラー映画の文法はヒッチコックによって大方整備されたのだとその影響の大きさをあらためて感じる。（ネタバレ注意）以前に機内でも一度観ているが、この作品には別のエンディングがあったらしい。ピールによれば、脚本を執筆していたオバマ政権下ではポストレイシャル（post-racial）という概念——人種問題はすでに過去のものになったという認識——が広まっていたために、逆に差別は根強く残っていることを示すために最後に主人公の黒人青年が恋人ローズを殺害し、犯罪者として収監されるという筋立てにしていたという。実際の作品では友人が助けに現れ、ある種のハッピーエンドになっているわけだが、それはトランプ政権に変わり、人種差別が露骨に表面化したからこそヒロイックなエンディングが必要になったとピールは語る。

どうでもいいことだが、同じ歳のアフリカ系の監督ジョーダン・ピールとバリー・ジェンキンスでは、圧倒的に前者が好み。〈新規感染者131、新規死亡者4〉

## 三月二十六日（木）

アトランティック誌のエド・ヨン（Ed Yong）の記事「パンデミックはどのようにして終わるか」を読む【*】。これまで読んだCOVID-19に関する記事のなかでもっとも読み応えがある。ヨンは、このような状況を予測する文章をすでに二〇一八年の時点で同誌に発表している。記事は、パンデミックに対する各国の準備状況を表すGlobal Health Securityの指標でアメリカが83.5の最高点だったにもかかわらず、今回のアメリカのCOVID-19防疫対策は完全に失敗した、という評価から始まる。これからどのように体制を立て直すか、具体的な提言とともに、終息への道筋を描き出している。結論として、ワクチンが開発、流通されるまで——それには十二ヶ月から十八ヶ月かかるといわれている——世界はこの状況に耐える以外に選択肢はないということだ。もちろん、二年近くロックダウンし続けるのは現実的ではなく、医療システムが崩壊しないように注意深く感染者数を観察しながら、ソーシャル・ディスタンシングを何度も繰り返さなければならないということだ。

これは、だいぶ長引きそうな雰囲気だ。

読み終えた後、だいぶ落ち込む。このまま大学も開かないとなると、そもそも何のためにこちらに来ているのかと、家族のビザの問題も含めて暗澹たる気持ちに。〈新規感染者579、新規死亡者10〉

【*】Ed Yong, "How the Pandemic Will End," The Atlantic, March 25, 2020, https://www.theatlantic.com/health/archive/2020/03/how-will-coronavirus-end/608719/

## 三月二十九日(日)

ツイッターでアラン・メリルが亡くなったことを知る。一般にはジョーン・ジェットのヒット曲「アイ・ラヴ・ロックンロール」の作曲者として有名だが、ヘレン・メリルを母に持つアランは六〇年代後半に来日、グループサウンズのシーンで活動したのちにナベプロからソロでデビュー。さらに、かまやつひろしなどとウォッカ・コリンズを結成する。今回初めて知ったのは、大滝詠一が手掛けたCM曲「サイダー73」で彼がベースを弾いていたということ。のちにトラットリアからアルバムも出しているし、牧村憲一さんとも近いところにいたミュージシャンだったのだとあらためて。

夜、志村けんの訃報。

どんどん人が死んでいく。〈新規感染者６９８、新規死亡者４〉

**四月二日（木）**

〈新規感染者１２２８、新規死亡者32〉

**四月六日（月）**

〈新規感染者１３３７、新規死亡者29〉

**四月十二日（日）**

星野源のコラボ募集に安倍晋三が乗っかった映像がネット上で燃えている。というか、これマジでどういう神経してるんだ。〈新規感染者２６１５、新規死亡者70〉

## 四月十三日（月）

しばらく、どうしても筆を執る気分になれなかったのだが、なんとか朝日新聞のコラムを書き終えて送信。

〈新規感染者1392、新規死亡者88〉

## 四月十四日（火）

ツイッターのタイムライン上で知人も含めた何人かが、星野源に対して政治的スタンスをはっきりするよう詰め寄る発言が見られた。ふだんからそうした姿勢を明らかにしていないから政治家にこのように利用されてしまうのだ、と。ああ、ここまできたか、と思う。

他の国に比べて日本のミュージシャンが総じて政治的なメッセージを発していないことには同意するし、だからバランスとしてもう少し発言すべきだという意見に反対はしない。だが「ミュージシャンは政治的スタンスをはっきりさせるべきである」というプリンシプルについては、アメリカのポピュラー音楽の歴史研究に片足を突っ込んできたものとして、心底嫌だなと思う。

二十世紀に入ってからも、批評家やファンが音楽家に政治色を鮮明にしろと詰め寄るシーンは何度もあった。その時点でそうした助言がいかに正しく、崇高な理念に基づいてなされたとしても、長期的にそれは「音楽を政治的に選別すること」につながってしまう。なぜなら批評家やファンは、やがてその音楽家の作品が開示された政治性にふさわしい音楽であるかどうか、査定をし始めるからだ。ミュージシャン自身の政治性を問題にしていたはずが、そのミュージシャンの作品の政治性が俎上に載せられる。その結果として音楽は「政治的に正しい音楽」と「政治的に正しくない音楽」に分断され、ある種の音楽は——たとえば一時期のアメリカにおけるカントリー音楽のように——ジャンルごと「政治的に正しくない音楽」として遠ざけられるようになるだろう。

また「政治的に正しい」とされる音楽ジャンルの中でも、それが「政治的に正しい表現」であるかが評価の対象になる。たとえばアメリカでは長い間、黒人音楽の中でも「マイノリティーの叫び」をわかりやすく表現した（かのようにみえる）オーティス・レディングが高く評価されたのに対して、無邪気に歌って踊っているだけの（ようにみえた）モータウンのアクトは意識の高い人々から批判され、糾弾された——「もっと政治性をはっきりさせるべきだ」というように。日本でも、一九八〇年代ごろまでモータウンの音楽を「白人に魂を売った黒人」などと批判する連中が数多くいたことは忘れるべきではない。

今回、別のミュージシャンがやはり政治的な発言をはっきりしなかったことに対して「美しい音楽を奏でる人には美しい政治性を持っていてほしい」（大意）と迫るツイートも見られた。この「美しい政治」というフレーズがファシズムと親和性の高い表現であることは、歴史を少しでも勉強したものにとってあまりに自明だろう。

結局のところ、音楽家であろうとなかろうと、自らの政治信条を開示するかどうかはその人の自由であり、他人にそれを強要すべきでない、というひどく凡庸な一般論を確認した上で、さらに味気ないことを言えば、研究者として私ができることは星野源と安倍晋三のコラボ映像に対して、誰がどのような発言をしたかを粛々と記録することだけだと思う。

それにしても、何もかもが、本当に気分が悪い。〈新規感染者1296、新規死亡者113〉

## 四月十七日（金）

七時半起床。二人の子供の勉強をみる。先月、小学校の授業がリモートになって以来、先生方のスキルが日に日に上がり、学校のサポートそのものも充実したことで親にとってもなかなか大変な状況になっている。娘（小四）と息子（小一）はそれぞれ地元の小学校のSEIクラス（英語学習者用クラス）に通っているが、英語、算数、理科、社会、それに音楽や体育などの課題がみっちりスケジュールで組まれている。オンラインで視聴可能なビデオ教材や先生方が毎日アップするYouTube映像を用いながら、かなり具体的に毎日やるべきことが送付される。Zoom授業も当初は週に一回だったのが、最近はそれぞれ週に二、三回の頻度になっている。課題が終わっていないと、副担任の先生から電話がかかってくることもある。娘は十歳なのである程度ひとりでも進められるが、息子はまだ小一でパソコンの操作も含めて隣にいないといろいろとおぼつかない。娘の課題も見ているとそれだけで夕方になってしまい、自分の仕事がまったく進まないままあっという間に一日が終わる……という日々。

とにかくこちらの学校は英語でも算数でも、生徒に何かを作らせることが多い。今月はナショナル・ポエトリー・マンス（全国詩月間）ということで、毎日のように二人とも詩の課題が出されている。きょう、四年生はrhyme（韻）やsimile（直喩）について習っていたので、自分でも気づかないうちに娘にエミネムの「ルーズ・ユアセルフ」を聴かせながら無我夢中で解説していた。娘がほとんど話を聞いていないことに気付いて我にかえる。夜は、肉じゃがを作る。〈新規感染者2221、新規死亡者159〉

**四月十九日（日）**

七時半起床。快晴。午後三時にケンブリッジコモン（広場）でKさん家族と待ち合わせ。Kさん一家は昨年の同じ時期にこちらに越してきた日本人家族で、たまたま二人の子供の年齢も小学校も一緒で親しくなった。親同士は情報交換、子供同士は久しぶりに外で遊んで楽しそう。

十歳児と七歳児を抱えると、このロックダウンはいろんな意味で応える。大人はまだいいとしても、子供は何日も家から出ないという状況に物理的に耐えられない。〈新規感染者１７０５、新規死亡者１４６〉

**四月二十日（月）**

七時半起床。今週は春季休暇で、もともと子供たちの学校が休みで課題もない。〈新規感染者１５６６、新規死亡者１０３〉

**四月二十一日（火）**

七時半起床。昼過ぎにマーケットバスケットへ。自宅待機勧告以降、毎週火曜日にスーパーでまとめ買いしている。ここはうちから徒歩十五分くらいの場所にあるが、『奇跡のスーパーマーケット』（集英社インターナショナル）として日本でも翻訳が刊行されているチェーン店だ。活気があり、なにより店内を回るだけで気分が上がる。今は入場制限があるので、外にはソーシャルディスタンシングを保った列が伸びる。最近は一時間待ちも当たり前である。

並びながら、小学校は本当に五月十日に再開されるのだろうか、と妻と話していたまさにそのとき、マサチューセッツ州のメーリングリストのメッセージが届き、知事が今年度いっぱい公立学校の閉鎖を宣言したことを知る。妻と二人で一瞬言葉を失う。辛い……いま妻はオンラインに移行した語学学校で手一杯のため、私が二人の子供の学習をみているが、これが六月まで続くのかと思うと、凹む。

午後三時ごろ、家の中を走り回っていた息子が椅子に激突して顔から流血。焦る。とにかく今は病院に行くのは避けたい。口の中を派手に切ったようだが、大事ではなさそうでほっとする。子供たちもストレスがだいぶ溜まっている。

夜、濱口竜介監督『ハッピーアワー』を見始める。第二部まで。〈新規感染者1556、新規死亡者152〉

**四月二十二日（水）**

七時半起床。昨晩は朝日新聞のコラムの校了で深夜三時過ぎまで起きていた。夜、ハマグリのパエリアを作る。昨年度の科研費報告書を作成。午後九時、定例となったニューヨーク在住の友人ケヴィンとFaceTime。コロンビア大学音楽学部に勤めていて、このたび正式にテニュアが決まったとのこと。本当におめでたい！

深夜、『ハッピーアワー』を見終わる。〈新規感染者1745、新規死亡者221〉

**四月二十三日（木）**

七時半起床。科研費報告書の最終提出。トラヴィス・スコットがオンラインゲーム、フォートナイト内で新曲をリリース。夜、チリコンカンを作る。〈新規感染者3079、新規死亡者178〉

## 四月二十四日（金）

七時半起床。夜、今年度コーネル大学でサバティカルを過ごしている同僚でアメリカ政治がご専門の岡山裕さんとZoom。因果な年にサバティカルになってしまいましたねえと二人で苦笑い。とにかく図書館が開かないことには研究も進みませんよね、と。とはいえ、日本の同僚の忙しさも伝わってくるので、ここまでくるとどこにいても同じかもという思いも。

最近、人文系のコミュニティーを中心にシェアされている「ウイルスとは戦うべきではない、共生すべき」とか「ロックダウンによる権威主義、加速主義の介入」などの議論にぜんぜん馴染めない。ひとつには、やはり日本とは比べようもないほど多くの人々が感染し、亡くなっている国に滞在していてそうした「文明論」を嗜む余裕がないのと、あとはエド・ヨンが書くように、現在多くの国が採用している手法は医療システムの崩壊を防ぐための管理工学的な処置であって、そこに思想的な契機はないように思えるからだ。ワクチンが完成するまで、医療システムのキャパシティーを超えないように人間の移動を管理し、制限する。もちろんここにオーソリタリアンな操作が介入し、自由が制限される――リベラルはこうした状況を憂慮すべきだ――という意見もわからないわけではないが、では実際に医療システムの崩壊が起きた国々ではトリアージが行われ、そこでは年長者より若者の命が優先される（それは、原理的に、自明だろうか？）など別のオーソリティー／価値判断が駆動してしまうのであり、ようするに、いま私たちにそもそも選択肢はない、ということではないだろうか。さらに言うならば、だからこそ（選択肢がないからこそ）補償が同時になされるべきなのだ。〈新規感染者4946、新規死亡者196〉

**四月二十五日（土）**

七時半起床。昨日はうまく寝られなかった。図書館近くのスーパーまで久々に外出。

夜、元ゼミ生でバークリー音楽大学を卒業したばかりの壷阪健登くんとZoom。壷阪くんは、バークリー音楽大学の代表バンドにも何度も選出されているようで、間違いなく、世界的にもっとも期待されているジャズ・ミュージシャンのひとり。今後の進路や音楽についていろいろ。このロックダウンを利用していろいろ音楽を制作しているようで、ときおりネット上に発表するオリジナルやカバー曲のセンスが抜群に良くて舌を巻く。以前のように、また気軽にボストンにでもご飯を食べに行きたいね、と。

夜、ムール貝のパエリアを作る。〈新規感染者2379、新規死亡者174〉

**四月二十六日（日）**

八時起床。午後から雨。夕方、ベッドルームで雨漏りしていることに気づく。昨日から屋根の工事が始まり、何かを剥がしている音が一日中していたのだが、それが原因だろうか。大家で、現在ミシガン州にいるはずのマーカスさんに連絡。すでに二階の住民から連絡があったようで、人を呼んだとのこと。いっとき、たしかに作業員が屋根に戻ったようにも聞こえたが、事態は悪化。大きめのバケツが一時間近くで一杯になってしまう。

明日にかけてずっと雨の予報なので心配。〈新規感染者1590、新規死亡者169〉

## 四月二十七日（月）

結局、雨漏りは一晩中続いた。バケツ二つとボウルを三つを用意し、一時間おきに交換する作業。昼過ぎ、ようやく雨漏りが止まる。二階の住民も一晩でバケツ十二杯分の水を交換したと言っていた。これまでの不満やストレスなどが一気に噴出、大家のマーカスさんとかなり強い口調でやりとりし、来月の家賃を五〇〇ドルまけてもらうことに。

夕方、ふと音楽がまともに聴けるようになったことに気づく。こちらにきてから緊張と不安からか、ほとんど何も聴けない日々が続いていた。振り返っても、三月下旬から二週間ほど日記もつけられていない。実はこの間、一度視界がざらついたような感じになり、数時間ほどまともに見えないという症状が現れた。もともと視力が極度に悪く、数年前から緑内障も患っているので失明の不安は常にあるものの、あまりに動揺して子供たちを怖がらせてしまった。視力は数時間後に回復したが、あれは、やはりストレスだったのだろうか。

ところで、音楽が聴こえるきっかけは何だったのかとあらためて考えると、トラヴィス・スコットがフォートナイト内で新曲をリリースしたことではないか、と思い至る（自分でもバカバカしいと思う）。同じ時期に、卒業式を開催できないカリフォルニア大学バークレー校の学生の一部が、マインクラフト内にキャンパスを建設し、仮想空間で卒業式を挙行するとアナウンスしたことを知った。この二つの記事を読んで、とてもいいニュースだなと思ったのと同時に、少し心が軽くなった。ひとはどこまでアバターとして生きていけるのだろうか。〈新規感染者1524、新規死亡者104〉

**四月二十八日（火）**

七時半起床。午後一時ごろ、スーパーで週に一度のまとめ買い。少しずつ、経済を再開する記事が出始めている。カリフォルニア州では四段階の経済再開計画を発表。学校の再開は第二段階、コンサートやスポーツイベントは最後まで開かない予定。ロックダウン生活もかなり限界。家族全員疲弊している。〈新規感染者1840、新規死亡者150〉

**四月二十九日（水）**

夜、ケヴィンとFaceTime。知人の推薦状を書く。〈新規感染者1963、新規死亡者252〉

**五月二日（土）**

誕生日。半世紀、生きてしまった。夜、ニューヨーク在住で最近ライターとしても活躍している中学の同級生の渡辺裕子とZoom。〈新規感染者1952、新規死亡者130〉

**五月四日（月）**

ライシャワー日本研究所の事務担当者からビザに関して連絡。もともと家族のビザの書き換えのために一時帰国する予定ではあったのだが、コロナ禍の中、できればそれは避けたい旨伝えてあるものの、なかなか難しそう。このビザの件がひと段落しない限りどうにも精神的に落ち着かないのだが、となると選択肢は他になさそう。〈新規感染者1000、新規死亡者86〉

## 五月五日（火）

七時半起床。夜、KさんにZoomで卒論指導。Kさんはもともと私の研究会に所属していて、三年時にスペインに留学したために卒業を半年遅らせることになった学生。スペイン語だけでなく韓国語も堪能で、今期はタイ語を始めたそう。しかも、すべて大学の授業で身につけたという。こうして自分の関心に応じてきちんと大学を「使っている」学生を見ると嬉しくなる。

ネットフリックスで『アンオーソドックス』を見始める。〈新規感染者1184、新規死亡者122〉

## 五月六日（水）

七時半起床。夜、ケヴィンと定例FaceTime。

コロナ禍にあって人文系の思想に意味を見いだせないと先日書いたばかりだが、フレドリック・ジェイムソンの「常に歴史化せよ！」というスローガンは常に新しく、歴史上の感染症を新しい目で見られるようになったのは確か。たとえば一九一八年から二〇年まで流行したスペイン風邪は、アメリカのエンタテインメント業界にどのような影響をもたらしたのかと考えていたところ、ニューヨーク・タイムズに関連記事が掲載されて

いた。興味深い【*】。〈新規感染者1754、新規死亡者208〉

【*】William Robin, "The 1918 Pandemic's Impact on Music? Surprisingly Little," The New York Times, May 6, 2020, https://www.nytimes.com/2020/05/06/arts/music/1918-flu-pandemic-coronavirus-classical-music.html

**五月七日(木)**

七時半起床。夜、YさんにZoomで卒論指導。YさんもKさん同様、アメリカに留学したために卒業を半年遅らせた学生。ちなみにYさんもKさんもK-POPに詳しく、そのあたりの情報もいろいろと。〈新規感染者1696、新規死亡者132〉

**五月九日(土)**

七時半起床。朝、保育園のパパ会でZoom飲み。子供二人が通った保育園の家族とは卒園後も関係が続いていて、東京でもパパ同士で定期的に飲み会を開いていた。Zoom飲みといっても、こちらは朝なので飲むわけにもいかず歯痒いが、久々にみんなの顔を見ることができて嬉しかった。渋谷のんべい横丁でクルヴァというお店を開いているマスターがいて、早く再開できればいいですね、と。

雪が降った。夜、家族で『ベスト・キッド』のリメイク版を見る。ジェイデン・スミスが母親と共に中国に移住し、いじめっ子を倒すためにジャッキー・チェンに教えを請う、という内容。完全なアフロ・アジア映画ではないか。しかし、トランプになってこれだけ米中関係が悪化した今では、なかなかこうした作品も作れないかも。〈新規感染者１４１０、新規死亡者１３８〉

**五月十日（日）**

九時起床。母の日。日本でひとり暮らしの母親に電話。〈新規感染者１０５０、新規死亡者１３９〉

**五月十一日（月）**

八時起床。ミーゴスの新曲「Racks 2 Skinny」が素晴らしい。〈新規感染者６６９、新規死亡者１２９〉

**五月十四日（木）**

八時起床。少しずつ観ていたテレビシリーズ『ウォッチメン』を見終わる。昨年、シリーズ終了時に私がフォローしているアメリカ人のタイムラインで『ブレイキング・バッド』並に賞賛が飛び交った作品で、オバマ前大統領も昨年のベストのひとつに選出していた。『文化系のためのヒップホップ入門３』刊行イベントで長谷川町蔵さんと有光道生さんと話題にしたものの、当時、アマゾンプライムでは一話しかみられず、こちらにきてからあらためて最初から見た。音楽・映像作品がうまく飲み込めない時期があって途中で頓挫していたが、第五話あたりから急に話の辻褄があってきて俄然面白くなる。

オクラホマ州タルサを舞台に白人至上主義者集団セヴンス・キャヴァリーと警察組織が対峙し、レジーナ・キング演じる刑事が主人公。数年前にセヴンス・キャヴァリーの襲撃を受け、警察官がみな身元を隠すためにマスクをしている、という設定がコロナ禍にあってどうしても別の文脈を召喚してしまうのだが――"Masks save lives"という台詞が！――、実在したタルサ暴動を参照しているだけでなく、冒頭で上演されるミュージカル作品『オクラホマ！』も大きな伏線になっている。セヴンス・キャヴァリーの根絶を誓う白人タルサ警察署長は、最初のエピソードで黒人キャストによって演じられる『オクラホマ！』を鑑賞しているが、次のシーンで「高校時代に『オクラホマ！』でカーリーを演じた」と妻に暴露される。その署長の名前が『オクラホマ！』の悪役と同じジャドであることを考えれば、その時点で彼の真の姿が推測できるはず。さらにいえば、セヴンス・キャヴァリー＝第七騎兵隊とは十九世紀アメリカにおいて先住民虐殺を行った軍組織であり、『ウォッチメン』の中で警察が使用する「リトル・ビッグホーン」という暗号が、その第七騎兵隊とラコタ族が一戦を交え、アメリカ軍が敗北した一八七六年の「リトルビッグホーンの戦い」を暗示し、さらにミュージカル『オクラホマ！』自体がインディアン・テリトリーを舞台にした恋の三角関係を描いた作品であることを思えば、『ウォッチメン』は黒人だけではなくインディアンの虐殺の歴史も参照しているというべきだろう。

〈新規感染者1685、新規死亡者167〉

## 五月十五日（金）

八時起床。午後四時、ハーバード大学ライシャワー日本研究所の受け入れ教官である依田富子先生の企画で、同じく東アジア言語文明学部のアレクサンダー・ザルテン先生とこちらの大学院生数人、それと現在ハーバード・イェンチン研究所の客員研究員としてこられている映画研究の木下千花先生とＺｏｏｍ懇親会。大学院生のジェレミー・ウールジーさんは東京藝大の毛利嘉孝さんのもとで修士号を取得し、ポピュラー音楽学会の日高良祐くんのこともよく知っている。どこかで絶対すれ違っているはず、というか世間は狭い。一九七〇年代以降の雑誌文化を研究しているとのこと。

秋以降、ハーバード大学はキャンパスそのものは開けるが、学生を戻すかどうかはまだ不明とのこと。とにかく図書館が開かないとどうにもならない。〈新規感染者１２３９、新規死亡者１１０〉

**五月十六日（土）**

モーゼス・サムニーのＧｒæ完全版リリース。〈新規感染者１５１２、新規死亡者１１３〉

**五月十七日（日）**

八時起床。ブランチ。十時半、ケンブリッジコモンへ。Ｋさんのご家族と合流。子供たち四人は遊ぶ。夜、ハンバーガーを作る。〈新規感染者１０７７、新規死亡者92〉

**五月十八日（月）**

七時半起床。きょう、ベーカー知事によるマサチューセッツ州の四段階「リオープニング＝再開」プランが発表された。それぞれStart, Cautious, Vigilant, New Normalと名付けられたフェーズは建設業、製造業、宗教施設の規制解除に始まり、来週からは研究室（ラボ）やオフィス、さらに美容院や洗車場の営業も再開される。ひとつひとつのフェーズは最低三週間、ということは第二フェーズのCautiousは早くて六月八日から、第三フェーズは六月二十九日からということになる。レストランや宿泊施設の営業は第二フェーズ、バーやジム、美術館などは第三フェーズにカテゴライズされている。最後まで開かないのは大規模会場やクラブなど。これは、たぶんワクチンができるまで再開は難しいということなのだろう。我が家の当面の関心であるサマーキャンプ――夏休み中に子供たちが通う放課後クラブのようなプログラム――は第二フェーズとなっている。これが実施されると、個人的にはだいぶ楽になるのだが……。とはいえ、ワクチンができるまで根本的な状況は変わらない。これはあくまでもコミュニティーの医療システムのキャパシティーがオーバーしないように設計されたプランであり、いうまでもなくひとりひとりが感染するかしないかはまったく別の次元の問題である。

〈新規感染者1042、新規死亡者65〉

**五月十九日（火）**

『文化系のためのヒップホップ入門』の中国語版が六月に発売、というニュース。〈新規感染者873、新規死亡者76〉

**五月二十日（水）**

七時半起床。夜、ケヴィンとFaceTime。いま、娘がちょうど十九世紀アメリカの中国系移民について習っている。太平天国の乱などによってアメリカでの新しい生活を夢見た中国系移民が大陸横断鉄道の敷設に携わり、そのまま西海岸を中心に住み着く。日本人とハワイ人の血を引くケヴィンに、前に話してくれた自分の祖先の話を娘に語ってくれないかとお願いしたところ、喜んで了承してくれた。娘は十一年前のサバティカル時にニューヨークで生まれたので、「アジア系アメリカ人」でもある。ケヴィンの話を熱心に聞いていた。コロナ禍におけるアジア人／アジア系アメリカ人として、彼女は何を考えるだろうか。〈新規感染者1045、新規死亡者128〉

## 五月二十二日（金）

八時起床。Paul Roquet氏の『Ambient Media』再読。コロナ禍中で読むと、ここで分析される「アンビエンス＝雰囲気、環境」がまた別の、切迫した意味を帯びることに気づく。秀逸な日本論。まさにpandemic時代の「日本性＝Japanese-ness」を予測したかのような書だ。夜、麻婆豆腐を作る。〈新規感染者805、新規死亡者80〉

## 五月二十三日（土）

八時起床。掃除。子供二人を連れてハーバード大学キャンパスへ。緑が濃く、本当に美しい。もう初夏である。〈新規感染者773、新規死亡者76〉

## 五月二十七日（水）

七時半起床。夜、依田先生の定例Zoom懇親会。毎回、参加者が三十分ほどのプレイリストを作成し、それを聴きながら懇談することに。今回は私が作成した「アフロ＝アジア＋沖縄」をテーマにしたプレイリスト。加藤和彦、細野晴臣、ＹＭＯなど。夕食は、この前うまく作れなかったハンバーガーをもう一度。

月曜日にミネアポリスで白人警官が黒人を拘束して死なせた映像が拡散し、デモが全米に広がっている。〈新規感染者527、新規死亡者74〉

## 五月二十八日（木）

昨日の懇親会の後、日本研究を専門とするひとりの大学院生から、昨日のプレイリストについてミネアポリスの暴動について触れてほしかったとコメントをもらった。まったくその通りだ。プレイリストそのものは、今週起きた事件とは無関係に十日ほど前に提出していたものの、こちらにきて以来、コロナ禍におけるアジア人／アジア系アメリカ人へのバッシングについてはそれなりに考えてきたので、「アフロ＝アジア」と銘打ったプレイリストを共有したならば、いままさに問われているコロナ禍におけるアフリカ系とアジア人／アジア系の連帯について少しでも触れるべきだった。ネット上では、K-ＰＯＰファンがBlack Lives Matterのタグをつけてツイートを拡散している。これも、アフロ＝アジアの連帯のひとつの形態といえるだろうか。〈新規感染者675、新規死亡者93〉

## 五月二十九日（金）

ミネアポリスの事件が大きな広がりを見せている。白人警官デレク・ショーヴィンに拘束され、殺害されたジョージ・フロイド。その警察官がなぜ逮捕されないのかと異例の会見を行うミネアポリス市長。その後、ショーヴィンは逮捕されたが、容疑が第三級殺人罪（事故）ということで暴動は収まるどころか全米に広がった。アトランタ、ニューヨーク、ロサンゼルス、フィラデルフィア。もはや暴動、掠奪を行っているのは白人の過激派であり地元黒人住民ではない、とする報道。カメラに向けて催涙弾を発砲し、白人至上主義のサインをかざす警察官。トランプが大統領になって以来、シャーロッツヴィルでの極右集会など、社会のあらゆる領域におけるホワイト・スプリマシーが可視化されたが、警察による黒人差別がこれほどあからさまに、なんの躊躇いもなく行われていることに対して、恐ろしさと怒りを感じる。

そして、もちろんコロナも収束していない。私が住むマサチューセッツ州だけでも、きょうまでにコロナウイルス感染者は通算95512人、死者は6718人【*】。マサチューセッツ州の人口は約七百万人なので、約0・1パーセントがコロナで死んだことになる。

テレビでは、マスクで顔を覆った若者が警官に対峙する映像が一日中流れている。一瞬、『ウォッチメン』の映像が頭に浮かんで混乱する。

プリンス論などで知られる黒人作家トゥレーがツイートした――「レイシズムはパンデミックである」。

【*】"Massachusetts Coronavirus Map and Case Count," The New York Times, May 29, 2020, https://www.nytimes.com/interactive/2020/us/massachusetts-coronavirus-cases.html#cases.

# コロナの時代の育児

**谷崎由依**

日本・京都　２０２０年３月17日〜５月23日

## 谷崎由依

たにざき・ゆい／１９７８年生まれ。小説家、翻訳家、近畿大学文芸学部准教授。２００７年「舞い落ちる村」で文學界新人賞、19年『鏡のなかのアジア』（集英社）で芸術選奨文部科学大臣新人賞を受賞。ほかの著書に『囚われの島』（河出書房新社）、『藁の王』（新潮社）、『遠の眠りの』（集英社）。訳書にジェニファー・イーガン『ならずものがやってくる』、コルソン・ホワイトヘッド『地下鉄道』（ともに早川書房）など。20年１月に出産し、夫と子と３人で京都に暮らす。平日ワンオペ育児中。

## 2020年3月17日（火）

産後二ヵ月。つまり子は生後二ヵ月で予防接種の開始。コロナのことは気にしているし、マスクも着け、消毒液もポケットに入れているが、まださほどの危機意識はない。ベビーカーで行ったところ、出入り口で停めて降ろすことになり、待合室ではずっと抱っこしていなければならなくなる。妊娠中に通っていた病院で、わたしは診察券があるけれども子のぶんはない。問診票など、素手で抱っこしたまま書くのは至難のわざである。ベビーカーではなく抱っこ紐で来るべきだったと痛感。赤ちゃん連れの外出は、事前にさんざんシミュレートしても何かしら間違える。

三人掛け席の隣ふたつはお母さんと赤ちゃん、それに付き添いのおばあちゃん（と書くと、ずいぶんとお年寄りみたいなイメージになるけど、実際はそうでもない。お母さんが若いから、そのさらにお母さんだって若い。高齢出産のわたしの母などよりずっと若い）が座っていて、両手が塞がっているわたしをあれこれと助けてくれる。持参のボールペンを床に落とし、消毒したいと思うけれどもとてもそれどころではない。

名前を呼ばれ（わたしの名ではなくて子の名前だ。でも返事をするのはわたし）、診察室へ入って処置を受け、病院を出るまでずっと赤ちゃんを抱っこしていた。降ろさなくてよい仕組み。人気の病院だけあってすごい流れ作業である。

## 3月20日（金・祝）

海外からの迷惑メールが頻繁に来るのだが、N95マスクの販売を謳うメールがはじめて届く。

天気がよく、赤ちゃんを抱っこ紐に入れて、夫と近所の公園まで散歩。三人揃っての外出は、当分これが最後となる。

## 3月21日（土）

勤務先の大学の卒業式。産休中だが、体調がよければ行きたいと以前は思っていたし、ゼミ生にもそう伝えていた。でもコロナのために状況が変わった。

卒業証書授与に関しては、二月半ばから専攻内のグループメールで議論がなされ、規模縮小のための案がいろいろと出ていた。当時わたしは産後一ヵ月で、ニュースなど見る余裕もなかったため、あまりピンと来ていなかったが、「多数決で民意をはかるところではなく、コロナが終息しなければ当然の判断」という同僚の一文に、そんなに深刻な事態なのかと驚いた覚えがある。例年は一学年全員を大教室に集め、ひとりひとりに手渡ししているが、今年はゼミ単位で教室にわかれ、終了後はすみやかに退出、謝恩会なども厳禁ということに結局なっていた。わたしもメッセージを送るに留める。

電車で二時間の移動や丸一日の外出は、コロナがなくてもちょっときついなと思っていたところだった。産前はできるだろうと思っていても、実際に産んでみると難しく感じることが多い。自分自身の体調だけなら多少無理しても平気だが、赤ちゃんのことが絡むと慎重になってしまう。母乳だけで育てているので、出掛けにくいというのもあるだろう。

とはいえ、半期のあいだ顔を見ていないゼミ生たちに会えなかったのは残念だし寂しかった。いつか、また、どこかで。

## 3月23日（月）

朝、ハンド・リガードらしきものが。手をじっと見つめる行為で、自分に手があるということに気がついたしるしなのだという。

昼、保育園の入所説明。例年は入園予定者全員を集めて一度にやるらしいのだが、今年は個別での面談となった。

三月に入ってから、コロナ以上に悩まされていたのが保育園のことだった。教員業のほうは育休を取れるが、文筆業を一年も休んだら干される予感しかしなかったので、産休明けすぐの四月入園に申し込んでいた（わたしの住んでいる京都市は、二月に入るまでに産まれていれば一次調整に申し込むことができる）。しかし、これも実際に産まれてみると、とても預けられるような気がしない。二十四時間一緒にいて、産まれてもまだ自分の体の一部みたいな感じがしているので、何時間も他人に預けたりしたら、わたしのほうがおかしくなりそうだった。

入園のための必要書類も書く気が起こらなくて、仕方なく夫に書いてもらう。でも入所説明には行かなければならない。

数日前に買ったビニールの雨よけをベビーカーに掛けていく。金曜に散歩に出たとき、同様のものを使っているひとがいて、そうやって風をよければいいのだと知ったのだった。もっと早く買えばよかった。

園に着いて、園長先生と担当の先生ふたりから説明を受ける。コロナについての懸念を話すと、空気清浄機は常時稼働しているし、机などもこまめに消毒している、「コロナが流行りだして急に消毒はじめた園も多いけど、うちはずっと以前からやってますよ」とのこと。「マスクで保育士の表情が隠れてしまうので、そこは可哀想ですけれど」言葉のわからない乳児にとっては、表情のコミュニケーションが大事なのだ。

しかしまあ、保育園というのは通いはじめたとたんにあらゆる病気をもらうところである。子どもどうしで病気をうつしあい、免疫をつけてゆくのだ。平時ならそれもよかろうかと思うが、この時世に高熱が出たりしたら不安で卒倒しそうである。

月齢が低いため、重症化したときの懸念などを交えつつ、慣らし保育（最初は短時間からはじめて徐々に預ける時間を増やし、あたらしい環境に慣れさせること）を開始する時期について相談する。四月後半でも構わないとのこと。

「五月からでもいいんでしょうか」問うと、「それはちょっと」と濁される。保育園の利用はひと月単位で、丸一ヵ月間登園がない場合は、保育の必要性がないと行政から見做され、利用資格を失う恐れがあるのだ。「でも」と先生はすぐに続けて、「今年なら大丈夫かもしれませんね」。

## 3月25日（水）

子を出産した総合病院へ。自宅から少し離れているので、交通機関を使わなければならない。徒歩でも無理ということはないが、二ヵ月の子を連れては憚られる。

もともとはここではなく、先日予防接種に訪れた病院で産む予定だった。妊娠七ヵ月のときの健診で重度の切迫早産と診断され、こちらの大病院へ緊急入院となったのだ。産まれてしまえば超早産児となり、新生児用のＩＣＵに入らなければならなかったためだ。ほぼ寝たきりで三ヵ月すごした結果、奇跡的と言われつつも臨月まで持ちこたえることができた。

その大病院へまたやってきたのは、子宮の戻りに問題があったから。胎盤の一部が残ってしまっていて、まだ血が通って生きているらしい。放置すると大量出血を起こし、失血して死ぬこともあるようで、薬を処方され経過を診せに来ているのだった。産後の一ヵ月検診以来もう三度目である。つまりはわたしの診察で、子はただの付き添いだ。家にひとりで置いておくわけにはいかないので仕方ない。

前回の診察のときより、ウイルスのことが気に懸かる。この病院へ来るときはタクシーを、それも子育てタクシーと銘打たれたものを利用している。チャイルドシート付きの車は完全予約制で、当日の時間変更も受け付けてもらえない。前回、急な採血が入ったために帰りの予約時間に間に合わず、メーターを倒して待っていてもらったので、今回は予約はせずに、ドライバーのみ子育てタクシー経験者を希望し、その場で呼ぶことにしていた。

診察が終わって呼んだところ、着きましたと電話がある。正面玄関に行くが見当たらない。誤って自宅のほうに行ってしまっていたらしい。再度病院まで向かってもらうあいだ、子が泣きやまなくなってしまう。いつも使っている授乳室までは距離があり、手近なトイレに入ったところ、オムツ換え台がかなり汚い。ウイルスはトイレにたくさん落ちているという話をあとで聞き、不安になる。ここで感染してしまったら、タクシー会社を恨むかもしれない。

## 3月27日(金)

帰宅後、中国で子どものコロナ患者が二千人以上というニュースを見る。この事実は隠されていたの？ 小児は感染しにくいとか言ってたのはなんだったの？

アイオワ大学のレジデンシーで一緒だったインドの詩人、スリダラ・スワミからメール。ロックダウンされたインドで、ずっと家にいなければならない、だから世界じゅうの友人たちの安否を尋ねているのだという。芯が強くてあたたかな、彼女の笑顔を思い出す。懐かしく、ほっとする。一年前に北京で参加したレジデンシーのスタッフからも、このあいだメールが来ていた。コロナは社会を分断しているけれど、おなじ困難を世界ぜんたいが感じているのもまた事実で、それはある種の繋がりだ。触発されるようにして、書きあぐねていたメールをドイツの友人へ送った。二日後に返事が来た。

## 3月28日（土）

ものすごく過酷なゲームのなかにいるみたいだ。一方で、ルールさえ理解して守れればなんとかなる。ニュースでドイツのやり方を見た。一定間隔距離を取るとか、物の受け渡しに際して対面しないとか。切迫早産で入院していたとき、やはり過酷な状況だった。体を三十度以上極力起こさないとか、物はすべてベッドサイドの届くところに置いておくとか、ルールを作って実行していた。外出できない、ということも含め、似ていると感じる。

それにしてもあまりにおかしなことで、夢だと言われても驚かない。去年の十月の入院以来、ずっと非現実のなかにいる気もする。でも隣にいるこの子だけは、夢であっては困る。

## 3月29日（日）

仕事部屋が相変わらず物置のようだ。切迫入院中、夫に荷物を持ってきてもらうため、クローゼットをひっくり返してもらったり、またその間に届いた郵便物などが積まれていったりするうちに、ものすごいことになってしまった。加えて使わなくなった沐浴槽（というのは赤ちゃん用の風呂桶で、生後一ヵ月まではこれで入浴させる）や、子の寝部屋にするため和室から撤去した物などが溢れかえっている。

こんな部屋で確定申告はできないので、コロナの影響で四月十七日まで締切が延びたことは、ちょっと、いやだいぶ、ありがたい。

### 3月30日（月）

京都産業大学でクラスター発生のニュース。卒業祝賀会が原因の模様。京都もついに来たという感。二日後に控えた入園式、やはり休ませるべきだろうか。

### 3月31日（火）

区の子どもはぐくみ室より電話がある。ヘルパーさんとの顔合わせについて。行政の提供するサービスを、審査のようなのが通って受けられることになっていたのだ。でも万が一そのひとが感染していたら、と思うと不安になり、夫と話し合った結果、辞退することにした。

「大丈夫ですか」と電話をしてきた保健師さんに訊かれる。大丈夫かどうかはわからない。手詰まりに近い気もする。けれど家のなかに他人を入れることに、いまはものすごく躊躇してしまう。

子育てはひとりでは無理で、誰かの助けを借りなければできない。なのにコロナはその連携を絶ってしまう。孤立していきそうで怖い。

センザンコウのことが気になって検索する。ちょうど去年の前半くらいに乱獲がひどくてニュースになっていたらしい。密輸されるセンザンコウの、まるまったのが大量にぎっしりいる画像がすさまじい。これはセンザンコウの呪いではないかと感じる。

## 4月1日（水）

保育園の入園式。行くべきかずっと悩んでいた。小規模園だし衛生面も行き届いている。ただこの日は雨だった。赤ちゃんを濡らすわけにはいかないが、密室状態のタクシーに乗せるのはもっと不安だ。園に電話をして、欠席を告げる。うちは取りわけ月齢がちいさいので、保育士さんも納得している様子だった。「ただ、集合写真にうつらないのは可哀想でしょうか」とわたし。

しばらくして、園長先生から折り返しかかってきた。欠席は賢明な判断、とまでは言わないが、それに近いニュアンスの口調。提携している大規模園の、スタッフの家族に感染者が出たらしい。その大規模園にはこの園の先生も出入りしている。「何があるかわかりませんから」写真なんかより命が大事、と言われる。

雨脚が強くなってきて、行かなくて正解だったと思う。ゆったりすごすことに決め、電子書籍で『ウイルスは生きている』という新書を買って読みはじめる。読みたい本はほかにもあったが、電子化されているのはこれだけだった。このところ電子書籍しか読めない。抱っこしていないと子が泣くからで、昼寝も膝の上でないとすぐ起きてしまう。すべての行動をわたしの体の上でやろうとしていて、いまに樹上生活者のようにわたしの体の上で生活しはじめるのではないだろうか。人間が猿だったころの名残なのかもしれない。ともあれ、その状態で自由にできるのはスマートフォンだけなのだ。

本はとても面白く、以前『囚われの島』という小説を書いたとき、遺伝子について調べたけれどわからなかったことがわかってきた。あの小説はウイルスについての小説だったのかもしれないなどと思う。

夕方、山梨県でゼロ歳の女の子がコロナに感染したというニュース。心肺停止状態で搬送されたところ、陽性だったらしい。不思議なのは両親が陰性だったこと。

そのことについて考えていて、夜中、ふと。BCGが理由なのでは。親は接種しているけれど、赤ちゃんはまだだったからなのでは？　日本の感染拡大が緩やかな理由として、BCGのおかげだという説が流れていた。だとしたら、わたしや夫が無事でも、子は無事じゃないかもしれない。そんなのは嫌だ、ぜったいにいやだ——と思ったら号泣してしまった。夜間授乳の最中で、子は不思議そうにわたしを見ていた。以前にも一度、わたしが泣いたとき、やっぱりそんな顔をしていた。泣くのは自分の仕事で、大人が泣くのは不思議なことだと思っているのかもしれない。

BCG説がほんとうならば、アメリカ並みに厳重なウイルス対策をやらなければ、と、泣き声を聞きつけて起きてきた夫と話し合う。郵便物や宅配物の消毒、また帰宅後は即シャワーを浴びるなど。

じつは結婚記念日だったのだが、夫もわたしも完全に忘れていた。

## 4月2日（木）

かかりつけの小児科に電話して、BCGについて尋ねる。早めの接種は可能かなど。

翌日、医師から折り返し電話があり、五ヵ月未満の接種は推奨しないし、うちの病院では受け付けていない、先天性免疫不全症かどうかそれくらいの月齢までわからず、万一そうだったら結核になってしまう。「それにいま、ＢＣＧワクチンは出荷停止中なんですよ」コロナ有効説が浮上したために、大人の接種希望者が増えてまわらなくなっているとのこと。暗澹たる気持ちになる。

## 4月3日（金）

勤務先の大学がロックダウンに入った由。わたしは引き続き育休中で、同僚からのメールで知る。授業はオンラインでやるとのこと。

トランクルームの契約に夫が行ってきた。壁紙が剥がれているとかで使用開始は延期に。それは正しい判断なのだが、リビングとわたしの仕事部屋に物が溢れかえっている状態がまだ一週間続くということである。夫は絵を描くひとで、その絵はもともと寝室の箪笥の上などに積んであった。子が産まれたいま、衛生や安全を考えて、リビングに移したのだった。結果、大量のキャンバスが床面積を占めており、つらい。夫の描く絵は好きだけれど、それとこれとは別問題である。わたしは育児で家から出られないし、夫の在宅時間も増えたいま、なるべく広くしておかないと、ストレスが溜まって仕方ない。

## 4月4日（土）、5日（日）

ひたすら家を片付ける。押し入れの不要物を捨て、共用本棚を整理する。入院していてできなかった出産準備をいまさらやっている感。片付けに没頭していると、ＳＮＳもニュースも見ずに一日がすぎていく。束の間、コロナのことを忘れていられる。

## ４月６日（月）

夫が自転車通勤をはじめる。日中、台所を片付ける。

## ４月７日（火）

可燃ゴミの日。週末のゴミを収集に出す。

夫の出勤後しばらくして、マンションのスピーカーからアナウンスが入る。「七階で火災が発生しました。落ち着いて避難してください」慌てて子を抱え玄関を出る。すぐにこれでは寒いと引き返し、フリースのおくるみに包み直してから出た。わたし自身はカーディガンすら羽織らず、携帯も持っていない。ぜんぜん落ち着いてなどいない。エレベーターは使わず、階段で降りた。ゴミ捨てのときは完全装備だったのに、今度はマスクもしていなかった。

マンションの正面玄関前に住人が集まっている。なるべく離れたところに立つ。赤ちゃんを見たひとが、表情を緩ませて話しかけてくれる。近づきすぎないようにして言葉を交わす。消防車がやってきたが、場所がわからないのか通り過ぎていった。続いて消防隊員が到着し、消防車はどこへ行ったかと訊かれた。火事の詳細は不明なまま、部屋に戻ってよいということになった。コロナ禍のこの状況で、災害が起きたらどうしたらいいか。わたしは子を守れるのだろうか。

夕方、東京都を含む一部地域に緊急事態宣言が出される。

赤ちゃんを誰がお風呂に入れるか問題の発生。これまで夫の担当だったのだが、自転車で帰ると疲れ果てていて、赤ちゃんを落とすと怖いから、わたしに入れてくれと言う。また帰宅後すぐに体を洗う必要があるが、そのときにわたしが風呂を使っていると困るため、夕方六時半までにその入浴もすませてくれと言う。完全ワンオペになるうえに時間制限付き？　無理無理無理無理。なら赤ちゃんの風呂は朝にしたい、それならやる、と言うので、わたしに早朝起きろと？　夜中細切れに起こされて寝不足なのに？　無理無理無理無理。対話は平行線に終わる。

## 4月10日（金）

ＢＣＧワクチンを全量皮下注射してしまった医者のニュースを読む。成人の希望者向けに慣れていない医者がやったことで、患者は病気になった模様。赤ちゃんのための貴重なワクチンを無駄にしないで欲しい……。

確定申告の期限がさらに延びたというニュースも見る。相変わらずまったく手つかずである。税務署に電話をかけ、コロナのせいでできませんでした的な文言を付け加えればいいと聞く。できないのはワンオペ育児のせいだが、支援が得られないのはコロナのせいだ。だから間違ってはいないはずである。

## 4月11日(土)

トランクルームに荷物を運び込むための下準備。運送業者を家に入れないために、荷物はすべて玄関と外に出す。コロナのせいで増える一手間。

## 4月12日(日)

トランクルームへの搬入。雨。豪雨となった地域もあった模様。一仕事終えて夕方ツイッターをひらくと、安倍が何かやらかしたらしく、大炎上している。ぬらりひょんみたいで気持ち悪いし、最初から大嫌いである。生理的嫌悪をこんなにも催す人間もほかにいない。支持者たちがようやく気づいてくれたことだけが、救いなのかもしれないが、大量の犠牲を払いすぎである。

## 4月14日(火)

赤ちゃんがいると行動が制限されるので、先月から生協を利用している。コロナ禍のいま、それが役立っていて、つまり緊急事態宣言が出ても出なくても、わたし自身の生活はさほど変わらない。

食事の支度は夫の担当だ。育児中は簡単な家事ですらこなすのが難しく、また夫は料理が得意だからだ。生協もおもに夫が注文するのだが、つい頼みすぎるようである。商品のすべてをエタノールで拭いて片付けるのはわたしの仕事だ。保存の利く冷凍物がとくに多いのだが、ウイルスも冷凍されると保存期間が延びる。スペイン風邪の原因となったインフルエンザウイルスを特定できたのは、永久凍土に埋まったイヌイットの犠牲者の遺体からだったんだからな、と『ウイルスは生きている』の記述を参照しつつ、心中で毒づく。消毒が大変なうえに庫内はテトリス状態で、赤ちゃんはこの世の終わりのように泣いている。こころが削られる。

週末の疲労がまだ残っている。ともあれ、やっと片付いて人心地ついた。子を寝かしつけたあと、ベビーモニターで様子を見ながら文章を書く。夜、長く寝てくれるようになって、自分の時間が少し取れるようになった。

## 4月15日（水）

『生活考察』の辻本さんより日記の依頼。三月なかば以降の日記を整理し、書き足す。その日のことは手帳に細かく記録する習慣があったのだが、去年の切迫入院中、体を起こせなくて使わなくなってしまった。今年の手帳も買ったものの、開く余裕がなくて一文字も書いていない。日常に戻ったら使おうと思いつつ、もう四月だということに愕然とする。うろ覚えの日付はＳＮＳやメールから確認。育児は個人的なことだけれど、コロナを軸にしてみると、社会と確かに繋がっているとわかる。一方、出産や育児に関することが世の常識とはなっておらず、いちいち説明しながら書くため、あまり日記っぽくないなと思う。

保育園から連絡があり、在宅勤務の家庭では保育園の利用を控えるよう、強く要請する指示が京都市から出たとのこと。期限はひとまず五月六日まで。すでにネットで見ていた情報でもある。

## 4月16日（木）

子の予防接種。二十二日ぶりの外出。赤ちゃんはマスク着用できないし、しょっちゅう手を口に入れる。どうしたらガードできるだろうかと、このところそればかり考えていた。いちばん厄介なのは髪ではと思い当たる。抱っこ紐に入れていれば手は舐めないし、その手も隠れる服があるから、帰宅後脱がせてしまえばいい。それに肌は拭うことができる。髪は入浴させないと洗えないが、注射直後では憚られる。では帽子をかぶせればいいのではないか。わたし自身は前髪をしっかり上げて、目からの感染防止のためコンタクトではなく眼鏡を。平時ならまずやらない格好。

外は緑がまばゆくて、いつもの春と何も違わない。通行人がみなマスクをしているのも、花粉の飛散が多ければこんなものかもしれない。コロナなんてまぼろしみたいな気がする。

小児科へ着くと赤ちゃんも大人も体温を測られる。おでこで測る非接触式の体温計は、その後ニュースなどで頻繁に見るようになるが、このときはまだめずらしいものに感じた。子もわたしも六度台だった。呼ばれて中待合に入ると長椅子が混んでいる。座りたくないなと思うが、「赤ちゃんを抱っこしているひとに席をお譲りください」と貼り紙がしてあるし、じっさい席を譲られる。なおも立っていると、「座ってください」と看護師に強めに言われる。仕方なく座る。診察室から出てきた女性がパートナーらしき男性に、「ここ、密、やんな」と軽口を言って通っていく。なんで笑っていられるのかわからない。

順番が来て診察室へ入る。赤ちゃんの服を脱がせる看護師さんに、「かわいいお帽子かぶってー」と二度も言われる。なぜ帽子などかぶっているかと訝っているのに違いない。今日は最高気温二十二度で、寒くもないのに綿のニット帽は確かに変だと思う。注射針が刺さる瞬間、子は短く鋭く泣いた。

病院を出るときに、このお母さんたちのうち何人が、帰宅後すぐシャワーを浴びるのだろうと考える。自分だけがぴりぴりしているかのようだ。ひとびとの所作を見て気が緩んだのか、病院の前のケーキ屋へふらりと寄ってしまう。人気のある店で、開いている日に、しかもケーキが残っている時間に来られたのははじめてだったのだ。帰り道、もういいかと思って、子の帽子を脱がせた。熱中症になっても悪い。まばらな髪を風が吹きわけて、草地であらわになる地面のように頭皮があらわれた。当人がどう感じているのかわからないけれど、気持ちよさそうだった。早く外で遊べる日がくるといい。

帰宅すると、家が薄暗く感じる。せめてベランダに植物を増やしたい。

予防接種のあとはいつも泣き止まず、ひたすら抱っこしてあげなければならない。子の着替え、自分のシャワーと髪の乾燥など一連のことを、授乳と抱っこで宥めながらすませる。疲弊する。

## 4月17日（金）

子が生後三ヵ月になる。

緊急事態宣言が全国に拡大され、京都はそのなかでも特定警戒都道府県に指定される。

九時のニュースに山本太郎氏（感染症の専門家のほう）が出ていた。ペストの流行後、世界は変わり、ひとびとを救うことのできなかった教会の権威は失墜した、という話。中世の終焉に繋がったと。コロナもまたおおきなパラダイムシフトを生むに違いない。

またSARS、MERS、新型コロナと、強毒ウイルスの蔓延がこの何十年か頻回にすぎる。環境破壊と無関係ではないという話。その説は以前にも聞いたことがあった。センザンコウの呪いと感じたのも、あながち間違っていなかったのかも。グローバリズムの限界、そして環境問題に向き合うこと。多大な犠牲を払ったのち、訪れる世界が少しでもよいものであればと願いたい。日本においては、まずは安倍自民の退場を。

## 4月18日（土）

夫が植物の鉢をあれこれと買ってくる。リビングに緑が増え、気持ちがなごむ。ベランダの物置を整理して、園芸用品を引っ張り出す。この家に引っ越した当初はあれこれと植えていたのだが、十年以上経つうちにどうでもよくなり、仕舞い込んでいた。花の苗を植えようと思う。ほんとうは庭のある家に引っ越したい。

出掛けたついでに夫が買ってきた昼ご飯は、スペイン料理のテイクアウト。すぐ近所のスパニッシュ・バルで、以前はよく通っていた。店の前で売っていたらしい。飲食業はほんとうに大変そうだが、乳児がいて外食しにくい現在、持ち帰りできるのは嬉しくもある。授乳中で飲酒できないわたしは、アサヒのドライゼロを。元来が酒飲みなので、ノンアルコール・ビールの消費も早い。

## 4月19日（日）

子のオムツかぶれに塗るアズノールという薬が切れかけている。予防接種のときに求めたら、その時間は処方箋を出せないのだと言われた。診察や任意の乳児健診に連れ出すのも躊躇われる。オンライン診療がもっと普及してくれれば。

玄関前に置き配してもらった荷物を取りに行くと、出産祝いだった。中身はなんとマスクと消毒液。びっくりした。とてもありがたい。

**4月21日（火）**

注文していた花の苗と培養土が届く。子の機嫌のいいときを見計らい、ベランダに出て植え付ける。

**4月23日（木）**

植物の苗がさらに届く。ヤマアジサイ、タチアオイ、サルビア、クレマチス。植え付けしながら顔をあげると、道を挟んだ向かいのマンションの、ベランダにデッキチェアを出して寝そべるひとの姿がある。しばらくしてまた顔をあげると、先ほどのすぐ下の部屋のベランダには、缶ビール片手に煙草を吸う青年。それぞれの自粛と過ごし方。

**4月24日（金）**

オムツかぶれの薬がとうとうなくなったので、病院へ行かなければならない。大変に気が進まない。一般診療ではなく乳児健診の枠を予約する。病気の子が少ないぶん、マシだろう。前日になんとなく、ツイッター検索に病院名を入れてみていたところ、ここの院長が臨月の妊婦全員にＰＣＲ検査を受けさせることにしたとのニュースが出てきた。なかなか受けられないという噂の検査なので、これは快挙と言うべきかもしれない。

それだけ意識が高ければきっと大丈夫と思うことにして出掛ける。

寒い日で、服装など迷った挙げ句、自分は薄手のウールのコート、子はフリースのアフガンの上から抱っこ紐に入れることにした。玄関を出ると風が強い。ベランダの壁に設置する予定で廊下に立てかけておいたラティスがばんばん倒れている。ビニール傘で雨風を避け、子が冷えないよう抱えて歩く。病院へ着くと、待合室のお母さんたちはもっとずっと余裕がある。こんなにきりきりしているのは相変わらずわたしだけだ。健診なので、ほかの赤ちゃんが使ったのとおなじタオルの上に全裸で寝かせられる。予防接種のときみたいに、触ったところはすべて洗うなんていうことはできなさそうだ。諸々の測定と発達具合の検査。外気浴について尋ねると、「ベランダで充分です。赤ちゃんが自分で歩くわけではないですから」と言われる。

ここしばらく憑かれたように植物を増やしていたのは、子を連れ出したくないからでもあった。生後一ヵ月以降、赤ちゃんは外気や日光に触れたほうがよく、外の世界の刺激を受けるためにも一緒に出掛けましょう、と育児書にはよく書かれている。でもこのコロナの時代にあって、そんなことはできるわけがない。建物には入らない、人通りの少ない道であれば、緑の豊かなところなんか、と夫は言うのだが、そんな場所でも大人はマスクをしているし、帰宅したら手洗いとうがいもする。でも赤ちゃんにそれはできない。うちでは普段外出するのは夫だけで、会社やスーパーなど他人との接触があるため、帰宅即入浴、服はそのまま洗濯、鞄や上着は玄関で消毒、を外出のたびに行っている。

道を歩くだけの散歩でもそれをやるのか、どの場合に何をどこまで消毒するのか、という疑問はつねにあって、それを赤ちゃんにどこまで適用できるか、ほとんどできないというならわたしは出したくない。散歩に行くという前日、わたしは気が進まなくて、不安で眠れないほどだった。それでひとまず取りやめになっていたのだが、となると今度は発達に影響しないか不安になるのである。

二児の母である妹からもＬＩＮＥが来て、「自分で立って歩くまでは家のなかとベランダだけでいいと思うよ」とのことで、気持ちが楽になる。

**4月25日（土）**

夫が家にいて赤ちゃんを見ているあいだに、ベランダの掃除（ホースで水を撒いてデッキブラシ）、ラティスとウッドデッキパネル、花段の設置など行う。終日よく働いた。近所の行きつけの和食屋さんが晩ご飯を届けてくれた。

**4月26日（日）**

子が生後百日になる。本来ならこの日は、子の祖父母や親戚を京都に呼んで、下鴨神社でお宮参りをし、その後お食い初めを兼ねた会食をする予定だった。せめて夫とふたりで記念写真と、お気に入りの店のテイクアウトでお食い初めをしようということになる。

退院のときにも着たガーゼのよそいきを着せて、お揃いのボンネットをかぶせる。ぶかぶかだったのが、三ヵ月と少しでちょうどよい丈になっていた。

**4月27日（月）**

先週の日記をまとめて書いた。ベランダの作業をひたすらしていて、文章を書いていなかったから。ＳＮＳやニュースからも距離を置いた一週間だった。植物の増えたベランダは、もう庭という感じの場所で、今日は気候もあたたかく、子を抱っこしながらそこですごした。居心地がよく、安全な場所。世界のあちこちで生命を危険にさらして働くひとがいるなかで、そんな発想を持つというのは後ろめたく感じると思う。自分ひとりのときであれば。いや、いまだって後ろめたい。でもこの子のために、ここは必要な場所、心地よく安全に保たれるべき場所だ。夫ももう散歩に連れ出そうとは言わなくなった。部屋のなかでぐずっていた子は、植物を見ていたようだった。

## 4月28日（火）

アベノマスク、発注先の四社目が公表された模様。ペーパーカンパニーなんだろうか、よくわからないが、法人税を非課税にしている福島がタックスヘイブンになっていて、そこに住所を置いている会社らしい。開いた口がふさがらない。だって福島だよ？　復興のための非課税なんだよ？　それを悪用するなんて。

安倍政権による一連のコロナ政策（と呼ぶにもお粗末すぎるそれ）、お肉券お魚券の話が出たときですら、正直驚きはなかった。安定の無能さ、酷さだなあとどこかで思っていた。けれど今回のこれに至ってはもう。良心なんてあるとは期待してなかったが、それどころの話ではなかった。利権のあるところには当然のごとく群がるんだな。

## 4月30日（木）

保育園より連絡。在宅勤務者の自宅保育を引き続き要請する旨。期限は五月いっぱい。

## 5月1日（金）

水曜の祝日からこちら、夫が家にいる。テレワークなど実施しない会社だったが、連休なかびのこの木、金は、家族に感染リスクの高い者がいる場合は有休を取ってよいことになった。ゼロ歳児のいる我が家も該当。ただし有休と言っても持ち帰りの仕事があるらしく、九時四時くらいでパソコンに向かっている。育児を多少は手伝ってくれるので、ありがたいことはありがたいが、ふたりとも家にいるのはおなじなのに、なぜ夫は仕事をし、わたしのほうはできないのかと理不尽に感じられ、苛立ちが募る。明日からはきちんと休みなので、がっつり見てもらうことにする。夫の休日がわたしの働ける日だ。

昨日はまだ涼しかったけど、今日はいよいよ夏日である。子に着せる夏服を買っていなかったため、急いで注文。ゴールデンウィーク明けまで届かないなあ、それまでどうするかなど考える。緊急事態宣言の延長が世間を騒がせるなか、なんとも呑気と言えばそうなのだが。あまりにあまりな現実を、脳がどこかでシャットアウトしているのかもしれない。首相答弁がひどかったことをＳＮＳで知る。

まともに書き物をできる日はいつになったら来るのだろう。

## 5月7日(木)

和室の間取りの関係で、子は押し入れの前に寝ているのだが、その襖にあちこち染みができていて汚いのが気に懸かっていた。このところの大掃除の流れで張り替えに出すことにする。

見積もりのために家まで入るのが通例らしいところ、コロナがあるので玄関先での受け渡しにしてもらう。共用部分の廊下に出したものを、業者のひとに見てもらい、携帯電話でやり取りする。見積書の受け渡しのときは、その場に置いてエレベーターのところまで下がってもらい、わたしが出て受け取って、また携帯電話で確認、という作業。

押し入れだけでなく、リビングとのあいだの戸板も張り替えに出したので(和室の側が襖になっている)、夜、子を寝かしつけたあとはリビングですごすことができない。スマートフォンで足許を照らし、音をたてないように歩く。夕食は各自の部屋で。そんな生活が月曜まで続く。

## 5月9日(土)

低気圧でぐったりしている。ベランダの花柄摘みをしただけで終わる。

夜、ツイッターをひらいて、検察庁法改正案の件を知る。これまでツイッター・デモの類いには乗り損なうことが多かったのだが、これにはさすがに、はらわたが煮えくりかえる思いでツイートする。いったいどこまで卑劣なのか。まったく人間とは思われない。マスクに混入している虫みたいな連中である。ここでこの政権を追い詰めることが、今回のコロナ禍から得られるかもしれないせめてもの救いなのに。

## 5月11日（月）

朝から子の背中漏れ。というのは便がオムツの背中から漏れてしまうことを言う。夏着になって薄着なので、漏れたときのダメージが半端ない。授乳クッションまで洗濯。

昼前、子どもはぐくみ室から電話。今月末に区役所で予定されていた乳児健診が中止とのこと。まあそうだろう。病院で個別にやるのとは違い、集団なのだから仕方がない。ヘルパーさんなしで大丈夫ですか、とも訊かれる。大丈夫ではないがそれも仕方ない。

三十七度をやや超える微熱が出る。頭痛も。昨晩風呂上がりに薄着をしていたせいと、乳腺炎気味のためだろう。頭痛はたぶん肩の凝りすぎ。それも育児が原因である。頭を傾けるだけでひどく痛む。

## 5月14日（木）

ベランダの南天に謎の卵。切り取って厳重に捨てる。ここしばらくは虫と闘っていた。アブラムシの除去、そして夫が買ってきたボトルツリーに小バエが発生していたのでオルトランを撒くなどした。植物の手入れは大変なのだが、子はその眺めを気に入っていて、いつも身を乗り出して見ている。

今日は予防接種だった。子もわたしも三週間ぶりの外出。夏日で日傘を差す。大通りへ出ると、マスクひと箱五十枚二千五百円、在庫処分、と書いた、上半身を覆うほどの看板を掲げた女性が立っている。マスクバブル崩壊はほんとうなんだな。

街には相変わらずひとが多く、先月も先々月もそうだったけど、非日常という感じはしない。喫茶店や居酒屋が、店の外でテイクアウトの食べ物を売っていることくらいか。抱っこ紐で外を歩くとたいてい寝てしまう子なのだが、今日は眩しそうにあちこち見ていた。通行人はおおむねマスクをしているが、たまに連れだって会話をしながら歩いているひとがいて、ちょっと警戒してしまう。

病院は前回にもまして混んでいる印象。ただし保護者は赤ちゃんひとりにつき、ひとりだ。受付の窓口にはビニールカーテンが設置されている。以前「密、やんな」と言われていた中待合の椅子も離され、ソファ席は中央におおきなぬいぐるみが陣取って、至近距離で座れない配置に変わっていた。

子は注射を打つ前から泣いていて、打たれるとさらに泣いた。しばらくは副反応が出ないか院内で待つように言われているのだが、待合室がどんどん混んでくるので外に出る。外にも丸椅子が幾つか置かれている。小児科の隣は産科の建物で、見舞客を制限する旨の貼り紙が出ていた。コロナ関連の変更点を知らせる掲示はほかにもたくさん貼ってある。

この玄関前に来るたびに、通っていた妊婦健診と、人生ではじめて救急車に乗るために担架で運び出された夜のことを思い出す。半年以上前のことだ。この病院で出産するはずだったのが、二十六週目の健診で切迫早産が判明し、大病院へ緊急搬送された。わたし自身は至って健康だったのに、ただ子宮口がひらいていた。一度の帰宅も許されないまま、点滴と安静の日々を集中治療室ですごした。三ヵ月の入院は、人格すら少し変えてしまった気がする。当時から現在まで、半年で外出した回数は両手で数えられるほどしかない。赤ちゃんと散歩に出たらと言われて複雑な気持ちになるのは、外出したくてできない欲求をもうずいぶん前に乗り越えてしまったからなのかもしれない。

あの入院がなければ、あの切迫早産がなければ、あれやこれやの問題はいま発生していなかっただろうかと、わりとしょっちゅう考える。でも赤ちゃんは結局無事だったのだし、健康に育っているのだから、それだけで充分なんだろう。

あのときのこと、覚えてる？　きみは九百グラムしかなかったんだよ。問いかけてみるけれど、子はきょとんとしている。

帰り道、マスクの看板の女性はまだおなじところに立っている。

**5月15日（金）**

保育園から手紙。特別措置が今月いっぱいで終わることについて。登園自粛したぶんの保育料は、ここまでは行政より返金される。六月からどうなるかは未定だという。夫と相談し、せめてＢＣＧを受けるまでは継続して自粛したいという方針に。山梨の赤ちゃんの多臓器不全はコロナが原因ではなかったようだし、ＢＣＧ説にどれだけ信憑性があるかはわからないけれど。

**5月17日（日）**

子が生後四カ月になる。記念写真を撮り、写真アプリで親戚と共有する。もう十年以上通っているお店のテイクアウトを夫が買ってくる。お食い初めのときもここだった。前菜の盛り合わせがケータリングみたいなプレートに入っている。一ヵ月前はあり合わせの容器に詰めたような雰囲気だったのが、進化している。メインの煮込み料理は真空パックで冷凍されていた。

## 5月18日（月）

書評の締切だが、まったく終わらず。一日のうち夜の二時間しか自由にならないため、結局金曜までかかる。子の世話が疎かになるのが怖く、徹夜もできない。

夜、暴風雨とまではいかないが、台風の影響で雨風が強い。ベランダで咲いたゲウムが散ってしまいそうなので軒下に入れる。こんなにたくさん鉢を育てて、台風が直撃したらどうするんだろう？

## 5月20日（水）

子を抱っこしてあやしながらベランダに出る。道を挟んだ向かいのマンションは、すべて窓が閉まっている。ベランダに出ているひともいない。テレワークや自粛期間が終わったのかもしれない。

## 5月21日（木）

去年の三月に対談したドイツのフェミニスト作家、リリアン・ペーターさんからメール。京都のゲーテ・インスティトゥートでは毎年アーティスト・イン・レジデンスを実施しているが、今年はコロナの影響でできないため、オンライン企画を予定している、ついては一緒に何かやらないかとのこと。喜んで、と返事を書く。

子の背中漏れが相変わらずひどく、しょっちゅう洗濯祭りになってしまうため、夜だけオムツをサイズアップする。

## 5月22日（金）

保育園を通して市の方針が伝えられる。強く要請、は解除され、可能な限り自宅での保育を求める、ということになった模様。期間は六月十四日まで。

## 5月23日（土）

新聞社の取材。よそゆきの格好をするのは、三月にべつの新聞社に取材してもらって以来。街に出ると、緊急事態宣言の解除が見えているせいか、それともたんに休日だからか、みなこころなしか浮き足だって見える。というか暑い。

インタビューしてくれた記者さんが、切迫早産について書いたわたしのエッセイを読んでくれていて、「ただ時間がすぎることだけを願っている」というのが、コロナ禍に似ていると言った。確かにそうだ。外に出ず、何も起こらないように、悪いことにならないようにと願いながら、やりすごしている。わたしの入院は、赤ちゃんが育つまでの時間稼ぎ。コロナの場合は治療法ができるまでの時間稼ぎだ。三ヵ月にわたるあの入院と、コロナ禍はやはり繋がっていて、関係のあることみたいに思えている。歩かずにいた脚はどんどん弱って、いまも回復していないことも。

帰り際、建物を出たところで雑談する。記者さんも出産経験者で、母乳育児について話した。わたしは粉ミルクと混合予定だったのだが、母乳がよく出たので母乳だけになっている。子は授乳中にいつも寝てしまい、乳を咥えさせたまま本を読んだり洗濯物を干したり書き物をしたりするので不自由だ、というようなことを話した。記者さんも母乳はよく出ていたが、疲れるのでミルクと混ぜていた、と言った。「だってぐったりするじゃないですか」確かに。これまであまり意識していなかったが、母乳をやるのは疲れる。不自然な姿勢を続けねばならないし、そもそも血を乳に変えて飲ませているのだ。いま主食の量が普段の三倍くらいなのだけど、食べないと倒れそうになる。

記者さんと二メートル離れていないことに落ち着かない気持ちになりながらも、雑談を終え、別れる。歩き出して携帯を確認すると、夫からメールが来ていた。

「ミルク飲まない。早く帰ってきて」

わたしがいないあいだ液体ミルクを与えてもらう予定が、それを飲まない、というのだった。最後に哺乳瓶で飲ませたのは二ヵ月以上前、三月の取材の際に家を空けたときまで遡る。

慌てて電話をかけると、受話器の向こうで子が大泣きしているのが聞こえる。電話を切って、走った。走るという動作は妊娠して以来、もう一年間もまともにやっていない。底の抜けたスリッパで走っているみたいにおぼつかない。というかわたしの膝そのものが、底の抜けたスリッパみたいに役立たずなのだった。

ウイルスを避けて階段を使うところ、急いでいるのでエレベーターで昇る。シャワーも浴びず、ただ手だけ、肘のあたりまで念入りに洗って、うがいをし、空気に触れていた服を脱ぎ捨て、授乳クッションに赤ちゃんを載せた。乳を含ませるとき、それまで泣いていた子が、にやりと笑ったように見えた。

# グッドモーニング、ベトナム日記

**速水健朗**

日本・東京　2020年3月19日〜6月1日

# 速水健朗

はやみず・けんろう／1973年生まれ。ライター。メディア論、都市論など。妻1人。猫2匹。仕事場を構えている千葉の御宿の海沿いと東京の自宅を愛車のマーチカブリオレで行き来してる。またはスタバなどが仕事場。著書『フード左翼とフード右翼　食で分断される日本人』『東京どこに住む？住所格差と人生格差』など。ラジオパーソナリティとして「TOKYO SLOW NEWS」（TOKYO FM 月～木夜20時）担当。

**3月19日　木曜日**

昼、上野公園へ散歩。編集者から連絡があり、明日の取材に別の人間を手配したとのこと。本人は、インフルエンザで熱は下がったとのことだが、このご時世だからと。本人企画のインタビューだから無念だろう。建築に詳しい人間抜きでのインタビューは、苦戦するかもしれない。明日の取材は隈研吾。会うのは2年ぶりくらい。

**3月20日　金曜日**

名刺を持ってインタビューに行くのがそもそも久しぶり。名刺入れをなくしていたのでCOSで買う。新刊のインタビューに隈研吾事務所へ。マスク着用したままでインタビュースタート。こちらのことを憶えてくれていたし、打ち解けた感じで話を聞く。磯崎新との国立競技場批判を巡る話も聞けた。おっかなびっくり聞いたら、ちゃんと書いてよと。あと、移動を巡る話も。建築家ほど移動の多い仕事もない。だけど隈さん、最近はどこにも行けないと。かつてないこと。移動は、20世紀初頭のブーム。当時はアートも建築もスピードを取り入れようとしていたけど、もういまさらだよねという話になったのが興味深い。帰りに久々に表参道COMMUNEで沖縄のたまごサンド。外で食べてるのはほぼ俺だけだ。いまどきね。

**3月22日　日曜日**

TOKYO FM（以下、TFM）のプロデューサーのお母さまへの取材。終戦直後、GHQの指導で台所改善運動に携わった記憶があるという話を聞きつけて会わせてもらう。実際に携わったわけではなく、当時の農業改良普及員のことを知っているというお話を伺う。具体的なエピソードなどは、さすがに聞くのは難しい。1920年代生まれ。マスクをして2メートルの距離での取材。

**3月23日　月曜日**

2年前まで「タイムライン」というラジオの報道番組を一緒にやっていた今井アナが退社ということで、飲みに誘っていたが、一応、大丈夫？　と確認し呼び出して神保町のワインバルへ。今井アナが同僚の手島さんを連れてきて3人で立ち飲み。今井さん、5年くらいの仲だけど、飲みに行くのは初めて。来週から千葉テレビの記者に転職。手島さんは、1週間前にやった新番組のリハーサル（ランスルーと呼ぶらしい）ですでに顔見知り。ときおり田中みな実のモノマネでしゃべるのがおかしい。2軒目、3軒目に行きたいところだけどこの状況なので自粛。

**3月24日　火曜日**

愛車マーチで中目黒に。目黒川の桜を横目にうどんカフェ豊前房へ。昔よく行った店。15年前は、どこでも路駐できたがいまは無理なので、ドンキの駐車場に止めて歩く。中目に来た一番の目的は、ドンキ近くのスターバックスロースタリーだったが閉店中。花見の混雑を避けたのか。代わりに代官山の蔦屋書店まで足を延ばす。帰りに新国立競技場辺りをドライブ。オリンピックミュージアム前にマスコミが集まっていた。と思ったらこの日、オリンピック開催を1年程度延期するとの発表。夜、AbemaTV出演。六本木へ。

**3月25日　水曜日**

昼イチ、クルマでアクアラインを渡り、御宿に向かう。ずっと借りてる仕事部屋。月1くらいで行ってる。昨年、桜の時期に通った札森さくら街道の桜のトンネルが満開ではないかと思い、わざわざ明るい時間に出発したが、予想に反し桜は咲いてなかった。そのまま御宿到着。マンションの駐車場に車を置き、5分歩いて駅方面へ。毎週水曜は、ワールドバーガー前に、スパイスコーヒーの屋台が出店する。そのお兄さんと会話。先週も来た。札森街道の桜は、東京より大幅に開花時期が遅いのだという。千葉は広く、高低差も大きい。御宿はウイルス感染の影響はないとのこと。千葉の小さな町と東京都ではかなり温度差がある。夜に小池都知事の緊急会見。「お願いではなく、要請」。あれ、これ千葉に閉じ込められるやつかなと心配。

**3月26日　木曜日**

御宿快晴。午前中のうちに起きて、スケートボード（ペニー）で岩和田の海岸沿いを走る。地元の閉鎖されたおみやげ屋が家具のアウトレット屋になっていたのでのぞく。ヒゲのもっさりしたおじさんが売り子で、「これいくらですか?」と会話しているうちに、「あれお久しぶり」。こっちはまったく気づかず、向こうが先に気づいた。一昨年まで御宿でカフェをやっていた本多さんと2年ぶりの再会。本多さんは、2~4年前にダルマカフェ（本多サウンドと呼んでいた。もともと本多サウンドというギターエフェクターショップだったので）というお店をやっていたが、カフェ閉店後、音信不通に。なんとリゾートバイトで過ごしていたと。本多さんは、かつてジョン・スペンサーと仕事をしたこともあるギターエフェクター職人。革張りの1人がけソファーを2脚とオットマン1個購入。二往復して持ち帰る。かなり安くしてくれて1万8000円也。日曜日に、この店でパーティとギター演奏があるとのこと。「行きます」と。夕方前には、東京に戻る。帰りに船子のガストでハンバーグ。目玉焼き付きハンバーグに、さらに目玉焼きを頼み、「目玉焼き2個になるけど」と不審がられる。

**3月27日　金曜日**

先月からCNNワールドを契約し、昼夜海外ニュースを見ている。今は毎日ニューヨーク州知事のクオモが出てきて何やら会見をする日々。神宮前二丁目のカツオくんのバー「緑」。がらがらと聞いていたが、カウンターは常連で埋まっている。電車がある時間に四谷三丁目の行きつけのバー「Deep」へ。こちらも人はいる。てっぺん付近でタクシー帰り。世間的な空気、そして来週から新番組が始まるのも含めて、飲み歩くのは当分無理かなという気がする。

### 3月29日　日曜日

ほんとは御宿まで車を飛ばして本多さんのギターを聞きに行きたかったが、県境越えるのちょっとためらわれる状況。ロックダウンはないとはいえ。夜は雪との予報、どちらにせよあきらめる。明日からラジオの新番組も始まるので安全第一。デマ云々の話をメディア論的におさらいしようと。佐藤卓己『流言のメディア史』に目を通す。

### 3月30日　月曜日

35年ほど前、村上龍と坂本龍一が対談で、戦争が始まると最前線でラッパを吹くのが音楽家、遅れて後方で筆を執るのが作家という話をしていた。職業と前線という話になっていたが、いやこれは両者の作家性の話だ。坂本は前線に行きそうだし、龍はそれを後ろから見ていそうなタイプ。作家が後方でやる仕事かというと違って、炭鉱のカナリア的な能力は、素早さが身上のジャーナリストより、むしろ批評家や小説家の資質という気がする。人よりも早くに事態の本質に気がつく能力。で、僕はというと真逆、鈍感の極みで、勘の良い人たちの意見を感服して眺めている側。腰も重いし取り立てて人と違う主張があるわけではない。ではあるのだけど、今日から、月～木のＴＦＭで「TOKYO SLOW NEWS」というラジオ番組を始める。非常時に向いてないライターが、１００年に1度の非常時のニュースを担当し、一体どうなることやら。ちなみに初日の番組、元現代ビジネスで面識のある瀬尾傑さんと議論。検証報道について。人はデマに流されるのではなく、合理的にデマを選び取っているという佐藤卓己の話も。志村けんの死去にも触れる。「クロノス」での仕事が始まったときは、2回めにプリンス死去の報を受けたことを思い出す。終了後、妹から聞いていたよとＬＩＮＥ。40年前だけど「だいじょーぶだー」と真似していた妹は、今もＤＶＤボックスを買ってまでかつてのドリフを子どもに見せている。

## 3月31日　火曜日

TOKYO SLOW NEWS 2日目。90分拡大版。今後、共演者の1人となるフランス出身のジャーナリスト、カリン西村さんが出演。番組終了後、スタッフとも会話を避け、逃げるように帰っていったのが印象的。人によって状況の捉え方に差がある。神経質になっている。ＴＦＭに向かう途中、クルマでJ-WAVEを聞いていたらパーソナリティー間にアクリル板を立てて放送しているという話を聞く。

## 4月1日　水曜日

午後、会議。アクリル板の話、ＴＦＭでもやらねばという話に。ただし、技術さんにお願いして、3日くらいかかるかもしれないとのこと。放送まで時間が空くので、麹町のスタバで仕事。今日は、ゴルフ・ウォンの「ＧＯＬＦ」と書かれたバカＴシャツを着用。スタッフに「意外ですね、ゴルフするんですね」と聞かれる。もちろんしない。

## 4月2日　木曜日

夕方スタジオに行くと、アクリル板が導入されていた。設置したのは技術さんではなく、水曜日の担当ディレクター・メグＤ。社用車でハンズに工具とアクリル板を買いに行き、手作りで作ってしまったとのこと。「社長賞狙えるんじゃないか」とメグＤ

談。おもしろいから放送でも使った。木曜日は、番組のパートナーがいる日。第1木曜日は、伊藤詩織さん。会うのは2度目。いろいろ海外取材が飛んでしまっているとのこと。

## 4月3日　金曜日

今日は、ラジオがない平日。たまに利用する千駄ヶ谷ロンハーマンカフェで仕事。ロンハーマンの高すぎる服は買ったことがないけど、カフェは好き。いつもペスカトーレビアンコ　リングイネ（１６００円）を食べる。豊洲の店舗にはない（ここだけ？）メニューで絶品。その後、代々木まで移動。移動しながら原稿のオチを考える。思いついたらまた近くのスタバに駆け込むというのが、日々の仕事のルーティン。誤算は、このご時世でスタバが18時閉店ということ。代わりに代々木駅前のドトールに入るが、2階は喫煙者がいる。東京都の条例で4月以降店舗での喫煙は規制されているはずだけど。仕方なく1階に降りてきたら、マスクせずに派手に咳をしている30代の男性がいて、30秒持たずに店外退去。一生、代々木のドトールに行かないと決意。ドトールにも行きたくない。

## 4月4日　土曜日

ラジオ前、スタジオに入ってしまうと、テレビニュースなどの状況を知る手立てがないのでアマゾンで買ったワンセグチューナー内蔵の小型テレビが到着。チャンネルを変えるときのタイムラグが気になるが、安物ゆえ仕方ない。

## 4月5日　日曜日

無観客になったＷＷＥのビッグマッチ、レッスルマニアのテレビマッチをオンラインで視聴。始まる前にずっと過去のレッスルマニアを流している。今年は、アメリカの危機、ザ・ロックやカート・アングルらレジェンドが来るのではないかと噂されたが、サプライズ要素なし。初日のメインは、アンダーテイカーとA・J・スタイルズが墓地で戦うストリートマッチ。謎試合。レスリング要素なし。娯楽に飢えている折、むしろ普段どおりのプロレスをしてくれるだけでよかったのに残念。ネットの反応を見る分には、評判いいのが不思議。

**4月6日　月曜日**

毎日ラジオがある日々の2週目に突入。ミニシアターの現状の話を番組前にアップリンク浅井隆さんに電話取材。深夜、かつて読んだスティーヴン・キング『11/22/63』を再読していたのだけどようやく読了。主人公がタイムホールを抜けて、１９５８年の世界に行き、ケネディ暗殺を食い止める話。なぜか初読時に大きな勘違いをしていたことに気づく。主人公は、過去に残ってそこで暮らすという結末なんだと思い込んでいたのだけど違った。なぜだ。睡眠導入剤を飲んだあとの読書は、まったく記憶に信頼がない。キングは『ＩＴ』も読まないといけない。時間かかる。

**4月7日　火曜日**

緊急事態宣言。先週からそのことを想定して会議を行っていたので、通常番組の内容を変更して特別番組に変更。各専門分野を選び、どんどん電話でつないでいく方式にしようと提案。なぜ法学者が必要なの？　とミーティングではぽかんとされながらも、法哲学者の大屋雄裕さんに話を聞いたのは大正解。ほかにも経済対策は経済学者の田中秀臣さん、専門家やメディアについては科学技術社会論、神里達博さん。カウンセラーの北山修さんが一番反響が大きかった。専門家にとにかくつなぐスタイルはフジテレビのネット番組「ホウドウキョク」での福原Ｐに習った手法。そして、2時間特番のパートナーは、クロノスの相方だった高橋万里恵さん。万里恵さんとこうして仕事をするのは久しぶり。盤石チーム。この充実感を毎週、朝のクロノスでは感じていたことを思い出す。こっちが3分尺を引っ張ろうが、3秒あれば引き受けて締めてくれる安心感。仕事ができるってこういうことだ。天才。

**4月8日　水曜日**

近所の日医大のスタバ。スタバはここから当面休業するとのこと。帰りに、鮮魚店の根津松本。オーナーの松本さんは、ヘビーTFMリスナー。かつて朝のクロノスを聞いてくれていた。今は夜の番組をやってると報告。えぼ鯛の干物、1800円を購入。超高級店のため買えるものは少ない。僕が行くと2000円程度でおすすめを教えてくれる。えぼ鯛は、一般にイメージするものよりもぷっくり膨れている。帰りにスタバでホットのスターバックスラテのワンショット追加を再度購入。1日2度スタバに行くのはざら。夕方はいつも通りラジオに向かう。夜は家でえぼ鯛。予想通り美味しい。

**4月11日　土曜日**

初のZoom飲み会。元フジテレビの福原Pの誘い。フジテレビのホウドウキョクで番組共演者だった久下真以子さんも参加。クルマの話、久下ちゃん体を鍛えてるらしい。でも飲みすぎ。

**4月12日　日曜日**

教育の森公園までスケートボードを持って散歩。子どもたちが遊んでいる中、交じってスケボーの練習。管理者なのか、掃除のおじさんに「ここはスケートボード禁止」と怒鳴られる。そんなルールはなさそうなので、無視して少し場所を変えて遊んだ。ちなみに子どもたちは、たくさんスケートボードで遊んでいる。近所の焼鳥屋でテイクアウト。家で久しぶりにビールを開けた。Eテレでやっていた「緊急

対談 パンデミックが変える世界」(録画)を見る。イアン・ブレマーが突然「犬を飼え」と言っていたことしか頭に残らない。

**4月13日　月曜日**

同じ「団地団」(イベントチーム)のメンバーでもある妹尾朝子さん(漫画家名〝うめ〟)の「大金持ちが何億ドルも無駄にする話。もしくは『スティーブズ特別編〝ソーシャル・ディスタンス〟』」がツイッターでバズっていたので、即フェイスブックで取材して番組で取り上げた。ビル・ゲイツがワクチン開発の支援をする話をうまく「味覚」に絡めた番外編。

一方、自分の番組開始前にチーフがスタジオに来て大事な話を聞かされる。先週、番組出演した報道記者が週末、発熱したとのこと。僕も濃厚接触者であるかもしれないとのこと。同じ狭いスタジオで感染者(まだわからないけど)と時間を過ごした。軽く動揺。オンエアも集中できず。放送が終わっても、まっすぐ家に帰っていいものか。家族にうつす可能性がある。家人にLINEで状況を説明。このままクルマで御宿に行く手もある。またはホテルに移動するか。「とりあえず帰っておいでよ」。家人の一言で帰ることに。放送終了後、放送のサブルームでスタッフが明日以降の対策について協議している。この状態をすでにこちらは怖いと思っている。先週カリンさんがそそくさと帰った姿を思い出しながら、そそくさと帰る。

**4月14日　火曜日**

昨日の深夜、プロデューサーRより、明日以降は自宅からのリモート放送になるとLINEで連絡。ということで今日から自宅からの放送。iPhoneに1万5000円のLUCIという高音質で音声データを中継するアプリをインストール。4G回線で接続する。事態も変化し、昨日会っていた別のスタッフが発熱との報。

## 4月15日　水曜日

一昨日の月曜夜から家族からも基本距離をとって自分の部屋にて生活している。自主的な隔離状況。今日、先週同じスタジオに入ったスタッフの発熱が、正式に陽性と判明したと連絡を受けた。うーん、発熱の症状あるのにがんばって出社しちゃったスタッフが肺炎を起こし、というケース。報ステ富川アナと同じやつ。僕は、そのとばっちりの徳永アナと同じ。ちなみに、昨日一緒に仕事をしたスタッフも同じフロアで働いているので感染可能性あり。怖いというよりも悔しい。なぜだろう。自己防衛ができないことへの徒労感。それなりに気をつかって、打ち合わせやゲスト対応を行ってきたのに、自分以外はノーケアだったことがわかったから。番組を始めて2週間、こちらは出入りの業者なので、単に仕事を失う可能性がある(この可能性はいまだ継続中)。同じことはどこの会社でも起こってそう。

## 4月16日　木曜日

今週より、突然の自宅からの生放送。台本をプリンターで印刷し、机にスペースを用意して、ノートPCからZoomとツイッターを表示し、片手でずっとiPhoneを持ち続ける。なんの準備もなければ、こうした制約の多い状況。途中でピンポンと宅配便がきたらどうにもならない。なんてことを放送でも説明しながらの番組。夜、先月でFMを辞めたばかりのアナウンサーの今井さんとLINEでやり取り。実は感染者が出ててスタジオ消毒したりして、この2週間でかつての職場、さま変わりしてますよなんて報告。ウェブで注文したステレオテニスデザインのマスクが届いた。作者のメッセージが付いていてうれしい。ウイルス騒動後にいろいろネットで買う機会が増えているが、これまでネットで買ったもののなかで一番うれしいかも。

## 4月18日　土曜日

ネットが遅い。なんとかしないと。すべての仕事が自宅になっているので、支障が大きい。現状の自分のネット環境、ＰＣ環境すべてが不足であることで、いろいろ詰んでいる。12インチのMacBookは、原稿を書くにはまったく支障はないが、Zoomとツイッターとテキストを同時に表示するには、画面が小さすぎる。それらを思い立ち、iMacをアマゾンで購入。なかばパニック買いだ。一律給付金の10万円が頭に浮かんでいる。

## 4月19日　日曜日

午前中に昨日注文したiMacが届く。早い。開梱する前に、駅前のソフトバンクショップに駆け込み、ソフトバンクエアーに契約。その場で、Wi-Fiアンテナをもらい即接続。昼からのオンラインミーティングは、新しいＰＣ、新しいWi-Fiで対応。投資。

打ち合わせは、TOKYO SLOW NEWSではなく、ＴＢＳラジオの「文化系トークラジオLife」。打ち合わせが始まってから、バリューブックスの本の引き取り人が来る。本3箱分引き取ってもらう。本当は5箱くらい引き取ってもらいたかったが、現状、コロナ禍で制限中のよう。打ち合わせは、途中退出。TOKYO SLOW NEWSのプロデューサーから電話。先日から熱を出していたスタッフが陽性の報。

## 4月20日　月曜日

自宅からのリモート放送を始めてからネットで注文したマイクが届く。映画『グッドモーニング、ベトナム』でロビン・ウィリアムズ演じるＤＪが使っていたっぽいやつが欲しくて注文。とはいえ、使う機会はなさそう。同日にＴＦＭのスタッフ（クロノス時代にＡＤだったタッキー。飲みにも行ったりする顔なじみ）が道具一式を届けに来て、セッティングしてくれた。こちらは本物のプロ用の機材。

シュア製。いろいろと仕事が手に付かないが、そうも言ってられないので、ずっと必要な本は読んでいる。変わり種は『フランクリン自伝』。ベンジャミン・フランクリンが何者か、よくわかっていなかったが、日めくりカレンダーに教訓を付けてベストセラーにした人。昔の人の文章はくどい。新聞にカミュとデフォーのペストを題材にした小説の比較が載っていた。先日、カミュの『ペスト』は冒頭だけ読んだが、なかなか本題に入らず、まどろっこしいのでやめたばかり。デフォーのやつは読みたい。本日、フリーアナウンサーの住吉美紀さんの発熱という報道も知る。先日、フェイスブックで情報交換をしたばかり。番組のスタッフの一部は重なっている。

**4月21日　火曜日**

引き続きフランクリン。少年時代にタコを飛ばして感電したエピソードは、実は彼のものではなかったという。夜は自分のラジオ番組、自宅から。自宅でもマスク。換気のため窓を開けているので部屋が寒く疲弊。家人が窓をずっと開けている。風邪ひきそう。原油先物マイナスというニュース。先物とは言え、タンカーやタンクに大量に保有するコストはかかるわけで、こういうことにもなるのだという。コロナ禍の日々の危機を煽るニュースよりも、原油価格のニュースに驚く。食糧危機に備えてサンマの蒲焼の缶詰を2個買った。すぐ1個食った。

**4月23日　木曜日**

夜、自分のラジオ。月1レギュラーの浜田敬子さんと話すテーマは「コロナ時代のニューノーマル」。互いにリモート。しゃべり出しが何度もかぶる。リモート放送に慣れたつもりが慣れない。だがお互いにしゃべり切った。充実感ある放送だった。アマゾンで頼んだ窓用エアコンを注文。エアコンが売れる時期よりも早くに導入しておきたい。出遅れてウェブカメラのたぐいが買えなかったことに懲りた。部屋の環境整備、夏場のこの部屋の暑さは尋常ではない(例年、5月からエアコンのあるリビングに移住する)ので、金に糸目はつけない。だが部屋の外には室外機がおけないので、エアコンは無理。窓用エアコンは、効かないしうるさいというイメージ。だが、いまどきはそうでもないというネットの評判を真に受けて購入。メーカーは、調べてみるとコロナという会社一択であると知る。どの機種を買うか、情報が多すぎるネットのほうが判断が鈍る。

### 4月24日　金曜日

エアコン朝イチで届く。まだ自部屋隔離中だが、実は連日散歩帰りに千駄木のCIBIカフェに寄っていた。人との接触は避けているが出歩いてる。窓エアコンの取付は失敗。ネットの「女性でも30分もあれば1人でかんたん」というレビューはなんだったのか。そもそも本体重量20キロは支えるのもぎりぎり。株式会社コロナに電話して工事をお願いできないか問い合わせ。皮肉な会社名。電話を取って会社名を名乗る側も気まずいだろう。工事に関して、営業時間外だったので返答は明日。日経新聞夕刊書評締切。『山内マリコの美術館は一人で行く派展』。終わってリビングで報ステとWBSを見る。夜寒い。7度だって。1日に気温だけ10回くらい確認するタイプ。天気自体は雨だろうが晴れだろうがどっちでもいい。

### 4月25日　土曜日

文化放送「田村淳のニュースクラブ」出演。ほぼ月1ペースレギュラー番組。この日は、初の家からの出演。前回出演時は、ビル・ゲイツの話をしたが、今回はステイホーム中にみんなヒゲを伸ばしがちという話。海外セレブのブームで、日本では山田孝之と小栗旬が披露している。でも、WHOはマスクの効果がなくなるからヒゲは推奨していないと。読書『もうダメかも——死ぬ確率の統計学』。湖で泳いでいて、湖水の怪物に食われる可能性よりも、風邪をこじらせて肺炎で死ぬ確率の方が高い。途中で挫折。部屋はきれいにしたのに、相変わらず部屋の中で読んでる本を紛失する率が高い。統計とは関係ない。部屋に飾ろうとネットで買ったリキテンスタインのポスターが届く。御宿の部屋には、ステレオテニスと山根慶丈の絵を掛けているが、自宅の仕事部屋に絵を飾るのは初めて。

**4月26日　日曜日**

iMacがとにかく遅い。すぐに届くiMacが増設なしの21・5インチメモリ8GBのモデルだけだったので仕方ない。

**4月27日　月曜日**

エアコンの取付の業者が来る。あっという間に設置。ちなみに、今日でちょうど自主隔離2週間。家の中でマスクをするのはおしまい。とはいえ、それ以外、そんなに変わらないかな。TOKYO SLOW NEWSは、番組の全曜日ディレクター、AD、2人のプロデューサー、そしてチーフと、関係者全員が自主隔離だったが、今週から復帰。かなり特殊な状態を切り抜けたと思う。ただし、放送はずっと自宅からリモートであることは変わらない。

**4月28日　火曜日**

『テレビブロス』の休刊号がポストに届いていた。自分の番組の冒頭でも触れる。2年前から月刊誌に変わり、そこで実際には終わっていたが、この最終号は、過去の連載者たちも含めた、33年の集大成号。90年代の後半くらいにはもうピピピクラブの〝斜め視点〟が古臭くなっていたという個人的印象。テレビ雑誌が必要ないというのは言うまでもない。自分の番組では、選曲にタッチせずに来た。もちろん好きな曲を選びたいのは山々。ただ各曜日のディレクターの考えていることを優先。今日初めて自分の選曲を入れてもらった。「フォローアップ」のコーナーのテーマ、コロナ時代の恋愛のあり方ということでピチカート・ファイヴ「マジック・カーペット・ライド」をかける。社会の傍観者的な小西康陽の独特の歌詞。甘美なメロディ。歌は高浪慶太郎。これまでも何度かあったが、特別なときは、ピチカートをかける。今日から報ステ徳永さん復活。最近はずっと、帰るとちょうど報ステの時間なので夜のニュースには詳しい。仕事部屋をリスタートする作業は進行中。今日出したゴミ7袋。主に本と服類。

**4月29日　水曜日**

夏用ルームスリッパ届く。毎日何かしらネットで買い物してる(本はたいてい日に1冊は届く)。夏用スリッパは、かなり成功の類。

**4月30日　木曜日**

昼近くに起きて『週刊文春』を買いに行く。毎週のルーティーン。昼には、ネットで買ったハンガーラックが届く。3000円台。アマゾンで買うと、どうしても迷った末にベストセラーのマークの付いたものを買ってしまう。自分のワードローブが9割紺であることを再確認。残りは暗いグレーと明るいグレー。

**5月1日　金曜日**

バリューブックスから2度目の集荷。前回送れなかった残りの古本2箱を送った。古本は、1冊数十円くらいと思っていたが、新刊は高く買い取ってくれる。結局途中で挫折した『もうダメかも――死ぬ確率の統計学』の買取は1000円を超える。刊行時期が近い本であれば、4～500円になる。思いのほか高価買取。著者からもらった本は売らない自己ルール。ダブりの自著は、少し売った。夕方から福原P、自動車ジャーナリストの渡辺敏史さん、ときおり飲みに行くトリオでZoom飲み会。自動車の試乗会はすべて延期になっていると。EV化と自動運転一辺倒だった業界の流れが一旦止まるかもねという話。首都高ルーレット族見に行きたいねなど。一度走りに行ったら、パトカーが周回していてあまり飛ばせなかったが。他業界の話を聞く貴重な機会。楽しい。

## 5月2日　土曜日

飲み歩くのをやめて1カ月半。業界外の人に触れる機会が激減している。自著『東京どこに住む？』は、5年分くらいの飲み歩き生活で見聞きした話の成果。ヒアリングしたバーの常連たちの地元話が元になった。バーテンダーが、地域の不動産屋の話に詳しかったりするからいろいろなバーを探索したりもした。こういうインプットの集合で賢くしてもらえていたわけだけど、今の自分はまったく賢くないな。そんなようなことをツイート。

## 5月3日　日曜日

深夜、文化系トークラジオLife生放送。メインパーソナリティ（鈴木謙介）が神戸より来られないため、今回は自分が代打司会を務める。久しぶりの外仕事。赤坂に出かける。スタジオの制限が2名で難しい。パーソナリティ特権で1曲目にピチカート・ファイヴ「東京は夜の七時」をかける。東京でのオリンピック開催が延期になっていろいろネガティブな状況に巻き込まれる中、4年前のリオの閉会式で使われた多幸感あふれるこの曲が本当に大きなギャップ。「1曲目は、そんな東京の大トラウマソング、もう一生聞けないかもしれないですよ」というイントロデュースでこれをかけたのだけど、反応薄い。

## 5月5日　火曜日

散歩で池袋まで遠征。歩いて30分。自粛後、繁華街に出るのは初めてかな。1週間前に注文したユニクロオンラインの品届く。うーん思ったより生地が分厚い。店頭なら買ってなかった。ラジオでは、オンライン出会いの話。火曜日のディレクターの渾身の企画。

## 5月6日　水曜日

夜、本を読みたくなりポアロシリーズ『カーテン』。クリスティーの有名作はたいてい読んでいる気になっている(大半は忘れている)が、評価も高いポアロの最後は読んでない。おぐらりゅうじくんと文春オンラインの連載用Zoom対談。おぐらくん、ブロス辞めて実家に帰ってると。深夜のコンビニに『週刊文春』を買いに行く。

## 5月7日　木曜日

木曜日の自分のラジオは、伊藤詩織さんとドキュメンタリー映画について。先週の放送後に盛り上がった話が無事企画に。木曜アワノDの手腕。こちらも事前にちょっと見ておいたのはNetflix『タイガーキング』。早足だったけど、ラジオの生放送で映像ドキュメンタリーの話をするというのは、思いのほかおもしろい。深夜、読書。あまりに分厚くて途中になっていたマイケル・ベンソン『2001：キューブリック、クラーク』の残りを読む。

## 5月13日　水曜日

『クーリエ・ジャポン』でエマニュエル・トッドの「外出再開せよ。高齢者を救うために若者を犠牲にすることはできない」という記事を読んだ。ラジオでも紹介する。「ドライな分析で大変恐縮ですが、社会の活力の尺度となるのは子供を作れる能力であり、高齢者の命を救える能力ではありません」。フランス、英国は、コロナウイルスの封じ込めに失敗しているように見えるが、トッドは感染による死者数より人工再生産数に注目する。出生率が高い国よりも、むしろそれが低い日本のほうに問題があるということ。人口学者は、人口の増減をトータルで考える。これは古市憲寿くんに教えてあげようと、LINEしたらとっくに読んでいるとのこと。古市くんは、知人の中でもっとも読書家で、あれこれ読んでいて驚く。あんなに忙しそうなのに。

**5月14日　木曜日**

夜ニューヨーク在住の佐久間裕美子さんのインスタライブに誘われゲスト出演。打ち合わせでかかってきた通話で泣きそうに。飲み仲間との会話、遠い離れた街の友だちとかいろいろあるけど、タイミングだけで込み上げるものが。お互いの近況とか、日米メディアの違いとか。2時間以上やった。ライブ終了後に再び、通話で話す。佐久間さんは、先日の「今の自分は賢くないな」というツイッターの書き込みを気にしてくれていて、声をかけてくれたんだなと。感謝の気持ちが強くなりすぎて、ありがとうのメッセージすら出てこなかったし、いまだに返せてない。一生の恩というのは言いすぎかもだけど、10年に一度の恩。そしてこのときに、言ってくれたことはずっと忘れない。いつか何かで返せるかな。

**5月16日　土曜日**

ドイツサッカー。ドルトムント対シャルケ。再開にあたり安全のためのレギュレーションをつくってのリーグ再開。サッカー好きのメルケルの試みなのだろう。かつて彼女がW杯をスタンドから出場停止中のシュバインシュタイガーと眺めていた光景を思い出す。サッカーの開幕をもってドイツ及び、ヨーロッパ全体の再始動を試みるという意図がこもっている。一世一代のビッグマッチ。試合は、19歳ホーランドが先制点。その後も19番のユリアン・ブラントの見事なスルーパス2つ(3つ?)が決め手となって勝負あり。途中交代の選手たちはピッチを出たらドクターにマスクを渡される。ほんとは、すぐそれをする決まりだったはず。カメラは狙っていたが、皆、すたすた行ってしまう。選手たちに、撮影側の意図は伝わってなかった模様。だが試合後にベテランのフンメルスを先頭にドルトムントの選手たちが最後に客席のいないゴール裏に向かい、両手を広げて横の距離を保ち、誰もいない客席とコミュニケーションを試みた。いい場面。宇野維正もツイッターでこの場面を指摘してた。スカパーさま、無料放送ありがとうございました。

**5月19日　火曜日**

スタバの営業が持ち帰りのみ再開。本郷三丁目のスタバにまで足を延ばし、普段よりひとつ大きいグランデサイズのスターバックスラテホット、アーモンドトフィーシロップワンホイップで注文。スタッフに「今日からなんですね」と聞くと「うずうずしてました」との返答。久しぶりの店内の写真を撮る。とはいえ、あとで飲んだラテは、まずかった。そういうものか。店員さんも久しぶりで慣れてなかったのか。番組チーフと電話。スタジオでの放送・収録再開の方向に動き始めているという。速水さんはどっちがいいか聞かれ、断然スタジオに戻りたいと主張。

**5月20日　水曜日**

13時30分から毎週定例のZoomミーティング。スタジオに戻る云々の話ここでも。Netflixのドラマ版『スノーピアサー』を見始めた。世界は、温暖化の解決に失敗し、雪と氷に埋め尽くされた世界。一部の人類は、1001両の車両を持つ永久機関で走り続ける鉄道に乗って生活をしている。そんな設定。世界の人口調整を巡る話がこのタイミングで新作として公開されるのがすごい。恒例『週刊文春』は、深夜の内に買いに行く。黒川検事長麻雀接待。

## 5月21日　木曜日

iMacがとにかく遅いのをなんとかしたい。動作が鈍いパソコン、アクセルを踏んでも加速しない軽自動車、分厚いハードカバーの本。これらのプロダクツの担当者まとめて島流しにすべき。Retina21.5インチは、メモリー増設が自分でできない仕様。Macは、メモリー増設しないと使えないと25年来のマックユーザーなら当然わかってはいたのだけど。ちなみにパソコン代は、半分くらいTFMが予算で持ってくれることに。とても助かる。

## 5月22日　金曜日

メモリー増設をしようとアップルストアに電話をする。事前予約してサポートに電話。アップルのコールセンターは、待ち時間のBGMをポップス、クラシック、ジャズの中から選べる。それぞれに何がかかるのか超気になる。ジャズを選んでみたら、ちょっと意外なスローテンポでブルージーなボーカルものだった。アップルストアが閉まっている状況なので対応はできないとの結論。

## 5月23日　土曜日

昼から秋葉原のMacの修理屋に電話をしているのだけど一度もつながらず。店を閉めているのだろう。ずっと迷っていたマジックハンドをネットで購入してしまった。ラジオで放送中は、有線のヘッドホンをしているし、あれこれコード類があり狭くて身動きが取れない。放送中にデスクに座ったまま、自分の部屋のドアを開け閉めできるように。これで放送中に飼い猫がドアにカリカリと爪を立てて〝開けてくれ〟と要望するのに応えられるようになる。ネットでいろいろ買い物をしたが、これがベストアイテムかも。席にいながら、ティッシュを取ったり汎用性が高い。

**5月27日　水曜日**

スタバの店舗営業再開。さっそく夕方に神保町のスタバに行く。席をあけて座るので、席数少なめ。2人連れは厳しい。人生でもっとも回数通っているスタバはここだろうな。神保町の駅から離れた場所にある店舗。2番目は、本郷三丁目の店舗か。これからスタバで仕事をする日々に戻るのか。書き物仕事のペースが落ちているのは、スタバがやってなかったせいだと思う。iPhoneのカレンダーで調べたら、スタバの一斉閉店が4月8日だったと。カレンダーに何も予定を書き込まなくなっているので（外出予定がゼロだから）、自分の書き込んだ一行「スタバ閉店」のフレーズが目立っている。

**5月28日　木曜日**

この日をもって自宅からのリモート放送はおしまい。来週からはスタジオに復帰できる。放送は、木曜パートナー浜田敬子さんと、ビッグデータと監視社会というテーマ。

**5月29日　金曜日**

iMacのディスプレイに掛ける方式のデスクライトを買う。またネットで。読書用のライトを買ったばかりだが、別途必要になり思い切って1万円オーバー。これもいい買い物。

**6月1日　月曜日**

今日より番組はスタジオにて生放送。とはいえ、局の人数制限のルールの下。ディレクターは別フロアでZoomにより指示という話。調整室とスタジオの間のトークバックが使えないのであれば、リモート放送と何ら変わりないのでばかばかしい。ミキサーさんのアイデアで別スタジオを使用ということに。ちなみに山下達郎の番組を担当する凄腕のミキサー。ラジオの仕事も振り返れば10年になる。最初のレギュラーは、TBSラジオの文化系トークラジオLife。その後、TFMのタイムラインを担当、それからクロノスの金曜日。これは番組名に名前が入っていた。2020年にニュース番組を担当したことは、特別。スタッフ全員の自主隔離という状態でよく続いたと感心。今年4月に始まった番組ゆえ、顔合わせの飲み会もやれていない。

# 日日京都映画雑記２０２０春

**田中誠一**

日本・京都　2020年3月20日〜5月22日

# 田中誠一

たなか・せいいち／1977年生まれ。いくつかの劇場スタッフや映写業務、宣伝業務をしながら、関西で自主上映を企画。映画祭運営、映画制作に携わる。映画『おそいひと』の配給・宣伝を経てシマフィルム入りし、『堀川中立売』（２０１０年）などの映画製作にも参加。映像制作ラボKyotoDUメンバーとしても活動。13年より元・立誠小学校を拠点に立誠シネマプロジェクトを運営。17年、映画×カフェ×書店and moreの文化複合施設として出町座を立ち上げ。出町座は20年より東京フィルメックス理事。京都市在住、独身。ここ数年はほぼずっと出町座内で仕事をしている。飲み屋よりも映画館、本屋、喫茶店、銭湯によく行く。

## はじめに

私は京都在住でシマフィルムという映画会社に所属し、映画の製作、配給、そして劇場運営をしている。出町座はそのひとつであり、現在の私の主戦場である。映画の配給としては、自社で制作した友川カズキ主演ドキュメンタリー映画『どこへ出しても恥かしい人』を現在は手がけている。

ご縁があって2019年から「東京フィルメックス」とのパートナーシップも始まった。

これは、そんな立場の人間のある期間の日記として読んでいただけるのではないかと思う。

知人にリム・カーワイというマレーシア出身の映画監督(定住場所をもたず世界を漂流することから「シネマドリフター」を名乗る)がいる。彼は大阪が好きで、彼が大阪で撮った映画を京都で上映もした。最後に会ったのは11月の東京フィルメックス会場。そのリムくんが2019年末から、中国で発生した感染症拡大状況をリアルタイムで発信していた。これはマズいと。SNSでひたすらに。中国の隠蔽体質に怒り、日本の初期対応に危機感を募らせてはいたものの、リムくん自身も書いていたが、ほとんどオオカミ少年のような感じだった。が、その後数ヶ月でみるみる世界は姿を変えてゆく。私はなぜかリムくん経由で知る感染症の状況を概ねキャッチしていて、いつか日本にも伝播するのだろうかとうっすら思っていた。うっすら思いつつ、その時どうするべきかなどは考えておらず、眼の前の自分の世界をひたすら追いかけることしかできない、そんな年末年始で2020年は始まった。東映動画1958『白蛇伝』と中国最新3D映画『白蛇：縁起』を上映し、白蛇の抜け殻を出町座の鬼門の方向に掲げた。

出町座は2017年12月28日にオープンしてから3年目に突入した。

## 2020年3月20日（金）

「東京フィルメックス京都出張篇」9日間の全上映終了。全体の入り、いまひとつ。ホン・サンスは大入り。情勢が徐々に悪くなる傾向である今は仕方がない。大阪アジアン映画祭も舞台挨拶、イベント等はナシで上映のみ。

フィルメックス事務局とやり取り。映画制作企画を公募する「New Director Award」の概要決定、進行。

**『ワンダーウォール 劇場版』イベント　渡辺あやさん、MC小柳帝さん　大入り盛況。**

**『羅小黒戦記』『ジョジョ・ラビット』@出町座、連日盛況。**

**『どこへ出しても恥かしい人』@名古屋シネマテーク、連日ひと桁。**

東京での興行が一区切りした後、作品が全国の劇場へと流れていく過程。この時点で中高年の客層が中心の本作などは如実に動員減少の影響がある。この後の京阪神公開も同様だろう。友川さんは3月からすべてのライブ予定がキャンセルになっている。渋谷ラママで予定していた友川さんのライブと『どこへ出しても恥かしい人』上映のイベントもキャンセル。もちろん、上映劇場への舞台挨拶も今は出来ない。ライブはいつになったらやれるようになるのだろうか。

お客さんの流れができている作品以外は、来場者数がゆるやかに減少。

中高年層の方が出控えを始めている印象。若者は普通に来る。

劇場として複数作品の動向を見る。

配給として各地の劇場の動向を見る。

すでにイタリアを始めとするユーロッパは大変なことになっている。フランス等の閉館している映画館ではチケットの先売りをオンラインで発行しているとのこと。アメリカでは映画のオンライン配信実施、視聴の際に本来ならどこの映画館で観ていたかを選べる。

欧米や他国の現在は少し先のココで起こること。クラウドファンディングを考える。

4月から開始予定のシネマカレッジ京都の授業、脚本クラス、俳優クラス、ともに延期。講師、受講生に相談と通達。小中高、大学も休みなのだから仕方がない。出町座のシアターカーテンを縫ってくれたNの長女が小学校1年生とのこと。1年生の年にこれというのはなかなかにすさまじい。

某氏とやり取りをしていて、実は感染者の濃厚接触者であるということを聞く。いま自宅待機中という。幸いなことに陽性ではないそうでホッとする。が、確実にこれは拡がっているのだという感覚が現実感を伴ってくる。

## 3月27日（金）

文化庁宮田長官メッセージを読む。

「明けない夜はありません！　今こそ私たちの文化の力を信じ、共に前に進みましょう」

共に前に……どうやって？　国は何もやらないというメッセージとして読む。現政府には最初から絶望している。自分らでどうにかするしかない。

## 3月28日（土）

**『この世界の（さらにいくつもの）片隅に』野村建太さんレポート会実施。**

『この世界の（さらにいくつもの）片隅に』演出補・特殊作画担当の野村建太さんによるレポート会。ロング版『このセカ』制作について野村さんが日本映像学会で発表するはずだったが、学会が中止になったということで、では出町座でやりましょうということに。野村さんは寺町のノムラテーラーがご実家なのである。事前に何度も野村さんと「やる／やらない」の確認をする。当日、ひょっこりと片渕監督が現れる。飼い犬のトンちゃんを連れて「散歩に来ました」と。野村さんは片渕監督の大学の教え子である。師弟関係。片渕監督とトンちゃんが静かに傍らで聴講する。シュールな絵面である。発表内容は『このセカ』の細かな工夫に触れる、とても素晴らしいものだった。

## 3月29日（日）

**『USムービー・ホットサンド』刊行記念トーク　降矢聡さん、加藤るみさん実施。**

**『COMPLY+-AN CE』劇中ライブ&舞台挨拶→中止。**

『USムービー・ホットサンド』イベント打ち上げで降矢さんと久々に話す。今後のグッチーズの方向性（大きなお世話）とか、次なる企画の案とか。

志村けん死去の報。京都産業大学でのクラスター発生の報。客足が急激に途絶える。以降のイベントもすべて中止となる。

## 3月31日（火）

出町座スタッフに、今起こっていることの要点と長期戦となるこれからの見込みを書いて送る。危機感は持ちつつ、平常心であること。情報に右往左往しないこと。やるべきことをすべてやる。

高畑勲監督特集にあわせた手描きの特大バナーの制作。出町座美術部のしごと。だいたい10日くらいで仕上げる。今回は美術部最高傑作。すばらしい。

## 4月1日（水）

コミュニティシネマセンター岩崎さんに電話。行政（国）に対する支援要請、クラウドファンド設立の提案をすべきでないかと問う。諏訪敦彦監督らとそのような動きを検討しているとのこと。コミシネでクラウドファンド設立は難しそう。まずは嘆願書の署名集めとのこと。#SaveTheCinema

Motion Gallery梅本さんに連絡。クラウドファンディングでチケット販売の件やり取りしつつ整理していく。迅速的確。

他館との連携で発信することも考えるが、それをまとめていくことの難しさがある。やはり第3者的な立場での発信が必要。出町座の映画、カフェ、書店の3店舗での発信がよいと決まる。今は来てと言えないから、未来に来てもらうための券を売る。そのものズバリ「未来券」とする。

## 4月2日（木）

夜、濱口監督から電話。映画館救済基金の立ち上げを深田監督とやろうとしているとのこと。「出町座のCFの邪魔にならないですかね？」と。濱口さんらしい。なるわけないです。素案を送ってもらい、やり取り。気になったことなどを意見として送る。迅速的確。#ミニシアター・エイド

## 4月3日（金）

**『どこへ出しても恥かしい人』関西公開記念イベント　友川カズキワンマンライブ＠ロフトプラスワン・ウエスト→中止。**

京都みなみ会館・吉田さんから電話。京阪神の劇場集まって映画館支援Tシャツを販売しようと。「Tシャツか〜ロックフェスみたいな」的なことを言いつつ乗る。こちらの動きも共有。#SaveOurLocalCinemas

【出町座未来券】CFスタート。反響が大きい。ありがたい。思いのほか、みんなの「モヤモヤ」が溜まっていることに気づく。これを投げてみてどう受け止められるか正直まったく想像できていなかったが、「今は行けないのはわかってる」「カラダはじっとしているしかない」「でも今の気持ちはどこへ持っていけばいい？」「気持ちは未来へ！」ということ。先の予定を作ることがつまりは希望なのだと逆にみんなに教えてもらっている気分。

ふと思うが、今のようにSNSが発達していない時代（20〜30年前）にこれが起こっていたらどうなっていたのか。ゾッとする。まあ違う動き方をしているだろうなと思うが。

現実の酷薄さを覆しおのれの限界を超える『宮本から君へ』。死の気配からひたすら逃げる生命力『幕末太陽傳』。映画が描いてきたそれらを思いうかべ、気持ちをもたせる。

**4月4日(土)**

**『どこへ出しても恥かしい人』友川カズキ舞台挨拶(シネ・ヌーヴォ、出町座)↓中止。**

佐々木監督と連絡。マスクを必ずして、電車・バスを使わずに行くということを条件に、シネ・ヌーヴォに初日立ち会いに行ってもらう。ヌーヴォまでチャリンコで45分。事前告知なし、飛び込みのような形で舞台挨拶。

同じく『どこへ出しても恥かしい人』横浜シネマリンにて上映開始。だがどこの劇場も、いつ閉めざるを得ないことになるか分からない。それでも出来うる限り上映を続けたいと思う気持ちはみんな同じ。

**『この世界の(さらにいくつもの)片隅に』片渕須直監督×細馬宏通さんトークイベント@京都烏丸コンベンションホール↓中止。**

**4月5日(日)**

**高畑勲監督特集W講演会　片渕須直監督、細馬宏通さん↓中止。**

出町座3F事務部屋と物置部屋の壁取っ払い、収納スペース拡張、新事務所改修等、工務店と打ち合わせ。

1月から検討していた事務所移転。出町座から徒歩1分の物件を契約。1F店舗部分を改装する段取りと、出町座内のスペース有効利用と収納拡張、裏階段の内装をかねてから検討していたものにようやく着手。しかしこのタイミングか……という気もするが、逆に言うとこういう時でないと出来ないのかもしれない。

## 4月7日（火）

7都府県に緊急事態宣言。映画館が休業要請の対象になっている。『どこへ出しても恥かしい人』上映中の横浜シネマリン、シネ・ヌーヴォも休業となる。今後の見通しは立てるものの、先の予測は難しい。

## 4月11日（土）

**『はじまりの記憶　杉本博司』杉本博司×中村佑子監督トーク→中止。**

杉本博司さんは、改修工事が終わってリニューアルする京都市京セラ美術館の開館記念展「杉本博司　瑠璃の浄土」にあわせてお越しいただく予定だったが、そもそもの企画展じたいが開けない。誰もいない館内で杉本氏の作品が佇む様を想像する。

**『東京干潟』『蟹の惑星』村上監督アフタートーク→中止。**

多摩川沿いに暮らすおじさんたちを撮ったドキュメンタリー2作。これがほんとに素晴らしいのだが、こうした作品をあれこれ打ち出し方を考えてお客さんに観てもらうということが出町座のような場所の醍醐味なのだ。それが出来ない今だから、かえって強くそういう気持ちが湧き上がる。

### 4月12日（日）

**高畑勲監督『セロ弾きのゴーシュ』才田俊次さんトーク→中止。**

**4月23日（木）同志社大学寒梅館での高畑勲監督『じゃりン子チエ　劇場版』上映&小田部羊一さんトーク→中止決定。**


高畑監督企画、為す術がなくイベントを取りやめにしていかざるを得ない。

東風の木下さんに「仮設の映画館」について電話。「形としては誰でも考えつくと思うんです。でも今やっておかないと。映画館にお客さんに戻ってきてもらうためにやるんです」。映画屋としての矜持を感じる。これまでもいろいろな難局に直面して、くぐり抜けてきたのだ。

『どこへ出しても恥かしい人』も仮設の映画館で上映（配信）させていただくことにする。正直、劇場上映がこの状態で止まってしまっている以上、制作費、配給宣伝費の回収もおぼつかないが、オンライン配信で回収できるとも思わない。だが今劇場にかけられないこの状態でも「映画を止めない」というスタンスを示す必要がある。オンライン配信の勉強と作業。各地の劇場に参加呼びかけ。

### 4月13日（月）

**ミニシアター・エイド基金CFスタート。**

夜、DOMMUNE記者会見、Zoom出演。実はDOMMUNEに出るのは3回目。1回目は2010年映画『堀川中立売』番宣でテレビブロス編集部にチケットを売りつけに襲撃し、そのまま渋谷のスクランブル交差点で通行人にチケットを売り歩き、中継を受けるスタジオで笑われるという担当。ノートPCを持ってUstreamでスタジオと繋いでいた。2回目は2019年の遠藤ミチロウ追悼番組で、ライブハウスAPIA40から放送配信。今回は出演者が全員自宅や勤務地からZoomで出演。リハーサルのときからずっと渡辺真起子さんが率先して明るくみんなに心配りをしてくださって、ありがたかった。10年くらい前、舞台を観に行ったあとの打ち上げでもすごく気遣ってくれた。真起子ねえさんはあの時のままだった。

靴下でマスクを作れるという南米のおねえさんの動画を発見して、実際作ってみる。出町座にやってくるお客さんがマスクをしていないことがあると、スタッフ間で緊張感が走るようになっている。3月下旬にはイベント時にマスクを持っていない方には配布したが、それをいつまでも続けることができない。N（前出・シアターカーテンを縫った）が作ってくれたお手製マスクもあるが、それはスタッフ用。そこでかりそめでもマスク増産できないかと靴下マスクの製造に着手したのである。しばらく自分でも着けてみるが、いいんじゃないかな？　これ。ところがスタッフSから「お客さんに渡すのはいかがなものか」とたしなめられる。はい、迂闊でした。すみません。

**4月14日（火）**

**映画批評月間『ティップ・トップ　ふたりは最高』廣瀬純さんトーク→中止。**

**4月15日（水）**

**映画批評月間『マダム・ハイド』セルジュ・ボゾン監督×廣瀬純さんトーク→中止。**

セルジュ・ボゾン監督を招聘することを何よりも楽しみにしていたのはアンスティチュ・フランセの坂本安美さんだ。3月はアルテ・フランス・シネマのディレクター、オリヴィエ・ペールが本企画でなんとかギリギリ来れたものの、セルジュ・ボゾンはこの時期さすがにフランスから出られなかった。この悔しさはいかほどのものか。せめて準備した上映をこの企画の本位である「映画批評」を盛り込んでやりたいと、廣瀬さんにお願いして批評文を書いて頂く。

## 4月16日(木)

お届け物。差出人は「名無」とある。住所も適当に書いてある(というかこの書き方だと位置としては京都御所……)。開いてみると130万円の現ナマが入っていた。震える。お手紙に「13館で分けると焼け石に水かもしれませんが」とある。つまり関西劇場応援Tシャツ販売(Save our local cinemas)のことである。京都みなみ会館の吉田さんに電話し、どうするか話す。小分けにしてSave Our Local CinemasのBASE shopにコンビニで入金する。コンビニ店員もびっくりしたことだろう。まったく誰だか思い当たらないが、こんなこともあるのだ……これまでも、本当にこちらが見えないところでいろいろな人に支えていただいていたのだということをあらためて感じ入る。お手紙の最後に書いてあったちょっとしたリクエストがあり、それは13館で果たしませんかと各館にも提案の連絡。

出町座未来券も、ミニシアター・エイドもそうだが、クラウドファンディングは単純に「お金を集める」ツールであるというのではなく、発信側と受け手側の気持ちや考えを可視化するということがいちばん大きいように思う。その声が聴こえる、見えるということをどう捉えて、どう反射するのかが、「場」を担う者として問われる。当然意識していないと「場」など作れないものだが、それをあらためて感じさせられる今がある。

## 4月17日（金）

行政の休業要請に従い、出町座も明日より映画の上映を休業。デニス・ホッパー『ラストムービー』上映でその日の営業を終了。閉館する劇場の気分をちょっと味わった気になる。いつ再び開くか分からないこの状況を感じて、『ラストムービー』に駆けつけてくれたお客さんも多い。みんなしばらくスクリーンで映画を観れなくなると思うと、来てしまうのだ。一瞬、上映前にお客さんにご挨拶しようと思ったがやめる。なるべく平常運転で。

某テレビ取材入る。休業に入る瞬間、最後にシャッターを降ろす瞬間を撮りたいそうな。でもうちは明日も明後日も、カフェと書店は開けるんですけど？　撮れ高そんなに高くないんじゃ？　と思うが黙っておく。いや言ったかもしれない。すみません。意図が先行してそのように振る舞うことを求められるメディアの取材は苦手。「今のお気持ちは？」と聞かれるのが苦手。

4月に組んだ高畑勲監督特集は、4月の命日にあわせ、岡山県立美術館での「高畑勲展」開催にもあわせ、時間をかけて仕込んだものだったが、イベントもすべてキャンセル。上映だけを粛々と続けたが、最後の週の『おもひでぽろぽろ』はこの休業決定により結局1回だけの上映で終了した。つらい。イベントも含めて必ず再チャレンジする。だが岡山の高畑勲展は開くのだろうか？

## 4月18日（土）

出町座休業（映画）、カフェ、書店のみ営業。「店が開いている」ということが商店街にとっても大事なことなのだと感じる。ここのシャッターが閉まってたら、街の雰囲気は一変して色を失くすだろうと想像する。出町座のスタッフにはなるべく仕事をしに来てもらう。しかし、とにかく身入りがない状態なので通常通りというわけにはいかない。どうしても学生の子はなかなか呼べない。厳しい。

普段は出来ない作業をやる。シアター場内の機材メンテ、壁の吸音材貼り替え、塗装直し、ほか修繕。そして膨大な資料整理。職人さんに造作してもらうところと、出町座スタッフで作業する部分をスケジューリング。

## 4月20日（月）

出町座に電話。「ドライブインシアター、出来ませんかね？」と尋ねられる。滋賀県の琵琶湖岸でカフェを経営しているYさんという方からだった。もちろんYさんと面識もなければそのカフェの存在も知らない。Yさんもウチのことなどこれまで知らなかったのではないか。聞かないけど。何か今出来ることはないかと探して動く人はいる。自分もその1人だと思っているから、そういう行動をする心理はわかる。電話口で少し話をして、ちょっと探ってみることにする。もちろんドライブインシアターなどやったことはない。

ウェブメディア、新聞等々の取材が度々。Zoomでやり取りすることも増えた。取材は基本苦手なのだが、話していてちょっとした気づきがあるということがあり、そういう意味では有意義な部分もある。某新聞記者さんとの話のなかで思いついたこと、ひとつ。

フィルメックス市山さんとやり取り。今年のベルリン国際映画祭に出品された映画の日本配給権交渉について、監督とのやり取りの間に入っていただく。「すごい！」「とんでもない！」という類のものではなく、通常の商業的映画の概念では捉えることが出来ない表現を明確に実行している作品。「え！　観るのに丸1日かかるやん!?」とびっくりする我々の感覚はなぜそうなのかということ自体を疑うこと。ほかに、某国の新人女性監督作品買い付けについて某配給さんとやり取り等、複数配給方面のやり取りがあり。今年は各国の映画祭も開けないだろう。

出町座から徒歩1分の餃子の王将出町店も休業。これは我々にとって相当な打撃である。ヒマになった王将のおっちゃん（鍋ふり担当）が連日アイスコーヒーを飲みに来てだべっていく。不思議と悲壮感はない。

## 4月25日（土）

## 『春を告げる町』＠仮設の映画館スタート。

## 4月28日（火）

KBS京都ラジオ「さらピン！キョウト」出演。だいたいラジオに出させていただく時は15分とかそんなものだが、今回は3時間。スタジオでディレクター小林さんとスタッフさん、そしてMCの森谷さんの仕事ぶりを楽しみながら、リスナーのみなさんからのメッセージが続々届くのを読みながら。「映画館に行った思い出」がたくさん集まった。ひとつひとつがとても面白かった。

京都文化博物館・森脇さんに電話。「新型コロナウイルス感染症の影響に伴う京都市文化芸術活動緊急奨励金」「京都府文化活動継続支援補助金」の情報が出たが、かりそめのものであることに変わりなく。行政と民間事業者と連携した形で、京都独自の文化芸術振興基金、アーツカウンシル的な組織の設立が出来ないものか？ と、とりあえず意見をぶつけてみる。

雇用調整助成金、持続化給付金等補助金調べ。対象の制限、条件等流動的。ウチの場合はイレギュラーなことも多く、条件に当てはまらないことが多いかもしれない。

クレジットカード会社から電話。「サウジアラビアでカフェに行かれました？」と聞かれ、「いいえ」と答えると、カード情報が抜かれてサウジとかアメリカでがんがん使われているらしい。一瞬焦るが、諸手続きをして被害はナシで済んだ。原因をたどると、4月中旬にPayPalのなりすましに引っかかっていたのだった。あれこれと支援グッズを買ったりしていてルーティーン以外のオンライン決済の頻度があがっていたのだ。カードを刷新するため、10日ほどクレジットなし生活となる。

出町座事務部屋と物置の壁がぶち抜かれて広くなった。

## 4月30日（木）

「次世代映画ショーケース」打ち合わせ@Zoom。京阪神4館（シネ・ヌーヴォ、元町映画館、京都みなみ会館、出町座）で昨年から実施している上映企画。興行に乗りにくいがこれは上映したいというインディペンデント映画をフィーチャーする企画。文化庁日本映画上映支援の補助金申請が通ったものの、開催時期をできるだけ後ろ倒しにしていこうとなる。作品選びもちょっとずつ。

京都市文化市民局・原さんに電話。立命館・川村さんに電話。京都独自の文化芸術に対する基金、アーツカウンシル設立について相談。政策提言文書化。

## 5月2日（土）

### 『どこへ出しても恥かしい人』@仮設の映画館スタート。

なんとか配信の準備が間に合って、無事「開館」できた。「仮設の映画館」創設の東風・木下さんと細かいやり取りを繰り返させて頂いた。『精神0』想田監督はインターネット上でもフットワーク軽く諸事展開していく。「仮設の映画館」に他の制作者や配給会社も乗ってきているし、「STAY HOME MINI-THEATER」など同様の配信サービスを展開する動きも出てきた。

『どこへ出しても恥かしい人』の稼働にあたっては、15の映画館が乗ってくれた。ほかにもお声がけしたのだが、「うちのお客さんがスクリーンで観る時に取っておきます」という答えで状況をみて上映をしてくれるという館もあったし、「今それに手をかけられる時間がない」ということで辞退された館もあった。この「上映館」のなかにひとつだけ、映画館ではなくライブハウスが入っている。東京の「APIA40」。友川さんの主戦場のライブハウス。こういう映画だから、映画館だけでなくライブハウスでの上映も視野に入れてきたし、加わってもらいたかった。実はもう少しライブハウスさんに声がけもしたのだが、APIAさん以外は辞退された。その判断、感情も、とても理解できるものだった。

あらためて思うが、今、日本ではどこへ行っても映画館で映画を観ることが出来ない。そんな時、実はメンテナンスとして日にちょっとずつ映写をしている。お客さんに観てもらえないのが少し後ろめたい気もする。

でもこれはやらないと、休館明けに映画を映せないことになってしまうかもしれないので、どこでもやること。だから、映画は止まっていなくて、誰にも観られずに映画は世界のどこかで常にまわっているのだ。

『この世界の（さらにいくつもの）片隅に』は、最初の『この世界の片隅に』の時から全国での上映が毎日続いていて、上映日数が片渕監督によってカウントされている。ところが今、すべての上映が止まってしまうのだ。茨城県の土浦セントラルシネマズさんは「上映は止めない！」と、休館中も毎日『このセカ』を上映しているようだ。その心意気、その矜持。

出町座で「note」を新設。インスタグラムは使っていないが、noteはありと思った。というのも今という時期があったから。noteが使えると思った点としては、マガジン機能がある、他の記事をシェアできる、サポート機能がある、といったところ。

インターネット上での発信（それも一方通行ではなく相互的な発信）が可能な気がした。試験的な稼働ではあるが、企画を実装していく。まずは投稿募集企画の2つ。

「わたしが出町座に行った日」は、はじめて出町座に来たときの印象やその日の「記憶」を集めるというもの。

「あつまれ！みんなの映画ノート」は、自分が観た映画について書いている映画ノート、つまり映画の「記録」を募集するもの。

先日出たKBS京都ラジオの番組で集まったメッセージが面白かったので、こういうことがやりたくなったのだった。たくさんの人にとってのそれぞれの「出町座」「映画」を可視化したいということ。前者は100以上の投稿が届いて、なかなかの名文が届いたり、そんなことがあったのか〜と、こちらが知らない、お越しくださる方それぞれの人生の断面が垣間見れてとても有意義だった。後者はなかなか集まりがよくなくて、2つ同時に発信したことで応募に手間のかかるこちらの方が割りを食ってしまったかなと反省。映画ノートをセンスバリバリで作ってる人、結構多いのは知っているだけに、またいつか必ず挑戦したい。

note企画に関してはもうひとつ、過去の出町座で実施したトークイベントの再録記事を作った。まずは立ち上がりとして2つ。出町座オープニングイベント『この世界の片隅に』片渕監督と細馬宏通さんの対談、そしてつい先日の3月にやった『風の電話』諏訪敦彦監督と鈴木卓爾さんの対談。どちらも文字で残すべき非常に重要な内容と思っていたので、こういう形でリリースできるのがnoteを使ってみようと思った要因でもある。まだまだ出町座でやったイベントはたくさんあるが、それらを発掘することも、これからのイベントをこうしたアーカイブも想定した形でやっていくことも想定できるのは大きいと思った。でも今だからこういうことが出来るが、また上映を再開し出すと途端に余裕がなくなるだろうな……「編集部」をスタッフィングして、noteのサポート機能も活用し、収益を立て、回してくような形が出来れば理想。あくまで理想。

## 5月4日（月）

Save our local cinemas関西劇場応援Tシャツ販売の結果報告。Tシャツ受注総数1万3227枚、ご寄付4805口。1館につき280万円の支援をいただけることになる。関係者の誰もがこんなにたくさんの方にご支援いただけることになるなど思っていなかった。かく言う自分も京都みなみ会館の吉田さんから連絡をもらった時に「ロックフェスみたい」などと軽口を叩いていたことを猛省するばかりである。本当に、どうもすみませんでした。

緊急事態宣言の延長が決定。5月31日までとのこと。

この1ヶ月ほど毎日、感染状況とにらめっこしている。頭の中でシミュレーションを繰り返し、いくつもパターンを組む。京大のウイルス研究者・宮沢先生の感染予防対策情報の発信が具体的で納得しやすく、希望。でも個人で発信している宮沢先生にもあちこちから攻撃がやってくる。宮沢先生が「出町座は大丈夫」とツイートしたことでこちらにも飛び火し、それがわかった。感染症対策の国の見解・対応と開きがあること。その溝がいつまでも埋まらないこと。攻撃を仕掛けてくる謎のポリスたち。その構造を考える。アジアの情勢を見る。中国、韓国、マレーシア、シンガポール、フィリピン、そして台湾など。それぞれの国がそれぞれの状況に対処している。

出町座内各所の作業進行。少しずつ。スタッフを以下の班分け。各々進行。

受付班　カフェ、書店としてオープンしている出町座に常駐。クラウドファンディングのリスト整理等
片付班　資料整理、収納
造作班　シアター場内の吸音材貼り替え、調整
塗装班　壁、階段、手すり、扉など塗る係

工務店にやってもらっていること
・3F事務部屋と物置部屋の壁撤去
・BFシアターのプロジェクターBOX造作
・階段室収納棚造作
・ベランダ物置設置

粛々と進める。

これも自粛である。

映画の上映を止めて、日常のルーティーンがまったく変わった。昼は極力、近所の飲食店をまわる。ライブハウス、映画館などと同様の施設として、銭湯がある(個人的なカテゴライズだが)。いま、銭湯も厳しい。銭湯王国の京都ではあるが、どうなるのか。百万遍にある、おそらく全国で最も学生が通う率が高い銭湯「東山湯」(別名ビートルズ銭湯)のおっちゃんに聞くが、お客さん減ってるので時間短縮はするけど、休みはしないとのこと。「バック・イン・ザ・U.S.S.R.」を聴きながらさっぱりした身体で夜に飛び出す日常がなくなってはいけない。

## 5月8日(金)

APIA40で行われる予定で中止となっていた知久寿焼×友川カズキ2マンライブが無観客配信されることとなった。YouTubeライブで無料で見れるが、ドネーションを視聴者に依頼する形。つまり投げ銭制。APIA40は、ウチで遠藤ミチロウ監督のドキュメンタリー『お母さん、いい加減あなたの顔は忘れてしまいました』を制作した時からのお付き合いで、友川さんのドキュメンタリー『どこへ出しても恥かしい人』でもお世話になっている。仮設の映画館だが唯一ライブハウスとして加わってもらえた。映画館よりもライブハウスの状況は遥かに厳しいと思う。そしてミュージシャンも活動の場を大きく損失している状況が続いている。知久さんと友川さんの2マンははじめてのことで、これが奇しくもオンラインで世界中から観られる形で実現した。２人のパフォーマンスがすごい。友川さんは知久さんを「草刈り鎌を持った農夫が見える」とかまし、ライブの半分以上をひとり語りで今の状況に対する怒りと哀しみのすべてをぶちまけた。溜飲が下がる。ドネーションに２口投下する。

オンライン上映プラットフォーム「STAY HOME MINI-THEATER」にて『ワンダーウォール 劇場版』の配信。本編のあとに流れるトークイベントをZoomで収録。前田悠希監督、脚本の渡辺あやさん、音楽の岩崎太整さんの話を引き出すＭＣ役。なぜかキャストの須藤蓮くんがZoomに入ってきて、話には加わらないもののずっと立ち会っている。『ワンダーウォール』のチームはスタッフ・キャスト共に関係性が密で、こんなにピュアに考え、議論する人たちが作った作品なんだよなと常々思う。キャストチームが毎週、一般から質問を募ってそれに答えるラジオ番組的な配信もするらしい。１回目の配信に出るよう言われ快諾。

## 5月13日（水）

毎年恒例、上御霊神社の御霊祭のために桝形商店街に各店舗の提灯がぶら下がる。だが今年は神輿と行列の練り歩きが中止。７月の祇園祭も中止。今年は春もなければ夏もない京都になった。

内部作業、粛々と進行。みんな集中してやってくれている。スタッフもずっと自分の体調変化にビビッドになっていて、少しの異変でもあれば出控えをして誰かが穴埋めをしている。出町座でいちばん自己管理が出来てないのは自分かもしれない。

## 5月14日（木）

ミニシアター・エイドのクラウドファンディング最終日。午後からサイトにアクセスがしにくくなって、遂にダウンした。

Motion Galleryでもアクセス集中に備えてサーバーの容量を万全に強化していたようだが、それでも落ちたという。急遽、1日期間延長となった。出町座未来券のCFもMotion Galleryを使っているため梅本さんとも状況確認をしたが、やっぱりミニシアター・エイドのアクセス集中の負荷でサーバーダウンしたようだった。その勢いもあって、結果、約3万人の支援者、3億3千万円が集まった。当初、企画段階では「億、いくかなぁ～」と話していたことが嘘のように、その勢いは留まらなかった。118の映画館運営団体に、約300万円ずつが支給されることになる。橋本愛さんのメッセージ動画に泣く。白石晃士監督のメッセージ動画に笑う。

緊急事態宣言が39県で解除。京都府は「特定警戒都道府県」の中に入っていて、まだ緊急事態の中にある。出町座再開のシミュレーションをする。番組編成に関しては、東京の劇場が動き出さないと新作が出てこないので、どうやりくりするか思案。得意といえば得意だが、今はお客さんが集中する番組をすればよいというわけではなく（密を作ってはならない）、入りすぎず、入らなすぎずの「間」をイメージしながら組む。感染予防対策の最大の問題は座席の間引き率。劇場の受付システムによってこれが大きく変わってくる。システムを崩さない場合、席数を3分の1ないし4分の1にしないといけないこともある。出町座は受付で座席表をスタッフとお客さんで見ながら、どこがよいかを決められるので実はこれが今のような状況だと最も効率的なのだ。オンライン予約もできないし完全アナログなので、時代に取り残されているはずなのだが。

## 5月15日（金）

京都府知事記者発表。緊急事態宣言中だが、休業要請解除。自社各館に出町座は5月22日（金）から開けると伝える。いくつか作っておいたパターンのひとつを取って、上映再開の段取りをする。配給会社各社と連絡。再開時の感染予防対策作成、webにアップする。先に感染予防対策の情報、その後再開日決定の報を出す。編成、スケジュールについては月曜にアップすることにする。週末の間に何か問題がないかトラブルシューティングしておく。閉めるよりも開けるときのほうが段取りは多い。

再開日が決まったことで、中の作業を急ピッチで仕上げにかかる。

## 5月18日（月）

KYOTOGRAPHIE（KG）仲西さんと商店街で立ち話。毎年4〜5月に開催しているKGだが、今年は秋に延期になった。あまり知られていないようだが、KGは毎年独自にスポンサーを集めて運営している。今年は特にこういう状況になって資金繰りが大変そう。基金設立の提言書作成のことを伝え、賛同・協力をお願いする。

## 5月20日（水）

京都市文化市民局文化芸術企画課・四元さん、倉谷さん、京都市芸術文化協会・山本さんとミーティング。

基金設立とそれを運用するアーツカウンシル的な組織の設立について。原さんや川村さんに助けてもらいながら作成した「提言書」の雛形を提出して、それをもとにどう現実に落とし込めるかを相談。相当前向きに考えてくれている感触。

### 5月22日（金）

出町座での映画上映再開。朝から報道陣が来る。嫌な予感がしたので、前日のうちにSNSで「午前中はご来場を避けたほうがいいと思います」と周知。チラホラとSave Our Local CinemasのTシャツを着て来る人がいる。こちらも笑顔で返しているつもりだが、マスクを着けているので伝わっているのかどうか分からない。お花も届く。全体的に来場者数はまだまだ通常通りとはいかないが、それなりの数の方々が来てくれる。ありがたい。初回の上映に挨拶をしようと思ったが、やめた。終わりでもなければ始まりでもない。いつもと同じように、映画がまわっている。それを目撃する人がいる。素通りする人がいる。当たり前のような光景。今日はそれで充分だと思った。

# ＵＫロックダウン日記

楠本まき

イギリス・ロンドン　２０２０年１月24日〜５月22日

## 楠本まき

くすもと・まき／漫画家。英国在住。1984年、高校1年の春休み『週刊マーガレット』でデビュー。86年お茶の水女子大学入学とともに上京。21世紀になった頃、昼夜逆転と〆切に追われる生活形式に限界を感じ、ロンドンに3ヶ月住んでみることに。その後、1年の半分ほどをロンドン残りを東京で暮らしていたが、いつの間にか移住者となり今日に至る。2020年7月『赤白つるばみ・裏／火星は錆でできていて赤いのだ』(集英社)上梓。

UK：The United Kingdom of Great Britain and Northern Ireland（日本では一般的にイギリス、英国と呼ばれる）はイングランド、スコットランド、ウェールズ、北アイルランドの4つの国で構成される連合王国。イングランド以外の3国はそれぞれ自治政府を持っている。

**UKロックダウン1日目**
**2020/03/24**

ロンドンではExCelエキシビションセンターを病院に改造して4000人の患者を収容可能にする。オクスフォード大が製造に時間のかからないシンプルな人工呼吸器を開発中。SONYが協力しているそうだ。NISSANも作ると言っているし、そういうことはどんどんやってほしい。

パニックバイで人が押し寄せ多くの棚が空になっていたスーパーにも落ち着きが戻り、今は2m間隔で並んで、1人出たら1人入るシステムになった。

とりあえずこれから3週間の要請。70才以上は引き続き3ヶ月の自宅隔離。

**UKロックダウン2日目**
**2020/03/25**

プリンス・チャールズ陽性。

オンラインスーパーからのメール。現在配達まで最短3週間待ちだが、鋭意努力により徐々に緩和してきているとの報告。

約1万1000人の元医師元看護師が自主的に現場に戻ると名乗り出、2万4000人の最終学年の看護学校生、医学生がそれに加わる。

ボリス・ジョンソンの会見に特に新しいことはない。会社員には給料の80%を補償すると言ったが、完全に無視された形のセルフエンプロイド（自営業者、フリーランサーなど）たちの怒りと追及に、明日ついに何か言うらしい。あ、もしや和牛商品券配るって言うのだろうか。乞うご期待。

## ＵＫロックダウン３日目
## 2020/03/26

「セルフエンプロイドの皆さん大変長らくお待たせしました。いよいよワギュービーフ商品券の配布です。ワギュービーフはヨークシャーからやってまいります」

と、いうようなことは起こらず、自営業者にも最高月２５００ポンドを限度に、収入の80％の補助金を出す、と遅ればせながら財務大臣が発表。が、６月まで支払われない、前年度の途中以降に新たに自営業者になった者は含まれない、などボコボコ穴があり、こぼれる人が相当出るに違いなく、あまり素晴らしくはない。

思えばリーマンショック後、すぐに消費税を下げたゴードン・ブラウンは立派だった。今労働党の政府でないことは結構な不幸。

近所のこだわりのパン屋からメール。仲間のファーマーズマーケット、魚屋、デリなどがオンライン注文、配達を始めるという。ファーマーズマーケットの野菜一式10ポンド（円換算すると今円高なので１３００円くらい）。ジャガイモ１kg、タマネギ４コ、洋ネギ2本、根セロリ、キャベツまたはカリフラワー、ケール、ビートルート2コ、ニンジン5本、ホウレンソウ2束、そしてルバーブ。これでとりあえずスーパーに行く必要はほぼなくなった。ルバーブは自分ではなかなか手を出さないからチャレンジしてみるのにはいい機会かもしれない。

出歩いている人や車に対して警察の職務質問が始まったようだ。不要不急だとわかると罰金は60ポンド。再犯になるともっと重くなるらしい。でもほとんどはフレンドリーな会話で終わるらしい。

今日午後8時にＮＨＳ【＊】医療スタッフに拍手を送ろう、というインターネット上の呼びかけに、窓を開けると、大きな拍手が隣近所全方向から聞こえてきた。

【＊】National Health Service　国営医療サービス

## ＵＫロックダウン4日目
## 2020/03/27

ボリス・ジョンソン陽性。

保健・社会福祉相のマット・ハンコック陽性。

チーフメディカルオフィサーのクリス・ウイッティ教授も症状が出て自主隔離（なぜかこの人に限ってテストをしたかどうか言わない）。

COVID-19 関連の会見でお馴染みの面々が今日１日で全員自宅待機に。最前線で働いている医療従事者がなかなか検査を受けられない一方、これら「ハイプロファイル」の人たちが直ちに受けられるというのはどういうことだ、と疑問と怒りの声も上がっている。

普段観光客が途絶えないアビーロードの横断歩道が空いているというのでアビーロードカム（ＣＣＴＶに１日中アビーロードが映っているＬＩＶＥカメラ。怖いですね）を見てみたけれど、結構車通りはある。たまに孤独なランナーが走っている（エクササイズ外出は１日１回までＯＫ）。ゴーストタウンっぽくはない。それでも今なら例の写真撮り放題なんではないか→しかし今や２人以上集まることは禁止されている→そして２ｍ以上人と人の距離を取らねばならない→それではパロディである事がわからない。というような事を、全然撮りに行く気もないのに友人と真剣に話し合った。

そういえば一昨日くらいイギリスの Twitter で流行っていたモリッシーの曲名のパロディを並べていくハッシュタグが秀逸だった。

Me 'e' t is Murder #isolateMorrissey
（ビートルズよりもスミス世代なので）

## ＵＫロックダウン5日目
## 2020/03/28

過去24時間の死者、最多の260人　34％の増加
今日までの死者合計1019人
感染が確認された数1万7089人

医療関係者にＰＰＥ(personal protective equipment：マスク、ゴーグル、手袋、防護服など）と手指消毒剤を、官僚的な事務手続きをなくすことで、数日中に手配できる見通しがついた、と、官邸で自己隔離中のボリスにかわりピンチヒッターのビジネスセクレタリーが会見で述べた。

ソーシャルディスタンシング中のCh4ニュースのキャスターが自宅のリビングルームから伝えるところによると、Royal Mint（英国の硬貨を作っているところ）も医療用ヴァイザー（フェイスシールド）を作って提供することになったという。ロイヤルミント？ジンやビールの醸造所が消毒用アルコールを医療関係者に提供すると名乗り出た話にはなるほどと思ったが、ロイヤルミントが？医療用ヴァイザー？と、不審に思って調べたところ、ロイヤルミントチームのエンジニアが、初歩的な医療用ヴァイザーのデザインをネットから拾ってきて、それを基にハイスペックプロトタイプ（しかもすぐに量産できる仕様）を設計して、認可されたらしい。なんだそれかっこいい。

今日から一部地域で医療従事者のみドライヴスルー検査を受けられるようになった。

イングランドで最初のケースが出てから57日目。ソーシャルディスタンシングが始まったのがほんの1週間前。

明日から夏時間。時計が1時間進む。
#StayHomeSaveLives

## ＵＫロックダウン6日目
## 2020/03/29

今日の政府の日例会見は、ノーマルな生活に戻るまで最低6ヶ月見ておいてくれ、という話。それから、ボリス・ジョンソンが全世帯にあてた手紙（メール

とかでなくフィジカルな手紙）が来週つくだろうと。単行本の校正紙のやり取りをしなければならないので、国際郵便が止まらないことを祈っているが、よしんば止まらなくとも遅れは出るのではないかと危惧している。

12日前にオーダーしたオンラインスーパーのデリバリーが届いた。いくつか欠けているものがあったが、それほど支障はない。支障はないが、心のゆとりのために買ったビスケットがなかったのでやや落胆。

## UKロックダウン7日目
## 2020/03/30

ロックダウンから1週間。依然として医療関係者のPPEが足りない。政府は手配した、と言っているが現場にはまだ届いていないという。

人工呼吸器の装着の仕方はじめ、重症患者治療のためのトレーニングをしている病院の様子がCOVID-19特番で流れる。今からトレーニング？と思ったが、訓練を受けている人の数が足りないのだから、そうするしかないのだ。呼吸器の装着が必要なケースになると、外れるまで長くて2週間かかる。そのためにベッドが不足していく。しわ寄せで、全ての緊急とみなされない手術がキャンセルされる。癌患者が治療を始められない。

日々のニュースはほとんど全てCOVID-19関連で占められるが、科学者が視聴者に答えるQ&Aコーナーで、「郵便はどうなのか、ウィルスが表面についていてそこから感染することはないのか」という質問があり、「全く感染する危険がないとは言えない。緊急の手紙でないなら数日放っておいて、ウィルスが消えた頃に開けるのが良い」と、言っていて、ああ、やっぱりそうなのか、疲れるな、と思ったが、これもニューノーマルだ。

「ボリス・ジョンソンがいいこと言ってて羨ましい」というようなツイートがいくつか流れていくのを見かけたけれど、ボリス・ジョンソンは、絵に描いたようなイートン出身Born to rule + I don't care

な人なので、羨ましがる必要は特にない。対応をしくじると次の選挙で負けるから少なくとも必死に見える態度をとっているのであって、羨ましく思うとしたら、政治家にそうしないとヤバいと思わせる国民の姿勢だろう。

ハンガリーが気がかり。

税理士から、今事務所は大変忙しくなっているが順次対応していくので聞きたいことがあればメールを送っておいてくれ、皆自宅からリモートで働いています。というメールがあったので返信しておいたら電話をくれた。少し雑談。大変なことになったものですね。ではお互い気をつけて、と電話を切る。家族や友人でない誰かといたわりの言葉を掛け合うのは思いの外、気が晴れるものなのだなと気づく。

## UKロックダウン8日目
## 2020/03/31

月曜17時までの1日の死者、最多の３８１人（13才と19才を含む）更新

死者合計１７８９人

感染が確認された数2万５１５０人

　1日の増加数３００９人

1日2万５０００人にテストすることを目標にしているが、実際には4月末ごろになるだろうということ。月曜にできたのは８０００件強。

## UKロックダウン9日目
## 2020/04/01

仕事柄と性格上、もともと基本的に家にいる人間なので私個人としては（気分は滅入るが）それほど変化はない。

もともとやや潔癖というか、軽いOCD(Obsessive–compulsive disorder：気になったら各自調べてください）であるので、手洗い消毒はまめにする。

が、もともと軽いOCDであるので、この程度の手洗いで本当によかったのか、触ったドアノブは全部拭き取ったかなどと、マクベス夫人並みに気になるから疲れは感じる。家を出る度こんなならば、家出なくていいや、と思ってしまう。だからまあ、同じ状況ならロックダウンされている方がされていないより気楽です。ポーの『赤死病の仮面』を思い出す。改めてイギリスではロックダウンとはどういう状態かというと、

・日々の生活に必要な食料、日用品、薬の買い出し以外、出歩かない(出ても1日1度まで。違う町の店まで行ったりしない)。
・エクササイズとして1日1回外出するのは良い。ただし必要以上に遠出しない。
・仕事に出ていいのは、絶対に在宅ではできない人のみ。
・店は食料品店、スーパーマーケット、薬局など以外は全て営業を停止(オンラインでの営業は継続。休業になったレストランが宅配に切り替えたりしている)。
・郵便は今の所まだ来る。
・美術館、博物館、映画館、コンサートホールなど文化施設は全て閉鎖。
・公共交通機関を使わない。ただし医療従事者などキーワーカーと呼ばれる人たちが使えるように動かし続ける。
・学校は休校、保護者がキーワーカーである子供達は学校に行く。
・同居している人々以外、2人以上で集まってはいけない【*】。
・同居していない家族や友達に会いに行かない。
・人と人の間、2mの距離を取る。

今の所、こんな感じです。

スーパーによって多少違いはあるかもしれないが、だいたい朝の開店後最初の1時間をキーワーカーのみ利用可、一般客は入れないよう制限、また高齢者

用に待たずに入れる優先レーンを用意したりしている。オンラインスーパーも、もっとも弱い立場にある(vulnerableな)人々を優先するシステムを完全とは言えないが構築した模様。

【*】後でわかったのだが、2人まではよかったらしい。5月28日の会見で突如、6月1日からの第2弾の緩和に伴い、屋外でソーシャルディスタンシングを続けながらであれば、6人まで集まっても良いことになった。

## UKロックダウン10日目 2020/04/02

今日も夜8時からNHS医療従事者と、他のキーワーカー、ケアラーたちに皆で拍手する、第2弾がありました。できることはそれぐらい(あとは家にいることと)、なのでみんな心から手を叩く。

陽性判定だった保健・社会福祉相のマット・ハンコックが7日間の自主隔離を終えて会見に戻ってきた。ボリスはまだ症状があるということで引き続き出てこず(夜8時にナンバー10【*】の黒いドアから半分体を出して拍手だけはしていた)。

北アイルランドでは今後人手が足りなくなることを予測してあらかじめ墓地の準備をしている。現実を突きつけられるような、非現実的なような複雑な感覚になる。

【*】首相官邸

## UKロックダウン11日目 2020/04/03

今やこの世界の半分はロックダウンしている。

イーストロンドンのドックランズにNHSナイチンゲール・ホスピタル、オープン。3月23日に着工して9日間で出来上がった。集中治療のベッドの数では一応先手を打った形になる。昨日自主隔離が終わったマット・ハンコックが出てきて挨拶(発症後7日の隔離で本当にいいのか?)。同じく陽性反応があって自主隔離していたプリンス・チャールズがヴィデオリンクで病院のオープンを宣言。ボリスは隔離中の自室から「みなさんこの週末も外に出ないでね」とヴィデオメッセージ。みんな加減が悪そうで、ますます気が滅入る。マット・ハンコックから感染が広がらないことを祈る。

大規模臨時病院は、続いてハロゲイト、マンチェスター、バーミンガム、グラスゴー、ブリストル、カーディフ、ベルファーストにもオープンする予定。

とはいえPPEがまだ行き届いていない。医療従事者用のドライヴスルー検査場はガラガラで、十分機能していない。

死者数が合計3000人を超えた。

地方自治体が、空き部屋を借り上げ、シェルターに身を寄せていた人たちに提供している。

ロンドン市長サディク・カーンがロンドンのホームレスの人々が自主隔離できるよう、インターコンチネンタル系列のホテルを手配したのはロックダウン前の3月21日。

## UKロックダウン12日目 2020/04/04

イタリアとスペインの死者数が減り、ピークを超えたのではというニュース。

イギリスはまだピークに達していない。1日の死者数がフランス、USに次いで世界で3番目になった。それでもそろそろロックダウンの成果でスローダウンしてきているのではないかと見ているが予断を許さない。

「我々は人工呼吸器のようなテクノロジーを使って、あなたが回復するまで生かし続けることはできるが、『治す』ことはできない」。一医師の言葉。

## UKロックダウン13日目 2020/04/05

夜9時過ぎ、ボリス・ジョンソンが病院に運ばれたらしいことをラリー・ザ・キャット（官邸に住んでいる猫。ペストコントロール担当）のツイートで知る。

クイーンのスピーチ。

テレヴィ視聴者と科学者のQ＆A　覚え書き

Q：食材は買ってきてそのまま冷蔵庫や冷凍庫に入れても良いのか？

A：このウィルスは低温で死なないことがわかっているのでパッケージはアルコールなどで拭いてから入れた方が良い。野菜や果物は、普段よりも丁寧に洗い、そのあと手も洗うと良い。

（なお、果物や野菜は洗うと傷みが早くなるので、使う直前に洗う方が良いとのこと）

1日の死者621人
死者合計4934人
感染が確認された数4万7806人
1日の増加数5903人

## UKロックダウン14日目
## 2020/04/06

昨日クイーンのスピーチが放送されると同時に「念の為」入院したボリス・ジョンソンが夜になって、状態が悪化し集中治療室に。ふざけているわけではないのだが、またラリー・ザ・キャットのツイートで知る。

そんな日、ボリスからイギリス全戸に宛てた手紙がうちにも届いた。

ボリスは全然好きじゃないけど、それとこれとは全く別の話なのは言うまでもないことで、ラリーと同じく回復を祈っている。

## UKロックダウン15日目
## 2020/04/07

——感染者数が急増している日本が state of emergency を宣言した。しかしそれは多くの国がとっているロックダウンではない。——

10秒ほどのニュース。

家にこもる生活の強制に伴い、世界中でDV被害が増加している。夜中にテレヴィをつけていると、相談先の情報の公共広告が流れた。ウェブサイトには、見ているページも閲覧履歴もワンプッシュで消去できるボタンがついているというので、試しにアクセスしてボタンに触れた途端、全て消えた。

ロンドン市長サディク・カーンが、「広めてください：英国籍でない人も、英国民と同様の診断と治療を受けられます。あなたが知っている英国以外の国民に共有してください」とツイート。

ちなみにイギリスではもともと国籍にかかわらず、居住者の医療費は無料（プライヴェイトクリニックなどは自費）なのだが、このページには、「これは全ての人、許可なく英国に住んでいる人にも当てはまる」と明記してあり、グッときた。ヴィザがないことがわかって強制送還される、というようなことにはしないから安心して相談しろ、ということだ。

## UKロックダウン16日目
## 2020/04/08

政府の定例記者会見で、「ロックダウン開始の遅れとテストの遅れという、政府と政府のサイエンティフィック・アドヴァイザーの判断ミスが、これらの死を招いたと認めるべきではないのか？」という厳しい質問があったが、真正面から答えられることなく流れていった。という話をCh4ニュースで聞いたので、BBCのオンラインチャンネルで日例会見の録画映像を見る。質問者はITVの記者。ドイツや韓国の死者数と比べて失敗だったのではないか、とも。

ロンドンでの9人のバス運転手の死を受けて、今後試験的にバスの乗降は運転手側のドアではなく中央のドアからとなる。（ただし全てのバスがそういう作りになっているわけではない。）会社から十分な防護キット（ゴーグル、マスク、手袋など）を与えられない場合は働くのを拒否すべきだ、と労働組合が提言。

1日の死者、最多の938人更新
死者合計7097人
感染が確認された数6万7333人
1日の増加数5491人

## UKロックダウン17日目
## 2020/04/09

8時から3回目の #ClapForOurCarers。医療従事者、交通機関のスタッフ、ゴミ収集員、スーパーマーケット従業員、チャリティー、ボランティア、葬儀業者らに向けて拍手が送られた。

日本の皆さん、こちらはまもなく3週間になりますが、イースター明けの火曜にロックダウンが解除されることはありません。耳慣れない不穏な響きだったせいか、ロックダウンがさも避けねばならない最悪の事態であるかのように思われているフシがありますが、ロックダウン自体は別に恐ろしいことではなく、ロックダウンされている方が不必要な人との接触を防げるのでむしろそういう意味においては安心です。空港とアイスリンク、ある北東の病院では10台の冷蔵トラックが、仮の遺体安置所として準備されました。今週末は20℃を超すでしょう。それでは良い週末を。こちらからは以上です。

## UKロックダウン18日目
## 2020/04/10

オンラインスーパーから招待メールがきたので、思いがけず3日後の配達の注文ができることに。ヴァーチャルキューに並んで、30分待ちくらいでログインできた。ウェブサイトはとても重く、最後まで気を抜けない。（前回配達当日にシステムエラーを理由にキャンセルされた苦い経験があるので。）

トイレットペーパーの在庫は戻っている。除菌ハンドソープのお徳用詰め替え2リットルとか、それまで見たことのなかった商品が並んでいた。とはいえ今まで存在に気づかなかっただけかもしれない。品切れなのは有機の小麦粉と全粒粉以外のパスタ。いつも買っている自分の定番モノがないときは、似たような代替品でなく、あえてそこは普段絶対手を出さないようなものを買うところに楽しみを見出すことにした。届くのが楽しみだ。

というようなたわいのないことも書いておこう。

## UKロックダウン19日目
## 2020/04/11
## 存在の耐えられない軽さ

## UKロックダウン20日目
## 2020/04/12

ボリス退院。看護師2人の名前を挙げて感謝。

イースターの説教をカンタベリー大司教が自宅のキッチンで録画放送。

死者は1万人を超えた。

以下、アイルランドの研究者の Elaine Doyle @laineydoyle の Twitter スレッドが示唆的であったので、抜粋して訳しました。

アイルランドから見たらびっくりするほどの緊張感のなさで信じられなかった、と言われているが、少なくとも8割おじさんという呼称の専門家が出てくるほどではなかったことは書き留めておきたい。存在の耐えられない軽さパート2。

https://twitter.com/laineydoyle/status/1249127908876128259

人口に対するＩＣＵのベッド数比率、医療制度、文化、歴史、ほぼ同じ条件下にあるアイルランドと、UK、４月11日現在、イギリスの１００、０００人あたりの死者数は、アイルランドのそれの2倍になっている。なぜか。

アイルランドが先にクローズダウンしたからだ。ずっと早く。

ボリス・ジョンソンが「手を洗え」と言っている間に我々の首相は学校を閉鎖した。セント・パトリックス・デーをキャンセルした。

アイルランドのTVニュースは、今後どうなるかについて、とても直接的で深刻な声明を出していた。しかしイギリスのチャンネルに変えると…「クリケット」だった。

アイルランドでは、状況の深刻さはとてもクリアだった。人々も受け入れ、サポートした。

パンデミックにあっては、１日１日が勝負だ。１「時間」１「時間」が勝負だ。そしてイギリス政府は丸々2週間を無駄にした。どの週?

アイルランドは3月9日にセント・パトリックス・デーをキャンセル、それから学校閉鎖、大人数での集まりの禁止（3月12日）、不可欠でないビジネスの閉鎖とソーシャルディスタンシングから完全なロックダウンまで、次々と一連の制限に着手した。それは緻密で、明確に伝えられ、コントロールされていた。

UKは3月20日に学校を閉鎖、我々より１週間後だった。完全なロックダウンは3月23日。

そしてその間、曖昧な、混乱したアドヴァイス（３月16日から不要不急な移動を避けろ? パブに行くな、だがパブは開いている、ということは、行ってもいい?）があった一方、インペリアルカレッジのレポートが出た後、突然１８０度の方向転換。

あなたたちは政府に、メディアに、しくじられた。自国で１日に１０００人近くの人が死んでいる恐ろしい事態を無視して、ニューヨークがいかに悲惨な状況かを報道していた。

しくじられた。こうである必要はなかったのだから。この2週間もっと多くのことができたであろう時に、メディアは注意を払わなかった。

しかしまだ時間はある。

カーヴを平らにする。検査を積み重ねる。堅牢な接触者追跡システムを作る。ロックダウンを本来使われるべきやり方で使う時だ。我々がしているように。協力しあう時だ。地球規模のパンデミックにあって、我々皆がそうであらねばならないように。

このパンデミックを止めるベストタイミングは1月だった。2番目のタイミングは今だ。

## UKロックダウン21日目
## 2020/04/13

ロックダウンから3週間が経った。

あちこちの介護ホームで感染が起こっているが、病名を変えて報告し死者数を少なく見せているという内部告発がある。

オンラインスーパーの宅配は、ブザーを押すのをやめたらしく、窓から見下ろすと、下にいるドライバーから電話がかかり「申し訳ないが下まで取りに来て欲しい」と言うので取りに行く。エントランスを開けると買い物袋が置かれてあって、確かに取り込むのを見届けたあとトラックは去っていった。

とても良い天気だが花粉のせいであまり窓を開けられない。毎年のことなのに今年は特別に感じる。

本を読んだり、録画したまま数年寝かせてあったヴィデオを観たり、溜まっている The Guardian 紙を読んだり、仕事をしたり、家にいてすることはいくらでもあるのだが、そろそろ美術館に行きたいものだな、と今日初めて思った。最後に行ったのは何の展覧会だったのか思い出そうとするが思い出さない。

Killing Eve season 3 のストリームが始まった。

## UKロックダウン22日目
## 2020/04/14

マスクの着用を義務づける国も増えてきたという

ニュース。ロンドンでももう以前のような奇異の目では見られないが、どこで売っているのかはよくわからない。花粉対策に日本から持ってきていた（しかしつけることなく眠っていた）ものがあるから、当面困ることはないけれど。

政府の日例会見では、ロックダウンをいつまで延期するか具体的な日付は出てこなかったが、３ヶ月ロックダウンが続き、そのあと3ヶ月かけて緩和していった場合の話をしていたので、とりあえず今はそれくらいを考えているということなのだろう。

介護ホームの患者数について報道各社から厳しい追及があった。

失業者数は、サッチャー政権下でのピークをも超えた。

1日の死者 778人
死者合計 1万2107人
感染が確認された数 9万3873人
1日の増加数 5252人

ただし介護ホームに関しては不明

## UKロックダウン23日目 2020/04/15

99歳のトム・ムーアさんがNHSの看護師と医師に感謝を表そうと、今月末の100歳の誕生日までに1000ポンドの寄付を集めることを目指し、ファンドレイジングチャレンジ。先週から毎日ベッドフォードシャーの自宅の庭の25mを歩行器で往復していたが、予定の100往復を前にして、今朝私が朝ご飯を食べながらBBC NEWS Breakfastを見ている最中に寄付は500万ポンド（6億7000万円くらい）を突破。と、下書きに保存しておいたが、夕方には800万ポンド（10億7000万円くらい）を突破し、日付が変わる前には1000万ポンドを軽々と突破。まだまだ伸びている。

Go Tom Go!

#応援したいスポーツ

## UKロックダウン24日目
## 2020/04/16

今、世界の全く違う場所で、境遇も職業も信条も異なるお互いなんの関係もない人々が、同時に日記を書き始めたと考える。

それは何か生き残りゲームの開始のようだ。

そのうち書き手の中にも感染者が出るかもしれない。感染したら日記が止まる。闘病日記になって続くかもしれないし、そのまま終わるかもしれない。そのまま終わるというのにはいくつかのパターンが考えられる。

ポストコード・ロッタリー（郵便番号宝くじ）という言葉がある。郵便番号＝住む場所によって医療、公共サービス、通える学校の質などが変わるという意味だ。

日記の書き手がドイツ在住なら、罹患して重症化しても病院で手当てしてもらえそうだ。生存率も高い。NZに住んでいたら、ほぼ死なない。イギリスであれば、とりあえずもしあなたがボリス・ジョンソンなら生き残れるということは証明された。

8時から4回目の #ClapForOurCarers。花火が上がったり、週を追うごとに大きくなってきている。一方、手を叩いてくれるのはありがたいが、PPEを早く届けてくれ、という現場の声も聞かれるようになった。

## UKロックダウン25日目
## 2020/04/17

ロックダウンはとりあえずあと3週間延長とのこと。なぜ毎回3週とか3ヶ月と3なのだろう。科学的に何か根拠があるのか、それとも心理的な数なのだろうか。

今日の会見は昨日までよりも明らかに深刻さを増し、死者数はヨーロッパで最悪になる見込みと。

ようやく20日から賃金補助の申請受付が始まるが、条件から漏れる人も多く、未だに問題が多い。今日ではないが、なぜこんなに遅いのかと記者に聞かれて「他の国と違って今まで経験がないことをしているからシステムを構築するのに時間がかかるのだ」と財務相か誰かが答えていた。申請から1週間以内に税務署から雇用主の銀行口座に振り込まれる。

ソーホーに昔からあるイタリアンデリカテッセンがデリバリーを始めたというお知らせが来たので、注文。

このところ毎日異様に眠いのだが長時間続けて眠れず昼寝をする。緊張感があるのかないのかよくわからない感じ。体調を崩さないように気をつけないとな、と思う。

## UKロックダウン26日目
## 2020/04/18

BBC NEWS チャンネルで、「日本の医療崩壊の危機」と数分流れた。

1日の死者 888人
死者合計 1万5464人
感染が確認された数 11万4217人
1日の増加数 5525人
ただしイングランドと北アイルランドの介護ホームに関しては不明

## UKロックダウン27日目
## 2020/04/19

The Sunday Times 紙が「イギリス政府は科学者たちからの差し迫った警告を無視し、パンデミックに対する準備が危険なまでにできていない状態であったにも拘わらず、コロナウィルスの脅威に取り組む決定的な5週間（2月と3月の）を失った」と書いた。と、いうニュースが駆け巡った。

**ジャガイモ　ニンジン　キャベツ　リーク　パースニップ　ビートルート　セロリ　カリフラワー　タマネギ　林檎　梨　林檎ジュース　卵　ジャージー生乳　ジャージー乳ヨーグルト　ブラウニー3コ**

ファーマーズマーケットから届いたものは以上です。

## UKロックダウン28日目
## 2020/04/20

ついに1日の死者数が減り始めた。

刑務所内の感染が深刻。

トルコから来るはずの医療用ガウンの到着遅延。

ロックダウンを緩める時期や仕方が話題に上り始めたが、まるでリアリティがない。

## UKロックダウン29日目
## 2020/04/21

コロナ禍の只中にあって、日本人は「ウィルスとの戦い」と同時に家父長制とも戦わねばならないということが明らかになった。なんでやねん。

しかしこれらは全て繋がっている。配布されるマスクがマスクとしてありえない衛生状態であるのも、感染した者に対して驚くほど冷酷なのも、特定の職業や属性の人々を軽々と切り捨てようとするのも。

Stay home Save lives というタグがあったので使っているが、イギリスの標語は、Stay home ▶ Protect the NHS ▶ Save lives だ。自分が家にいることで他者の命を救おうという、言う人の状況によっては傲慢とも感じられる標語よりも受け入れやすいのは、間に「Protect the NHS＝医療崩壊させないようにしよう」があるからで、その結果として、命を救うことになる、というところにある。医療崩壊すると救えるはずだった命も救えなくなる。死ななくても良かった医療従事者やその周辺の人までが死んでしまう。他の病気や怪我でも、通常ならなんの問題もなかった手当てができなくなる／すでになっている。それがおそらくどの国も一番恐れていることで、出来るだけ長い期間、可能な限り感染者数を抑え、抑えている間に国は一刻も早く、病床の確保や、人工呼吸器、ＰＰＥの手配と準備をしなければならない。時間稼ぎなのだということを心に留めておかねばならない。

さすがにもう使われていないだろうと思っていたら、相変わらず使われているらしい、「3密」というのは誰が作った言葉なのだろう。日本医師会の会見録画を見たところ、普通に「人と人との接触を避けていただきたい」と言っていた。普通に考えてその方がわかりやすい。キャッチーにしないと一般人には伝わらないと思われているのだとしたら、随分と見くびられたものだ。今に始まった話ではないが。

## ＵＫロックダウン30日目
## 2020/04/22

昨日のオクスフォード大の発表に続き、インペリアルカレッジ・ロンドンがワクチンの臨床試験に入るという発表。

## ＵＫロックダウン33日目
## 2020/04/25

ロックダウン前も合わせて35日ぶりに、自宅建物から1ｍ以上離れた。すれ違うダブルデッカーの中を覗くとまばらに人が座っていて、半分くらいは水色の多分医療用マスクを着用している。それから粉塵用のマスク。なんの仕事の人なんだろうな、とぼんやり考える。午後3時ごろのスーパーは、２ｍおきに並んで入るものの、中でフっとすれ違うし、割と居心地が悪い。従業員はフェイスシールドをつけて商品の補充をしている。

マスクをして外出してもそれほど周りから浮かない状況は花粉を防ぐのにはとてもありがたい。それでも日本的な不織布立体マスクは見かけないのでやっぱり浮いているような気はする。(あまり浮きたくないのは、シンプルに安全の問題で、おもいがけないターゲットにならないための予防策だ。それさえなければマスクも日傘も誰憚ることなく使うのだが。)

ロンドン市長サディク・カーンが、安全な距離を取れない場合の、医療用でないマスク(顔を覆うもの)の着用を奨励するよう政府に求める、と言っている。彼のツイートによると、今やイギリスだけがそうしていないらしい。

死者数が2万人を超えた。

ボリスは月曜から職務に復帰する。

窓から見えるご近所の庭が日に日に進化していっている。

DIYショップが徐々に再オープン。

## UKロックダウン35日目 2020/04/27

今日でロックダウンから丸5週間が経過した。

ボリス復帰。

今後どのように緩和するか、しないかが話されている。

本当はここ数日、花が欲しいと思っているのだが、手に入る気がしないので、代償行為として、まだ着ていなかったTシャツをおろすことにした。ザ・キュアーの40執念、もとい40周年ハイドパーク・コンサートTは芝の花粉で死ぬかもと思いつつ並んで買った思い出の品だ。テートのオラファー・エリアソン展Tシャツは、再生可能エネルギー(風力と太陽光)のみで作られているとタグに書いてあったのを今日初めて読んだ。オーガニックコットンであることくらいは想像できたが、さすがにそこはオラファー・エリアソン、徹底している。と、こんなことを今、考えたり思い出したりしているのが不思議な感じだ。その頃こんな未来を想像していなかったのは言うまでもない。

洗濯。

Ch4でグレイソン・ペリーのGrayson's Art ClubとBBC4でMuseums in Quarantine（第1回はテートモダンのアンディ・ウォーホル）というロックダウン下の新アート番組が同時に始まった。5週間もたつと、この状況を背景にした新番組もできるのだ、と何か感慨深い。Grayson's Art Clubにはそのうちアントニー・ゴームリーもゲストとして出る（おそらく遠隔で）という話なので楽しみにしている。
#おうち時間を工夫で楽しく

1日の死者 360人
死者合計 2万1092人
感染が確認された数 15万7149人
1日の増加数 4309人
ただし介護ホームはどのタイミングで計上されるか不明。

## UKロックダウン43日目 2020/05/05

感染者がピークを超えたことで、ロックダウン緩和に向け、接触者追跡アプリの試験を感染者の少ないワイト島で今週から開始。誰に会ったかというデータを個人の機器に残すやり方ではなく中央に集める方法をとるらしいので、最初からセキュリティーとプライバシーの保護の観点から非常に危うい。全方向的にどこまでも嫌な感じ。

4日間ほど微熱があって、それがまた本当に微熱で、普段だったら普通に生活していそうなくらいなのだが、こんな状況なのでまあ大事をとって1日布団の中にいようと思ったら、4日間もそうやって過ごせてしまったので、まあまあ体調が悪かったのだろう。相変わらずの日本のニュースを見ても、体調が良くないと、憤る気力も無くなるので、怒るという行為にはパワーが必要なのだな…と改めて思った。今後元気があるときには元気のない人の分も怒っていこう。

単行本発売が1ヶ月延びた代わりに旅エッセイ漫画連載をはじめることに。

## UKロックダウン50日目 2020/05/12

フローレンス・ナイチンゲールの200th誕生日。ロックダウン開始から7週間。明日（5月13日水曜）から部分的緩和が始まるという。

> The government is now using a “stay alert” slogan, which has replaced “stay at home”.
> ——The Guardian

スコットランド、北アイルランド、ウェールズは依然“stay at home”を変える気はないと言っているので、1番感染者の多いイングランドだけが緩めようとしている皮肉。今日1日の死者数もまたＵＫ全体で６００人を超えてしまったし、まだ早いよな、としか思えない。

一時レイオフ（furlough）になった被雇用者の給料の80％を政府が肩代わりするスキームは7月までそのまま、8月からは雇用者側にも負担を求めて、10月まで続くことになった。8月の時点で大量解雇が起こりそうだ。

自著のイタリア版カヴァーデザインが送られてきた。あれだけ悲惨な状況が伝えられていたイタリアの、出版社が動いてることに元気づけられる。よかった。

## UKロックダウン57日目 2020/05/19

ところでこのロックダウン日記、いつ終わるのか？初めは日本がロックダウンとなった時点でこの日記の役目も終わることだろうとぼんやり思っていたのだが、日本が実質ロックダウンのような、でもロックダウンではない、「自粛要請」だけでここまでくるとは想定外だった。
ではどうやって終わるのだろう。
単純に考えてロックダウンが終わったら終わるのだ。あるいはこのままズルズルやや緩まったロックダウンが続き、本業が忙しくなってフェイドアウト。

月曜（18日）までにロンドンは、バス、地下鉄、鉄道などの運行を70％〜100％増やすが、ソーシャルディスタンシングを確保するため、普段の13〜15％の乗客数におさえると言っていた。実現したのだろうか。また、通勤のための歩道、自転車道をさらに増やしていく予定。これはやるだろう。

初夏のような爽やかさの――いや、実際もう初夏なのだ――とても良い天気で、窓の外からは子供の笑い声や音楽が聞こえてくる。中庭にはご近所さんたちが日光浴に出ているのが目に入る。普段は活動の時間帯が違ったのだろう、見たことのない人たちもいる。まるで災厄は去ったかのようなのんびりした空気が漂っている。ご近所のガーデニングはさらに進化して、色々な試みがなされている。
イングランドでは6月から小学校が再開する予定だが、安全を確保できないと言って、1500以上の学校が国の方針に従わないことを決め、国も強制はしないことになった。

1日の死者 545人
死者合計 3万5341人
感染が確認された数 24万8818人
1日の増加数 2412人

## UKロックダウン60日目
## 2020/05/22

6月8日から、国外から到着した人には14日間の自主隔離が義務付けられることに（一部の例外あり。

違反した場合罰金あり)。「これから?」感があるが、個人レヴェルでは、このあと単行本の校正紙を受け取らねばならない時に国際郵便がどうなるのかがいよいよ不安。

昨日、9回目にして初めて #ClapForOurCarers を完全に忘れていて、食事中に開けてあった窓から拍手が聞こえてきて気づく。#ClapForOurCarers は、来週最終回。

日本時間月曜ナルハヤの〆切りが2つあるので、やや焦っているのだが60日目でもあることだし、インクが乾くのを待っている間にこの日記を書いていると、猛烈に眠くなってきたので今日の仕事はこれにて終了。

Be kind. Be safe.

## UKロックダウン60日前〜1日前　回想

### 2020/01/24

日本から友人が来るのでそれまでになるべく原稿を進めておこうと、仕事に精を出している。

中華街が閑散としているという話は聞こえてきていた。

出歩かないため、私が実際に街で経験することはなかったが、電車でアジア人だということに気付くとそっと席を離れていったり、買い物の支払いをしたあとあからさまに手を消毒された(誰に対してもしていたのかもしれないが)という話もちらほら聞くようになった。

### 2020/01/31

友人がロンドン滞在を終え、午後ユーロスターでブリュッセルに。BREXIT の日でもあるため、何か帰りに支障があると困るので、私は同行するのをやめた。BREXITのことは考えたが、コロナで、というようなことは全く考えにはなかった。

イギリス最初の感染者が出た。

## 2020/02/05

ダイヤモンドプリンセス号で隔離されているイギリス人カップルをCh4ニュースで見る。刑務所にいるようなもんだが日本製のハイテクトイレットだけが唯一の娯楽だ、と言ってるのを聞いて、良かった1つでも楽しめることがあって…と思うなど。友人から日本でマスクや除菌ハンドソープや消毒ジェルが買えないと聞いていたのを思い出し、あ、そうかイギリスでもそうなるな、とオンラインスーパーを見たら、見ているうちにもどんどん売り切れていっていたので、買っておくことにする。やや高めのハンドソープしか残っていなかったので、特に選ぶこともなくそれを購入。もしも病気にかかった場合に1週間は調理を最小限に持ちこたえられるように缶スープやパスタ、ドライフルーツなども購入しておいた。間違えて年末に16ロールパックを2回立て続けに注文していたのが幸いし、トイレットペーパーの買い置きはたまたま普段以上にあり、なぜかこれもたまたま去年の夏に、「アルコールがあると色々便利だよね」と思い、医療用消毒アルコール1リットル瓶も購入していたので、焦りはなかった。そういうものはしばらく店頭からもオンラインショップの在庫からも姿を消すことになる。小麦粉がなくなることには考えが及ばなかったので、小麦粉だけは買いそびれ、次に購入できたのが5月18日だった。ローカルファーマーズマーケットのおかげだ。

## 2020/02/18

DP号で隔離されていたイギリス人カップル、日本の病院で最高の治療が受けられる、と思っていたらホステルに連れてこられた、というヴィデオがニュースで流れ、とても申し訳ない気持ちに。彼らはイギリス政府の対応の鈍さに対して非常に怒っていたが、日本のことは全く悪く言っていなかった。ますます申し訳ない気持ちに。

## 2020/02/24

原稿を持って日本に。軽いOCDであるので、搭乗して席に着いたら、ヴィデオモニター、リモコン、肘掛など手に触れるものは一通りサニタイザーで拭くのは毎度のことだが、今回はマスク着用。乗っている人も少ないので、あまり気にならない。そういえば機内が乾燥するからマスクをつけるというのが昔流行ったが、湿度のコントロールがずいぶん改善されたのか、このところ必要性を感じない。キャビンアテンダントはマスクなし。かがみこんで食事の希望を聞いてくれる人に、こういう曝露の可能性の高い職業の人たちこそマスクをすればいいのにな、してはいけない服装規定とかあるのだろうか、と思いながらマスク越しに話すのは申し訳ないような複雑な気持ち。でも私がアシンプトマティックなキャリアーな可能性もあるのだからお互いのためだ。空港で担当さんと原稿受け渡し。それまでは全体に空いていて、特に気にならなかったが、ターミナルからの移動で人との距離が頑張っても50㎝ほどしか取れない状態に陥って、初めて現実的な恐怖を覚えた。

## 2020/02/2X

状況の悪化に、東京での対談の予定がキャンセルになる。キャンセルになったことだし、最重要課題であった、原稿の受け渡しは済んだし、一方でイギリスに再入国できなくなる恐れも出てきたので、予定を変更して1週間ほどでイギリスに戻ることにした。この時、自分のなかではイギリスにいる方がデフォルトなのだな、と思った。後になってみると、この選択はやや思慮が浅くて、「自分がもしこの病気になった時にどちらの国で治療を受けたいか（受けられるのかどうかも含め）」「死ぬときにはどこで死にたいか」「家族がかかった時にどうするのか」など、考えるべきだったことは山のようにあり、また正解もわからない。考えても仕方のない今となっては考える気にもならない。

**2020/03/05**

イギリス最初の死者が出た。70代女性。感染者はこの3日間で51人から116人に。
今発症すると「日本から戻った日本人患者」としてニュースにされてしまうな、絶対発症したくないな、と思いながらニュースを見る。

**2020/03/16**

EU市民（UK人含む）以外がロンドン・セントパンクラス駅からフランスに入れるのは明日10時24分の列車が最後というユーロスターのアナウンス。

**2020/03/17**

英外務省が必要不可欠でない海外渡航をしないよう勧告。

テートギャラリーが閉館。

**2020/03/18**

グラストンベリー・フェスティバル中止決定。

**2020/03/22**

ロンドン市長サディク・カーンがロンドン市民に向けて、やむにやまれぬ場合をのぞいて家から出るな、クリティカルな職業についている人以外は仕事に行ったり公共の交通機関を使うな、さもなくば人が死ぬ。と今日繰り返し言っている。

**2020/03/23**

仕事や観光で国外にいるＵＫ人に直ちに帰国するよう、英外務省が勧告。数日以内に帰国手段がなくなる可能性があるからという理由。

ＵＫロックダウン日記　2020/03/24～2020/05/22
楠本まきnote「ＵＫロックダウン日記」を加筆修正
https://note.com/maki_m_k/m/mf753cdb82edd

# 営業自粛日記

西村彩

日本・東京　2020年3月30日〜5月20日

## 西村 彩

にしむら・あや／会社員を経て、東京・世田谷区新代田にあるLIVEHOUSE FEVERのオーナー兼店長の西村仁志と結婚。FEVERから徒歩15秒の場所にてギャラリーカフェRR-coffee tea beer books-も夫婦で営む。FEVERは今年で12年目、RRは7年目。営業自粛期間中、住宅地を毎日散歩していた影響でいつか理想の家を建ててみたいと思っている。

## 2020年3月30日

夜、FEVERにいる夫から電話。

明日から配信含めFEVERを営業自粛する事にしたという。

下北沢の知り合いに感染者が出た事を知り、これ以上スタッフやミュージシャン達に感染のリスクを負わす訳にはいかない、と急遽決めたらしい。

夫と同じ家にいる以上RRを開けて私に感染リスクがあっては意味がない。RRも明日から自粛する事にした。

それにしても世界中がパニック映画の中で生きてるみたいな今。

日本だけお肉券とかお魚券とか東京に大雪とか、展開がいつもB級映画みたいなのなんでなの。

桜と雪は本当にきれい。

みんな生き残って、来年はお花見しよう。美味しいコーヒーとチャイを持っていくよ。

## 3月31日

今日はRRに冷蔵庫の整理へ行く。しばらく営業自粛するので、牛乳やお菓子などをどうにかしないと。

近所の友達数人に連絡をとって、ドアノブにかけさせてもらう。本当は会って話がしたいけど今は我慢。

ドアノブにかけた事に気づいた友達がベランダから大きく手を振ってくれた。

それにしても政府のやる事には毎日脳みそ沸騰。チケットの払い戻しに目をつけるなんて、本当に悪知恵感半端ない。とにかく税金からは一銭も払いたくない決意は感じた。

夫が仕事の電話をする度に、家の猫が「にゃーん」と鳴く。すごくかわいい。

## 4月1日

朝から雨。今まで知り合いの知り合いレベルだった感染者が、ついに知り合いにまできてしまった事と、ここ1ヶ月の過緊張で体がシャットダウンを要求している。

映画も本も頭に入ってこないので、ウトウトしたり、3時のヒロインの動画を見たり。お笑いも音楽と同じくらい尊い。

恐る恐るＳＮＳを見てみたら、布マスク2枚にみんな驚愕してる。もう政府をあてにするなというメッセージなのか。

ＦＥＶＥＲに行ってた夫が花の球根を持って帰ってきた。

帰り道に近所のお花屋さんに貰ったそう。すごくかわいい。

**4月2日**

今日も夫は午前中からＦＥＶＥＲにリモート会議をしに出掛けていった。このコロナ騒動の中、暗くなる事も機嫌悪くなる事もなく、淡々とやるべき事をやっていて本当にえらい。

せめて家事は私がやろうと思うが、気がつくと夫が皿を洗おうとしてたりする。家庭内人間力格差……

イギリスの従姉にＬＩＮＥする。イギリスの田舎はまだ安全そう。志村けんの動画を見まくった、と元気そう。日本の状況は危惧。

夕食の後、近所の一番空いてるスーパーまで散歩と買い出し。駅前の立ち飲み屋はどこも混んでる。

韓国語の先生にもＬＩＮＥ。心が温まりました、は「マウミタトゥテジョソヨ」。

**4月3日**

朝起きるとまず何かの匂いを嗅いで安心する。キッチンに行って飲み物を飲んで味を確認する。

今日も大丈夫。

午前中、コーヒーアンプの江木さん夫婦から荷物が届く。いい匂いですぐわかった。手紙と沢山のコーヒー。私達が家で気分転換できる様にとの優しい気遣い。

PCを開くと写真家のやまてつ君がRRで展示予定の作品を送ってくれていた。このタイミングで見るやまてつ君の写真はいつにも増して浄化作用がすごい。世界が美しくて、視点が美しくて涙が出た。借金する覚悟はついたし、メンタルの底は見えた。あとは自律神経とホルモンバランス、整っておくれ〜。BASEでFEVERグッズの通販を始めた。少しでも足しになれば。

**4月4日**

幸いなのは季節が春である事。

午前中、家の植物を全部ベランダに出し、窓も全開にして、各々別の部屋でPC作業。風が気持ちい〜。葉桜もきれい〜。幸せな気分に罪悪感を覚えそうになるが、それ違う！　と自戒する。

駅前の魚屋さんまで散歩。商店街は混んでる。マスク率、先週よりUP。

家にいるといつもよりデザートを欲する。時々、ピーナッツバターをスプーンで掬って舐めて夫に白い目で見られている。美味しいものを食べると白目になる中村さんに「早く中村さんの白目が見たいよ」とLINEしたら、「私も早く白目むきたいです」と返信。

風俗業の人は補償外に怒。どうしてそうなるの？

**4月5日**

起きたら昼だった。お昼ご飯が用意されている。塩鮭、野菜、納豆とお味噌汁。

FEVER、RRの営業自粛も今日で1週間。2週間を1つの目安とすると折り返しまで来た。みんな無事。ホッとする。

今、身を挺して働いている全ての職業の人に感謝する。全ての人がみな救われて欲しい。

通販の発送の準備色々。その合間に発注してくれたみなさんのメッセージを夫に読み上げる。ポジティブな言霊に免疫あがる。

のりとリモート飲み会の計画。せっかくだから攻めたメイクで！　インドで買った目の周り黒くするやつで！　確認だけど仮装するって事で？　何のメイクしよう〜。

## 4月6日

夫は今日も忙しそう。私はSNSやニュースを見過ぎて、1日中眼精疲労からくる頭痛で無気力。基本的に何もしたくないタイプなのに本当に何もしないと罪悪感感じるのは、この自粛生活には向かないから意識して直す！

米、味噌、水の減りが想像以上！

## 4月7日

午前中ベッドの上から窓の外を見つつ、夫と猫とLOSTAGEの新譜を聴く。とてつもない安堵があった。

LOSTAGEの主催するフェスは「生活」という名前で、その名前がすごく好きなんだけど、今日のこの1日も私達の生活なんだろう。緊張と不安の中にも愛おしさと少しの安堵が混じってる。

昨日笑った岡崎体育の動画ももう1度見て笑う。奈良の人たち〜！（＊LOSTAGEも岡崎体育も奈良が拠点）

3食完全自炊だと味噌汁と米に飽きるという発見。あまりに飽きたので普段絶対に作らないホワイトソースを作る。工程が多くて、さぞかし豪華な食事が！　と錯覚するけど出来上がると1品しかなくて「えっ！」となる料理（ホワイトソースから作るドリアなど）も今なら楽しく作れる。

夜はチキンナゲットを作る。ジャンクな味に飢えている。が、出来上がりはチキンナゲットっぽい手作りのチキン料理だった。

怒りと共感から少し距離を置かないとまずい気がしてSNSは今日も控えめ。これは長距離走。緊急事態宣言も薄目で見る。TVの中、布マスクしてる人がセンターの彼しかいないのは面白くない冗談の様だな。

RRで何度か展示しているシュリンプ(海老沢竜)がドローイングを送ってくれた! サプライズ!

**4月8日**

朝食の後、お店へ。少し作業。そのまま、近所の公園まで散歩。住宅街をこんなに毎日夫婦で散歩する日々も初めての事。あの家素敵、あの植物かわいい、と老後の予行演習のよう。

公園は人が多くて緊張感ある。できるだけ外周を歩く。最近の下北沢の様子が気になる。

大葉とパクチーの苗を買う。それぞれ150円。これをベランダで育てれば薬味には困らない。早速、昼食で大葉を摘んで使う。夕食でも使ってしまい、大葉が少なくなってきた。成長のスピードと消費がアンバランスすぎる。大葉自粛。

小さいレモンの木も買う。800円。早く働きたい気持ちを持て余す。

**4月9日**

家で集中して作業した後、事務所へ。

色々やろうと思っていたけど、お腹が痛くなる。コロナ、腹痛で検索。去年、内科でも婦人科でも原因がわからなかった謎の炎症に似ていて不安。今、持病を抱えている人達、どんなに不安だろうか。医療現場で働く人やその家族の心と体も心配。

自粛期間中、家の猫が充電中のMacBookに座布団と間違えて座ってたりしてかわいい。どの瞬間もかわいくて天才。

昔の同僚からLINE。まだ週に何度か茨城の自宅から東京に出勤しているらしい。

同僚「今度からちゃんと選挙行くわ!!!」

私「本当にお願いします!!!!」

## 4月10日

前夜、腹痛が酷く体調が悪いので念のため夫と別室で寝た。起きたら熱もなく味覚嗅覚もあり杞憂だった。

今日は免疫を上げる事に集中しようと2度寝。起きたら夫はお店にでかけお昼ご飯が用意されていた。おかずには摘んだパクチーがさりげなく使われている！　1人でニコニコした。

前代未聞の3食自炊生活にお味噌汁との倦怠期きてる。初めてお味噌汁にセロリを入れてみる。半信半疑だったが、これがとても美味しい。パクチーを散らしてみたら、更にいけてる（が、パクチー使いすぎて大葉同様しばらく自粛）。

みんな自粛生活、何を食べているんだろう。気になる。

## 4月11日

我が家に初のお小遣い制度が導入された。今使わないといけないお金があって、それを使わないと死ぬのは自分の心だから。けど今は限度があるのでお小遣い制。

早速、大好きな喫茶店シーモアグラスの通販をポチる。こんな時でも心の中にあるシーモアグラスに心を灯されている。

と思っていたら、店主のおりえさんから手紙が届いていた！　字にも内容にも心を灯されまくった。宝。

今日は屋上でお昼を食べ、気持ちよかった。手にマニキュアと派手な指輪をつけるだけで気持ちがパーッとなるの不思議。

## 4月13日（本当は4／12の日記）

朝からあの動画を見て動揺。呼吸が浅くなり私の中の免疫がやる気をなくし、どこかへ行った。

お小遣い制2日目にして煮詰まる。ポチりたい対象が多すぎてどうすれば。共感をオフしないとやりきれないが通販で応援を受けている今の自分を棚に上げて？　と悶々。

近所の美味しいカレー屋さんand CURRYのゆきなさんからカレーのお裾分けの連絡が！（ドアノブに掛けとく方式）。お出汁のきいた和風チキンカレーに、みょうがと大葉、花山葵、ゆかりヨーグルトのSET。狂喜乱舞！

夫婦で宙を見ながらモグモグし見つめ合って頷いて心で握手して食べた。免疫が帰ってきた。

**4月14日（本当は4/13の日記）**

朝から寒い。

朝食前に最近の日課のラジオ体操。部屋のスペース上、夫婦で向かい合ってするのだけどまだ飽きずに毎回笑える。まだ笑えてるから今日も大丈夫と思えていい。

今日はオタ芸を取り入れる。もはやラジオ体操ではないけど、肩甲骨に効いてるからいいか。

郵便局に荷物を出しに行ったら、いつもクールなお姉さんがFEVERさん、頑張ってください、と！　こんな時に働いてくれて、ありがとうございます。

今日もドアノブ掛けとく方式で、牛肉貰う。ドアの向こうにいるのに会えない。先週は新しい体験だった事が今週は習慣になってる。気がつけば4月も半ば。

**4月14日**

日々、曜日感覚がなくなってくる。昨日の日記もその前も日付を間違えていた。

久しぶりにスーパーへ。最近、野菜は昔ながらの八百屋さんで買っているが（3密皆無だしカードも使える）、今日は調味料や米粉も買いたかったので散歩がてら隣町へ。

脳トレ的素早さで買い物。久々のスーパーの品揃えに興奮し、つい色んなチーズなども買ってしまいお会計が思っていた倍くらいになっていて衝撃。脳トレまだまだ……

夫の携帯は今日もよく鳴ってる。

事務所で少し作業してから、新代田のレコード屋兼立飲み屋えるえふるのポストに荷物を入れに。帰り道、近所のコンビニのレジにビニールカーテンが付いていた。

夜、夫婦でdownyのロビンさんの配信を見る。FEVERと音楽関係者の為に沖縄の自宅から配信してくれたもの。沢山の人が視聴していたけど、ロビンさんの歌声と語りをプライベートな空間で共有させてもらっている様な贅沢な気持ちになる。FEVERでの配信ができない今、自宅からの配信が打開策になるといい。

## 4月15日

昨夜、お風呂から上がると夫が携帯を見て笑ってる。画面を覗くとほろ酔いのLOSTAGE拓人くんが楽しそうにインスタライブをしている。夫婦でニコニコ見る。

その影響で朝からワインが飲みたい。

今夜はワインかね。

ワインだね。

お酒を飲むのは営業自粛してから初めて。

給付金関連を調べる。他の助成金と併用不可のものもあるから注意。

私の中にも働かざるもの食うべからずの感覚があって、気を抜くとひょっこり顔を出すからやっかい。政府の的外れな政策を鵜呑みしそうになる。違うとわかってる。

夜、久々のナイフとフォークとワイングラスを用意しているだけで楽しかった。

## 4月16日

近所のいつも空いているスーパーへ。前はこのスーパーに来るたびに私の中の「スーパーの女」（伊丹十三）が疼いていたが今や心の安寧ＮＯ・１スーパー。植物用の土や１００円のテニスセットを購入。数ヶ月前にテレビで見ていた武漢の人々が家でボウリングとかやっていたのはこれか……

料理家スズキエミさんが親子でYouTubeを始めていた。エミさんの料理教室はコロナ前までは私の毎月のお楽しみだった。息子君の「塩のこどもが入りました〜」などかわいいコメントに癒されながらも、あの頃に戻りたいと今までで一番思った。

みんな模索してる。

**4月17日**

今朝の目覚め最悪。

初めて夢の中でもコロナ禍の世界だった。夢の中の私は、誘惑に逆らえず友達と遊んで外泊までして、ああ、とてもいけない事をしたと青ざめている。

今日もテレビで会見。あの人の姿を見ると息が吸えなくなって情緒がやばい。漢方に手が伸びる。これってＰＴＳＤ！

朝ご飯は、モンサンミッシェルのオムレツ。初めて作ったけどテンション上がる。味はまあまあ。

昼ご飯は、ゴーヤチャンプルー、きんぴら、蕗の煮物。

夜ご飯は簡単参鶏湯。

家だと、いつにも増して天気にメンタル支配されてしまう。世田谷区でマスクの配布が始まったとのニュースに怯えている。

**4月18日**

朝から大雨。夫は朝から忙しそう。私はベッドで本を読む。

ＦＥＶＥＲ雨漏りの連絡が。最悪。夫婦で見に行く。

帰宅後、例のマスクが届いているかもとポストを覗く。

「１人にしないで!!」と夫を道連れ。

ポストには本当に入っていて、それを見た夫が目を丸くしてぎゃーっと言った。

あしなが育英会の会長さんの言葉を目にして泣いた。

「君たちを必ず守るから」

もうとっくに子供達を支える方の年齢だけど、私の中の子供の心が安堵して泣いていた。ここ数ヶ月、ずっと国にそう言ってもらいたかった。

夕食に冷凍食品を取り入れる。冷凍食品の罪悪感も捨ててこ!!

**4月19日**

今日は夫がここ数週間ずっと頑張ってたライブハウス救済のプロジェクトが発表される日。

MUSIC UNITES AGAINST COVID-19というこのプロジェクトは、バンドtoeの呼びかけで約70組のアーティストが全国のライブハウス救済の為に楽曲を提供してくれた。

全国のライブハウス側への声がけを担当した夫は、毎日遅くまでＰＣに向かい、ここ数日は１人コールセンターの様でもあった。早速、友達から支援したよとＬＩＮＥ。ＮＨＫのニュースでも流れる。

上手くいってる。よかった。

21時からはＦＥＶＥＲのYouTubeでクリプトシティの過去のライブ映像の配信。キレキレ。

そんなんで今日は忙しくなりそうだから夕食は昨日のうちにえるえふるのお惣菜を頼んでおいた。それぞれのタイミングで食べる事に。朝から楽しみだった。

えるえふるはコロナ禍でも模索の方法が力強くて柔軟で、真面目だけど深刻じゃなくて、お惣菜セットからもそれがにじみ出ていた。自炊では得難いエネルギーを食べた。

**4月20日**

またも夢の中はコロナ後の世界。

「もうＴシャツはいっぱい持ってるからボトムス

作って！」と知り合いのミュージシャンに言っていた。深層心理が出てる。FEVERのも含め、支援Tシャツを見過ぎた様だ。

今はTシャツをいっぱい売って、買って、その間にみんなで未来を考えてる。

朝から頭痛。ロキソニンはコロナを悪化させる説があるらしく怖くて飲めない。生理痛がひどい人はどうすれば？　と調べたら低用量ピルがオンラインで購入できる様に進化していた！

前と同じ世界に戻る気は全くしてない。3・11後、常に放射能が気になる様に、新しい憂鬱と生きていくのだろうと思う。

とはいえ、憂鬱の中にも楽しみを見出したりしてる。今後、マスクの下を見せる＝プライベートを見せる感覚になりそう。という事は壁ドン的なマスクキュン展開ありそう。などと友人達と予想を立てたり。マスクデフォルトという憂鬱の中の萌。こういう友人達との何気ない会話がとても有り難い。

**4月21日**

今朝は朝食抜き、ラジオ体操もやらなかった。

ここ数日、生活リズムが乱れ出した。これ以上の乱れは危険。あっという間にあちらに落ちるぞ、と声がする。

今日もコールセンター西村が忙しそうな夫。親切丁寧に頑張ってる。

夕方通販の発送作業。マスクでMとLが聞き取りづらいので「マックのM！」を連呼してたらマックのジャンクな味で頭がいっぱい。空いてたら買う、混んでたら諦める、と決めマクドナルドへ。マックの醍醐味は帰り道の揚げたてポテトのつまみ食いなのに、コロナめ、と言いながら念願のマックを抱いて帰る。

**4月22日**

1日中、各自PC作業。

春とはいえ、まだまだ家の中でじっと作業していると寒い。そんな時は夫を誘って１００円のテニスセットで運動をする。10分くらいやると体が燃えてくる。メキメキ上手になってきた！　家の中でテニスをしてる非日常がまだおかしくて楽しい。

支援や応援を沢山頂く毎日。

頂きすぎている気がする。どこも大変な中で有難さと心苦しさ。国からの補償を受けながら、あとは借金するのがいい気がしてくる。もはや個人でどうにかできる問題でもないと思うけど(というか個人でどうにかしようという話ではないのかもしれない)、借金には免疫があるし、お金の事は10年単位で考えれば大丈夫と思える。餅は餅屋的な、本来の業務でお客さんが喜ぶ事をしてお金を稼ぐという当たり前に早く戻ろう、知恵を絞って。と最近夫とよく話す。

## 4月23日

毎日、なぜか時間がない。

通販の発送をして、助成金関連の書類を作っていたらあっというまに夜。Stay Homeという言葉は、つい家でのんびりする時間がある様な錯覚を起こさせるけど現実は違う事に気がついたぞ……

慣れない助成金の書類と格闘して頭から煙が出ているので夕食は夫が担当。

今日も駅前の小さなおでん屋は、お客さんが肩触れ合う程ぎゅうぎゅう。

私の中で、居酒屋でかんぱーい！　なんてもはやドラマの中のファンタジーみたいな感覚だけど、３人掛けの椅子に４人座ってるくらいの密度で人々が飲んでいる。夫も今色々考えているだろうな、と思いながら夫婦で黙って前を通り過ぎる。

来週の月１回の韓国語レッスンはSkypeでやる事に。

１ヶ月まるで勉強してないのでやばい。もはや、やめないだけが取り柄の生徒になっている。メイ先生やマキさんと話せるのは楽しみ。

## 4月24日

体重を測ってみる。

私↓変化なし。

夫↓痩せてる。(!)

お酒を飲まないからかな、と本人は分析。

なるべくスーパーにも行きたくない気持ちが増している。テレビは昨日コロナで亡くなった女優さんについてやっている。ずっとテレビで見てた女優さんなので、残念な気持ちでじっと見る。

昼に隣駅の好きな魚屋さんで1週間分の魚調達。魚屋のおじいちゃん、元気そう。どうか無事でいてください。

帰りに中華料理屋さんで600円のお弁当テイクアウト。中華屋のお姉さんもどうか無事で。

FEVERに行って通販の発送。帰ってきて少しPC作業。

夕食は今日も夫担当。鰆と野菜のトマト蒸し。美味!

## 4月25日

少し前までは、楽しかった過去の経験はコロナ生活をやり過ごす為の原動力だったけど(またインド行きたいな! とか)、今は実現不可能な遠い夢の様に思える。

次のご飯の献立と近い未来のToDoに意識を飛ばさないと虚しさがやってくる。小学生の頃から、老後を楽しみに生きていきたのになぁ、なんて考えに追いつかれない様に走るしかない気分。どうなる世界。

FEVERに行く前にand CURRYさんで予約していたカレーをテイクアウト。お花屋さんのマルタさんではまだお小遣いが余っている夫がクレマチスの鉢を買ってくれた。かわいい。すごくかわいい。

好きなお店の梯子で久々に心が満たされた。

自粛生活を始めてから、休みと決めて休んだ日がない。効率が悪いので、明日は休み! と決めた。

夜10時までFEVERで申請関連やメールの返信。

家に帰って、久しぶりにプシュ! (お酒)とした。

明日は休むぞー。

**4月26日**

気持ちよく晴れてる！　今日は休み気分を満喫する為に、屋上で昼ごはん。

バスケットにハーブティを入れたポットやワイン、お菓子を入れて寝転べる用の大きな布や本も用意してクラクラする程のピクニック気分を演出（でも、献立はもつ鍋）。

最高だった。あー幸せと沢山言ってやった！

**4月27日**

料理のストックを朝から沢山作る。

この間Ropesのアチコさんに「人生初牛スジ肉を買ったよ」と言ったら美味しんぼに出てくるスジ肉の牛丼の再現レシピを送ってくれた。美味しんぼのレシピを送ってくれるって最高にときめく。RR用のケーキの試作も。充実。

料理しながら録画していたドラマの「M」を見る。

この間インスタライブで、GEZANのマヒト君がLOSTAGEの五味（兄）君にお勧めしていたので気になっていた。ここ数ヶ月どんな時も心に居座ったコロナの憂鬱を、見ている間は一切忘れていた……

夕食時に夫を誘ってもう1度見た。

思えば、政府が五輪を諦めきれずに何もかも中途半端な頃が一番精神的にきつかった様な気がする。今は、船で長旅をしている様な感じ。穏やかな時もある得体の知れない航海。

**4月28日**

料理のストックがあると心穏やか。

まとめて作る方がバイト気分で楽しく労働できるし、達成感もある。さらに出来上がったメニューを紙に書いて冷蔵庫に貼っておくと、居酒屋感覚でメニューから料理を選ぶ楽しみもある。

未来の自分へのプレゼント気分で作り、食べる時は過去の自分ありがとー！　と新鮮に思っている。この単純さは私の良い所。

通販の発送にＦＥＶＥＲに行って、ＰＣ作業をし、ご飯を食べる。最近のよくある１日。

## 4月29日

初のリモート韓国語レッスン。生徒は私とマキさん。

配信ライブと同じく、これはこれの良さがある。

レッスン後は夫も参加してそのままリモート飲み会。

メイ先生には出会ってからずっと「ヘル日本でごめん」って謝っている気がするけど、今度こそ最大級に日本がヘルすぎてごめん。私もここまでヘルだとは思ってなかったから唖然としてる、ごめん。ごめん、ごめん、ごめん！　という気持ちが止まらない。

そんな時、いつもメイ先生は私の思考の１歩先の愛ある言葉で返してくれる。学び。

恋話で盛り上がったり、マキさんの猫と家の猫をリモートご対面させたり、真面目な話もしてすごく楽しかった。早くみんなでチャミスルが飲みたいね。

## 4月30日

通販の売上を会計ソフトに落とすやり方に四苦八苦。

解決しないままＦＥＶＥＲに通販の発送へ。日々、大なり小なりの新しい行動をしなければならない状況に疲れが溜まってきている。

火鍋用のキャベツを買いにスーパーへ。混んでいるので諦める。

帰り道、近所の焼き鳥屋さんがテイクアウトを始めていた。店が混んできたらわかりやすくあたふたする店主をみんなで見守りながら食べるタイプの焼き鳥屋さんで、味は美味しいのでそれも含めて好感を持っていた。コロナであの店主は無事だろうか。

焼き鳥のセットを買ったら、いつもよりちょっと困った様な笑顔で「助かります」と言われた。

## 5月1日

とうとう5月に。5月にはライブできるんじゃないかな~なんて思っていた頃もあったね、と夫婦で遠い目。お金のことは長い目で見ればどうにかなる、と思っていたけど、それはライブハウスが再開できればの前提で、今はそれすらどうなるかわからない。3年後、職業としてライブハウスってあるのかな、と極端な考えも浮かぶ。1週間ごとに考えが変わる。3月に申し込んでいたUber EatsのZoom説明会。RRはいつ再開できるかわからないし、メニュー的にUberEatsは消極的利用になると思うけど、やれる事はやっておく、の気持ちで。他の参加者の人からは色んな質問が飛んでいた。ミールキットは販売できるか? など。生肉を含むミールキットの場合は、生肉販売許可がいるらしい。へぇ~。お昼を食べてFEVERに通販の発送へ。その後は、RRのコーヒーをFEVERに通販する件の考えをまとめる。自分では全く思いつかなかったコーヒーの通販。去年、銀座ロフトで一緒にコラボカフェをしたフラワーカンパニーズのマネージャー土井さんが、その時のコラボコーヒーを販売すればどう? と言ってくれてハッとした。一昨年、同じく銀座ロフトでコラボカフェをしたthe band apartにも声をかけたら快くOKが出たので、2バンドのブレンドとRRの定番2種の計4種を販売する事になった。今私が一番罪悪感なく買えるのが食品だから、食品を売れるのは嬉しい。

## 5月2日

今日は朝から3日分のご飯を作る日。野菜をテーブルに並べて、八角、クミン、ナンプラーなど、普段手グセで使わない調味料を並べて作ると飽きない食事が出来上がる。今まで自炊ではあまり砂糖を使わなかったけど、砂糖を使うと外食っぽい味になるから使ってしまうし、好きだけど体質に合わない小麦粉、乳製品もじわじわ解禁してきてしまっている。

ご飯を作った達成感と初夏の陽気で眠くなったので、少し昼寝。クレマチスがどんどん咲き出して部屋の一角が洗練されていてときめく。世間がＧＷだと気持ちがお休みモードになる不思議。

### 5月3日

最初の頃は、毎日パジャマで過ごし外出もその上にコートを着てしれっとスーパーに行っていたけど（着替えなくてよくてラッキー！）、最近はおしゃれでもしないと気分が上がらない様になってきた。

今日は、夫婦共に好きな服を着たので気分上々。食材の調達にもサングラスしてこうぜ〜！　と意気揚々だったがマスクにサングラスした我々は完全に「犯人」だった。

こんなにかわいい服着てるのにねぇ〜、と慰め合う。

ソーダを買いに業務スーパーに行くが、店の外に並ぶ列は次の角を曲がってもまだまだ続いている。諦めて、花屋でバジルの苗（１８０円）を買って帰る。

これでバジルも食べ放題になる！　何よりしなびたバジルを冷蔵庫で発見しなくていいのがいい。野菜やハーブの苗は今人気で市場でも品薄だと花屋のおじさん。私の様な人が沢山いるのだろう。

通販でコンタクトを買う。今まで使っていたものは処方箋がないと買えず、知らないメーカーの物を仕方なく。今まで深く考えてなかったけど、私は見るだけでお金がかかるのか。花粉症の時期に使っている1デイは1日あたり２６５円、欲しかった２ウィークのは1日あたり73円、買ったのは1日あたり42円。この景色は有料か……

### 5月4日

通販の発送の後、ＦＥＶＥＲに併設するレストランの大掃除。

付けっ放しだった冷蔵庫や製氷機などの電源も落とす。これまで、もしかして意外と早く再開できるかもという気持ちがどこかにあったが、だいぶ先まで営業できない事を悟り落とした。

「M」をみる。先週ほどのコロナ忘却効果なし。悲し。

免疫と機嫌が家出する例の会見。原稿を読むだけなら、溌剌とした若者とか徳の高そうな老人に代読して欲しい。その方が100倍意味ある時間になる。(日本イラつく)という言葉が頭の中湧いて出る。今後の行動の指針に、台湾とドイツの現代史が知りたいけど、何から読めばいいんだろう。

今まではそんな時はお客さんに聞いていた。歴史に詳しい人、植物に詳しい人、韓流に詳しい人、天気に詳しい人、色んな人がいた。みんな元気かな。

## 5月5日

昨日の気分を引きずって、だいぶ気持ちがヤクザになっている。見るもの全部イライラ。昼食の時に些細な事で夫にムカついて、引きこもる。久しぶりにポテトチップスを1袋食べた。

お店をやっている時、なんとなくみんな元気がなかったり機嫌が良くない日というのがあって、そういう日はなぜか地震が起こる気がする。今日も地震があった。地震と機嫌の関係性についてググってみたが、よくわからず。引力?

## 5月6日

雷がバリバリ鳴っている。そして私の中のヤクザもまだオラオラオラオラ言っている。前向きに頑張りましょう、といった文字を見るだけで腹が立つ。だいぶこの生活に疲れている。

ヤクザをなだめ、今夜発表するコーヒー豆販売の件で各所とやりとり。どの人達も好きな人達なので、気持ちが晴れてきた。

夫がよく「ライブハウスとミュージシャンとお客さんは正三角形でなきゃいけない」と言っているけど、このコーヒーの販売についてはかなり正三角形に近い様な気がしている(利益の半分はバンドに渡します)。お客さんには好きなバンドのコーヒーで少しでもリラックスして欲しいいし、バンドには少しでもお金を渡したい。当たり前だが私達も助かる。

## 5月7日

12時にコーヒーの販売開始。順調に売れている。よかった。

通販で知人の名前を発見すると、ラブレターもらった気分でうれしくなる。私もポチる時は好き(ハート)の気持ちでポチっています。

「本日の東京の感染者23人」と聞いても、もはや政府との信頼関係は0なので何か裏があるのではとまずは疑う。今日もやはり裏があった。こういうのを確かめる時間が無駄でしかなく虚しい。

夜はリモート飲み会の梯子。化粧は省略。

19時からのかなえちゃんは、最近やっているという英語の勉強をしながら踊る体操をしてくれた。リモートは動きが大きいと倍で面白いな。

22時からは仮装しようぜ〜と約束していたのり。のりはちゃんとトラジロウで現れた。画面の中、トラジロウがお酒を飲んでいて笑った。

## 5月8日

結婚記念日。

夫婦ともに記念日を覚えられないので「ご飯の日」の語呂合わせでこの日に結婚した。ずっと美味しくご飯を食べましょう、健康で、の願いを込めて。

いつもは張り切って外食するが今年は何を食べたらいいんだ、と数日前から2人で悩んでいた。悩んだ結果、近所の和食屋しも庵の料理をテイクアウト。

ひっそり8席で営むこのお店の御主人は隠れた天才。私の好きな、基本はほうっておいてくれるけど、たまに小石を投げる様に声をかけてくれる接客。旬のものをすごいレベルで美味しく、そしてふっと驚く仕掛けのバランスにいつも感嘆してしまう(しかもお会計ももっと払わせてくれ〜〜と思う値段設定)。

コロナ後も通えます様に。御主人もお元気そうだった。

## 5月9日

はじめちゃんに頼んでいたねいろ屋さんのラーメンが届いた！ ベランダの大葉とバジルを入れた春巻きも揚げて、お昼はラーメン&春巻き。ねいろ屋さんのラーメンを絶対に美味しく食べたくて、夫婦で超集中して作る。この世のしょうゆラーメンの中で一番上品で美味しい。

家がブラッシュアップされてどんどん心地よくなってきていてどうしよう。外に出れなくなる！ なんてコロナが落ち着いた後の心配してる！ ラーメンで心に余裕が。

## 5月10日

検察庁法改正案の件で憤り、眠りが浅い。

今見ているNetflixのドラマ「愛の不時着」は韓国の女性と北朝鮮の男性が恋におちるストーリーなのだけど、謎に包まれた北朝鮮の生活ぶりにも興味があった。

ドラマの中の北朝鮮は、市井の人々は倫理観も道徳もあり困る人には手を差し伸べていた。だが一部の権力者は欲望のままに政治を司り、その権力者に取り入るために魂を売り人を踏みつける人、自分の倫理観に背くが仕事として遂行しなければならず苦しむ人などがいた。あれ、既視感あるな。今私が暮らしている国みたいだ。

「I want to be on the right side of the history」というのは、テイラー・スウィフトの言葉らしい。そう、映画や漫画で学んだのは、歴史の正しい側でいたいという感情ではないか。

## 5月11日

ゆきなさんの新しいレシピ本と野菜のセットが届いたので、チキンとそら豆のカレーを作る。スパイスカレーにはカルダモンやクローブを入れるものだと思っていたけど（私はカルダモンとクローブを異様に信じてるところがある）、入れなくても爽やかで美味しいカレーが出来た。仕込んだカレーの半分は明日筍とチキンのカレーにする予定。

ＦＥＶＥＲに通販の発送に行った帰り、通帳記帳をして心がサーっとなった。お金が減っていく恐怖がある。

コロナが落ち着いてきていた韓国で再び集団感染が起きてしまったらしい。クラブでの集団感染だったとの事で心に石が落ちる。

## 5月12日

ＦＥＶＥＲの通販で販売する新しいグッズを探す。生活に役に立つものがいい。とあるものを思いついたけど、どうだろう。ごく一部の人は喜んでくれるかも。

この間のりと、今後経営が厳しくなったとして私が会社員に戻れるか、という話になった。

電車通勤や実務の実力など心配は多々あるけど、何より会社員だった時よりフェミニズム脳がアップデートされている今、その点が一番難しい。自営業であるしんどさはあるけど、常連のおじいさんに「はい、それセクハラ！」と言える環境は１度知るともう戻れない。

世間全体がもう戻れない所まで進む様、微力ながら新代田の片隅で頑張る所存。

## 5月13日

義父のおさがりの車はたまに走らせないとすぐにバッテリーがあがってしまう。なので今日は狭山の方へドライブがてら買い出しへ。街道沿いの目に入る回転寿司と焼肉屋全店に行きたかった。気楽な気分でジョッキが持ちたい。

このコロナ生活、安らぎも足りないし相反して刺激も足りない。今日のドライブは知らない団地に併設してるスーパーに寄ったり、初夏の新緑を感じたり、安らぎと刺激があって楽しかった。

**5月14日**

やっと3月4月分の雇用調整助成金の申請が出来上がる。とにかく苦手な分野なので時間がかかってしまった。振り込まれる予定の額を見て達成感。税理士さんに報告したら、最近申請が簡易化されたとの事。

もっと早くして欲しかったよ……と思いつつ、コロナで疲弊している人には精神的になかなかハードなわかりづらさだったのでよかった。必要な人が諦めなくて済みます様に。

急にやるべきことが色々見えてきた。やるべき事がはっきり見えてる時は無駄に深刻にならないから心が元気でいい。

**5月15日**

ついにラーメンを作った。ケーキも焼いたし、YouTubeのエクササイズ、マリナ先生にも入隊したし園芸も始めたし、コロナの生活様式(?)一通りやったな。

FEVERで手付かずになっていた箇所を片付ける。楽しい作業ではないが、前に進むためにはやるしかない。脳内では「私こと朝ドラで見た戦後たくましく頑張る庶民」の設定で、新しいトライアンドエラーの始まり。

**5月16日**

昨日の筋トレと片付けで疲れすぎたのか、12時間以上眠ってしまった。

工場に発注していたコーヒーのドリップバッグが届いた。いい感じ。明日からコーヒーの発送が始まるので同封する手紙も作る。色々な状況の人がいるからな、と考えていたらどうしても無難な手紙になってしまう。最後に「私達も頑張ります。(気合いとリラックス！)」と付け足した。

## 5月17日

コーヒー豆の発送。

豆の種類、挽き目も間違えない様に、そして各バンドのメンバーからの手紙も忘れず同封して、と緊張感がある。コーヒー豆が届いたら、まず開封した時にいい匂いがするはず。そしてバンドメンバーからのお手紙を見て喜んでくれるはず。それからそれから……と想像しながらパッキング。

帰り道、えるえふるに届け物をして店主の辻君と少し立ち話。シネマスタッフのギタリストでもある辻君は、バンドマンとしてもお店の店主としても思うところが沢山あるだろう。真面目な話の後、言い出しにくかったがえるえふるのジョッキを借りた。

21時からＦＥＶＥＲのYouTubeでバンドLITEの配信。４人のメンバーが各自の家でリモートで生演奏(！)するという。この短期間での進化がすごい。最初こそなぜか私が画面の前で緊張していたけれど、どんどん高まるグループにリモートだという事を忘れてジョッキ片手に最高に楽しんだ。

## 5月18日

今日も通販の発送と調べ物色々。ＦＥＶＥＲで申請できるかも、と思った助成金を見つけて調べていたら難解すぎてやさぐれた気持ちになってきたので、早めの時間から食材の買い出しに行く。

今日はチートディね！　と決めたら楽しくなってきたのでいそいそとおつまみを用意して映画を見る準備。張り切って、２本映画を見る。が、２本とも途中で寝ていた。

## 5月19日

下北沢にもう2ヶ月くらい行っていない。行ったら心が折れそうなイメージが夫婦で一致していて、足を踏み入れるのは下北沢の端っこのお肉屋さんまで。噂では下北沢は人ですごく混んでるらしい。私達はストイックなんだろうか。無駄なストイック（無駄スト）は改めたいがはて？

新しいメニューを試作する為の準備色々。みんなが好きなものだから、どこに着地させるかすごく悩む。

## 5月20日

コーヒー豆を届けにフラカンの事務所に行ったら、マネージャーの土井さんがいたので外で立ち話。音楽業界の人々の自粛っぷり、ストイックなのかな？世間と違う？　どうなんだろう？？　と、3人ではて？　となる。何が正解か全然わからない。

夜、昨日から準備していたメニューの試作。足りない材料があったので近所のスーパーに行ったら、美味しいものを食べたら白目になる友人こと中村さんにばったり！　少しの時間だったけど、脳みそが喜んでいた。早く、一刻も早く中村さんの白目の美味しい顔が見れます様に！　と心の底から願った。

２０２０年3月30日〜4月26日

RR-coffee tea beer books-Twitter(@RRcoffeeteabeer)

https://twitter.com/RRcoffeeteabeer

## 今後の新代田ＦＥＶＥＲについて
## ２０２０年５月29日

こんにちは。ＦＥＶＥＲの西村です。

緊急事態宣言解除や新しい生活様式など、なかなかな日々ですが皆様、お元気でしょうか？


ライブハウス、相当な状況になっているのはこれを読んでくれている方々はご承知かと思います。

ＦＥＶＥＲもグッズ販売や、各方面からのありがたい支援で春は切り抜けました。

本当にありがとうございます！


3月末から弾き語りも含めて自粛していたライブ配信ですが、6月1日よりバンドでの演奏も含めて再開します。

自分たちの為にも、音楽家の為にも、ＦＥＶＥＲをよく思ってくれている皆様の為にも進めていきます。


先にあると信じたい、あのフロアでの高揚感、演奏者のテンション。みんなで分かち合いたいのですが、まだ先になりそうです。

なので、自分たちが出来ることを、丁寧に進めていきます。


配信で全てが伝わるとは正直思ってません。

でも、今は配信なんだと思ってます。なにか、少しでも、伝わると思う。

それはライブでしか味わえない熱気はもちろん、形容が難しいあの特別な「なにか」。

普通じゃ伝わらないその「なにか」もＦＥＶＥＲからの配信は伝えたい。

それがＦＥＶＥＲが「進んでいく」ということと同時に「感謝の気持ち」になると思っています。


まずは6月1日、eastern youthの吉野寿氏による弾き語りoutside yoshinoが登場します。今回はZAIKOによるチケット制です。

吉野さん、配信デビューなんだそうです!!

物販を購入して頂いた皆様、ありがとうございました。

ライブを再開したら遊びに来て頂きたい気持ちでＦＥＶＥＲと姉妹店ＲＲ（ＦＥＶＥＲから歩いて15秒のコーヒーショップ）のドリンクチケットを付けて発送しておりました。

想像以上に関東以外の方からも大勢購入して頂き、ドリンクチケットが使いにくい方もいるのでは？とＦＥＶＥＲに来られない方にも喜んでもらえるおまけはないか、と考えていました。

なのでドリンクチケットの同封は今月いっぱい、来月からは新しいおまけを同封します。

お楽しみに！


ＲＲのコーヒー豆もありがたく大好評です。

the band apartとフラワーカンパニーズのブレンドも合わせて発売中です。この通販でしか購入出来ませんので是非。

これがまた美味しいんですよ…


ＲＲは6月4日（木曜日）より時間短縮、テイクアウトのみで再開予定です。

是非来てくださいとは言いませんが気に止めていただければ幸いです。


音楽業界全体が厳しい状況で、ライブハウスでライブを行うハードルは相当高いことだけは分かっています。

夏にはライブが出来るのか、秋になるのか、冬になるのか、何人まで動員できるのか、何も決められないまま不安な日々が過ぎますが、この春で確実に分かったことが1つありました。

「ＦＥＶＥＲはたくさんの皆様に愛されている」

ありがたいです。本当にありがたい。

優秀なスタッフにも感謝しています。君たちがいなかったらこんないいライブハウスにはならなかった。

どうもありがとう。


さて、そろそろまた自分にも気合を入れようと思います。

「新代田からライブハウスカルチャーを守るぞ。守る以上に攻めるぞ」

こんな逆境ですが、前しか向いてないライブハウスのあり方、見守っていて下さい。

攻めていきますので。


新代田から宇宙へ。羽根木から未来へ。

近い未来に、ライブハウスでお会いしましょう。

ＦＥＶＥＲ：西村仁志

（LIVEHOUSE FEVERブログより
https://www.fever-popo.com/blog/fever/2020/05/290000.html）

春の相槌

**マヒトゥ・ザ・ピーポー**

日本・東京　2020年4月1日〜5月22日

## マヒトゥ・ザ・ピーポー

まひとぅ・ざ・ぴーぽー／2009年、バンドGEZANを大阪にて結成。作詞作曲をおこないボーカルとして音楽活動開始。うたを軸にしたソロでの活動の他に、青葉市子とのNUUAMMとして複数枚アルバムを制作。近年では寺尾紗穂のアルバムに参加するなど、コラボレーションも多岐にわたり、映画の劇伴やCM音楽も多く手がける。また音楽以外の分野では国内外のアーティストを自身のレーベル十三月でリリースしたり、ものの価値を再考する野外フェス、全感覚祭を主催。マヒトゥ・ザ・ピーポー名義で、19年に3rd album「不完全なけもの」、4th album「やさしい哺乳類」を連続リリース。同年、初めての小説『銀河で一番静かな革命』を出版。GEZANとしての最新作は、2020年の5th album「狂(KLUE)」。

## 2020年4月1日

エイプリルフール、全部嘘だったらいいのに。そんな冗談誰も聞いてくれる人はいない。ライブハウスはどこも苦しくなるだろう。今日やるはずだった自分のバンドであるGEZANの恵比寿LIQUIDROOMのワンマンも飛んでしまった。こういったウイルスは一度拡散が始まると収拾に時間がかかるのが目に見えている。その未来にまで生き残る持久力がライブハウスにあるのか不安だ。いや、そもそも自分自身にあるのかどうか。

## 4月4日

ほんまどないなっとんねんな。

## 4月7日

緊急事態宣言が発令。この判断はきっと遅かったし、早期収束のためその判断を待っていたはずだけど、いざ始まった初めての夜である今日、何故だか眠れず午前三時半。

今夜はスーパームーンだったのだけど、ちょうどその一番綺麗な時間、安倍首相の眠たい会見を見ていたため、見逃してしまった。この人は多分、この仕事に向いていない。話す言葉や表情にそんな要素を多分に感じる。

窓から外を眺めると、燦燦と光を振りまく月が浮かんでいて、それを見ながらため息をついた。吐いたため息は白い塊になってフワフワと空に浮かんでいく。

自粛が増えたことで二酸化炭素が減り、自然が息を吹き返しているらしい。肺に通る空気でそのことはよく理解できた。皮肉なことに人間が都市の活動を停止すると地球は喜んでいる。どちらがウイルスだか本当にわかったもんじゃない。

コロナの影響により経営難を抱えたそれぞれの場所が、生き残りをかけた救済戦争をSNS上で起こしている。あってしかるべきだと思うし、クラウドファンディングによって成果を出しているところも多くあるみたいだ。音楽の現場という枠組みを超えてSAVE the CINEMAが始まり、他の職種にも飛び火するだろう。

この前の緊急事態宣言の会見で、自粛要請をされていた箱の保証はされないとはっきり念を押され、もう、あんなくだらない会見見るくらいならスーパームーン見るんだったと本気で思った。

SAVE THE 〜という題字を見るたびに疲弊していく自分にもしっかり気づいていて、これから加速し続けるであろうSAVEが生みだす過剰な資本主義の加速と分断の可能性に胸が詰まっていく。そもそも自分自身のどこにそんな体力が残っているというのか。三ヶ月間は収入がないわたしだっていつの日かサポートを求める対象になりうる。まあいい。走れるうちに走る。飛べるうちに飛ぶぞ。

単なるドネーションではなく物として価値ある物を難波ベアーズには作って欲しい。故郷を思うそんな勝手な気持ちからコンピレーションを作ることを山本精一さんに提案し、二日でメンツが組み上がった。参加して欲しいアーティストに話すと皆二つ返事で、この二日間でこんなメンツが出揃うのは場所の持っている磁場であり、資本主義に対抗できる一つの確かな価値だと思った。

わたしは難波ベアーズのオーディションでその音楽キャリアを始めた。オーデションと名前のつくものを受けたのは後にも先にもこの一回きりで、きっとこの先もないだろう。本当にわけのわからないアーティストだらけで、東京の奴にわかられてたまるかという謎の風潮があった。

だからその頃のわたしはライブでMCをする奴なんて媚びていると思っていたし、打ち上げにいくなんて媚びていると思ったたし、自分たちのレーベル以外から出すなんて媚びていると思っていた。そんな屈折したマインドが屈折していることにも気づかず自然といられる場所、それが難波ベアーズだった。

冷房がやたら効いていて、静かなうたものなんかを聞き終わると必ずトイレに行きたくなる。

照明は白と赤の二つ。たまにスタッフが人力でスイッチをカチカチやってストロボを作ってくれるから正確にはパターンは三つ。一番最近にでたのはKID FRESINOとGEZANのツーマンで、フレシノギャルがインスタにあげようと頑張っていたが暗すぎて何も写っておらず何度もトライする涙ぐましいシーンが記憶に新しい。

山本さんには色んな時にお世話になってて、思い出されるのは2011年、前回のベアーズオムニバスのコンピレーションのレコ発を心斎橋クラブクアトロでやった時だ。人とのコミュニケーションが今よりも格段に下手だったわたしは大トリのGEZANのライブ中にオシリペンペンズのモタコと喧嘩になり、なんか知らないけど便乗して入ってきたクリトリック・リスのスギムなんかも交えて乱闘になった。なじりあい、つかみ合い、もみくちゃになって、混乱したモタコはなぜかフロアでうんこをしようとした。意味は不明だ。もはやカオスを極めてシーンと白け切ったフロアで、急に山本精一はステージの脇から出てきてマイクを掴み、叫んだ。

「ベアーズなんてこんなもんです!」

そう言って床にマイクを叩きつけて帰っていった。反響するマイクと短いハウリングの中、そのイベントは誰もが固唾を飲むようにして幕を閉じる。

楽屋に帰ると当時ペンペンズのドラムだった迎さんがニコニコしながら近づいてきたから、こういうのもおもろいな！　とか言って握手でもされるのかなと思ったら胸グラを掴まれ「うちのボーカルに何してんねん。殺すぞ」と壁に頭を押しつけられた。気道が塞がり呼吸が苦しくなりながら「いいバンドだな〜〜」と感心したのを覚えてる。わたしはわたしで謝らなかった。

山本さんは「音楽なんてこんなもんやで、殺し合いやで」と居酒屋で励ましてくれた。それがどういう励ましなのかは今でもわからないが、励まされたのだから励ましなのだろう。

時代は急を要している。無益で、資本主義の中で力のないものは振り落とされる。白と黒の間にあるグレーはどちらかに振らされ、その曖昧さはないものにされる。

いくらいくらお金を集めるとか、何人集客したとか、数字が飛び交い続ける中で、誰の何の役にも立たず、何も有益なものを生み出さない時間や物がいかに大切か。わたしはどれだけ困窮してもそれを捨てたくない。自分たちはあの場所で鳴らされたディストーションの子ども。

人のほとんどいない平日のフロアで床を這いずり回って、言葉にならない声で叫んでる顔も知らない奴のあのシャウトをないものにしたくない。

本当はサポートなんて言葉、大嫌いだ。続いて欲しいから買う。そこにいく。聞く。当たり前のことが当たり前にあるだけでいつだってシンプルだろう？

お願いなんかしないよ。自分で考えろ。わたしはわたしがしたいからした。それだけだ。

ちなみにこのコンピレーションを企画したわたしたちに山本さんは「財布一緒に探してあげてよかった」と言っていたらしい（笑）。

何の話？　でも言われてみるとなくした財布を一緒に探してもらった記憶がうっすらと思い出されてきた。

そしてそれは思い出せたとて断じて関係がない。

そうこうしてるとペンペンズのモタコからメールがきて、開くとベアーズコンピに参加したいという打診だった。めちゃくちゃいい曲ありますと添付されていた曲は全編「全員転校生〜」と言いまくってる曲だった。

歴史は交錯し、新たなページがめくられる。続いていく限り新たなドラマは展開されていく。小説や映画なんかよりよっぽどドラマチックだ。その白紙のページが楽しみでたまらない。その白色に垂らす赤いインクを思うだけで、この一人の部屋での戦いもなんとか生き残れる。

## 4月8日

ただお金を集めるということだけでいうのであれば、クラウドファンディングの方が良かったのかもしれないと思った。この際、手段など選ばず必死さをアピールできた場所に軍配が上がる、そんな事態の切迫にわたしはちゃんと疲弊しているのをベアーズコンピの告知を終えた今、感じていた。人気投票が可視化されるこのシステムに疑問はあるが、やはり使い方次第で大きな結果を生むこともあるようだ。

わたしは誰かに分け与えるような慈悲に溢れた人間ではなく、汚れているし、人に迷惑をかけて、愛をもらって生き繋いできた。その与えてもらうものが、人との接触が止まった今、底をつきかけているのを感じていた。もう抜け殻になって、部屋でぼんやりしている。消えかかった陽炎のように情けなくただ揺らめき、時代の波にひたされ、溺れていた。

GEZANのスタジオ練習も止まり、エネルギーの捌け口を失っている。そのこともきつい。嫌でも鬱でもスタジオでの練習日はあり、そこで鳴らしていること自体が運動で、ストレス発散にもなっていたのだ。

街の至るところにあった穴蔵から音楽は消えて、その会場はいつもの部屋になった。インスタグラムのライブ配信機能を使って弾き語りをしているミュージシャンはこの時期一気に増えた。皆それぞれが自分の持っている声と向き合い始めたのだな。わたしにとって歌とはなんだろうか。

ＳＮＳから離れた方が心は安全だということを知りながら、この四角の画面に釘付けであることから逃げられない矛盾の中でわたしの目頭は疲れていた。きっと、この自粛の時期、そんな風に目が悪くなってしまう人もたくさんいるだろうな。

じりじりと静寂が燃える中、わたしは一人ぼっちで、もはや廃棄される直前の鈍い肉だった。

## 4月9日

朝、十時前の時報で目を覚ます。自粛を呼びかけるアナウンス、ベランダから外をのぞき、その放送を聞いたが、そのあまりに晴々とした景色が緊急性を奪っていく。天気一つで気分は入れ替わる。重苦しくまとわりついていた重低音は消え、わたしの視界には二酸化炭素の減った世界で青々と呼吸する木々が見えた。わたしはその一つ一つの葉の煌めきに憧れた。

もしも目が悪くなっても、この景色だけは感じ取れる分の視力は残しておきたい。わたしはiPhoneのアプリからツイッターとインスタグラムを削除した。

時にはそんな風に自分を守ることだって必要だろう。心がすり減るのは目に見えないから、そのまま働かせすぎる。

わたしはちゃんと怯えることにした。わたし自身がウイルスなのだということに。そしてその性質は自分の体だって平気で破壊するという可能性に。

## 4月10日

いつも散歩している家の裏の団地に向かう。この都営集合団地はオリンピックの駐車場にされる予定で、一斉に全員退去させられたが、延期により工事もされず都市の真ん中にぽっかりとスポットのように空いていた。団地の庭に咲いている花に水をあげに来るおばあちゃんに聞いた話だ。彼女とはほぼ毎日会っていて、わたしはというといつもそこでお弁当を食べていた。今日も会ったけど、距離を大きくとって大きな声で話した。「お互い大変ね」と笑っていた。人と会うだけで、こんなにも心はほぐれるのだ。

三密というコロナ感染の条件もクリアしているし、相変わらず、わたしはそこでご飯を食べている。桜は散りかけているが、様々な草花がこの時期、キラキラと存在をきらめかせていた。ため息くらいつかないと本当にやっていられない。

iPhoneを開くと、踊ってばかりの国の下津と青葉市子から同時にメールが来ていて、昨日作った曲だとそれぞれ書かれていた。下津の曲はDeep Riverというみたいだ。市子のは無題。どちらも緊急事態宣言とは全く関係のなさそうな雰囲気で、市子はスーパームーンの方にピントがあい、歌われていた。二人らしいなと思う。どんな時もその人でいるというのはそれだけで優しいと思う。

この時期、色んなところで歌ができているだろう。実際、SSWが曲をSNS上にアップしているのもたくさん見た。自分が監修したコンピやライブハウスのドキュメンタリーを見て「自分なんて歌しか作れない」と悲観したメールがいくつか届いたけど、音楽家が音楽を作る以上に綺麗なことはないんだよと思う。とても真っ当な姿だ。

空を見上げると、ここは飛行機の通り道になっているのだろう、頭上を飛行機が通りすぎていく。国内線は止まっていないから当たり前だけど、こんな世界に何を運んでいるのだろうか。わたしも連れて行って欲しい。そんなことを飛行機を見る度に思う。

そんなことを思いながら、部屋に帰って久しぶりにＥコードを鳴らしてみた。震災の後も思ってた。歌なんてそんなものこんな時に歌っても仕方ない、だとか、無力さに悲観したくない。無力である美しさは何にも替えが利かない。その美しさを保つためにわたしは戦うつもりでいる。

## 4月11日

コンビニのレジに飛沫対策のシートが張られている。コンビニ内で他人とすれ違う時、緊張感が走る。こんなこと初めてだ。人と会うのが怖い。保険証もない雑な生き方をしてきたけど、わたしは命が惜しいんだなと知った。

## 4月12日

前日遅くまで、新しい小説を書いていた。今やれることといえば文章を書くことくらい。不思議なほど音楽を作る気が起きない。寝ぼけた頭で昼過ぎまでぐうたらしていると、部屋のチャイムが押され、ドアをあけるとチルドの宅急便だった。

熊本の友人、ノアともくれんからで、冷えた段ボール箱を開けると中から冷凍したカレーやほうれん草と共に、十歳になるもくれんの手書きで「コロナにかからないお札」が同封されていた。

なんだか急に届いた優しさに泣きそうになってしまった。

「わたし疲れてるんだな」もう一方の冷静な頭で、体と心のことを思う。

レンジで温めて食べた久しぶりに人の味のするご飯は心をポカポカに温めた。一番今欲しいものだった。マスク二枚を配布するだとか、ふざけた人間が利権まみれでコマを動かしコントロールする政治よりも、わたしにはこの温度あるカレーの味こそが政治と呼ぶのにふさわしいと思った。

ちゃんと社会というものが存在するんだと思った。一人だけど一人じゃないんだと思えるその時間は貴重だった。

わたしは壁に「コロナにかからないお札」を貼る。

もう、きっとコロナにかかることはないだろうと思った。

ありがとね、もくれん。ありがとう、ノア。

## 4月13日

どんどんと感染者数は増えていき、上昇の一途を辿っている。外になど出れずにみんな一人ぼっちだった。

今日は朝から低気圧で、体の節々は重く、カーテンを開けるとひどい雨だった。取り込み忘れてた洗濯物に手をかけるとぐったりと濡れていたから諦めて、そのままにした。

あまりに部屋にいすぎて、ずいぶんと手にとっていない友人のＺＩＮＥなんかに手が伸びる。ペラペラとめくっていると、もう戻れない日々がそこには詰まっていたりして、なんだか胸がいっぱいになった。その頃当たり前にしていたノリだとか、そういうものは時の流れの中で凶器になって今の自分に襲いかかってくることもある。当たり前の顔して襲ってくるから怖いよ。

たまに流れてくる昔のGEZANの動画なんかで、やめたバンドメンバーとはしゃいでるところを見ると心がざわつく。オリジナルメンバーのドラムのシャークとは最後のライブでステージから降りた瞬間から一言も話していない。今はご飯屋さんで働いているらしいけど、友達はいるのだろうか？　彼が音楽以外の友達と遊んでいた記憶が全くなく、ライブハウスに来ている話も聞かないから、勝手に不安になったりする。だいぶ前になるが、明大前の駐車場でスケボーのオーリーの練習を一人でしている姿が目撃されたと情報が入ってきた。どこかで元気にやっているのならいいのだけど。

思い出は残酷で、その一生懸命生きた綺麗な時間は自分を追い詰める。それは何も音楽に限った話ではなく、恋人や友達、家族にも同じことが言えるだろう。

時間を記録する。そのことが凶暴なのは、その美しさの裏返しだろう。当然、この日々だっていつか思い出す。皆窓から外を見ていたこの時間たちのこと。いつか綺麗な思い出にするために、今はなんとか生き延びなくては。

## 4月15日

コロナは全ての人に平等に感染するという言い回しに疑問が生まれる。こんな中でもバイクで、自転車で走り回っているウーバーイーツの兄ちゃんや、電車通勤を続けざるを得ない人と自宅で仕事できる人とではその置かれた状況に違いがある。事実、アメリカで黒人の感染率が高いのは、裕福な白人が外に出られない分を黒人が負担しているからだ。そんな犠牲の上に成り立った#STAY HOMEのタグに違和感を感じる。

家で家族と過ごす時間が増えて幸せだと言った友人がいたが、他方で家での時間が増えたことによって増加している虐待の問題もある。経済の損害を受けた人とそうでない人とではこの自粛によって訪れる静寂の意味は違う。

この世界のレイヤーは何層にも分かれていて、フラットなんてものはないことを改めて痛感している。

## 4月18日

去年、全感覚祭に参加してくれた山形のじゃがいも農家の方が困っているという話をベースのカルロスから聞く。学校給食に出荷するはずだったじゃがいもが全て出荷ストップになり大量に余っているらしい。それと時を同じくしてご飯の行き渡らない貧困の子どもが増えているという話も聞いた。

集合ができないためホームレスの炊き出しもストップされているみたいだ。それを聞いて思い出す、わたしの友達の顔がある。ニュースの向こう側で話す行政の見解は概念の話ばかりで人の匂いがしない。

廃棄している食物と、必要としている人が同時に存在し、本来ならその行政が凸凹を解消するべきなのだが、その動きはいまだに始まる気配はない。そうしている間にもお腹を空かせている子はよりお腹を空かせ、雨風をしのいで一年間かけて作ってきた食物は食べられることなく腐っていく。

わたしはそんなもの同士を繋ぐプラットホームは作れないかと提案した。ご飯だけではない。料理が得意な人は料理を、歌うのが得意な人は歌を、そういった得意なことを交換し合うことができるプラットホームが必要だと思ったからだ。加速し続けるお金の話に心がすり切れていた。きっとそういう人も多くいると思った。

## 4月20日

Zoomでミーティングするも思ったようには議論が進まない。いつもなら、言葉を話すとそこに温度が乗って駆け上がるのに、その温度が剥奪されて、思うように話が進まない。勢い任せで進めてきたGEZAN主宰レーベルである十三月はその翼を完全にもがれていた。

ご飯をシェアできるようなオンライン上での炊き出しはできないかという提案も衛生面に異常に厳しい今の状態では難しいのではないかと却下される。世界レベルで広がったコロナによって、自国の消費分でいっぱいの国々が、輸出を制限するというニュースを見る。輸入に頼っている日本には当然、これから深刻な食糧危機が来ることが予測できた。わたしたちはそのことを考えなければいけない。その思いがわたしを急かし焦らせる。

アイデアを出すのはわたしだが、一存で全く決まらない今の十三月の組織は相互で監視しあえるという意味で真っ当だと思っていたが、やはり、その思うように進まない速度感にひたすらイライラする。

Zoomの画面を切ると、冷えた部屋に一人ぼっちだった。泣きつく相手もおらず、わたしは人と話す時に発生するエネルギーについて思いを馳せた。苦しかったけど未来に連れていくべき感覚とは何か、わたしやわたしたちには考える必要がある。

## 4月21日

暇すぎてインスタライブとやらに手を出す。踊ってばかりの国の下津がずっとやっていたから流し目で見ていたけど、心のどこかで、わたしはこんなに歌いたくて仕方がない状態になるはずもないし、関係のないコンテンツだと思っていた。生粋のＳＳＷとは違い、歌うわたしの心も体もうんと重いのだった。

二十一時半頃下津とメールしながら、やってみる？　となり急遽二十二時からはじめた。

思いの他、気分転換にもなり、途中で青葉市子も参加して歌ったりしながらだらだらと三時間過ごした。画面から流れる音は最低だったけど、それでいいと思わせる何かがあった。部活の合宿の夜、就寝時間をオーバーしてトランプなんかをしてた中学時代をふと思い出す。

ただコメント欄に流れてくる言葉はデリカシーがなくうざったいものも多かった。市子と話している時に二人は付き合ってるの？　とか。そのまるでツレかのような反射速度に、歌っている最中にイライラしたりもした。もともとＳＮＳ上で飛ばし合うリプライには不信感があり、バーチャルな世界で飛ばされた失礼な発言を、現実で会った時に目の前で言わせて詰め寄ったことが何度もある。

対面で言えないようなことを言うべきではないと常々思っている。言葉だってその飼い主を嫌いになり復讐することだってあるよ。言霊はどんなところにでも存在する。この絶え間なく広がる分断はそうやって雑に扱われすぎた言霊の反乱に思える時がある。

## 4月23日

人にあいて〜。

**4月24日**

HITONI AITEeee.

**4月25日**

誰かに褒めてもらって自尊心を保っていたのだな。ベランダに置いているプランターに水をあげる。今はその小さな実感を大切にする。草や木は優しいけど褒めてはくれない。

**5月3日**

わたしの自主隔離ライフは、だらしなく、昨日と今日の境目も曖昧になるのに加えて、政府のわけのわからない対応で完全にファンタジーの世界にいる。GTOを見てふつうに泣いちゃうくらいにわたしのメンタルは底の底でシンプルに最低だ。

ベランダから見る景色はいつも同じで、見飽きたわたしはベッドの上に横たわり、真っ暗な部屋の中で長方形の液晶画面にしがみつき、駆け巡る情報を追い、怒り、そして祈る。

ニュースサイトは今日の教会になった。

このパンデミックが明らかにしたのは都市の限界だ。人口過密で、合理主義を最大限まで加速させた社会の仕組みは背後からモルヒネを打たれ続け、わたしたちは麻痺したまま満員電車に乗り、競争し、誰もが何かに敗れ、そして疲れた。

資本主義経済の限界を突きつけられてもなお、その資本主義の中でツケを払うことをせがまれ、乱発するクラウドファンディングとSAVEという文字にだんだんと疲弊していく。サポートする順番をつけ、口座残高と相談し、振り込んでも次々と届く救いを求める声に、ついにはミュートして、やっとおとずれた静寂は罪悪感を煽りたてる。

なんて無力なんだ。

わたしは手にとったギターを壁に立てかけるとビンと弾けて弦が一本切れた。

わたしが住んでいるこの街の速度を奪われた今の姿を見ると、本当に何の魅了もない大きな空洞で、わたしたちは灰色の虚無に向かって必死で金をbetしていたことがわかる。その空洞から風が吹き込み、問いかける。

「お前は一体なんなんだ?」

わたしは何に参加させられ、何と戦ってきたのか、この静寂の中で考えていた。気を許すと簡単に絶望できてしまえるその時間の中で、来るべき未来に何を連れていくべきか、何を破壊し、何を愛すべきか? 怒ることも連帯することも、その前提として自分自身でいなければいけない。でも、一人ぼっちの狭い部屋のはずなのに、飛び交う様々な声に犯され、わたしは迷子だった。

わたしの体にわたしを取り返さなくてはいけない。

わたしたちは恵比寿LIQUIDROOMの屋上に十三月農園をつくることにした。全感覚祭を全感覚菜として、それぞれのベランダに彩を取り戻すための家庭菜園のプロジェクトを始める。わたしたちは野菜や花の種や苗の詰め合わせをつくり、オンライン上の投げ銭で手に入るようにする。個として存在することが当初からのテーマなので、去年に引き続き、ご飯のことを考えるのは真っ当なことなのだけど、ついに土いじりまでたどりついてしまった。チーム十三月はその農園に向けて、今は廃棄されたタンスや棚を集め、プランターを作っている。ライブハウスが営業ができていないこの時期を狙って土を屋上にあげ、花や野菜の栽培をはじめる。十三月農園でできた覚野菜は基本的にフードフリーで食べれるようにできたらという希望がある。

忘れもしない、昨年の全感覚祭を直撃した台風の大量発生。気候変動によって積もらなかった雪、そしてこの新型コロナウイルス。わたしたちがいかにこの世界と関係し、その影響を与え、あるいは受けているか。緊急事態や異常は今や日常になり、この環境破壊に加担し続けることはさらなる予期せぬ事態を生み出すことはそれぞれがうっすらと感じているところだろう。そしてその結果が生み出した未来は何食わぬ顔で、大切な人や場所を奪っていく。

それぞれの部屋やベランダから、世界と自分との関係性を問い直す。そして、そんな環境下でも食べ物が作れることは都市生活者にとって未来的な実感になるはずだ。

世界規模で広がった新型コロナウイルスによって輸出が制限され、自給率の低い日本では物価が高騰し、流通しなくなるという食糧危機が予想されている。その時、自分にとって食べ物の存在が一体どんなものなのか、その実感を持っていることは、今後様々な選択をする上での強力な灯台になるだろう。

いつかベランダでできた物をそれぞれが持ち寄って、フィジカルで会える全感覚祭では石原軍団の炊き出しみたいな巨大な鍋なんてやれたら最高だし、その想像だけで、個人的にはこのキツイ時間も頑張れる。

SHOPで投げ銭で送る詰め合わせのパックの中には粘土団子なるものを封入する。自然農法の福岡正信さんの発案した粘土の中に複数の種が入っている団子で、発芽するかどうかや、その時期もバラバラ。それぞれのベランダから都市とセッションをする。

そもそも、家賃ってなんだ？　この土地に線を引いたのは誰なんだ？　勝手に引いた囲いの中で、我々が生まれるよりももっと前からそこに生えていた花や種、植物の全てを管理しようとし、利権を絡ませ、それらしい建前だけ用意して、値札を貼っていく。針の振り切れた人間の傲慢さがこの全ての現象の根元を作ってるという意味で、今感じる悲しみや怒りの全ては人災だと思ってる。

ただ、これは生態への影響など不確定な要素も多く、粘土団子にいれる種などは選定方法についても徹底した審議が必要だった。

まずはベランダから、そして次はベランダから見える景色や家から駅までの道、その景色を変える。ベランダでなった種は翌年、空き地にまいたり、Pay It Forward、一つ隣にいる友人にシェアする。色と色が連鎖し、街に新しい絵を描く。

与えられた仕組みや悪政に思考停止のまま運ばれ、絶望をインストールするだけでなく、半径一メートルから自分の生きる景色を変えてみる。その新しい時代のデザインとは、人間のエゴを可視化した今の都市のような物ではなく、もっと懐かしく美しい色をしてるはずだ。

それぞれのベランダで、屋上で息吹く声が聞こえたら、空には境界がないから自ずと連帯し、その孤独な声の集積はやまびこのように、ビルとビルの隙間で反響する。

まあ、なんと言っても楽しみたい。だって、土から芽が出て毎日成長するんだよ？　冷静に考えたら普通にすごくない？　こんな空洞な都市でもそのことが証明できたらやっぱりそれは尊いし、恐れずに言うなら、小さくても、ちゃんと革命だと思う。もちろん都市以外でも、見えるいつもの景色に小さな変革を起こす。

わたしたちは初心者丸出しで、ギターでいうところのＦコードを「指いてーー」とか言いながら押さえてる段階だ。どんどんと関わる人や場所が増えていけば嬉しい。使える屋上、空いてる土地、だぶついている種や苗。枠組みや仕切りなんてどうでもいい。全感覚菜という言葉だって胞子のようにどこに飛んでいき、どの地で芽が出てもいいのだ。ウイルスのようにシームレスにどこまでも広がって、それぞれの街のそれぞれのベランダで花や芽が出るイメージだけを共有する。リーダーやルールなどいらない。自分の見る世界やその景色を自分でデザインする。わたしたちはいくつもある最初のキッカケの一つをファシリテイターとして調整する。

大切なのは同じ時代を生きているということ。同じ台風に怯え朝を待ち、同じ目に見えないウイルスに怯え、同じ月を見ている。それだけあればわたしたちは孤独なまま、それぞれが違った考えのまま、それぞれの家から連帯できる。フィールドはこの液晶画面上ではなく、それぞれのステイホームしてる家から見える世界。

食べ物は、生まれたところや皮膚や目の色で差別などせず、ただ、目の前の存在を生かす。わたしは自分自身が小さく苦しく思えるほど、食べ物のことをかっこいいと思ってる。

憧れるなー。色んな色や形に育ったりしちゃってさ。茄子の艶やかなカーヴとか、ジャガイモのワイルドさとか、トマトのギャル感とか、めちゃめちゃかっこいい。

花だって、何も言わずに、何の役にも立たずにあんな風にただ綺麗でいるなんてクールだよ。あれが本当だよね。そんな人、わたしの周りには数人しかいない。


そして、こんな時代にも笑える自分を取り戻せたら、このポスト・パンデミックの自主隔離の戦いにおいて、小さな勝ちだと言える。

その勝ちは誰のことも蹴落とさず、誰のことも傷つけない種類の勝ちだ。それは一見頼りなく思えるかもしれないが、お守りのように、打ち勝った一つの記憶になる。コロナ、パンデミック後にどんな世界がこの先待っていても、その記憶はきっと孤独な時間を支えてくれると思うからだ。

全感覚菜 MY HOME GROUND
自らの家をちゃんとホームグラウンドにする。これから未来で迫りくる想像もできない新たな戦いのシェルターになることを願って。

新しい時代でも生きて存在してることを、証明する。そしてその証明がいつか種になり、その破綻した灰色の街に色を落とす日を、想像する。

わたしたちはこんな時代でも幸せになっていい。【*】

わたしはそう綴った告知を出した。一日中、メールの対応に追われ、視力をさらに悪くさせる。気分転換に廃墟にいき、裸足になって月の光を浴びる。疲れてはいたが希望がある。わたしはその晩興奮して眠れなかった。

【＊】全感覚菜 MY HOME GROUND〜覚次郎の春〜 STATEMENT
https://zenkankakufes.com/statement/

## 5月4日

雨。低気圧には抗えない。天井を見て、寝返りをうち、うーうーと唸る。このまま六月の梅雨に突入したとしたら憂鬱が爆発して頭は吹き飛ぶだろう。全て何もかものやる気が起きない。

## 5月5日

緊急事態宣言が約一ヶ月間、延長になる。ライブハウスやクラブは大丈夫なのだろうか？　いくつか閉店の報告が回ってきた。

わたしは先日話を聞いたＬＯＦＴグループのうめぞうさんの話を思い出していた。ＬＯＦＴでは先日緊急事態宣言が出される前に感染者が出たことでマスコミから攻撃の対象にされていた。

うめぞうさんはライブハウスの現状を話した後にこう言った。

「そもそもステイホームできない奴らが集まる場所がライブハウスで、そういう想いからはじめたんだ」。

確かにそうだった。家にも学校にも居場所が作れず、夜の街に出て衝動のままにから回ってた中学時代、そして高校時代、そのはみ出した感性の逃げ場としての居場所をライブハウスに見つけた。わたしは歪んだ音で暴れたくてライブハウスの三密に逃げ込み、モッシュやダイブを覚えた。二十二時までにクラブに入りオールナイトのパーティーにも潜り込み危ない匂いを肺いっぱいにため込んで、次の日には眠たい目をこすりながら学校へ行った。

今、そういう奴らはどうしてるのだろうか？ エッジーな人らのほとんどがおうち時間を過ごす中で、気が狂いそうになっていることだろうと思う。

自粛をしないパチンコ店に行列ができ、その報道をすると、その噂を聞きつけたフリーク達が列をさらに長くさせた。わたしはある意味健全な不良の姿を見て怒りよりもその姿が不謹慎ながらも笑えた。日本のYOUTHにもめちゃくちゃする自暴自棄な奴らもいそうなもんだけど、スクワットでパーティーをやり続ける海外とは違い、目立った形跡はここまで届いてこない。

**5月6日**

ＵＡのために作った曲を一緒にラジオでやろうとなり、カナダと東京で同時演奏を探っていたけど難しくて断念して、収録になる。科学はこの距離の差を埋められなかったわけだけど、それでいいかなと今は思う。

**5月8日**

用事で渋谷に出ると人が全然いない。皆、ちゃんと怯えていた。わたしはそれは良いことだと思っている。

生きている実感や痛みを忘れていた我々へのメッセージとして、静かな時間をつたい、わたしたちに届く。

太古の昔、恐竜は優れた呼吸のシステムを持っていたことで、体は肥大化し力を得ていた。しかし、六五五〇万年前に落ちた隕石の衝突で地球が寒冷化した時、その肥大した体のため順応できずに絶滅したと言われている。今、生き残っているのは、その周りで弱々しく顔色をうかがっていた哺乳動物だった。つまり、生き残るのはいつも怯えた存在だったのだ。

この生きた実感を大切にし、未来を紡げたら、この自主隔離の時間も意味を持てるのだが、現実はさらにその合理主義を加速させる可能性を持っている。震災以降に加熱したエネルギーをめぐる議論も、今では平たく引き延ばされ、違うスキャンダルで上塗りされている。今回のパンデミックも強い反動で元の生活に立ち返ろうとする力が働くだろう。その際、より傲慢な方法で跳ね返ろうとする力が働く可能性は高い。そこに生きた呼吸や痛みの感覚は残っているのだろうか。今それを考えても仕方がない。ただ、静かな時の中で、この実感を覚えておこうと祈るだけ。ただそれだけ。

**5月10日**

十三月農園の準備でLIQUIDROOMの屋上に上がる。雑草がわんわん生えている。ここに野菜が生えているところを想像するとドキドキしてくる。

**5月14日**

配信のライブを表参道のWALL&WALLにて行う。キャンドル・ジュンさんの蝋燭に囲まれて歌っていると、違う世界にひっぱりこまれそうになった。歌うということは、境界と境界が繋がってしまうことでもあって、やっぱりインスタライブなんかとライブは言葉は同じでも本質的に違うということを痛感した。こうやってなんでもない夜を確かな実感にかえる。自分には歌が必要で、何にも替えがきかない。もっと遠くまで行きたい。音楽は羽をくれる。

**5月15日**

河原の土手でGEZANメンバーが久しぶりに集まって練習をした。皆、それぞれ大変なことがありそうだが、音を合わせるとその時だけはそんな表情は吹き飛ぶ。電池で動くアンプで音を出し、ドラムは落ちていた燃料タンクをバスドラにした。いつもの何分の一かの音量だが、音を重ねる喜びに体は跳ねた。やはりバンドはやめられない。唐揚げ弁当も美味しかった。美味しいという字に美しいという字が入っている理由が、この土手の夕暮れの景色を見ていてなんとなくわかった気がした。

**5月17日**

メンバーのカルロスが、バンドをやっているという理由で出勤停止になっていた介護職をいよいよ首になった。失業保険は出るみたいだが、なんとも悲しい気持ちになる。お金は生きる目的ではないが、ないと、生活は平気で揺らいでしまう。優しい奴が優しい自分の表し方を忘れてしまう。何に怒ればいいのかわからないこの感情をなんと呼ぼう。

**5月18日**

連日、ドキュメンタリーの撮影と編集。眠れない日が続く。誰に頼まれたわけでもないのになんでこんな大変なことをしているのだろうか。一緒に作ってるアキと白目を剥きながら恵比寿で徹夜する。きっとこの時期のことを何かに刻んでおきたいのだろう。あの時、あの頃なんて呼ばれる日々を生きている。そのことがわかるから。

この時間のことを意義ある未来に変えたいと思い、ドキュメンタリーのタイトルをＷＡＳＨからＷ·ｉＳＨにした。だってどんな形であれ、人生は続くのだから。

**5月22日**

LIQUIDROOMの屋上に土をあげる作業を早起きして十三月のスタッフとした。トラックで運ばれてきた土一トンを手で上げていき、地面に畝を作って肥料と混ぜる。日差しが夏の気配を含み暑く、屋上に吹き込む風は嘘みたいに澄んでいて、わたしはなんだかいいことがありそうな気がした。そんな小さな気配は誰にも邪魔させたくない。理屈がなくても誰にも文句は言わせない。

この先はやっぱり不安だけど、それでもその手触りを拡張していくしかない。提示された決定に振り回されるだけではなく、どんなことがあっても存在の濃度を落とさずにいられる、そんな方法をわたしが社会と呼ぶときに思い浮かぶ顔たちと創造することが、抵抗だ。
爪の先が真っ黒だ。汗をかいて、屋上で吸ったタバコがうまかった。
今日も「生きた」を続けていくしかない。わたしは今日も生きたぞ。

# コロナ下飯日記

**王谷晶**

日本・東京　2020年4月7日〜5月22日

## 王谷 晶

おうたに・あきら／１９８１年東京生まれ。著書『完璧じゃない、あたしたち』『どうせカラダが目当てでしょ』等。現在板橋区在住。１人暮らし。家賃・物価共に23区内最安クラスの下町飲み屋街にあるアパートで酔っ払いの怒声をＢＧＭに生活。コロナ禍以前から居酒屋と映画館に行く以外はほとんど部屋から出ずにシコシコ小説を書いているひきこもりがち作家。

## 二〇二〇年四月七日（火）

十年ぶりに炊飯器を買った。今までレンチンのパック飯で済ませていたが、コスパを考えると安い炊飯器と米を買っておいたほうがよかろうと判断。約三千円。炊飯と保温のみの極シンプルなやつで、炊きあがっても音も鳴らない。無骨なやつだな。さっそく五キロ千四百円で売っていたブレンド無洗米を炊き、納豆&生卵飯で夕餉とする。うまい。この組み合わせ、一生食える。ちょっとゼイタクして揉み海苔も乗せちゃった。夜、緊急事態宣言が発令されたとTwitterで知る。

## 四月八日（水）

実家から「帰省しろ」コール。簡単に書くとそれだけだが、さすが私の親だけあって複雑なレトリックを使い的確にこちらの罪悪感を引っ張り出し「帰らない私が悪い」というほうに話を進めていく。おめーら年寄りに感染さしたらやばいからしょうがねえだろ、と乱暴に話を打ち切る。レトリックに勝つものは常に野蛮さと暴力。あと体力。飯にレトルトカレーをかけて食う。飲み物は青汁。

## 四月九日（木）

マスク四六六おくえん。


ば〜〜〜〜〜〜〜〜〜〜〜〜〜〜〜〜〜〜〜〜〜〜

〜〜〜〜〜〜〜〜〜〜〜〜〜〜〜〜〜〜〜〜〜〜〜

〜〜〜〜〜〜〜〜〜〜〜〜〜〜〜〜〜〜〜〜〜〜〜

〜〜〜〜〜〜〜〜〜〜〜〜〜〜〜〜〜〜〜〜〜〜〜

〜〜〜〜〜〜〜〜〜〜〜〜〜〜〜〜〜〜〜〜〜〜〜

〜〜〜〜〜〜〜〜〜〜〜〜〜〜〜〜〜〜〜〜〜〜〜

〜〜〜〜〜〜〜〜〜か！！！！！！！！！！！！！

！！！！！　と憤っているうちに一日が終わってしまった。飯にサバ缶（水煮）を乗せて食う。

## 四月十日（金）

たまにはまともなおかずを作ろう。厚揚げとしいたけを一口サイズにカットし、ストックしてあるニンニク&トマトのレトルトパスタソースで煮込む。洋食っぽいが、仕上げにめんつゆを隠し味程度にひとたらしするのがコツである。これで和の食材と洋のソースがリンクする。しかし洗い物が増えた。外食せずにずっと家で飯食ってるからなんだけど。今住んでる街は二十三区内屈指の物価と家賃の安さを誇る平和な貧民街で、家飲みよりも安くつく居酒屋やワンコインでおつりが来て腹いっぱい食える中華屋なんかがもりもりあったので、引っ越してから十年、私の食生活もそれらに頼り切っていた。これ単身でもめんどくさいのに家族で生活してる家とか食洗機or DIEだろうな。

## 四月十一日(土)

政府が全力で「平民は死ね、貧乏人は死ね」というメッセージを公的に発し続けている。やばい電波とかではなく、マジでこの政府は庶民の命なんてどーでもいいと思っているのがありありと分かる。疲れたのでピザ頼んでしまう。クーポンで半額、ありがとうドミノ・ピザ。脂と炭水化物を体内に押し込むように摂取していると、パワーと言うか空元気が湧いてくる。ような気がする。

## 四月十二日(日)

実家(自営業)のあんばいがヤバくて頭が死ぬほど痛い。というタイミングでクソバカ首相が犬と自宅でくつろぐ動画が流れてくる。思わず本棚にある『アナキスト・クックブック』に手が伸びそうになる。ソーシャルディスタンスの世界じゃ火炎瓶も投げに行けねえ。なんてクソな世の中だ。怒りのまま、丼飯にバターとキムチを乗せてかっこむ。

## 四月十三日(月)

B'zがライブ映像を公式YouTubeチャンネルで公開していた。サブスク解禁してくれや。ステイホームのためにいろんなアーティストや劇団が映像や音源を開放している。ホームにステイできている私はそれを見るのがうしろめたい。みんななんでもかんでも無料で娯楽を摂取するようになって、この後どうすんだという気も娯楽産業の末端工員として思う。厚揚げとえのきのポン酢炒め作って食う。

## 四月十四日（火）

コロナの検査のやつ、あの長い棒を鼻の奥まで入れるやつ。似たようなことを昔週イチでやっていた。蓄膿症の治療で。けっこうね、スルッと入るものなんですよ。思った以上に奥まで。それが余計になんかイヤな感じがするんですけど。味の付いた飯が好きなので、今日は鶏めしの素を使って炊飯器で飯を三合炊き、二合くらい食ってしまった。食い過ぎ。

## 四月十五日（水）

ラクトアイスが好きだ。ダッツとかのリッチなアイスクリームより、ぽくぽくした口当たりのやっすいラクトアイスが嬉しい。今日のアイスは「爽　純喫茶風プリン味」。ほとんど外付けオフィスみたいに使っていた近所の喫茶店にもしばらく行っていない。飯もコーヒーもまずいしゴキブリがしゃなりしゃなりと床を歩いているような店だが、煙草が吸えて何時間でもいられるのがありがたかった。ところで禁煙してます。ハッカの禁煙パイポ買ってきたけどくちさみしさの解消にはまあなる。

## 四月十六日（木）

ここしばらく半分だけ頭を剃り上げるサイドシェイプモヒカンにしていたのだが、官邸に文句メールを書いているうちに内なるトラヴィスが抑えきれなくなり、バリカン握って風呂場でフルモヒカンにしてしまった。ユートーキントゥーミー？　飯を炊き、レトルトのタイカレーと目玉焼きを乗せて食う。

**四月十七日（金）**

いろんな漫画や本がKindleやアプリで全巻無料を繰り出している。クソほど忙しいのに『銭ゲバ』を読みふけってしまった。ここで綺麗に終わらずにずっこける続編（『銭ゲバの娘プーコ』）が存在していること含めての無常観。なんかやる気出ないので食パンにマヨネーズぬったくって水で流し込むとか、だらしないエサをだらだら食う。

**四月十八日（土）**

じゃがいもを薄く切ってフライパンに並べて油ひいてじっくり焼いて、火が通ったらチーズ乗せるやつを作る。タマネギとかニンニクも足す。猛烈に酒が飲みたくなる味。最近あまり家で酒を飲んでいない。意識しているわけでなく、だいたいずーっと仕事してるのでタイミングを逸してるのだ。前は酒の力を借りて書く！　とか豪語してたが、それができるのはせいぜいアイデア出しの段階で、もはや体力の低下しきった中年の今は酒を飲むと酔いにパワーが吸い取られ作文する気力が残らなくなってしまう。ので、ここんとこずっとシラフだ。飲んでも風呂上がりに缶チューハイ一本とかそんなもん。衰えたと取るか落ち着いたと取るか。

**四月十九日（日）**

寿司が食いたい。海鮮に飢えている。レトルトとか買い置きできるもので食生活を回していると、鮮魚に最も縁遠くなることを実感。寿司。寿司よ。嗚呼寿司よ。光り物と白身が好き。十代の時、小汚え寿司屋でバイトしててそこの店長がケツを触ってきたりして最悪だったのだが、寿司にトラウマが残らなくてよかった。辞める前にスキを見て退職金と慰謝料代わりにネタケース開けて大トロとウニを食ってやったのを思い出す。しかし、どんなにトロが食いたくても冷蔵庫には入っていないので、エノキと長ネギとツナ缶を炒めて卵で閉じた名前のない丼ものを作る。見た目は非常に悪いが、うまい。

**四月二十日（月）**

給付金十万円が決まったというニュース。おっせえし十万一回こっきりで足りるわけねえし、どうせ配るなら一度に三十万くらいやったほうが手間もかからないと思うんだけど、そういう「道理」がクソ高い給料貰ってるクソ政治家クソ官僚には通じないのがクソ歯がゆい。今ここにギターがあったら、今わたしが十代だったら、パンクロッカーになるしかない。しかし腰の痛い三十九歳なので、ネットでクソボケアホゴミゲボとわめく。言葉遣いが汚い？　上等だくそったれども。キレイキレイにやさし〜く言って、クソ野郎どもが耳を傾けたためしがあったかよ。しかも、給付金の振り込みは世帯主にまとめてとか抜かしてやがる。ウルトラマンくらい巨大化して国会議事堂の上でウンコをひる妄想をしながら官邸に呪いのメールを書く。カルト集団の世帯フェチ世帯プレイに付き合わされる義理はない。ファック、家父長制。怒りに燃えながら厚揚げに納豆とキムチを乗せて食う。

**四月二十一日（火）**

月に二回は行っていた愛するやきとん屋がテイクアウトを始めたというので、散歩のついでに買いに行く。昼と夕方の間くらいの街はふつうに人通りも多く、子供とかもうろうろしてて、あまりにもふつうだ。私もその光景の一部になっている。地元でも評判のうまい店なので、テイクアウトも繁盛しているようで、店の前の道路は焼き上がりを待つ人が何人も手持ち無沙汰にぼーっと立っている。微妙に間隔を開けながら。注文を二回も間違われ、お詫びとしてひじきの煮付けを一パックおまけしてもらう。夜中のおやつで最後のアイスを食ってしまった。

## 四月二十二日（水）

急にやけくそな気持ちになり、パスタを二百五十グラムほどうでて一気に食ってしまう。ソースも市販のガーリックトマトをただ掛けただけ。糖質制限とか知ったこっちゃねえ。デュラムセモリナ粉のエネルギーが全身を駆け巡る。夕方、実家から野菜が届く。

## 四月二十三日（木）

昼、菜花とツナ缶、ニンニクでパスタ。夜、ゴーヤチャンプルー。異様に食欲がある。生理が近い。若干熱っぽいのもたぶんＰＭＳだろう。

## 四月二十四日（金）

支払いやその他もろもろ銀行まわりの用事があるので部屋から出る。幸いどこも混んでいなかった。人通りはまだけっこうある。昼飯、久しぶりにマックでも買うかと思ったらめちゃくちゃ行列していた。密に。諦めて一番近所のスーパーで鮭弁当買って帰る。ＰＭＳで一日中眠いし腰がクソ痛い。締切まであと一週間。尻に火がつくと言うが、こういうときの気分は、ライターの弱い炎で脳みそをじっくりと炙られている感じだ。ホルモンのシロコロのように、温められた脂肪分がじゅわじゅわと泡立って耳や鼻から滴り落ちていくイメージを思い浮かべる。店でホルモンを食いたい。一人用のコンロの前に座って、メガハイボールを片手に、時折味噌キャベツをかじりながら。

## 四月二十五日（土）

可燃ごみを出し忘れた。ファック。生ゴミもそろそろ放置するとやばい。昨日あたりから四月らしい気温になってきた。目覚めた瞬間から頭から「マック」の三文字が離れない。ホルモンが私にジャンクフードを食えと囁いている。冷蔵庫にはヘルシーな食材がまだたっぷり入っている。十分くらい逡巡し、結局ウーバーイーツを召喚する。直接手渡しでなくドア前に置いておいてもらえるようになっていた。そのようにしてもらったがこれだとチップを渡せないことに後から気付く。配達完了した旨アプリで表示されているのに何の音沙汰もないので部屋の外に出てみると、私のエグチとナゲット十五ピースは隣の部屋のドアの前に置かれていた。

### 四月二十六日（日）

昼飯はちょっと贅沢に、トップバリュの低糖質キーマカレーの上に同じくまいばすけっとで買った冷凍デミグラスソースハンバーグを自然解凍させたものを載せていただく。食いながらTwitterを見ると吉本芸人の岡村隆史が「コロナで困窮した美人の素人が風俗に流れてくるのが楽しみ」という旨のバカクソゴミ発言をしたというニュースが目に入る。こういう頭蓋骨の中にザーメンが詰まっている人間は一生人糞がたっぷり詰まった靴を履いて暮らさないといけない刑とかに処してほしい、と思いながらＢＰＯに抗議メールを書く。

### 四月二十七日（月）

乾麺の蕎麦をうでて冷水で締め、納豆と海苔を乗せてめんつゆを回しがけし食す。冷たい麺がうまいと感じたとき、その年の夏が来る。いつも夏の到来は麺より遅い。夏になったから冷たい蕎麦を食おう、ではなく、無意識下において茹でた蕎麦を「冷やし」にし、ひとくち啜り込んだところで初めて、夏に気付く。八年くらい使ってるパソコンの動作がヤバい感じになってきたので、ひーひー言いながら楽天で三万の中古のデスクトップ買う。三ヶ月くらいもってくれれば御の字の気持ち。

**四月二十八日（火）**

夜中にわーっとなって、深夜営業のスーパーに飛び込み、顔よりでかいカナダ産のステーキ肉を買ってしまう。生理のおでまし。本来なら二、三日ボーッとしてたいが、そうもいかないので腹痛もろもろが悪化するのは諦めてカフェインや甘いものを一緒に買い込む。まー家で仕事できるだけマシだ。勤めしてたときは休んで嫌味言われるかゾンビみたいな顔で出社して嫌味言われるかのどっちかだもん。個人事業主サイコ〜！　正直在宅フリーランスの生活が快適過ぎて、小説家として売れなくなってももう普通の仕事はできないと思う。

**四月二十九日（水）**

きのうのステーキ肉を常温に戻し、包丁の背で叩いて叩いてスジを切ったのち焼く。うん。普通。「ガストよりちょいマシ〜ガスト」の間の味。さすが四百グラムくらいあるのに千円しなかっただけある。半分も食わないうちに脂と硬さで胃と顎がギブアップしたので、残りはサイコロにカットし、大豆の水煮缶とタマネギとトマト缶と一緒に煮込み、ブラジル料理のフェジョアーダもどきを作る。明日はこれを昼飯にしよう。

**四月三十日（木）**

きのうのフェジョアーダを温めなおして食す。めちゃくちゃうまい。家にあるスパイスを適当にぶっこんで作った複雑なスパイシーさがたまらない。シナモンを入れたのが正解だった。今度から安い牛肉買ったら最初からこれで食おう。納品日なので飯食って仕事、飯食って仕事ひたすら仕事。同時にTwitterにも入り浸っているが、ほかに外界と繋がっているチャンネルがないのでちょくちょく覗かないと気が滅入るのだ。早く義体化が実用化されないかな……しかしそんな技術ができても使えるのは金持ちと組織力のある犯罪者だけだろうな。俺は老いぼれた生身の肉体を引きずり、義体化でチューンナップされたサイバーでバイオでフューチャーなきらびやかな新人類に遊び半分にミンチにされる未来のモブだ。

## 五月一日（金）

映画の日！　関係ねえけど。どれくらい映画館に行っていないだろう。あの服に染み付きそうなキャラメルポップコーン臭すら懐かしい。『イップ・マン完結』公開延期のお知らせ。まあしょうがないよな。この十年、人生の節目節目をドニー・イェンの映画に救われてきた。パワハラクソ会社での勤めを乗り切るときも、それを辞める勇気を出すときも、転職したときも、また辞めてフリーになったときも、いつも私の背中を押してくれたのはドニーさんだ。運動のできない根暗なクソオタクの自分にとって、宇宙一動ける陽キャであるドニーさんは人の形をした太陽のように見える。締切が終わり、また新たな締切がポップアップしてくる。

## 五月二日（土）

居酒屋に行きたい。この街にはいい居酒屋がたくさんある。私にとってのいい居酒屋というのは、全国チェーンでないこと、煙草が吸えること（これはもうどこの店も駄目になっちゃいましたな）、焼酎ナカが二百円以内なこと、店主が話しかけてこないこと、バイスサワーが置いてあること、焼き物がうまいこと、テレビかラジオがついていること。この条件を満たす店が歩いて行ける範囲でも十軒くらいあるのだ。いや、あったと言うほうがいいのか今は。そのうちの何軒が生き延び、何軒が潰れてしまうのか。どれも晩酌と夕飯と夜食の境界が曖昧なだらしない生活をしている酒飲みに優しい店。四十がらみのモヒカンのおばはんが一人で飲んでいても放っておいてくれる気楽な店。愛しい酒場。クソ政府がちゃんと補償さえすればこんな不安な気持ちになることもないのに。クソ政治家どもがてめえらの腹だけブクブク肥え太らせている間に、この貧民街は悲しみと焦りと不安に包まれている。

### 五月三日（日）

あっつ。今年初麦茶。生理のせいもあって胃の調子が悪く、そのくせ死ぬほど腹が減る。昼に冷やし中華二人前食って夜に牛丼を食うという暴挙。おやつも食ってる。そんなこんなでただでさえイライラしているのにクソキモゲロファッキン首相がまた改憲改憲と喚いているのがマジでキモい。そう、この感覚は怒りというか「キモい」に近い。何度やんわり言ってもニヤニヤしながらセクハラを止めないクソ野郎のようだ。今の政権は「でも本当は（改憲）したいんでしょ」「悪いようにはしないからさあ」と繰り返しケツを撫でてくるゴミゲロ野郎だ。なぜあのゲロ野郎がいつまでも日本のトップ面をしているのか？　確かにこの国はゲロがお似合いな面も大いにあると思うが、今住んでる身としては臭いし気色悪いので早く掃除してほしい。

### 五月四日（月）

発作的に、夜中に厚揚げとニンニクを一房、フライパンで素焼きして醤油をたらして食ってしまった。どうせ人と会わないしほぼ毎日ニンニクかネギかタマネギを食っている。これらの野菜は比較的長いこと保存がきくというのもあるし、そもそも大好物だ。外食の際もオプションでニンニク追加が選べるメニューはだいたい頼むし、焼き肉は全部ネギ塩でいける。葷酒山門に入るを許さずという言葉を聞いたとき心から尼になれね〜〜と思った。酒はともかく葷のほうを断つのは辛すぎる。そういえばこういう状態なので法要とかをバーチャルでやってるお寺のニュースを見た。俺は神も仏も信じぬ忘八者なのだが、宗教とそれを信心する人との関係や文化史には興味があるし面白いなと思う。というかたまに、自分にも信仰があったらもうちょっとこの寄る辺なさも解消できたかな？　と思うときがある。腹を壊して便所から一歩も動けないときですら、祈る神を持たない。私は一人だ。

**五月五日（火）**

「Twitterを見てこどもの日なのに気付く。曜日も時間も曖昧に過ごしている。原稿の催促をされたときだけ「時間」にブックマークが付く。フリーダムなのかひどい生活なのか分からないけど、一日が二十四時間で一週間が七日なんて、俺は決めてねえぞというスタンスで生きている。袋ラーメンにもやしとネギを入れて煮て食う。しばらく前から備え付けのスープを使っていない。ユウキのガラスープの素と塩コショウとおろしニンニク胡麻油をブレンドしたスープが最も自分の口に合うのに気付いてしまったのだ。一人暮らしをしている人はおそらくそれぞれの「袋ラーメン道」を持っていると思う。おそらく私は邪道である。

**五月六日（水）**

迫りくる納期にずっと首筋のあたりがビリビリしている。いくら真面目にやろうとしても焦っても書けないときは書けない。この仕事のつらいところは、原稿の遅れは原稿を差し出すことでしかワビを入れられないところだ。指をツメようが腹をかっさばこうが、原稿が出来ていなければ意味がない。無情、非常、ノー・マーシー。唸りながらフライパンで冷凍パイシートを焼いてスライスチーズ乗っけて食う。トースターとかも買ったほうがいいだろうか。

**五月七日（木）**

宅配ピザのありがたさよ。バンクシーの新しい絵がらみで、コンテクストについて考えつつマルゲリータを食べる。「誰にでも分かるもの」なんてこの世に無く、どんなに「わかりやすく」作ったって斜め上の解釈をする人はいるし、逆にどんなに「わかりにくく」作ったってスルッと届く人には届く。商業アートはマーケティングとターゲティングのくびきから逃れられない運命だが、どうせ出版不況なんだし私みたいな三下はマスより隙間産業を狙ったほうがリターンがある。

**五月八日（金）**

火事場泥棒的検察庁法改正案の審議入りニュースにば〜〜〜〜〜〜〜〜〜〜〜〜〜〜〜〜〜〜〜〜〜〜〜〜〜〜〜〜〜〜〜〜〜〜〜〜〜〜〜〜〜〜〜〜〜〜〜〜〜〜〜〜〜〜〜〜〜〜〜〜〜〜〜〜〜〜〜〜〜〜〜〜〜〜〜〜〜〜〜〜〜〜〜〜〜〜〜〜〜〜〜〜〜〜〜〜〜〜〜〜〜〜〜〜〜〜〜〜〜〜〜〜〜〜〜〜〜〜〜〜〜〜〜〜〜〜〜〜〜〜〜〜〜〜〜〜〜〜〜〜〜〜〜〜か！！！！！！！！！！！！！！！！！！！！　と憤っているうちに一日が終わってしまった。買い出しに行って、ついでに近所のテイクアウトで焼肉丼買って食う。

**五月九日（土）**

早朝から発作のようにとんこつラーメンが食べたくなる。新宿の博多天神、前に近くで働いてたときたまに行っていた替え玉無料のあの味、あの味が恋しい。しかし今住んでる街に博多天神はないしあっても朝の六時に食うものではないので我慢した。あー、混んでる狭いきたねえ飲食店で隣の知らん人と肩が触れそうになりながらラーメン啜ったりチューハイ飲んだりしてえ。

## 五月十日（日）

休業協力金が課税対象になるというニュース。ゴジラくらい巨大化して国会議事堂と首相官邸とあといでに麻生と竹中の家の上に下痢便をひる妄想をしながら各所に呪いのメールを書く。俺は原稿を書かなきゃいけないいんだ。なぜ自分の仕事やウイルスの前に国と戦わなきゃならねえんだよ。　#検察庁法改正案に抗議します　のタグでみんなが呟きだす。私も私も。ツナ納豆生卵めかぶキムチうどん食す。

## 五月十一日（月）

原稿が本当にやばい。やばいし政治に対する不安がウイルスへの不安を塗りつぶす勢いで迫ってきて本当に気持ちが落ち着かない。こういうときに出前を頼んでしまう自分にもまた言語化出来ない自己嫌悪が湧いてくる。私の生活は誰かを危険に晒すことで支えられている。インドカレー（ダルカレー・サグマトンのセット）おいしゅうございました。

## 五月十二日（火）

「クリエイターが政治の話をするな」みたいなのが出てきた。クリエイターらしい人でも言ってるのがいて、バッッッッカじゃねえ？　と思う。こんな人の腹も膨らませられなきゃ雨風しのぐ道具にもならねえ商売が飯を食っている、それそのものがもう十分に政治的なんだよ。米を二合炊いて全部茶漬けで食う。

## 五月十三日（水）

今住んでる部屋の風呂は便所と一体のユニットバスで、狭いしほぼシャワーのみで済ませている。湯船に浸かりたい場合は近所のサウナ付き銭湯に通っていたのだが、このご時世それも難しくなり、自律神経が失調している。このへんは歩いていけるくらいの範囲に四つほど銭湯があるナイススポットなのだが、収束後もみんな残っていてくれるだろうか。ただでさえ経営が厳しい業種がもろにアオリを喰っているのを生々しく感じる。ていうか、ウイルス以前の消費税クソ値上げから経済がカスカスになってたわけですが、ゲロゴミ政府はこれ幸いと「ういるすのせいなんですぅ〜」とてめえらの無能無策の責任をコロナに押し付けようとしているように見える。百ぺん死ね、バカタレどもが。怒りのコーヒー牛乳、自分で作って飲む。

## 五月十四日（木）

ゴミマスクの検品にはちおくえんのニュース。ば〜〜〜〜〜〜〜〜〜〜〜〜〜〜〜〜〜〜〜〜〜〜〜〜〜〜〜〜〜〜〜〜〜〜〜〜〜〜〜〜〜〜〜〜〜〜〜〜〜〜〜〜〜〜〜〜〜〜〜〜〜〜〜〜〜〜〜〜〜〜〜〜〜〜〜〜〜〜〜〜〜〜〜〜〜〜〜〜〜〜〜〜〜〜〜〜〜〜〜〜〜〜〜〜〜〜〜〜〜〜〜〜〜〜〜〜〜〜〜〜〜〜〜〜〜〜〜〜〜〜〜〜〜〜〜〜〜〜〜〜〜〜〜〜〜〜〜〜〜〜〜〜〜〜〜〜〜〜〜〜〜〜〜〜〜〜〜〜〜〜〜〜〜〜〜〜〜〜〜〜〜〜〜〜〜〜〜〜〜〜〜〜〜〜か！！！！！！！！！！！！！！！！！！！！！　オリジンで弁当買って食う。

## 五月十五日（金）

国会中継横目で見ながら仕事。とりあえずこの日の強行採決はなかった。が、油断はできないでしょう。だって安倍政権は卑怯者で悪賢いから。バカバカ言ってるけどバカだけで悪事はなせない。トランプだってバカだけであそこまで世界を引っ掻き回しているわけではない。賢いやつがスタッフにいて、その賢さをバカの考える悪事に使うから恐ろしいのだ。原稿はほんとにやばい。ネットスーパーで頼んだ食料品が届くが調理する気になれず生ピーマンをかじったりしてやりすごす。

## 五月十六日（土）

気圧のせいか頭痛がやばい。薬飲んで冷えピタ貼って仕事。飯を炊いてレトルトのタイカレーかけて食う。タイカレー、好き。最も好きなカレーはダルカレー、次にタイカレー、次に日式のじゃがいも人参が入ってるやつかな。実家でたまに作ってたのが「柚子カレー」。柚子をまるまる一〜二個、皮と身を刻んで一緒に煮込むのだ。イギリスのレモンカレーにヒントを得た。苦味と酸味と芳香がスパイスとマッチしてたいへんに美味しい。家族には不評。最近はレトルトもだいたいなんでも美味しいけど、やっぱり店で食いたい。

**五月十七日（日）**

強行採決に反対するために地元の自民党議員にもメールを送ろう！　ということで私も書きましたが板橋は東京十一区なんでまさに黒川にお目溢ししてもらった下村ファッキン博文のお膝元ですよ。言うだけ無駄感スゲーけど、やるだけやる。幻冬舎のクソ編集のクソセクハラニュース入る。幻冬とは仕事してねえからいくらでもdisれるぜ。仕事してても言うけど。私も若き駆け出しライター時代はクソ編集（だいたい既婚中年男）に案件と引き換えにオマンコ使わせろや的な取引を何度か持ちかけられた。その度に「私が魔法少女だったらよかったのに」と思っていた。野蛮な事を言うのを許してもらえるのならば、全世界のセクハラ・性犯罪加害者はおろし金で身体の末端から丁寧に時間をかけてすりおろされる刑に処されればいいのにと思っている。私がもし魔法少女だったらそういう世界にしていただろう。私が魔法少女じゃなくてよかったな、世のクソども。もやしとツナ缶炒めて飯に乗せて食う。

**五月十八日（月）**

仕事がほんとにやばい。ずっと言ってるけど。何を食うのか考えるのもおっくうだが、それしか楽しみがないので何を食うかずっと考えている。しかし買い出しも調理もしている暇がないので、おいしいもの事を考えながら食パンにマヨネーズを塗って食っている。

**五月十九日（火）**

三千円の炊飯器、自動ファジーモードで毎回違った食感の飯が炊きあがる。今日はやわらかめだったので納豆飯にする。かためのときはカレーが合う。私は家電のこういうブレが嫌いではない。何か、いとしさを感じる。これもモノの物語化消費なのかもしれない。もしくは、寂しいんだな。とにかく書いているというか、書こうとして何も出てこなくてヴェポライザーでＣＢＤリキッドをひたすら吸い続けている。当たり前だがまったくチルくない。ストレスのせいかＣＢＤのせいかとにかく腹が減る。

**五月二十日（水）**

今日は肌寒い。気温上がったり下がったりで体調がキッツイ。ネギ煮込みうどん啜る。外国人留学生は成績上位者にしか給付金渡さねえのニュース。情けなくて、マジ泣きしてしまった。情緒不安定。役に立たない奴は死ね。優秀な奴以外は死ね。お上に文句言わず努力する奴以外は死ね。この政権はもうずっとずっとそれを発信し続けている。コロナの前から、私らの命は選別されている。

**五月二十一日（木）**

焦りすぎて逆にリラックスしてきた。シラフだとは思う。まるのまんまのレタスを齧りながらポテチを食う。とにかく書くしかない。

**五月二十二日（金）**

禁煙失敗。はーーーーーー煙草うまい最高。なんとでも罵ってくれ。しゃきっとした頭で野菜炒めを作ってもりもり食って仕事。ネットを見れば、また今日もクソなニュースが踊っている。まるで肥溜めの中で暮らしているようだ。だが、窓の外の景色はきらきらと晴れ渡りあまりに美しくて、ギャップでゲロを吐きそうになる。

# 余の過ごしたるコロナ禍の日日

**福永信**

日本・京都　2020年4月13日〜5月22日

福永 信

ふくなが・しん／1972年生まれ。小説家。京都市右京区西院太田町に毎日在住。『星座から見た地球』、『一一一一』、『実在の娘達』など。『こんにちは美術』、『絵本原画ニャー！　猫が歩く絵本の世界』などの美術に関する編著も。

**四月十三日（月）**

有名通販サイト経由で注文した**マスク**10日待っても来ず。小説3枚。

**四月十四日（火）**

昨日、香川県高松市の保育所で**クラスター**が発生したそうだ。**県独自の緊急事態宣言**も出た。これで高松市美術館の**臨時休館も決定的**だろう。クラスターというフレーズもすっかり聞き慣れた。今回の新型コロナウイルス蔓延に伴って一般社会に登場した言葉だ。新聞では「クラスター（感染者集団）」と記されている。**パンデミック**や**ロックダウン**、**オーバーシュート**という言葉もこの3月で定着した感がある。これらも新聞では「ロックダウン（都市封鎖）」「オーバーシュート（患者の爆発的急増）」などと記されている。前者は日本語の辞書に記載なく定義は現在のところないとWikipediaで知る。今日もマスク届かず。「マスクを家で待っている」が最近の余の心の大きな場所を占めている。宅配便の呼び鈴を聞き逃さないようにしている。コンビニでもドラッグストアでもマスクは品切れ、入荷待ちが続く。通販サイトで注文した店の評判をネットで読む。不満を漏らす注文者多数。催促メール執筆。「ご担当者様。ご多忙のところ失礼します。下記、まだ届きません（大阪も大変だと思いますが）。ご確認よろしくお願いします」。書いていて嫌になるがそれほどまでしてもマスクを求める自分がいる。余はこんな人間だったのか。余は今、マスクのことのみを考えて生きている。小説1枚。

**四月十五日（水）**

本屋に行くと店員、お客さん問わず、余以外全員マスク姿だ。気まずさを感じる。午後、高松市美術館での展覧会の搬入は予定どおり実行されていると知る。**「絵本原画ニャー！ 猫が歩く絵本の世界」**と題した展覧会で、出品作家選定の助言、展示の構成とテキスト執筆などを余が担当した（図録のほとんど全ての文章も余が書き下ろした）。昨年の尾道市立美術館から巡回している。尾道の時は、こんなふうに臨時休館の可能性など全く思わなかった。来場者も1万人を超えて大成功だったが、今回は観客に全く見てもらえないかも知れぬ。全国の美術館も同様の不安を抱えているだろう。美術館だけでなく、映画館や劇場も同じはずだ。一体どうなるんだろう。高血圧や糖尿病など基礎疾患のある者だけでなく、**中高年に感染リスク**があると報道されており、久しぶりに死をリアルに感じている。余は高血圧でもある。注文した通販マスク業者の別のアカウントに一昨日と同内容のメール送信するも、返事なし。小説1枚。

**四月十六日（木）**

通販のマスク、「出荷連絡」のメール届く。昨日出荷したことになっている。夜、**緊急事態宣言、全国に拡大**へ方針転換を知る。大阪市長の囲み会見のテレビ報道で**雨合羽で医療用ガウン代用案**を知る。広く寄付募る、という。このひと月、クラスター、ロックダウン、オーバーシュート、緊急事態宣言など耳慣れぬ言葉を日々、テレビのテロップや新聞の見出し、ネットニュースで目にしてきた。新登場のそれらの言葉に慣れていくのが新時代の日常と言ってもいいくらいだが雨合羽とは久々に旧来の世界を感じさせる心和む言葉である。医療用マスクなど各種が圧倒的に不足している現在である。「何かで代用せねば」と誰か大阪市か大阪府のスタッフが思ったのだろう。そして「これは使える」と雨合羽案が浮かんだのだろうと想像する。素晴らしい。他方、これもニュースで知ったのだけれどもＡＮＡは医療用ガウンを客室乗務員らが**ボランティアで縫製**するという。政府から「何かせよ」と要請があり、社長が首相にガウン製作の支援を伝えたとのこと。ＡＮＡの上司の頭に「あいつら使える」と勤労奉仕案が浮かんだのだろうか。こちらは零点だ。小説2枚。

## 四月十七日（金）

新型コロナの影響で来週から細君の勤務する会社が**休業**になるという。**休業手当**を勝手に計算する（余の給料ではないが）。最近、余の収入はほとんどないのだがこれからどうなるのか。今までなんとかなってきたのであり、だからなんとかなるだろうという妙な自信だけがある。小説3枚。

## 四月十八日（土）

漫才コンビ・ハイヒールのバラエティ番組のゲストらの並ぶその横に**透明の仕切りがちらりと見え、それが唾などの飛沫を防ぐシールド**だと気付く。感染のリスクを高める飛沫や唾液は、トークがメインのバラエティ番組にとって悩ましい問題だろう。気の毒に思う。同番組では様々なマスクを紹介していたがブラジャーを作っている業者が製品をマスクに再利用している**ブラノマスク**なる商品を紹介している。そこまでしなければいけないほどマスクが品薄なのが現在である。**ポカリスエットのＣＭ**はこれまで集団でのダンスで圧倒的だったが、このコロナ禍ではたくさんの自撮りの集積となる。最後は各自、青空を映し「みんなで歌おう」というコピーが出る。果敢な、素晴らしい演出だと思う。「みんな」という言葉が**ステイホーム**時代を反映している。マスク届く。1箱50枚入り4582円(税込)。ホッとする。大阪の会社から買ったはずだが、岐阜からの発送。宅配便の領収サインは、コロナ対策で画面タッチからハンコに戻る。**「絵本原画ニャー!」展、始まる。**小説2枚。

**四月十九日(日)**

**本屋B&B**店長寺島さやか氏より未収録の作品があればそれをオンライン販売したく候とのメールあり。B&Bは東京都の休業要請により店を閉めている(移転したばかりだというのだから可哀想だ)。そのためオンラインで**PDFのデジタルリトルプレスとしてウェブ上の本棚に様々な著者の「本」を並べて販売する**というアイデアをひねり出したようである。本の通販とは異なる、電子メディアだけを介した、ステイホームなアイデア。こういうひねり出しが必要な世の中になってきたわけだ。小説1枚。

**四月二〇日(月)**

今日は郵便物をポストに出しに行くだけだった。テレビやネットでは日々感染者の増加、死者の増加を伝えており、ワクチンはできても来年だというし、外に出るのがすっかり怖くなった。小説2枚。

**四月二十一日(火)**

**〝アベノマスク、正しい方法で洗ったのに「驚くほど縮んだ」〟**を読む(NEWSポストセブン)。介護施設に届いたアベノマスクを取材、洗うことで繰り返し使えるという触れ込みの(そして、小さすぎることでも評判の)この布マスク、正しく丁寧に洗ったのに乾いたらグッと縮んでしまい、介護施設のセンター長、途方に暮れるという記事。セリフのまとめ方、順番など、文章の構成が絶妙だった。無署名だが、優れた書き手はいろんなところに潜んでいる。

**四月二十二日(水)**

スーパーの入り口、出口に**アルコール消毒液**が置いてあるのを普通の風景として受け止めている異様な自分に気付く。置いてないと「ない」と思うようになったから。**上から押すプッシュ型**のほか、足で踏むと手元の消毒液がシュッと出るタイプもある。**引き金を引くガンマンタイプ**もあるが、これは使いにくい。**高松市美術館、本日より臨時休館。「絵本原画ニャー!」展は実質3日間の開催**だった。5月の連休までは閉める予定だという。再開できればいいのだが。小説5枚。

**四月二十三日(木)**

大阪府豊中市の病院が、ポリ袋で感染防護のための医療用ガウンを作成しているのを報道で知る。取材されている病院の職員達はハサミを片手に慣れぬ作業に一生懸命である。鳥取県庁が、**段ボールを使って職員の机の間に仕切りを自作**するアイデアをテレビで知ったのは先月末か今月初めあたりだったたか。飛沫を防ぐ、感染予防のための真面目な発想であったとしても、本質は段ボールやポリ袋を使っての工作であり、カッターでスーッと切ったり、ギュッギュッと折ったり、テープで留めたりするわけだ。その手つきは日常そのものであり、**「作っている」その瞬間は、わずかであっても日常が戻っているだろう**。その後東京の墨田区役所などでも同じような試みをやっていた。すごくいいことだと思う。先週、本屋に行ってみんなマスクしてるのに余だけしてなくて気まずくなったが、まだ本屋のレジには透明の仕切りは垂れ下がってなかった。今ではすっかりコンビニやスーパーの会計で、**透明の仕切り**というか**シールド**というか、**ビニールカーテン**という場合もあるが、それらが**空間を区切る**ようになった。**2メートルの間隔をあけて列を作る**ようなラインも床に示されるようになり、マスク姿で並び、店を出る時も消毒液をプッシュする。店内の滞在時間を短くするのが推奨されているし、なるべく1人で来るように求められる今日この頃である。買い物をするのが全然楽しくない。試食もなくなり、静かである。長野でまた地震。マスク、世界各国が奪い合いというニュースあり。フランスが中国で買ったものをアメリカが**高値で横取りした**と報じたり、**軍隊がマスク輸入の護衛**をしたりしている。頭がおかしいのではないか。小説2枚。

**四月二十四日（金）**

長野でまた地震。このところ千葉でも青森でも宮城でも地震あり。椹木野衣氏のツイッターをチェック。小説2枚。

## 四月二十五日(土)

記事〝「**マスク**」**買ったらただのイラスト　通販購入トラブルが増加**〟を読む(4月18日上毛新聞配信)。マスクだと思って購入したらマスクのイラストが冊子になったものが送られてきたという。確かに、一般にパッケージにはイラストでマスクが描かれている場合が多い。盲点を突いた詐欺であり、余も気をつけねばと思う。**トランプ大統領がコロナの治療として患者に消毒液を注射できないかと記者会見で述べた**というニュースを知る。周囲からは「危険だ」との声が相次いでいるという。余もそう思う。ところで**博物館ではアベノマスク保存の動き**もあると聞く。この布マスク、汚れや虫などが混入していたため、回収されているようなのであるが、オリジナル版(混入バージョン)と改版(清潔バージョン)とを今後、区別し保存する必要があるだろう。小説1枚。

## 四月二十六日(日)

本屋に行くと本屋が閉まっている。**臨時休業の張り紙**に「土日は休業云々」「新型コロナウイルス云々」「緊急事態宣言を鑑み云々」とある。1枚の紙であり、原稿用紙1枚ほどのわずかな文字数であるがそこにパワーを感じる。「臨時休業」の張り紙ならこれまでも(この本屋でなくても)目にしてきた。棚卸しのためであったり、特に理由には触れずだったり、いずれにせよ、すいませんねえ、仕方ないんです、というような消極的な、受身の張り紙であり、それでよかった。今回は違う。新型コロナウイルス云々、緊急事態宣言云々で店を閉める。行き場を持たぬギリギリした握りこぶしのような筆圧を感じるのである。キーボードをいつもより強く叩いているだろうということが、伝わってくる。飲食店などではもっと早くから同様の臨時休業の張り紙が出ている。猛威を振るうウイルスを前に人間はどうすることもできない。だからシャッターを閉め、そのシャッターに張り紙を貼る。この光景はなんかに似ているなと本屋からの帰り道に余は考える。去年のあいちトリエンナーレで、「検閲」に反対して出品作家達が展示をボイコットし出した時、展示室の扉は閉められて張り紙がバンバン貼り出された。それに似ている。展示室を閉め、明かりを落とす。観客は閉ざされた扉の前で、抗議の筆圧を感じ取りながら作家のステイトメントがタイプされた張り紙を読んだ。観客はその時、少し戸惑いながらも、張り紙の「読者」になりながら、作者達の気持ちを読みとっていた。今回の「コロナ云々」、「鑑み云々」は、検閲とは全然違うけれども、やはり、このままにしていたらヤバイことになるという危機を感じ取った気持ちが書かせているのであり、新型コロナウイルスへの抗議であり、店は体を張って店を閉めている。茨城などで震度4。夜、日曜美術館の再放送を見る。メイン司会の小野正嗣氏はスタジオ内のモニター画面上で、アナウンサーがスタジオで進行。このような珍妙な状況は日曜美術館史上で初という。とはいえ、こんな感じのテレビ番組は最近増えており視聴者は慣れてきている。小説2枚。

## 四月二十七日（月）

**3つの密**というのは密閉空間、密集場所、密接場面を作らぬようにするという意味で、ひと月前くらいの都知事の会見で広まった印象があるが、余が気になっていたのは**ミッツノミッツ**という駄洒落になっていたことだ。「なるほど、と思わせてどうする」と、余は都民ではないが不快だった。もっとも、こういう言葉遊びは飽きられる運命にある。すぐに**3密**（**サンミツ**）と即物的に略されるだけになった。今日もその言葉を聞く。「オーバーシュート」は最近聞かない。感染者が減少傾向にあるからだろうと思われる。「ロックダウン」はたまに聞くが以前ほどではなくなっている。日本は（欧米と異なり）ロックダウンしないで感染爆発をかわすみたいな使い方になってきているようである。海外でのコロナ感染の現状、毎日見ているのにもかかわらず、日本のことばかり注目してしまう。余の視野が狭く、よくない。**世界**というところまで頭がいかない。本当は**国**という区分じゃないことが起こっている。長野県でまた地震。小説3枚。

**四月二十八日（火）**

東京在住の母から使い捨てマスク2枚届く。アベノマスクを意識しているようである。**オンライン帰省**というのが政府から呼びかけられている。世間はゴールデンウィーク、自粛の一環だがテレビ電話などで故郷の父母や親戚とトークせよという。悪くないアイデアと思うが、帰省しているとみなす期間、毎日かけるのか、それとも1日だけなのか、解釈が分かれるところである。小説3枚。

**四月二十九日（水）**

日本時間午後6時56分、**小惑星52768**が地球近くを通過する。この小惑星は２０７９年にさらに近くを通過する予定だという。２０２９年にはアポフィスが通過予定（通過で済めばいいが）。潜在的に危険な小惑星（ＰＨＡ）は約２０００個あるらしい。小説2枚。

## 四月三十日（木）

**ヒト―ヒト感染**というフレーズを聞いたのはいつだったかとふと思う。この疫病の最初の日本での感染が報道された今年1月末あたりでは一時、**ヒトからヒトへの感染**というのも聞かれた。しかし割とすぐに「ヒト―ヒト感染」というようになった。テレビでアナウンサーが使っていたが、視聴者の余は迫力ある言い方だなと感心したものである。動物から人間への感染ではないことがまだ情報価値を持っていたことをその「ヒト―ヒト感染」なる言葉は表現していたが、今では全然言わなくなった。ヒトからヒトへ伝染するのは当たり前になったからであり、その代わりに**市中感染**が定着している。無言で距離を2メートル空けることも、共通の認識になった。この日記を書き出した頃はすでに**ソーシャルディスタンス**というフレーズが盛んに使われており、**フィジカルディスタンス**が良いのではとも言われているほどだが、どちらで定着するのだろうか。**ヒサシールド**という商品が出ているが（庇専門店が開発したコロナ対策のアイデア商品）、ナイスなネーミングだ。様々な言葉が一時的に定着しては忘れられていくのだろう。例の鳥取県の段ボール製の手作りシールドには名前がなかったと気付く。小説1枚。

## 五月一日（金）

テレビで**マスク屋**が出没しているというニュースを見る。値段は3000円～4000円台のようだ。余が通販で買った時より安くなっている。

**五月二日（土）**

デジタルリトルプレス（PDFデータ）の校訂作業に割と時間がかかったがようやく終わる。「すばる」と「新潮」初出の短編2編のカップリング、少しだけ加筆、修正した。**「父と子」＆「店」**というタイトルで今日からB＆Bのオンラインストアに並ぶ。よろしくお願いします。

**五月三日（日）**

芦屋市立美術博物館で9月に予定している展覧会の会場図面を見ながらアイデアをまとめる。開館30年を記念した収蔵作品展である。面白くしたいが美術館が軒並み臨時休館する中で（この芦屋も休館中）、その先を見据えるのは難しい。コロナの第2波、第3波が、インフルエンザの流行と合わせて到来するという予測が早くも囁かれており、臨時休館になる可能性をくりこみながらアイデアを練るしかない。すでに多くの休館中の美術館、博物館などが動画配信などを試みている。秋のこの展覧会でも映像をうまく使いたい。美術館が閉まっても繋がっていられる、そんな形にしたいと思う。展覧会は会期中に何らかのイベント、ワークショップをやるものだが、それをどうするか。今は、ことごとく「中止」となっている。どのジャンルでも**コロナで中止**は本当に多いが、たとえオープンしても、イベントなど人が集まるジャンルは中止となっているし、今後も難しいだろう。実質3日間開館していた我が「絵本原画ニャー！」展でも絵本編集者筒井大介氏の登壇が予定されていた初日の記念講演会は中止になった。ただ、「紙上講演会」として筒井氏が予定していた講演内容を執筆（短期間だったが快諾してくれた）、プリントして会場で配布された。高松市美術館のウェブサイトからも読めるようになっている。紙上講演会のアイデアは余が提案したのだが、それは**中止にしたくなかった**からだ。講演は美術館の企画であり、多少でしゃばりすぎたかもしれないが（企画会社を通じて提案してもらった）、さっきも書いたが、最近、コロナで中止というのが口実に使われている気配をあちこちの公的機関で感じるし、代わりのアイデアを出す前に、**「じゃあ中止で」みたいな安易な風潮**が当たり前っぽく受け入れられているのがイヤで、中止ではなく、代わりのアイデアでやりくりするべきだろうと言いたかったのだ、雨合羽のように。あるいは段ボールのように。小説1枚。

## 五月四日（月）

本日、**新しい生活様式**が発表される。意表をつくネーミングで、悪くない。厚労省のサイトに「実践例」として示されており、（1）1人ひとりの基本的感染対策、（2）日常生活を営む上での基本的生活様式、（3）日常生活の各場面別の生活様式、（4）働き方の新しいスタイル、以上の4部構成になっているが（4）だけなぜ「スタイル」なのか気になるところである。短文の箇条書きでわかりやすいが「マスクの着用」、「『3密』の回避」、「電子決済の利用」、「テレワークやローテーション勤務」などすでにこの2ヶ月ほどをかけて馴染んできた言葉ばかりであり、読者を引き込むフックに欠ける。文末の句点があるのとないのとがあるのが気になる。また（2）の「毎朝で体温測定、健康チェック。」は「毎朝の」ではないのか【*】。「発熱又は風邪の症状がある場合はムリせず自宅で療養」とあるが「ムリせず」とあえてカタカナを採用しているところに執筆者の人柄を感じる。（3）には「狭い部屋での長居は無用」とある。「長居は無用」というところにピシッと読者を叱る執筆者の意気込みを感じる。小説2枚。

**【＊】**後日修正されたようです。

**五月五日（火）**

**自粛警察**もしくは**自粛ポリス**と呼ばれる悪質な行為が横行していると報道されている。お店が、十分注意して営業している旨、張り紙に書いているとその上から「やめろ」とか「バカ」とか重ね書きするパターンと、「どういうつもりで店を開けているんですか。どういうことをしてるかわかってるんですか」というような内容をわざわざ執筆し、新たな張り紙として勝手に店に掲示するパターンとがあるようだ。張り紙については前の日記に書いたが、臨時に店を閉める旨、張り紙に記すのと全く同じ筆圧、力を込めて、営業していると書いているのであり、それを妨害するのは許されない行為だ。余は自粛警察官、もしくは自粛ポリ公に提案するが、建物をそんなに支持体にしたいなら、自宅で頑張るべきだ。自分の家のドアに「やめろ」とか「バカ」とか、「どういうつもりで店を云々」の張り紙をするべきではないか。**他県ナンバー狩り**なる言葉も今日のトレンド入り。小説2枚。

**五月六日（水）**

千葉で地震。ロシアの感染者が急増している。全世界を覆っている。小説2枚。

**五月七日（木）**

朝のテレビで**バンクシー**がイギリスの病院に新作を送ったと知る。「白黒ですが少しでもこの場が明るくなれば」とメッセージが添えられていたという。母からまたマスク１枚届く。５０００円封入。小説１枚。

**五月八日（金）**

今日は「ザ・チョイス大賞展」の展覧会と授賞式があるはずだった。コロナで中止という連絡は３月下旬にはイラストレーション編集部から届いていた。他の審査員と共にフクナガシマ名義で長嶋有氏と今回の年度賞の審査に参加しており有望な描き手をチョイスしていたのだがおめでとうを言う機会がなくなり残念だ。桜島噴火。月曜に**歯の定期健診**があるのだが先日、新聞の全面広告で日本歯科医師会が定期健診などは控えるようにと書いていたのでやめた方がいいんだろうなと思って歯科医院に電話。でも、「来て大丈夫ですよ」ということだった。やめるつもりだったが、言いづらくなり予定どおり行くことにする。断るのが苦手だ。**休廃業**という言葉を報道番組で知る。会社が休業しても失業手当がもらえる裏技のようなものだという。小説２枚。

**五月九日（土）**

テレビを見ていると自粛ポリス、自粛警察の活動が相変わらず活発のようで不愉快なり。**自粛**という言葉はそもそも昭和の終わりのテレビなどで通常の番組を休止したり、皆さんお元気ですかというＣＭのセリフを消去したり、差し替えたりするなどの自主的、社会的な遠慮行為を総称したものである。その後２０１１年には新語・流行語大賞にノミネートされている。今回初めて聞く**自粛要請**という造語は、頭が混乱しそうなネーミングである。桜島噴火。夜、空間現代の**ライブ配信**。小説１枚。

## 五月十日（日）

ＮＨＫスペシャルでコロナ禍からの**出口戦略**をどう見出すかという番組。「出口戦略」というフレーズも、このコロナウイルス蔓延の中で広まっていった言葉だ。緊急事態宣言が出て、休業要請が全国規模になってきたあたりから、「出口を示さなければ不安ばかりが増す」との声が大きくなっていってよく聞かれるようになった。日記をつけ出した頃には聞かなかったフレーズである。テレビではＮＨＫの報道特別番組（と、テレ朝の羽鳥慎一モーニングショー）がコロナウイルス報道でテレビ番組として群を抜いている。今日の「出口戦略」番組では感染症や経済などの専門家がコロナ収束以後を語るわけで有益だったがある専門家の（ＷＨＯのシニアアドバイザーという肩書きの人物）コメントが、日本は、コロナ対策において、その死亡者の少なさから**ジャパニーズミラクル**と世界から言われているほどだと得意げに語るのが不快だった。このコメンテーターからは６００人以上が亡くなっていることを全くなんとも思ってないのが伝わってくるからだ。膨大な人数が亡くなった他の国に比べると少ないが、それは「比べた」だけである。パンデミックの危機の現場で陣頭指揮をとってきた経験があるのならもっとちゃんと言えるはずだろ、と余は画面に向かって怒鳴った。現在６００人以上の死者が日本で出ているわけで、これはすごく多いじゃないか。それをジャパニーズミラクルと言われているって嬉しそうに言うな。アホ。一瞬、「へー、日本すごいんだな、嬉しいな」と思いかけちゃったじゃないか。余のバカ。人間の感覚がおかしくなってきているのではないか。

## 五月十一日（月）

近所の歯科に定期健診。3か月ぶり。雰囲気、がらりと変わり、受付は透明のシールドで囲われている。**防護服、手袋、フェイスシールド**などを着用している。「**スリッパ、使用済みはこちらに**」という注意書きも。**使い捨てスリッパの販売**もしている。やりすぎではないか。毎回同じ歯科衛生士さんだが目しか出てないので（当然ゴーグルもしている）途中まで誰かわからなかった。眉をこれまでより太く描いているようだ。余はマウスピースを半年ほど前に作ったのだが不使用を貫いている。それを正直に告白すると歯ぎしりが強く歯が押されて抜けてしまうであろうと脅される。次回8月は治療もやることに。その時は、世の中どうなっているだろう。

## 五月十二日（火）

駅近くのドラッグストアで「**マスクあります**」の表示を見る。すごく安心する。「**マスク、入荷未定**」が最近までどのドラッグストアの店頭にも掲げられていた言葉だった。「**マスク完売**」もよく見た。「**マスク、開店時には販売いたしません**」という表現も、見かけるようになっていた。開店前からマスク目当てで並ぶ客の姿を、余も先月上旬まではよく見ていた。並んでみようかなと近寄ったこともある。京都新聞の配信でマスク値崩れの記事を読む。マスク屋、異業種での販売などが増え、値段が下がっている。中には2000円台も出ているようだ。**「絵本原画ニャー！」**展、再開。2週間ほど**会期延長**。小説2枚。

**五月十三日（水）**

コロナのドサクサで東京高検の検事長の定年が延長になりそうだがその定年延長をめぐる質疑中に自民党平井卓也氏がタブレット端末でワニ動画をこっそり見ていたことが話題に。Wikipediaを見たら「人物」の項目に**ワニ愛好家**と早速書かれていた（出典は今日の報道だった）。

**五月十四日（木）**

報道で、**下水から感染の徴候を得る試み**が東京都で始まると知る。ウイルスは排泄物にも含まれているそうで、下水の状況から、感染の兆候を読むという。「下水、使える」と都のスタッフの頭にふと浮かんだのだろうと想像する。臨時休館中の芦屋市立美術博物館学芸員大槻晃実氏と**テレワークならぬデンワーク**で9月のコレクション展の打ち合わせ。所蔵作家（120名以上）を全員出す。展示可能な場所を全て使う。館内放送では所蔵音源を流す。キャプションの解説を前期後期で「掲示替え」する。その他、チラシの内容なども検討。悲鳴が聞こえたので何かと思ったら「くまんばちが！」との声。いったん電話が切れて5分後再びかかってきたが「退治しましたよ…」とゼイゼイと肩で息する声。**コロナ対策で窓を開けてこまめに換気**をしながら仕事をしていたという。

**五月十五日（金）**

車のＣＭ（スバル）が、新車の広告ではなく「車」の広告だった。現在、緊急事態宣言解除の県、維持の都道府県と分かれているが、ある番組で都内の雀荘で雀卓を囲む客と店長を取材していた。麻雀は新しい生活様式で推奨されている2メートルの距離をとるのが難しいジャンルだ。試しに2メートル離れてみて客は「手が届かない」と困惑していた。困り果てたその表情が、すごく誠実に見えて余は好感を持った。真面目な男達なのだ。平井卓也氏のWikipediaを見たら**「ワニ愛好家」の肩書きが削除**されていた（代わりにワニの動画を約5分間見た云々、というような文章になり「その他」の項目に記述されていた）。小説2枚。

**五月十六日（土）**

誠光社でやっているマメイケダ原画展を見に行くつもりが既に会期終了であることを知る。うっかりしていたわけだが、何がどこでやっているか、というイベント情報が全然頭から抜けてしまっている。これまでも見損ねることはあったわけだが、それとは違う。**「何もどこもやってない」が日常になってしまっている**のだ。小説2枚。

**五月十七日（日）**

高知県沖紀伊水道で地震。京都では揺れを感じず。長野岐阜県境などは今もよく揺れている（最近すっかり日記には書かなくなったが）。岡﨑乾二郎画の**アマビコ**の絵を飾る。江戸から明治にかけて予言獣はよく描かれたという。疫病を予言し、それを避ける力を持つとされる。アマビコもその仲間で、「今年中に日本の7割が死んでしまいます。けれど、わたしを描いた絵を見た人は逃れることができます」と告げたという。アマビコは3本足で丸っこく毛がふさふさしており猿のようで岡﨑氏の絵もそうである。最近話題の**アマビエ**はアマビコから派生したようだが愛らしさは同じだ。絵を描くことと、言葉を話す、聞くことが、災厄を乗り切る力になることを伝説は教えてくれている。『キングダム』の新シリーズの第5話以降が延期になり、今月3日深夜からデジタルリマスター版『**未来少年コナン**』にバトンタッチ。「3密」でアニメ制作も難しくなっているようだ。ただし単純にコロナで中止ではなく『未来少年コナン』という別のアイデアを持ってきているのがえらいし、今や「未来」という言葉がもっとも輝く時代になっている。今日の3回目から見る。小説1枚。

**五月十八日（月）**

昼から設備点検で火災警報器の検査や断水など。作業員もマスク。作業員が去った後に**ドアノブを除菌**する。何十軒も回る作業員の方が大変なわけだが余は来るのが迷惑だと平気で思っており、コロナ禍でイヤな男に成長しつつある。小説1枚。

**五月十九日（火）**

京都、大阪、兵庫一括解除になりそうだ。休業要請も緩和されている。京都大丸、ハンズなど四条烏丸、河原町近辺のデパート、大型店舗など営業再開とのこと。スターバックスも持ち帰りのみで営業再開。あの辺、しばらく行ってないが、南海トラフ地震が気になるのでハンズには行ってみようと思う。福島で地震。強くなり、**岡﨑乾二郎画のアマビコの絵を見ながらアマビコを描く**と気分が落ち着いた。「うまく描けた」と思ったその瞬間はいつの時代も同じ気持ちだろう。小説1枚。

**五月二十日（水）**

先週のドラッグストアで**マスク7枚入り680円（税抜）を買う**。コロナ以前よりもまだだいぶ高めだが、それでもたくさん棚に並んでいる光景はホッとする。アルコール消毒シートも買う。松坂大輔氏が今年の夏の高校野球の中止をめぐり、別のアイデアを出し合おうと提案しているのを知る。ちっぽけかもしれないが、単に中止ではなく別のアイデアを考えることが大事だと説いている。余も全く同感。**注文していた手作りマスク、届く**。大阪で生まれた伝統技法・注染による手ぬぐいを利用したものだ。素敵な仕上がり。朝日の夕刊記事で先週読んだのだが、この注染のにじゆらを始め、実に様々な会社が、アイデアを出してマスクを作っている。それは従業員の雇用を守るためでもあるという。「何があっても従業員を守る」と記事は経営者の声を伝える。**アベノマスク届く**。桜島噴火。

**五月二十一日（木）**

BBC News Japanのツイッターで**死刑判決を「ズーム」で言い渡し**を知る。シンガポールの裁判所。

Zoomは今回のテレワークで躍進した会議アプリだが、被告の家族は被告と話もできず手も握れずと非難しているという。緊急事態宣言、外出自粛要請の中、政府主導の「定年延長」で話題の東京高検検事長黒川弘務氏が賭け麻雀に新聞社社員らと興じていたと週刊文春で知る。先日テレビで見た麻雀客の真面目な困惑ぶりに対しても失礼な男達だ。

## 五月二十二日（金）

今日が一応この日記を書く最後の日となる。辻本力氏からの依頼には5月22日あたりまでの日記を、1万字以上2万字以内を目処に書くようにとあり、どうやらその字数を満たすことができた。思い返せば依頼メールのあった4月13日はすでに**トイレットペーパーの品薄状態**もなくなっていた。2月27日に近所のスーパーで、「今日はやけにトイレットペーパーを何個も買う人がいる」と不気味に感じ、余は手帳にそう記しておいた。デマであるとわかっても買い占めはなくならなかった。入荷するたびに買わねばという気持ちになるようである。トイレットペーパー自体は順調に生産されていたようで、買い占め現象による一時的な品薄にすぎなかったわけだが、不安はなかなか消え去ることはなかった（余は2倍巻のトイレットペーパーをふだんから愛用しており、品薄状況になってもそれほど不安を抱くことはなかった）。あるスーパーでは、ミニマルアートのインスタレーション風にトイレットペーパーを**積み上げてどこまでも水平に並べる**ことで物量を示し客の不安を解消させようとした。また別の小売店では**お1人さま10点まで**とありえない「限定」をあえて設けて安心感をユーモラスに演出した。売る側のこうしたアイデアとかセンスに余はすごく感心したのである。ところで明日から京都市内の図書館は業務を縮小した上でだが通常に近い形でオープンするそうである。コロナ以前、2週間ごとに通っていたのだから久々であり、明日さっそく行ってみるつもりである。週明け火曜からは京都市京セラ美術館（旧京都市美術館）が開館する予定である。ネーミングライツで京都市京セラ美術館と改称しリニューアルオープンの矢先、臨時休館となった。ようやくお披露目できるわけである。完全予約制で入場時の検温で平熱の京都府民のみ入場可とのことである。こちらもさっそく予約し見に行くつもりだ。図書館にしろ美術館にしろ、この日記を書いている間、電車にも全く乗っておらず、久々のお出かけとなる。楽しみであるが、不安でもある。特に美術館は日時指定であり、忘れないようにしなければならぬ。テレビでは世界の新型コロナウイルスでの**死者が33万人を超えた**と伝えている【*】。小説2枚。

【*】7月19日現在60万人を超えている。

# もうこれでいいや日記

栗原裕一郎

日本・東京　2020年4月16日〜5月23日

## 栗原裕一郎

くりはら・ゆういちろう／1965年生まれ。評論家。東京都葛飾区在住。妻、息子、娘と4人暮らし。第2子である娘が2019年10月に生まれて以降ほとんど蟄居状態だったので、緊急事態宣言以後も生活様態自体はさほど変わらず。

## 2020年4月16日（木）

10時起床。

息子（2歳8ヶ月）がパパーっと布団に走り込んできて起こされる。息子が生まれて以降、我が家は、妻が子供たちと一緒に寝室のベッドで寝て（寝かしつけて）、おれはリビング隣の和室に布団を敷いて1人で寝る、という体制になっている。おれが息子を寝かしつけて一緒の布団で寝ていた時期もあったし、第二子出産で妻が1週間入院していたときは当然、毎日一緒に寝ていたのだけれど、退院後は、深夜に目を覚ましてママー！と絶叫することが続き、結局寝室に運ぶことになるならとこの体制に落ち着いた。

緊急事態宣言が出た次の日に、足立区の指令で保育園が休園になってしまった。現在居住しているのは葛飾区なのだが足立区との端境にあたっており、送り迎えの便などから足立区の保育園に通わせている。

保育園が閉鎖になって終日家にいるため体力を持て余した息子がやや寝坊気味に起き出し、子供が終日家にいるため仕事時間を深夜に確保するしかなくなり寝くたびれている父を叩き起こすというのが、緊急事態宣言以後の朝の光景である。あるいは目を覚した娘（もうじき6ヶ月）を妻がおれの布団に押し込んできて起きることを余儀なくされるか。

朝昼飯は、冷蔵庫に大量にあるキノコをベーコンとリゾットにして、冷蔵庫にちょっとずつ残っていたケールとルッコラとスイスチャード、パック野菜を合わせてサラダを作る。

小洒落た野菜が多いのは、息子を保育園へ送ったついでに買い物をする関係から、東急ストアを利用することが増えたからだ。朝10時前という時間帯は、東急ストアとアコレ（イオン系の廉価スーパー）、ビッグ・エー（ダイエー系の廉価スーパーだったが現在はイオン系）くらいしか開いているスーパーがない。東急ストアは高い印象があって敬遠していたのだけれど、行ってみたら、野菜類は他店と大差ないかむしろ安いくらいの値段で質が良いものが並んでいた。高いのもあるんだけど、その日の生鮮コーナーはおしなべて安くて品が良く、珍しい野菜も多い。そんなわけで小洒落た野菜が食卓に載る機会が増えたのである。

息子は、父母の食ってるものを一緒に食べることもあるが、熱いものが口にできないので、余分に作って取り分けておいた昨日の料理を適温に温めて食べさせることが多い。娘は離乳食の後、母乳である。

息子は起きてくるなり、父の枕元にあったiPadを奪ってゲームを始めた。泣き叫んで言うことを聞かない、メシも食わないのに根負けして、iPadで動画を見せてだましだましているうちにすっかりiPad中毒になってしまった。取り上げると「ゆうちゃん（自分のこと）のあいぱぃどー！（と発音する）」と泣き叫ぶのでまた与えて……という悪循環にはまっている。子供を1人で遊ばせておくのには限界がある、と言ってべったり相手をしてやるのは無理だ。しばらく目を離したいときなど、現状、iPadを渡しておくのに勝る策がないというのもある。

午後、妻が息子と娘を連れて公園へ。息子を遊ばせるついでに、おれの仕事時間を確保してくれる目的もあるのだが、1時間くらいが限度である。

夕方、晩の支度の前の隙に、バーピージャンプとダンベルを少々。バーピーは5セットで動けなくなる。バーピージャンプはタバタ式インターバル・トレーニングというやつの一種で、20秒の高負荷と10秒の休息でワンセット、目標は8セットに設定されているらしい。短時間で高効果とうたわれているだけに超キツく、最初は2セットが限界であった。身体が鈍りきっている。

晩飯は、牡蠣パスタと、牡蠣とマッシュルームのバター醤油炒め。朝と似たような野菜。妻が安かったから食べ納めにパスタにしたいと牡蠣を買ってきたのだが、500グラムもあってパスタだけじゃ使い切れない。

やはり安かったからとでかい袋いっぱい買い込まれていたマッシュルームと合わせて炒めたが差別化に乏しい味になってしまった。

『東京新聞』のゲラ戻しと、某エンタメ系新人賞の下読み1本半。

辻本力から13日に届いていたメールをようやく読む。「コロナ禍日記」という企画を立てたので日記を書けという依頼だった。すなわちこの日記である。

## 4月17日（金）

9時半起床。

朝食は、妻が昨夜ホームベーカリーに仕込んで、朝、焼き上がったパンに、自家製サラダチキン、トマトと卵の炒めもの、コールスローサラダ。

サラダチキンは、アイラップに入れ真空状態にした鶏ムネ肉を、シャトルシェフで低温湯煎して作っている。設定温度はいろいろ試した結果、65℃から70℃で2時間かそこら適当に放置するのがいちばんプリプリに仕上がる印象である。塩やニンニクは茹で上がった後に投入している。事前にするより事後にするほうが中までよく浸透するという記事を読んだのでそうしているのだが比較はしていない。仕上がりに不満はないからもうこれでいいやと後入れを続けているだけだ。日常というのは「もうこれでいいや」の積み重ねでできている。

ANOVAという意識の高そうな低温調理器も個人輸入して持っていて、それでも何度か試したのだけれど、手間の割に仕上がりは大差ないのでシャトルシェフに落ち着いている。息子に食わせるつもりで作り始めたサラダチキンだったが、息子はあんまり食べなくて、父母がもっぱら消費している。

今日も午後、妻が息子と娘を公園に連れていってくれた。その隙に数日ぶりの風呂に入り、息子が飲み物を盛大にこぼしたクッションシートを剥がして床とシートの掃除をする。

妻が申請していたマイナンバーカードを受け取りに行くと言うので、留守番&子守。言うまでもなく仕事は一切できない。息子のおやつにはんぺんチーズ焼きを作る。食が細い、というより食うこと自体にどうも積極的でない息子が珍しくよく食べたのでまた作ってやろうと思う。

妻がおいしいと評判だという惣菜屋からいろいろ買ってきたのでそれらと、自家製チャーシューとネギを炒めたのと、料理研究家のリュウジさんのレシピで作った「悪魔の壺ニラ」、シジミの味噌汁で晩飯。チャーシューは、2年くらい前にネットでバズった大勝軒のチャーシューのレシピに基づいているものの、適当に改変が加えられていって、もはやこれもシャトルシェフで作っている。

所得半減世帯を対象に30万円の給付とされていた案が不評で反故にされ、補正予算を組み替えて、国民全員に一律10万円を給付することにしたというニュースが流れる。岸田政調会長の「自民党としても当初から訴えてきた10万円一律給付」というツイートに総突っ込みが入っていた。ポスト安倍の呼び声高い岸田だが、財政再建派なので潰れていただきたいところだ。

柴崎友香さんが、なぜいま現金給付が必要なのかというツイートの流れで、今や日銀副総裁に収まっている若田部昌澄氏と8年前に出した共著『本当の経済の話をしよう』(ちくま新書)を紹介してくれていた。若田部さんとはその後も共著案がいくつか浮かんでは消えしていたのだが、副総裁就任で実現は遠のいてしまった。

全員寝静まってから、下読み2本半、応募者は34歳、78歳、70歳。

## 4月18日（土）

10時起床。

冷凍ご飯でおかゆを作り、作り置き&残り物などで朝飯。

雑事を片付けていたらもう16時だった。小腹が減ったので、セブンイレブンの冷凍担々麺で、中食だか早めの晩飯だかわからないものを食ってしまう。この冷凍担々麺は、うまいと評判のセブンイレブンの冷凍食品のなかでも屈指の出来で、常に冷凍庫に何袋か入っている。麺を食った後、飯を入れて煮直し雑炊にするとこれがまたうまい。いかにも太りそうだが。

息子を遊びに連れ出してやれていなかったので、夕方、一家で散歩がてらゲオまでDVDを借りに行く。『となりのトトロ』を気に入った息子にジブリ作品を借りるのが目的だったのだが、ほとんど借り出されており、『天空の城ラピュタ』と『崖の上のポニョ』がかろうじて1本ずつあるのみだった。レンタルビデオ屋はコロナ禍の自粛で繁盛しているらしい。

準新作で『トイ・ストーリー4』が並んでいたのでこれも借りる。息子が初めて劇場で観た映画なのだ。自分用には『ザ・バニシング　消失』を借りた。キューブリックが3回観て、「これまで観たすべての映画の中で最も恐ろしい映画だ」と漏らしたというオランダのサスペンス映画。何かの本に出てきてメモっておいたものだが、何で見たのか忘れてしまった。

子供たちが寝た後、下読み2本半、32歳、58歳。

## 4月19日（日）

10時起床。

妻が昨晩仕込んでいた中華粥と、納豆やサバの缶詰、漬物などで朝食。

妻の弟が、自分の息子を河原に遊ばせに行くついでにうちの息子も連れていってくれるというのでありがたく託す。誕生日が数週間違うだけの同い歳の従兄弟で保育園も一緒で、普段から2人は非常に仲が良い。義弟夫婦は、我が家から徒歩で5分くらいの距離の妻の実家に居を構えている。というより、いざというときに子供の面倒を見てもらう目的で、妻の実家の近所に我が家が引っ越したのである。

息子が戻り、割引クーポンがあったので、ドミノピザを注文して早めの夕食。息子には別に食事を用意したが、あまり食わず、ピザを所望するので、ジャンク度の薄そうな耳のあたりをちぎって与える。

家が寝静まった後、下読み1本、70歳。

## 4月21日（火）

11時起床。就寝が朝6時を回ってしまい遅い朝である。

起きたら妻がジャワカレーを作っていたので、それで朝昼を兼ねた。

午後、妻が子供たちを連れて近所の公園へ。戻ってすぐ妻は娘の6ヶ月定期検診へ向かった。標準身長よりやや小さく、標準体重よりやや重く、「ちょっとおでぶちゃんね」と言われたそうだ。痩せ気味の息子に対し、娘はころころと発育が良い。

晩は、残っていたチャーシューでチャーハンを作り、ニラと小松菜とシメジの中華スープを添えた。

食後、息子がボール（柔らかい）投げにはまる。頭上に投げたボールを父にキャッチさせ、頭にポンとぶつけて返してもらうのをキャッキャと喜ぶ。何が面白いのか、普段かじりついて離れないiPadに見向きもせず、息が上がりうっすら汗をかいても延々とせがみ続ける。保育園で友達と遊べずストレスが溜まっているのかもしれないと思う。

下読み4本。50歳、51歳、62歳、57歳。人生を懸けたとプロフに書いてきた現在無職の応募者の作が、新人賞1次でも例を見ないしょうもなさで複雑な気分になったが最低点をつける。

深夜、出汁を取った後の昆布を佃煮にした。

## 4月22日（水）

9時半起床。

妻が、腹が減ったから昨日のカレーでカレーうどんを作ると言う。一緒に作るかと聞かれたが、起き抜けでカレーは重いし、食欲もまだわかないので断って、しばらくあとに、ハムとチーズとレタスでサンドイッチを作って食べた。

今日は下読みの〆切日なので、子供の相手があまりできない。

昼前に妻が息子と娘を連れて公園へ。最近買ったミニ凧で遊ばせたところ、凧を持って（引きずって）1人で走り回り、疲れたからもう帰ると言い出したそうだ。普段は「もう帰ろう」と言っても「やだ」と動かないのに珍しいことだ。

ひたすら応募原稿を読む。妻も娘の世話で手が回らず、息子は1人でずっとiPadをいじっている。だらけた姿勢であまり面白そうにも見えないのに惰性のようにゲームをやっている。不憫だがどうにもならない。早く保育園が再開してほしい。

朝食のタイミングがずれたため、今日はめいめい勝手に飯を食うことに。妻はレトルトのソースでパスタを、おやつというか早い夕食に食べていた。おれは、コロナ騒ぎの最初の買い占めのときに買われずに残り、誰かが「このうまさを知らないのか」とツイートして話題になった「マルちゃん正麺ソース焼そば」を、ベーコンとキャベツで作って食べた。初めて食べたが、普通の「マルちゃん焼そば」のほうが正直うまいと思った。

息子には、妻が、納豆ご飯と、残しておいた昨日の中華スープ、細かく切ったトマトを用意した。トマトは自分で食べたが、それ以外はスプーンを取らない。少数のごく好きなもの以外は自分では食べないので、毎食、親が手ずから食べさせてやらないとならない。それも、iPadで何か見せたり遊ばせたりして気を逸らせながらでないと、親の手からすら食べず、顔と身体をのけぞらせて拒絶する。保育園では自分で食べるらしいので、環境的な問題だと思うのだが、いまだに解がよくわからない。

引き続きひたすら読むうちに、子供の風呂の時間になる。風呂に入れる前に、そろそろトイレを覚えてほしい息子を子供用便座に乗せる。しない。「このボタンを押すと、水でお尻をピーッと洗えるんだよ。押してみる?」と聞くとうなずくので、ウォシュレットを操作したら、水は息子の股間を素通りして、息子の前にしゃがんでいたおれを直撃した。わっわっと慌てる父を見て喜ぶ息子。「もうちょっと前に出よう」と座らせ直しあらためて発射すると、不思議そうな顔で「面白かった」と言う。好感触である。

風呂を済ませ寝かしつけた後、さらに読んで、23時に読了。夜食に、サバ缶、納豆、その他でひっぱりうどん的なうどんを作る。食後、評価表などを整理し、原稿を段ボールに詰め直してコンビニへ。

今日の下読みは3本、74歳、35歳、28歳だった。

## 4月23日（木）

10時起床。

子供たちにご飯を食べさせた後、妻が近所の気になる寿司屋に行きたいと言うので、行ってきなよと送り出して、息子と娘の面倒を見る。息子だけならまだしも娘も連れて一家で外食はなかなか難しいのだ。息子はHuluで「アンパンマン」を見ていた。娘はそれほどぐずらず。妻から寿司屋が休みで隣のパスタ屋に入ったという連絡がくる。「外食っていいな」。家飯に飽きているのだろう。

戻った妻が、子供たちを公園に連れていったので、その隙に、評判の良さそうなタバタ式トレーニングを試す。YouTubeでインストラクターを見ながら8分。死ぬほど息が上がり、足と腹が笑う。きつい。シャワーから出ると、ちょうど帰ってきたので、入れ替わりで自分も飯を食いに出ることに。

妻が寿司寿司言ってたせいで寿司が食いたくなり、自転車で10分ほどの銚子丸へ。4月17日から7割の店舗で変則営業を実施しており、店内での食事は15時まで、以降は20時の閉店まで持ち帰りのみとのこと。客がいない。ガラガラである。

帰り道、スーパーで買い物をしていると、息子がアイスクリーム食べに行きたいから帰ってきてと言っている、というメッセージが来る。昨日、明日行こうねと約束していたのを思い出す。

戻って、一家で近所のミニストップへ。最近ソフトクリームがアップデートされたのだと妻情報。息子は無心に食べていた。

晩飯は妻の希望で、鶏そぼろご飯。「これ食べたい」とオークラのレシピを送ってきたので、フードプロセッサーで鶏肉を挽き、砂糖だけ減らしてそのまま作る。ブロッコリーをレンジで茹で、豆腐とワカメの味噌汁。

風呂から上がった娘を受け取り、ケアして服を着せ、うつ伏せにベッド(ダブル)に置いて、ちょっとトイレに行ったら、ギャーと悲鳴が。慌てて戻ると娘がベッドから転落していた。いつのまにかハイハイでずいぶん動けるようになっていたらしい。どこか打ったかと調べるが、特に異常は看取されない。クッションシートを敷いていたのが幸いした。落ち着いたあとの様子は普段と変わりなかったが、数日注意しなければならない。

国民民主党党首の玉木雄一郎が100兆円のコロナ債を提案。アベノマスクの異物混入問題を受け、受注していた伊藤忠、興和が未配布分を全量回収すると発表した。

今日は仕事をしなかった。

## 4月24日(金)

9時半起床。

子供の相手をしているうちに10時半になる。朝飯どうすると聞くと、妻は、昨日のリベンジで寿司屋のランチに行きたいと言う。じゃあおれはパンでいいやとサラダを作ることにして、「野菜だけ食っていきなよ」と聞くとうなずいたので妻の分も作る。レタスにルッコラ、トマト。即席の自家製ドレッシング。大量に出来てしまう。冷凍の食パンとベーコンエッグを焼いて、昨日の残りの味噌汁。

午後は一家で近所の公園へ。無人。併設されている、フェンスで囲われた荒れたグラウンドのようなスペースで、凧あげと玉蹴りをさせて息子を遊ばせる。昨日のタバタ式のせいで案の定立ち上がるのも難儀な筋肉痛になっていたのだが、どんなもんかとわざと足を高く上げて息子と一緒に走り回ってみる。意外といけるが息が続かない。体力がない。

戻って一休みしてから買い物へ。ミネラルウォーターとかビールとか重めのものを調達する。

諸々の〆切から逆算するとあまりのんびりしている余裕はないのだが、手近のマンガを読んだり、息子にせがまれて入れたゲームアプリを遊んだりしてしまう。曜日感覚は元々ないのだけれど、非日常が日常化したせいで、終末へ向かうあいだのモラトリアム的バカンスみたいな気分に少しなっているのかもしれない。コロナ対策が長期化するのは避けられない模様だが、どう転ぶか予断が付かない以上、下手の考えなんとやらである。マクロな動きを仕事柄予想しないではないが、身の回りのミクロな話とマクロな予想は必ずしも相関しない。太陽光でコロナウイルスが不活性化するという研究結果が米政府から出た。

そろそろ一昨日のカレーを食べ切ったほうがいいんじゃないかと、カレーで早めの晩飯。妻はまたカレーうどんにして食っていた。

## 4月25日(土)

連日の睡眠不足のためか猛烈に眠くなり、30分だけ仮眠しようと横になったが、息子がまとわりついてきて果たせず。寝ている父を踏み台にして、「てやー! とあー!」とジャンプを繰り返すのだからたまらない。

夜は、子供たちの風呂→メンテナンス→寝かしつけの儀式その他のルーチン。娘の様子はいつもと変わらずで、打ち身もないようだった。今日も結局、仕事をしなかった。

11時起床。

昨夜寝る前にシャトルシェフに仕込んでおいた、手羽元と鶏モモを入れた中華粥で朝飯。息子を、少し離れた、点在する複数の広場が遊歩道でU字型に繋げられている都立公園に自転車で連れていく。娘が一緒だと自転車移動ができないので久しぶりである。

ここらで遊ばせるかと降ろしたら、遊具が黄色いテープで封鎖されている。「都立公園では、コロナウイルス感染症拡大防止の為、当面の間、公園遊具を使用禁止といたします」との貼り紙。ニュースを確認すると、まさに今日から使用禁止になったようだ。そういや小池百合子が何か言っていたなと薄らぼんやり思い出す。数日前、緊急事態宣言が出ているのに公園で子供が遊んでいると区にクレームが入っているというニュースが出ていたから、その影響もありそうだ。池から上がった鴨などを「かもー」と追いかけたりして、息子はそれなりに楽しそうだった。

息子が熱心に遊んでいるパズルゲームはどれもゲーム性が似たり寄ったりで、元祖があるはずだと調べたら「キャンディークラッシュ」というのがどうもそれらしい。iPadに落としておいたら、息子は目敏く見つけて遊び始めた。iPadにアプリをダウンロードするとiPhoneにもダウンロードされる。Apple IDが同じだと勝手に同期されるらしい。どれどれとプレイしていたら、別の部屋から戻った妻が「ずるーい。私もやる」と言ってダウンロードしてやり始めた。父母息子3人で同じゲームを遊ぶ自粛の春の午後である。

そろそろ晩飯を作らなきゃと冷蔵庫を漁ると、鶏そぼろに使ったムネ肉とモモ肉が残っている。残っているというよりほとんど余っている。トマト煮にでもするかねと提案したら、ハッと気づいたように妻はDVDを返しにいかなきゃと言い出した。今日が返却期限なんだけどたしか時短営業で……と調べると20時まで。晩ご飯食ってからだと間に合わないおそれがあるので今行ってくる！　と言う。じゃあ、ついでに買い物してきて追加の材料を頼んで、子守しながら待つことに。子供2人の相手をしながらメシを作るのは無理である。結局晩飯は、鶏モモとムネ肉に、タマネギ、ナス、キノコ、パプリカを入れたトマト煮とパンで簡単に済ませることになった。今日も仕事をしなかった。

## 4月28日（火）

10時半起床。

昨夜仕込んでおいた手羽元を入れた中華粥で朝飯。

息子にキックバイクが届く。

区からの連絡で保育園の閉鎖が延長されそうとのこと。他区で6月いっぱいの閉鎖が決まったという話がTLに流れてきていた。

妻がキックバイクを携え、息子と娘を連れて公園へ。『週刊新潮』「文芸最前線に異状あり」のため文芸誌を読み進める。義弟とその息子が偶然合流したとDMで写真が届く。息子が嬉しそうである。親と遊ぶだけじゃやはり満たされないものがあるのだろう。

皆が戻ってから、入れ替わりで買い物に出る。エコバッグ3つ、レジ袋2つという量になる。

戻ると息子が暴れている。妻が「やっぱりストレスが溜まってるんじゃないの。1時間程度外で遊んだくらいじゃねえ」と言うので、再度息子を連れて、出来合の夕食の買い出しに。松のやでトンカツのテイクアウトを求める。妻に何が食べたいと聞くとトンカツと言うので、「揚げるか？」と返したら松のやでいいと言う。今ならPayPayで2割引になるのだという。

散歩させようと思ったのに、息子は自転車がいいと言う。向かう道すがら、蛇行したり迂回したり。多少でも気を晴らしてやろうと思ってのことだが、まあ、焼け石に水だ。人気のない真っ直ぐな裏道を走っていたときに、ペダルを踏み込んで速度を上げると「速いねえ！」と喜ぶ。そういえばこの子乗せ自転車では安全ばかり気にして速度を出したことってなかったかも。「もいっかい」とせがむのでまたペダルを踏む足を速める。喜ぶ。他愛ないが悪くない。帰り道にも「スピードを上げていくの！」とせがまれる。面白かったらしい。今度、もっと躊躇なく真っ直ぐ走って行ける道に連れていってやろう。

結局ストレスは発散されず、息子は暴れ、娘は唸り声を上げ続けてなかなか寝ず。

## 4月29日（水）

10時半起床。

妻が夜中に仕込んだそうで、パンが焼き上がっていたので、パン食のおかずを作る。トマト卵、ベーコン、グリーンリーフレタスとサラダ菜のサラダ、クラムチャウダー。市販のドレッシングがあまりうまくない。

食後、息子を鬼公園へ連れていく。鬼の城を模した遊具というかオブジェがあるのでその愛称で呼ばれている。昨日、自転車に乗っているとき、「どの公園が好き？」と聞いたら「鬼公園」と言うので「じゃあ、明日行こう」と約束したのである。もっとも、息子の答えは適当なので本当にお気に入りかわからない。

行ってみると遊具が意外としょぼくて遊べない。鬼の城から流れ出る水で水遊びができるのが売りの公園なのだが、まだ水は張られていない。しばらく遊んで「別の公園行こっか」「うん」。それから近隣の公園を探索しがてらのサイクリング。都合4時間くらいあっちこっちの公園で遊ぶ。

小腹が減ったので戻って、どうしようかと考えて、がっつり晩飯には早いしなあとまたひっぱりうどんを作る。「一緒に食うか」と妻に聞くと「まだお腹減ってない」と言う。でもどうせおれが食ってたら「やっぱり食べる」と言い出すのが目に見えているので、妻の分の材料を残しておき、食べ始めたら「やっぱり食べる」。ほら。

タバタ式で腹筋と、先日激しく筋肉痛になったメニューを。後者はやはりきつい。

長く外で遊んだせいか、19時前なのに息子が眠そう。娘も昼寝がうまくできなかったそうなので、早めに風呂に入れる。

子供たちの風呂が終わって、飯どうしようかと言うと、妻はまた、まだ腹が減っていないと言う。いろいろごねていたが結局一緒に食うことになり、野菜を多種大量に炒めて、その上に焼肉のタレで焼いた牛肉を載せる、我が家で定番のおかずを作る。今日の野菜は、タマネギ、ニンジン、ピーマン、シメジ、モヤシ、ナス。牛肉は安い薄切りのバラとロース。焼肉のタレで焼くときは、ペラペラの肉のほうがうまいと思う。タレはキッコーマンの「わが家は焼肉屋さん」が最近は定番化している。安くてどこにでも売っていてそこそこうまい。

あとはビールだけでもういいやと味噌汁は作らず。自分はコメがなくても平気なのだけれど、妻は、焼肉のタレで肉を焼いてご飯を食べないなんてありえない！　という人で、ちょっとだけ残っていた冷凍ご飯を温めていた。

フランスがロックダウン解除を宣言した。「経済が保たない。ウイルスと共存していかねばならない」との判断である。コロナ禍による被害と経済的ダメージを天秤にかけたトレードオフだろう。一方、日本政府は緊急事態宣言を5月6日に解除するのは厳しいとの見方を出した。緊急事態が終わったと言えるかどうか厳しい状況が続いているとの判断からだという。だが、日本も経済が保たない状況に差し掛かっている。

コロナ騒ぎに関しては、文化人だの知識人だのクリエイターだの専門家でない人たちの意見は基本的にオミットしている。ノイズでしかないからだ。イタリアのパオロ・ジョルダーノという作家の『コロナの時代の僕ら』というエッセイが出版に先立ちネットで公開され話題になっていたが、案の定感心しなかった。

文芸誌小説1本。下読み半本、58歳。

## 4月30日（木）

10時起床。

一昨日買い物に行ったばかりなのに食材がない。正確には朝食にふさわしい食材がない。米を炊いて、ベーコンエッグでも食うかと提案すると、難色を示す妻。じゃあ、君は卵かけご飯でも食うかと聞くとそっちのがいいと言う。「君のメインはこれだ！」と器に入れた生卵をテーブルに置き、キャベツと塩昆布を和えてゴマ油を垂らしたの、漬物いくつか、海苔とネギの味噌汁、グリーンリーフレタスとサラダ菜とカニかまぼこのサラダ。ドレッシングは即席で作った中華風。この手は市販のドレッシングより自分でちゃちゃっと作ったほうがうまい。自分用にはベーコンエッグを焼いた。妻は卵かけご飯をおいしー！　と食べていた。

妻が息子と娘を連れて公園へ。この隙に仕事を、とかかったが、妻が午後出掛ける予定だったことを思い出す。風呂に入っておかないと入るタイミングがなくなると慌ててシャワーを浴びる。

もう少しで出るというところで、息子の騒ぐ声が聞こえてきた。夏日で暑くて「もう帰る」と言い出したそうだ。公園で木と木のあいだにロープを張り綱渡りの練習（？）をしていた人がいたそうで（写真も送られてきた）、息子が「あっ、木をいじめてる！　やっつける！」と駆け寄ろうとして大変だったという話を聞いて笑う。

一休みして妻が出掛けたので子守&留守番。言うまでもなく何もできない。娘がぐずりにぐずってずっと抱っこであやす。息子はiPadでゲームをやったり動画を見たりしている。やっと娘が寝たので、せめてスキンシップをと膝に乗せて動画を見せつつ下読みをしていたら妻が帰ってきた。

何をしに外出したのかと思ったら、団子を買いに行ったのであった。何やら有名な団子屋の団子だそうで、相伴に与る。

妻が買い物もしてきてくれたが、足りないものがある。少しでも外に連れ出してやろうと息子に「買い物に行こう」と声を掛けると「みんなで行くの」と言う。不憫になり一家総出で近所のスーパーへ。何も目新しいものはないのにそれでも息子は楽しそうでますます不憫になる。

最寄りの公園は子供が少ない。息子1人ということも多い。息子は人見知りなのだが、昨日、普段とは違う公園に行って子供がたくさん遊んでいるのを見て、見知らぬ子ばかりなのに「おともだちがいるねー」とどこか嬉しげだったのを思い出す。

晩飯は昨日と同じ焼肉野菜でいいと言う妻に、おれが難色を示す。ストックと相談して、豚挽肉とモヤシの炒めものを作ることにする。それと、豆腐とワカメの味噌汁、漬物、もずく、スティックセニョールなど。豚挽肉とモヤシはコウケンテツのレシピでよく作る。味付けが、醤油、酒、砂糖、ニンニク、酢と単純なのに、塩梅が決まると思いがけない深みが出る。今日は、薄め、甘めでいまいち決まらず。スティックセニョールは、茎ブロッコリーとも呼ばれる野菜で、ブロッコリーよりも扱いやすく汎用性が高い、らしい。初めてなのでレンジで普通に茹でてマヨネーズで食べた。

下読み1本半、58歳、38歳。

山口百恵のサブスクリプションが解禁されるそうで、それに合わせて出す記事を書いてほしいというメールが届く。「Kompass」という、SpotifyとCINRAが共同でやっているサイトからの依頼で、引退後40年になる山口百恵と、デビュー40周年を迎える松田聖子の比較を、歌詞にフォーカスしてやってほしいという注文。Spotifyの歌詞を表示する「シンガロング」という機能をフィーチャーしたいのだそうだ。聖子は割としょっちゅう聴き返しているので、何となく百恵のおさらいを始める。

## 5月1日(金)

9時半起床。

生協から取り寄せた八宝菜セットを作りたいと言うので、朝飯は妻に任せる。味噌汁を作るかと聞かれたので、面倒ならいいよと答えると、なんでそういう刺のある言い方をするのかと怒られた。八宝菜とシジミの味噌汁で朝飯。息子が異様にシジミが好きで、実はぜんぶ彼のために取り分ける。シジミの味噌汁のときはいつもこうだ。八宝菜は、具が、特に海鮮が出来合にしてはしっかりしていたが、味は平凡だった。

妻が膝が痛いと言っているので、息子を連れて散歩に行くことに。行ったことのない公園へ行こうと、iPadのGoogleマップで検索していたら、「ゆうちゃんのあいぱぃど!」と息子が介入してきて調べられない。PCで調べ直して、先日の都立公園を抜けた隣の駅にある公園ふたつばかりに目星をつける。

目指した公園はどちらも悪くなかった。特に滑り台の出来がよく、息子は得意の「もいっかい」を繰り返し、何10回と滑っていた。

結局、また4時間ほど遊び、疲れたのか息子は、帰り道、自転車のチャイルドシートで寝てしまう。家に到着し、安全ベルトやヘルメットを外して抱きかかえ、エレベーターに乗り、玄関に入っても起きない。寝ちゃったよ、どうする？　ちょっと寝かす？　とベッドに置いたら、「ここどこ？」と目を覚まし、次の瞬間、飛び起きて普段通りの狼藉を始めた。

妻が作ってくれていたミートソースのパスタとサラダで遅い昼飯。サラダは、グリーンリーフレタスにサラダ菜、キュウリとパプリカ。

平田オリザが大炎上している。NHKの番組『おはよう日本』の「けさのクローズアップ」に、「新型コロナウイルスによる不安が渦巻くいま、各界の方に生きるヒントや危機を乗り越える提言をきく」というコーナーができ、第1回に平田オリザが登場したらしい。番組のオフィシャルサイトがその書き起こしを上げたところ、平田の「製造業の場合は、景気が回復してきたら増産してたくさん作ってたくさん売ればいいですよね。でも私たちはそうはいかないんです」という発言に、製造業を見下していると批判と非難が巻き起こったのである。平田が民主党政権時ブレーンに収まっていたという事実がさらに火に油を注いだようだ。平田は脱経済成長論者であり、成熟社会論者である。製造業は衰退産業とも言っていたはずだ。その点でおれは平田を支持しない。

晩飯は、先日と同じ、焼肉のタレで焼いた牛肉と野菜。

緊急事態宣言を1ヶ月延長することを4日に決定する方針であると安倍首相からアナウンスされた。

下読み2本、38歳、80歳。

## 5月4日（月）

10時半起床。

そろそろ尻に火が付き始めて余裕がなくなってきた。妻に朝どうすると聞かれたので、パンで適当でいいやと言うと、じゃあ、私はシリアル食べると言って、ささっと済ませていた。

息子はベランダで水遊びとシャボン玉遊びを始めた。何となく妻と交代で相手をする。バケツに汲んだ水を如雨露に移し替えてちゃーっと撒くというのを、何が面白いのか飽きずに繰り返している。

腹が減ったからおれはパンを食うよと言って代わってもらう。冷凍のパンを焼き、自家製サラダチキンとチーズとフリルレタスを挟んだサンドイッチを作って台所で立ったまま食っていると、昼飯を食べさせるべく部屋に戻された息子が寄ってきて「それ食べたい」と言う。

「え、これ食べる?」と少し切って分け与えると「おいしい。もっと」と言うので、同じものを味付けを子供向けにして別に作る。パン1枚を半分に切って具を挟み、さらに半分にして小さいサンドイッチを作ってあげると、自分でけっこう上手に食べていた。サラダチキンはそもそも息子に食わせようと作っているものなので食べてくれると助かる。

晩飯は、買い物ついでに妻が買ってきてくれた松屋。あたまの大盛り。

緊急事態宣言が延長された。差し当たり5月31日までの予定だという。

下読み3本、70歳、59歳、37歳。珍しく当たりを引いた。37歳の作には授賞してよいと思った。短篇映画で賞をもらったことがあると経歴にあったのでググって調べる。

## 5月6日（水）

10時半起床。

例によって「朝飯どうする?」から朝は始まった。そういえば、賞味期限が切れた無印良品のレトルトカレーがあったじゃん、あれ食わなきゃということで、朝からカレー。冷凍ご飯を温めて。多めに消費しようと3種類開ける。無印のレトルトはクオリティが高い。値段も高いけど。

雨が降っていて公園に行けない。妻が一計を案じ、折りたたみ式のテントをベランダに広げた。けっこうやっている人がいるのだとか。息子は嬉々としてテントに入り転がっている。こりゃいいやと思ったが、もって数十分だった。テントに入って何するわけでもないので、そりゃそうである。

ひたすら下読み&文芸誌読み。

晩飯は、妻が「簡単節約☆鶏胸肉の揚げない塩唐揚げ。」を作ってくれた。以前書評した久保明教『「家庭料理」という戦場　暮らしはデザインできるか?』に出てきたクックパッドの人気レシピで、読みつつ「へー」と思ったので、後日、作ってみたら「柔らかい！　ジューシー！」と好評で、妻も作るようになったのだった。ゴボウのサラダ、漬物、マイタケと豆腐の味噌汁。

子供らの風呂、寝かしつけを挟んで、ひたすら下読み&文芸誌読み。

朝6時までかかって下読み完了。32歳の作品に手こずった。プロフィールに元グラビアモデルとあって、転身の模索か、イージーなと取り掛かったら、ゴリゴリの歯応えの本格派で意表を突かれた。梱包して返送の手続きをする。

下読み4本半、22歳、32歳、53歳、38歳、32歳。

## 5月7日（木）

10時半起床。

今日は『週刊新潮』「文芸最前線に異状あり」の〆切で昨日より余裕がない。

妻が冷凍ご飯で粥を作ってくれたのでそれを食べる。おかずはウインナーと納豆。

ひたすら文芸誌を読む。

午後、妻が息子と娘を連れて公園へ。今日はいつもとは違う、ブランコの良い公園へ向かった。その隙に読む。

妻と子供ら帰宅。子供たちの面倒を妻に見てもらって、読む。

夕方、妻、子供たちを連れて2度目の公園へ。読み続けたが、読み残しが出てしまって〆切を半日延ばしてもらう。区から保育園の休園が5月31日まで延びたという連絡が来て、妻の顔が曇る。

18時半くらいにようやく書けるかなという感じになったので書き始め、子供たちをあやしたり、子供たちの攻撃を防御したりしながら1時間ほどで初稿を上げる。読むのには1週間くらいかかるが書くのは一瞬である。

目薬とか細かいものを買いに出る。ついでにテイクアウトで晩飯の調達。家では食べられないものがいいという妻のリクエストで炭火焼豚丼の店へ行ったが閉まっていて、結局、また松屋に。

子供たちを風呂に入れ寝かしつけてから、原稿の調整にかかり、11時半に送信。「日付が変わる前には送ります」という約束は何とか果たされた。結局、1作しか取り上げられなかったので、ひっちゃきになって読んだほとんどは無駄骨になった。無駄骨と言うと語弊があるけど、コスパの悪い仕事だと毎度思う。『東京新聞』「3冊の本棚」の選書に取り掛かる。

## 5月8日（金）

10時半起床。

朝飯、パンにしようかというと妻は難色を示した。「パンもないし」「どっちにしても買い物に行かないとそろそろ食い物が尽きる」「こないだ話した中華がデリバリーを始めて」「朝から中華!?」。パン、サラダ、ベーコンエッグ、スープみたいな朝食にうんざりしている様子だ。食い物に頓着のないおれは毎日同じようなものでも別に平気なのだが、食べることが好きな妻は飽きるのだろう。

「じゃあ、あのコッペパンは?」と丸亀製麺が経営している「焼きたてコッペ製パン」を提案すると、それなら久しぶりだからいいと言うので買い物に出る。東急ストアで野菜を買い込んで、ヨーカドーへ移動。連休明けだからかどっちも混んでいる。銀行も長蛇の列だ。コッペパン屋も少し並んでいたが待つと言うほどではなかった。コロッケ、卵、鴨ロースサラダ、えびアボカドを求める。

家に戻って、グリーンリーフレタスと花入りベビーリーフでサラダを作り始めると、先に息子に食わせると言って、妻はコッペパンをカットし始めた。息子は卵サンドを気に入ったようでわしわし食って、4分の3ほど1人で食べてしまった。パンは好きでよく食うのである。

『東京新聞』の選書。妻は、息子と娘を連れて公園へ。1時間ほどして戻って、一休みして、また別の公園へ行くという。気を遣ってくれているのである。大方目星が付いたので、娘は置いていけばいいよと言う。娘をあやしつつ大体決める。2冊は手持ちでいけそうだが、残りの候補を何冊か注文しなければならない。息子は砂場が好きで、砂場ではしゃいでいる写真が送られてくる。

晩飯は、今日大量に買い込んできたキノコでリゾット、鶏モモのローズマリー焼き、グリーンリーフレタスとケールのサラダ。先日、近所のスーパーで、生ローズマリーの大パックが安く売ってたのだ。

夜、見当を付けた本を注文しようとしたら、一番候補が、ヘタしたら即日届くヨドバシエクストリーム便でお届け予定日1週間後と出る。物流にも影響が出てきたようだ。アマゾンは在庫なし。リアル書店は軒並み営業していない。図書館は5月31日まで閉鎖が延長された。お手上げである。手持ちの別の本に差し替えるしかなさそうだ。

〆切までまだ時間のある仕事の参考文献を慌てて調べる。もっぱら古本になるのだが、マーケットプレイスの発送予定日もだいぶ遅延しているようだ。こっちも方針を変えないといけないかもしれない。

**5月10日（日）**

10時半起床。

明日〆切が2本重なっているので仕事以外何もする余裕がない。

朝は妻がアボカドサンドを作ってくれた。

晩は先日の残りのミートソースでパスタ。

**5月11日（月）**

10時半起床。

朝、粥。夜、ピザ。

〆切2つ。朝8時までかかる。

**5月12日（火）**

11時起床。

妻の誕生日だがプレゼントも食事も何も準備ができなかった。

朝は、妻が鶏ムネ肉を焼肉のタレで焼いてくれたがパサパサになってしまっていた。「簡単節約☆鶏胸肉の揚げない塩唐揚げ。」が柔らかくジューシーに仕上がる秘密は片栗粉の衣にあるのか。

午後は、子供と遊んだりしつつ、早朝に送った共同通信の書評を巡って編集者とやりとり。翻訳物のちょっとやっかいな本で、著者自身がたぶん考えを煮詰め切れておらず、勘所について手を変え表現を変え繰り返し、真綿でくるんで締め上げて核のかたちを浮かび上がらせるような書き方をしているものだから、言いたいことは薄ぼんやりわかるものの、端的に説明するのが非常に難しい。付帯情報を削るとなんのこっちゃになってしまうのである。何度かやりとりして落としどころを探る。

夜は外で何か食おうかという話になっていたが、息子はまだしも、娘を連れていると、行ける店が限られてしまう。もう近所のジョナサンでいいやと向かったものの、書評のやりとりで手間取り、家を出るのが19時半くらいになってしまった。自粛要請で20時閉店になっているので、食ってる時間がほとんどない。外で食うのは無理と判断して、何かテイクアウトを買いに行くことにした。めぼしいところは20時閉店で、開いてる店は微妙なところばかり。結局、松屋で済ますことに。

**5月13日（水）**

11時起床。

妻の誕生日だったのに最悪な夕食になってしまったので、朝（というか昼だが）は少しまともなものを作ることに。葉玉ねぎとキャベツとベーコンのパスタ。ホウレン草とベビーリーフ、カット野菜でサラダ。ドレッシングはなんちゃってイタリアンぽいのを自作した。

黄砂とPM2・5の予報が出ていたので、公園に行くのはやめて、うちで遊ばせる。娘に授乳しているうちに妻が寝てしまい、おれは仕事をしなければならずで、ベランダでちょっと水遊びをさせた以外、息子をずっとiPadで遊ばせておくことになってしまった。

晩は、妻の希望で、焼肉のタレの焼肉にすることにして、買い物に出る。

百恵聖子原稿の資料読み。

**5月14日（木）**

11時起床。

あまり食欲がなく、昨日妻が義母からもらったコロッケパンが冷蔵庫にあったのでそれで朝食を済ます。

百恵聖子原稿の資料読み。

妻が、息子を連れて近所の都立公園へ。娘は昼寝していたので今日は留守番である。遊具がまだ閉鎖されていると連絡が入る。息子が立ち入り禁止のテープを見て、「ここは遊んじゃダメって書いてある！」って言うので悲しくなったとDMを寄越した。緊急事態宣言直後に連れていったときに「このテープが貼ってあるところは遊んじゃダメなんだって」と言ったのを覚えていたようだ。

39県の緊急事態宣言の解除が決定された。東京や大阪などは21日に判断するとのこと。

## 5月15日（金）

9時半起床。昨晩、眠くて眠くて仕事にならないので早く寝てしまおうと午前1時くらいにビールを飲み始めたのだが、結局、3時半くらいまで眠れず。ここ最近の尋常じゃない眠気は6時間程度の睡眠じゃ満たされない。

起きると、娘が初めて寝返りを打ったという報告が妻からあった。6ヶ月と3週間。寝返りより先にハイハイを始めて、そんなケースもあるんだねえなどと話していたのである。

朝飯は、妻がツイッターでバズっていた「ナンプラー茄で鶏そうめん」を作ってくれる。味がしない。味見してあまりに濃いのにビビって薄めてしまったのだとか。自家製ニンニクシソ醤油の中身を出して薬味にする。ニンニクシソ醤油は和洋中何にでも合う。万能すぎる。既製品のダシ醤油に評判のいいのがあったので買い求めて、しばらくニンニクシソ醤油と使い比べをしていたのだけれど、結局、ほとんど残ってしまった。

保育園から電話が来て、すわ再開かと妻がいそいそと出ると、単なる様子伺いだった。ぬか喜びというやつである。

妻、息子と娘を連れて公園へ。その隙にシャワーを浴びる。今日が百恵聖子原稿の〆切なのだが、コロナの影響で資料が厳しい。打診が来て来週頭まで延ばせるというので延ばしてもらう。

15時くらいに小腹が減ったねという話になる。本格的に晩飯を食うには早すぎるので、パンでも食っとくかとトーストを焼く。それと、ベーコンエッグにサラダチキン。大きめにちぎったグリーンリーフレタス。クリームチーズなど塗り物をいくつか。義母がお裾分けしてくれたポトフを少々。

晩、21時くらいに妻が腹が減ったと言い出したが、本格的に晩飯を食うには遅すぎる。台所を一巡りして「インスタントラーメンでも食うか」と聞くとそれでいいと言うので、冷凍の豚肉を解凍し、キャベツ、ニンジン、タマネギ、小松菜、ピーマン、シメジなどと炒めて、茹で上がったラーメンに載せる。

**5月17日(日)**

10時起床。

朝食は、パン、トマト卵、ロメインレタスとパプリカのサラダ、豚とベーコンとミックス豆のトマトスープ。

妻が、実家の用事で出掛けるというので、子供らと留守番。隙を縫って、資料読みや音源の確認などをする。

晩飯は、買い置きしていた冷凍餃子と崎陽軒のシュウマイで済ますことに。妻が餃子を土井善晴流で焼き、小松菜とえのきの中華スープを作ってくれた。

百恵聖子原稿、朝6時までかかってなんとか完成。

**5月18日(月)**

12時起床。

朝飯は、妻が粥を作ってくれた。ソーセージにサバ味噌缶。

「美容室ってまだ閉まってるのかな」と言いながら店のサイトを見ていた妻が「開いてるって。もう我慢できないので行ってくる」と予約を入れていた。

じゃあその前にと、シャワーを浴び、ついでに風呂掃除をする。出るとちょうど妻が出掛ける時間で、息子と娘を遊ばせつつ留守番をすることに。娘のハイハイは行動範囲と移動速度がもうけっこう広くて速くて、ちょっと目を離すと何かの下に潜ったりしているので気が抜けない。

妻がバーガーキングのテイクアウトを買ってきたので、それでおやつというか早めの夕飯というかになる。

今日は息子を外に連れて行けてなかったので、18時くらいになってしまったが、散歩に誘う。とにかく体力を削ろうと、車の少ない道で「よーい、どん！」と競走を仕掛けたら、キャッキャと乗ってきた。走るのがけっこう速くなっており、早足を緩めると追いつかれてしまう。適当な距離で切り上げては「もいっかい」と走り出すのを10回ばかり繰り返して、おれもじっとり汗ばむ。

駅前の公園まで行ったら、遊具が閉鎖されていた。広場が売りの公園で、そもそもたいした遊具がないのだが。息子がまたしても「よーいどん、するの」と言うので、広場のサーキットでしばらく競走する。楽しいらしい。1時間ほど遊んで帰宅。

子供たちが寝てから、サラダチキンを2枚仕込む。ローズマリーとイタリアンハーブミックスという市販のスパイスを使った。

百恵聖子原稿の手直し。ちんたら直していたら朝6時までかかってしまう。

## 5月19日（火）

12時起床。

昼飯は、妻の希望で冷やし中華を作った。キュウリ、ハム、薄焼き卵の千切りを載せてオーソドックスに。

あまり天気がよくないので、マンション入り口前スペースで、キックバイクで遊ばせるべく、妻が息子を連れ出した。おれは娘と留守番。そろそろエンタメ系新人賞下読みの2次に取り掛からなければいけない。

いまいち発散しきれなかったのか、息子の機嫌が斜めなので、散歩に行こうかと言って連れ出す。ところが玄関を出た途端「抱っこ！」とすがりついてきて歩かない。公園まで抱えていき、ブランコに乗せようとしたら拒否された。「帰る？」と聞くとうなずくので、抱きかかえたまま引き返したら、途中で寝てしまった。眠くてぐずっていたのか。

晩飯は、妻の希望で麻婆豆腐ナスを作る。麻婆豆腐にナスも入れてしまった代物で、妻はこれが合理的だと言うのである。レシピを教えろと言われたが、そんなものはない。口頭で、挽肉炒めて、刻んだ生姜とニンニクを入れて、豆板醤と甜麵醤と豆豉醤を目分量で〜と説明していたら、目分量じゃわからないからもういい、と言う。適当に入れればそれらしい味になるから適当でいいんだよ、と答える。それと、大根とニンジンとキャベツの中華スープ。

下読み少し。ほとんど進まない。

## 5月20日（水）

11時起床。

妻の誕生日に何もできなかったので、息子と娘の面倒を義母に見てもらい、せめてもの代わりのランチに行く。近くに駅がまったくないアクセスの極悪な場所に、なぜか凄腕シェフの集まった中華料理店がオープンしているのを妻が発見し、行きたがっていたのだ。知る人ぞ知る店だったのだろうが、コロナ騒ぎでガラガラだった。テイクアウトも始めたということだったが、場所が辺鄙なだけに苦戦しそうだ。

家に戻って、一家で近所の公園へ。サッカーボールを蹴って、ともかく息子を走らせる。なかなか寝ないどころか、夜が更けるにつれ元気さと凶暴さを増し暴れるので手に負えない。2歳児のくせに昼寝もなしに連日23時くらいまで平気で起きている。

ボール遊びに飽きた息子は、ダンゴムシを見つけて突いていた。

晩飯は、昨日の麻婆豆腐ナスの残りを載せたインスタントラーメン。

下読み、昨日の原稿の続きを読むが読み終えられず。

## 5月22日（金）

10時起床。

近所に住む従姉妹夫婦がデリバリーピザを頼むのに妻が便乗して予約していたそうで、昼はピザ。Pizzeria Bakka M'unica（ピッツェリア バッカ ムニカ）という鮫洲にある店なのだが、改造して石窯を積んだバンでやってきて、目の前で焼いてくれるのである。コロナで店舗が休業でデリバリーに力を入れているらしい。

ピザにはコーラがないと収まらないタチなので、到着する前に息子を連れてコーラを買いに行く。ビッグ・

エーに着き自転車から降ろそうとしたら「もっといくの」と言って降りない。しょうがないなとそこらをしばらくグルグル走って戻ると、まだ「もっと」と食い下がる。結局1時間ばかりサイクリングをさせられる羽目になってしまった。

午後は下読み。

晩飯どうしようと冷蔵庫を開けるとあまり食材がない。妻は、冷蔵庫にある水菜とツナのパスタとかでいいと言うのだが、パスタが好きでないおれとしてはそんなしょぼいものを食いたくない。刺身でも買ってくるのはどう？　と聞くとパスタのがいいと言う。じゃあ、鮮魚に強いスーパーに行ってみるから、良い魚がなかったらシラスパスタでどうかと提案すると同意を得られた。そのスーパーはシラスが安いのである。

スーパーに行くと、刺身用の魚がいまいちというより品自体があまりなく、シラスパスタに決定される。湯を沸かしておいてくれとＤＭを入れ、その他の買い物も済ませる。

戻って、麺を茹でつつ、グリーンリーフレタス、つまみ菜、ラディッシュでサラダを作る。フライパンにオリーブオイルとニンニクを入れしばらく火にかけ、シラスを大量に、ルッコラを適当に投入し麺を移す。シラスの塩で十分味が出るので味付けは何もしない。息子にも食わせるのでコショウは食べるときに各自振る。

下読み1本半、56歳、43歳。

## 5月23日（土）

11時起床。

朝食は、パンとサラダチキンの残り、グリーンリーフレタス、つまみ菜、キャベツ千切りでサラダ。ありもののタマネギドレッシング。

午後、妻が息子を近所の公園に連れていった。娘を抱えて下読みをする。ただいまーと戻ってきた息子は、見るからに体力が有り余っている。今日も寝なそうだ。

昨日たいした買い物ができなかったので、依然、食材があまりない。息子を散歩に連れていきがてら、晩飯は松屋のテイクアウトで済ませることに。

下読み1本半、43歳、27歳。

25日に首都圏と北海道の緊急事態宣言を解除する方向で調整に入ったとのアナウンスが政府から出された。

# 床上げ

**中岡祐介**

日本・神奈川　2020年4月17日〜5月20日

## 中岡祐介

なかおか・ゆうすけ／1982年、茨城県ひたちなか市生まれ。書店フランチャイズチェーン本部に8年間勤務したのち、自宅のある横浜にて出版社である三輪舎を創業。担当した書籍に『本を贈る』（若松英輔・島田潤一郎ほか）、『ロンドン・ジャングルブック』など。新刊『バウルを探して〈完全版〉』（川内有緒・中川彰）。19年より横浜・妙蓮寺の書店、石堂書店の2階に移転。またその姉妹店として本屋・生活綴方を開業。監修として、選書やイベントの企画・運営をおこなう。

## 四月一七日（金） 生活を綴る

いつもどおり自然に目が覚める。外が明るかったので、今日は寝坊してしまったと少し後ろめたい気持ちで時計を見やると、いつもと同じ時間だった。嬉しい気持ちと裏腹に、今朝も原稿が届いていない。当然だ。こんな状況で、何事もなかったかのように文章を書けるひとはいるのだろうか。いつもどおり仕事をできるひとなどいるのだろうか。

本当は早朝から妙蓮寺の事務所に出勤する予定だったのだ。でも特別なことがあって、いつもより遅めに出勤することに。一一時からは本屋・生活綴方の営業がある。緊急事態宣言下での営業は、先週末から数えて三日目である。

開店作業を終えるとまもなく、何人かの方が入ってきた。そのひとりと話していると「開店するのを心待ちにしていた。この状況で家にいて本を読むことしか出来ないから、このお店が開いていて本当にうれしい」と言っていた。『ひとりみんぱく123』（松岡宏大、ambooks）『インドしぐさ事典』（矢萩多聞、同）、『TRICK――「朝鮮人虐殺」をなかったことにしたい人たち』（加藤直樹、ころから）、『九月、東京の路上で――1923年関東大震災ジェノサイドの残響』（同）、『ズボンをはいた雲』（マヤコフスキー、土曜社）をお買い上げいただく。

自分は毎週金曜日の早番、一一時から一四時までの三時間が割り当てられている。たったの三時間は、短いようで、やっぱり短い。書きものをするにはウォーミングアップしたところでタイムアップ、編集仕事をするには集中力がもたない。だから結局、雑務に取り組むほかない。今日は、スリップやレシート、納品書などが押し込められて混沌としていた引き出しを整理した。スリップは二月一五日の開店以来溜め込んできて、捨てるのは忍びない気持ちになったが、近藤麻理恵さんに相談してサヨナラした。

他の店番に伝えるべきことは、店番ノートに書くようにしている。決済方法の追加、感染防止のために貸し出している白手袋の運用方法、引き出しの使いかたなど。メンバーによる過去の書き込みを眺めているだけで愉快な気持ちになる。デザイナーの伊従（いより）さんはクールに見えて、このお店にとても熱心にかかわってくれている。彼女は店番ノートに一日の感想を書いてくれる。そのなかに改善点や運営への提案なども含まれている。

ちなみに、本屋・生活綴方は有志による運営である。ほかにも愉快な仲間がたくさんいる。コロナ禍において、この店の存在によって一番恩恵を受けているのはまさにぼく自身である。

帰宅後、前日にアク抜きしていた筍を調理して炊き込みご飯をつくる。いい季節になった。

## 四月一八日（土）　マクドナルドと小松菜

「今朝はマクドナルドで食べようよ」という妻からの提案。ドライブスルーなら、まったく問題ない。しかし、外出する準備がまったく整わず、空腹に耐えられなくなって永谷園の茶漬けを食べた。

朝から大雨。低気圧による頭痛、関節痛で動けない。本当に動けなくなって、ソファの上で動かなくなっていたら、そのまま二度寝してしまった。息子はその横でダンボールを使って工作に夢中になっている。書籍を梱包・発送するために購入した３Ｍ社のテープの直径が猛烈な勢いで縮小していく。しかし、息子の仕事を邪魔できない。自分も邪魔されたくない。

正午を大きく過ぎてしまったが、重い腰を上げて、マクドナルドへ行くことに。自宅から近いのは新横浜と大倉山であるが、ドライブスルーで購入可能なのは鶴見店のみ。車で一〇分ほどで到着。フライドポテトが湿気っている。食べている間に、空は晴れ渡り、頭痛も治る。
サミットストア菊名店と鈴木青果で食材を購入。鈴木青果は数年前に菊名駅前にオープンした激安八百屋で狭い店内はお客さんがごった返していた。本当は避けなければならない。しかし、これは生活だ。
夕食は、小松菜のカツレツ、前日の筍ご飯。カツレツは、この前の「ザ！鉄腕！DASH!!」で休校のために給食で使われなかった小松菜を、TOKIOが美味しそうに調理していたのを見た息子と娘によるリクエスト。小松菜とチーズを豚肉で巻いて、小麦粉・卵・パン粉で揚げるだけ。大好評だった。
五歳の娘が鉄道図鑑を手に「ななつ星」に乗りたいとねだってきた。

**四月一九日（日）　本屋の利益**

昨日の夕方から夜にかけて、こんなツイートをした。

ぼくは出版社であるけれど傍で書店を経営し店頭に立つ（実際には座っている）者として窮地に立つ書店にとって真に助けになる3つのことを出版社に対して提案したい。①卸正味を5％以上下げる／②支払いサイトの延長／③直接取引の受付。すぐにでも検討してほしい。とりあえず時限措置でも構わない。

緊急事態宣言が発令されて、大小を問わず、多くの書店が休業を余儀なくされている。営業できている店はかえって売上が上がっているところもあると聞くが、新刊書店は補償の対象ではなく、休業すれば支払いが滞るため、無理に営業しているところもあると推測している。オンラインストアを活用して営業するためには、これらの提案、とくに①は絶対に必須なのだ。

ただでさえ二割ちょっとしか利益がないのに通販をやってアマゾン対抗で送料無料にすると利益はない。他の店をいろいろ見ていると一万円以上購入で無料にしているところが多いのだが、仮に一万円売れると粗利は二二〇〇円。発送費で千円、この時点での手残りは一二〇〇円。人件費や地代などを込みで考えたらほぼ赤字だろう。本屋がこんな構造のままでいいわけがない。利益をちゃんとだそうと思ったら諸経費を負担してくれる読者の「善意」に頼るしかない。それじゃあおかしい。

もともと時代に合っていなかった本屋の利益構造は、コロナ禍によってますます狂っている。なぜなら、オンラインショップで本を売ると、ただでさえ少ない粗利を、クレジットカード手数料やらECサイト運営手数料だとか送料だとか、発送資材などで利益をガシガシ持っていかれるのだ。読者がアマゾンではなく本屋を選んでたくさん買ってもらえれば済む問題ではなく、手数料はたいてい売上に比例した歩合で徴収される。根本的に構造が間違っているのだ。

一方で、出版社がECサイトを始めたことが批判されていたりもする。ぼくはそのことじたいは賛成だ。アマゾンで買われるよりは出版社から直接買ってもらったほうが良いのだから。でも、その前提となるのは、やはり書店の掛率だ。何度も言うが、本屋のECはほとんど儲からない。取次経由で下げるのが無理なら、直接取引でいい。後生だから下げてほしい。「善意」ではなく、ビジネスとして。

## 四月二〇日（月）　リハビリ

寝違えが原因と思われる首と背中の痛みが、一晩寝ても治まらなかったので、たまりかねて整形外科へ行った。レントゲンを三方から撮ってもらったが、骨に異常なし。被曝した気持ちになったが、レントゲンが人体に与える影響は限りなくわずかであると思い直す。

「痛みを和らげるお薬をお出しするのと、あとリハビリをしましょう」

生まれてこの方、リハビリをしたことがないぼくは戸惑う。

「首を牽引しますから」

「!?」

この整形外科には、息子の怪我(自転車の荷台に載せて二人乗りしていたら足をホイルに巻き込んでしまった一生忘れられない自らの過ち)や自分自身のしょうもない骨折(車のドアノブを開けようとしたら体勢を崩して転倒し、中指を骨折。ドアノブに中指を挟んだのが骨折の直接的な原因)のために通院したことがある。その待合室は何の変哲もない粗末な部屋なのだが、その奥には秘密の大広間があることを前から知っていた。老人が時折出入りするときに垣間見ることがあるからだ。壁紙や調度品がレッドブラウンのシックな色に統一され、クラシックがBGMで流れるゴージャスな空間。きっと金満老人がからだのメンテナンスのために定期的に通う場所で、じぶんのような平民には無縁だと思っていた。

くだんの豪奢な部屋で、背もたれのある椅子に座り、顎の下にベルトを通される。モーター音とともに機械が作動し始めると首ごと持ち上げられる。一〇秒経つとベルトが緩み、首はもとのように体で支えられる。「一五分後にまたまいりますね」。先生によると、人間の頭はボウリングの球と同じぐらい重く、この細い首が(自分の首は父親に似てひとより太い)なんとか支えているので、ただでさえ負担が大きい。だから少しでも損傷があると、首はとても痛いのだ、という。

帰宅後は息子の自宅学習に付き添う。小学校のウェブサイトから「こくご」の学習のためのPDFを出力。

なぞりがき。次は「せいかつ」の教科書を持って外へ。「はるのいきものをさがしにいこう」。ハルジオン、ダンゴムシは見つかったが、他のいきものはいない。代わりに見つけたのがドクダミとゼンマイだった。息子は毛虫を触ったといってひどく不安がっていた。

## 四月二一日（火）　在庫の置き場所

目が覚めて、起き上がろうとしても起きられない。二〇分ほど試行錯誤したのち、うつ伏せになってから身体を丸くしてようやく起き上がることができた。首筋から背中、腰にかけての筋肉がとても硬くなっている。這々の体でベッドから起き出す。朝食を摂って会社へ。雨が降っているので今日は車で向かうことに。

家をでる前に、そういえば、と立ち止まった。せっかく車で行くのだから、旧事務所（自宅の一室）に残していた荷物を載せて行こう。事務所を妙蓮寺へ引っ越したのは昨年の夏だが、目下必要なもの以外は残していた。事務所代わりに使用していた部屋は小学生になる息子と来年小学生になる娘に明け渡すつもりでいたのだが、不要不急でないと思って会社の倉庫代わりにしていた。新型コロナウイルス蔓延の影響で子どもたちは家で勉強をしたり、絵を描き、工作をする。学校や保育園はいつ再開されるかわからないし、再開されても今後の生活は内向き傾向が強まるだろうから、引っ越しは急を要する。

旧事務所には書類や雑多なものを入れたダンボールのほかに商品も保管している。三輪舎の在庫のほとんどは主に流通倉庫に預けているが、旧事務所にもある。新事務所（石堂書店の二階）は、建物が古く、歩くと揺れがひどいので、できるだけ重い荷物を持っていくのは避けたい。そこで、サマリーポケットというサービスと契約することにした。箱単位で課金されるサービスで、毎月二五〇円で都内の倉庫に保管してくれる。入庫代は込み、ただし出庫するときは別途配達費用が発生する。この間、トランクルームやレンタル倉庫を調べていたが、将来的には在庫は増えていくのはわかっているけど今から大きい倉庫を借りるのは費用が割高になる。いくら預けても一定額のこのサービスは使い勝手がいいと思った。

数日後、箱は届いた。しかし、まだ何もできていない。それだけでなくて、事務所にいても、あまり仕事に身が入らない。自分の仕事に使える時間が限られていて焦ってしまって、かえって仕事ができないのかもしれない。でも一番は、これからの行く末が不安で仕方がないのだ。本をつくれないかもしれない、つくったとしても、本屋で本を売れないかもしれないと思うと、気持ちが塞いでしまうのだ。

朝日出版社の営業の橋本さんに電話したときも、そんな話になった。イベントをしたり、本を売るイベントを企画したり、参加したり。ぼくらがいちばん大事にしてきたことが、ことごとくうまくいかなくなったよね。オンラインでの取り組みは否定しないけど、やっぱり悲しいよね、と。一方的に話してしまったけど、橋本さんもきっと同じ気持ちだと思う。

## 四月二七日(月)　社会的な距離

この数日は日記をまともに書けずにいた。原因は寝違えをきっかけに始まった首・左肩・背中の痛み。一週間ずっと、この痛みは続いている。

このあいだ、息子と菊名駅近くの駄菓子屋「まるみや」に行く途中で、使い捨てマスクが落ちているのを息子が見つけた。うちは使い捨てマスクを使い捨てずに何回も再利用していることもあって、無駄にしているひとがいるのは信じられない。とぶつくさ言いながら散歩を続けた。その翌日、妙蓮寺を歩いていると、公園の花壇や道端にマスクが落ちているではないか。ひとつやふたつではない、あちこちにである。スーパーやドラッグストアには「誠に恐れ入りますがマスクは売り切れました」と張り紙がいまだにしてある。ただ誠実に商売しているのだから、申し訳ない気持ちにさせたのは本当に申し訳ない。

マイスーパー「オーケーストア妙蓮寺店」では、レジ前には常に行列である。コロナ禍前は惣菜や弁当を買いにほぼ毎日足を運んでいた。お気に入りは蓮根入りのミートボールである。ときどき、唐揚げ弁当や塩鯖弁当にするが、いずれにしても二九九円である。今日の昼は昨晩の夕食であったイカと大根とこんにゃくの煮物と白飯をタッパーに詰めてきていたので昼ごはんは買わなかった代わりに妻から言われていたウインナーパック二袋を持って列に並んだ。床に赤いテープで線が引かれてあって、「間隔を開けてお並びください」と〝社会的な距離（ソーシャルディスタンス）〟を記してある。前に立っている女性は携帯を見ていて、そのまた前のひとが前に進んでいるのに気づいていない。社会的な距離はこうして広がっていく。

## 五月三日（日）　草相撲

今日は子どもたちと三人でスーパーへ買い出しに行った。多少混雑はしているものの、いっときよりも落ち着いている。とはいえ、感染のリスクがあるので、本当は避けるべきだが、しかたがない。ほしかったバターを購入。外出自粛生活中には必須である。同じく薄力粉を補充したかったが売り切れていた。たこ焼き第二弾のための材料としてバナメイエビを購入。エビの養殖、といえば『フォレスト・ガンプ』を思い出す。フォレストがベトナム戦争従軍中に出会った友人バッバのことをずっと忘れられない。エビといえば、貧困を想起する。そういえば続編『フォレスト・ガンプ2』が公開されるときいて、原作を読んで待っていた。というか、今でも待っているのだが。

スーパーの帰りに菊名池公園に立ち寄る。この公園は半分は水道道を挟んで池エリアとプールエリアに分かれている。プールは休業期間中は低い柵に覆われている。「市営で安い」「屋外」「流れるプール」という三拍子揃ったプールで毎年夏は家族でお世話になっている。「コロナのせいで入れなくなったらいやだ」と娘。息子もぷんぷん怒っている。

柵を乗り越えて水面を覗き込むと途方も無い数のオタマジャクシが蠢（うごめ）いていた。プール中に繁殖しているようで、おそらく百万匹はいるだろう。よく成長していて、すでに足が生えている。彼らはこれからどうするのだろう。例年では五月末にはプール開きの準備に入り、溜まった水を全部抜いて清掃している。カエルはそのときに殺処分されているのだろうか。

子どもたちと草相撲をして、二連敗。そのあと車に乗ったとき、娘が「いっちゃん（娘のニックネーム）さぁ、とうちゃんと草を引っ張って遊んでいたら、保育園に行きたくなっちゃったんだ。おともだちと園庭で遊んだことを思い出したんだ」と呟いた。

## 五月五日（火）　こどもの日

ゴールデンウィークのはじめの頃に「今日（会社に）行ってくるね」と言ったら妻を怒らせてしまった。こんな状況だから、平日と土日程度の区別しかせず、祝日をあまり意識せずに過ごしていた。代わり映えしない単調な毎日であるが、もう少し意識してみたいと思った。であるからして、今日はこどもの日。われわれ夫婦は自宅で仕事ばかりしていて、子どもたちには気の毒な思いをさせてしまっている。

毎年この時期になると子どもたちは保育園で鯉のぼりをつくっている。そのことを思い出して、自宅でもつくってみることにした。不要になった白いシーツからちょうどいいサイズの布を切り出して、「父ちゃんは家庭科の通信簿は5だったんだよ」と僅かに捏造された記憶を手繰り寄せながら、縁の部分を縫い合わせた。出来栄えについては、ぼくからは何も言うことはない。

午後は息子のインラインスケートに付き添う。鶴見川の土手、新横浜から新羽までの一・八キロを往復する。ぼくはジョギングで並走。左肩にまだ不安が残っていたが、走っている間に痛みを忘れた。そういえば、土手にも一枚のマスクが落ちていた。

夜はたこ焼きを作った。エビを入れた代わりに、たこは入っていない。

## 五月一七日（日）　送料無料という呪詛

生活綴方のオンラインストアの送料設定についてよく考えて、答えを出し、そして技術的にも解決できた日だった。

このオンラインストアは、一週間ほど前ようやく出来上がったとき、仲間に試用版を見せようと一時的にメンテナンスモードを外しておいたら注文がどんどん入ってきてしまい、なし崩し的にプレオープンしてしまって今に至る。一冊二二〇円という送料もあまりよく考えずに設定したもので、少なくとも利益を削らないための設定でしかなかった。実際はもう少し低く抑えることを考えていた。

アマゾンや、最近では楽天などが「送料無料」と謳うとき、それは送料をこちらで負担します、お買い上げいただく方には負担させませんということであって、流通の担い手である日本郵便やヤマト運輸ら配送業者が無料にしますと言っているわけではない。例えばスポーツジムの入会金無料とか理容店のシェービング無料なら理解できる。無料と謳っていいのは実際にそのサービスをするひとだけだ。無料と見せかけることで、その労働は社会的になかったことにされてしまう。マルクスのいう疎外とはまさにこのことである。この数年で深刻化している運送業におけるドライバーの不足は、こういうところにも原因があると思う。人間らしく働くためには、賃金が支払われるだけでは不足である。「郵便屋さん、ヤマトさん、こんなコロナ禍のなかでありがとう」と感謝の言葉をツイートするのも構わない。しかし本当に彼らに感謝するなら、ぼくたちはまず先に、送料無料という言葉は呪詛であることを理解し、そして、無理解にその言葉を使用している販売業者を避けるべきなんじゃないかと思う。

であるからして、生活綴方のオンラインストアでは、送料をできる限り実費でお支払いいただくことにした。たいていの本はＡ４サイズの厚紙封筒の中に二冊入れることができる。日本郵便のサービスであるクリックポストを使えば、一九八円で発送できる。発送資材は三〇～四〇円だから、二冊の本を送るのに税込合計で二三〇円ばかりの費用がかかる。ゆえに、送料は切りよく税抜で二〇〇円、税込で二二〇円とした。

二冊毎に二〇〇円。これをオンラインストアのバックエンドで設定するにはどうすればよいかわからなかった。一冊いくら、一律いくら、あるいは売上の●％、と送料を設定するのがシステムにおけるデフォルトである。この問題の答えを出すのに、かれこれ二週間ほど時間がかかっていた。結局見つけた答えは、重さで数える、ということだった。重さに従って送料を設定できることには気づいていたが、そもそも本は重さよりも大きさと数であるから、あまり意味はなさないと思っていた。書籍を実際の重さではなく一律で例えば一冊一キロとして、二キロまで二〇〇円、四キロまでを四〇〇円…と細かく入力しておけば、二冊毎に二〇〇円という送料を設定することができる。

ちまちまとこんなことをやっていることは、少しも嫌いではない。そして、この努力を認めてくれとも思わない。しかし、黙っていてもいけないのだ。

今日は自分以外の家族が集団寝坊してなかなか朝食が始まらなかった。このままでは朝食が昼食になり、夕食が夜食になると思って、一一時ごろにパン（朝食）とごはん（昼食）の二食分を同時に食べた。その後、妻がたくさんカゴを買いたいというので新横浜のニトリに付き合った。明るいうちから唐揚げの準備をして、夜の帳が下りきったころに食べ始めた。

## 五月一九日（火）　まちの音

事務所で仕事をしていると、方方からいろいろな音が聞こえてくる。今日は近くにある商店の建物を修理しているので、カキンカキンと足場を組む音が響く。八百屋が台車を押す音、ラシャーイラシャーイという威勢のよい呼び声、保育園からは子どもたちの高い声と保育士のやけに低い声が聞こえる。階下からは、本屋の店主が客と談笑する声が聞こえる。

会社員だったころのことを、ふと思い出した。通っていたオフィスには、仕事をしながらいまのような「外側」を感じることはできなかった。オフィスで仕事をしている間は外の音は聞こえてこないし、インドカレーの匂いもアスファルトの熱気も池の冷気も流れてこない、蚊も蝿も飛んでこない。海浜幕張の高層ビルに勤務だったときは、窓辺からマリンスタジアムが見えて、夜になるとナイターの照明がスタジアムの上から漏れ出すのがきれいだった。だからといって、スタジアムとオフィスとは連続している世界であると思えなくて、テレビを見ているのとほとんど変わらなかった。

コロナ禍により内側に閉じこもることになって、かえって外側を意識するようになった。内側と外側とを隔てるものはたった一枚の古びたすりガラス。内と外との連続性は大いに担保されている。ネットを通して漏れ伝わるニュースに毎日怒りを覚え、憂鬱になるのだが、一方で、ぼくを取り巻く世界は意外と健康に保たれている。その安心が生活に落ち着きを与え、仕事に対しても前向きにさせてくれる。もし、会社員のときに通ったようなオフィスに事務所を構えていたらと思うと、想像するだけでとても苦しくなる。

自宅マンションに帰ってもそれは同じことで、上の階の親子がソファから飛び降りて遊ぶ音や、マンションの住人たちが立ち話する声が聞こえてくる。保育園に行けない五歳の娘は下の階に住む、祖父ほど年の離れたHさんと文通をしたり、玄関先で立ち話をしている。六歳の息子は上の階の自分よりは年少のAちゃんとMちゃんをうちに連れてきたり、逆に遊びに行ったりしている。緩んでいるといわれればそれまでだが、生きていくうえで、こうするほかなかったとも思う。

## 五月二〇日（水）二五〇〇部

昨夜見た夢が脳裏に焼き付いている。実家（なぜか実家に帰省中）に迫りくる津波。泥水から逃げ惑う人々。崖上に建つ我が家（実家は平地、自宅は崖上なので設定が混交している）を守ろうと、流失寸前の家を父親が両腕で掴んでいる。やけくそになって、銀座の映画館へ逃亡するぼく。世界の終末を映画館で迎えて、目が覚めた。「五時一三分」、いつもどおりである。

日中、生活綴方で並べていた蛇腹の絵本『つなみ』を開いた。一昨年につくったときより、いま読むほうがビビッドに迫ってくる。

虫けらのように　命を落とすのが
それが定めというものか
あふれる涙がとまらない
救援　政治家　いかさま　詐欺師
がれきをかきわけ　やってきた
あとどれだけ　耐えられるのか
明日をも知れない　この命
つなみ
おまえは　荒れ狂う波

『つなみ』（ジョイデブ&モエナ・チットロコル 作／スラニー京子 訳／三輪舎）

この状況で自然災害がやってくるのがとても恐ろしい。台風は年々規模が大きくなり、上陸・接近する回数も多くなっているようにみえるし、豪雨や地震も頻発している。災害に遭えば避難所での集団生活が待っている。そうなればコロナ感染者が爆発的に増える。政治が今やらねばならないのはそこだ。政権に親しい人間を検察のトップに据えるための法律を整えている場合ではない。

今日は一日仕事に集中できた。朝から出勤して、一五時過ぎまで仕事をした。『バウルを探して〈完全版〉』の編集作業が大詰めである。悩んだ末に部数を決めた。当初予定していた二〇〇〇部ではなく、二五〇〇部である。注文が増えたわけではない。支払いは当然増えるし、一時的に在庫も増える(五〇〇部を六畳間に置くとその存在の大きさがわかる)。

本づくりは、賭けごとではない。売れるかどうかではなく、もっと売っていこうと思ったのだ。取引先のうち、三〇〇店舗以上が休業していても、コロナが収束したあと(どれだけそれが先になろうと)書店を回って、こんな本ができています、きっと多くのひとの力になる本です、よろしくお願いいたしますと言いに行こうと思ったのだ。

# 個人的な四月

**植本一子**

日本・東京　2020年4月22日〜5月11日

# 植本一子

うえもと・いちこ／１９８４年広島県生まれ。２００３年にキヤノン写真新世紀で荒木経惟氏より優秀賞を受賞。写真家としてのキャリアをスタートさせる。２０１３年、下北沢に自然光を使った写真館「天然スタジオ」を設立。一般家庭の記念撮影をライフワークとしている。写真家としての活動のかたわら執筆を行い、日記をコンスタントに出版している。著書に『かなわない』（タバブックス）、『台風一過』（河出書房新社）等。写真集に『うれしい生活』（河出書房新社）がある。２０１８年に夫のＥＣＤが亡くなり、現在は娘２人とパートナーと生活している。東京都在住。

## 2020/4/22　水曜　曇り

4月7日に緊急事態宣言が7都府県に出て、16日にそれが全都道府県に広まった。今日で2週間が経つ。東京新聞では1面に「生活困窮　相談を」と大文字。売り上げの落ちた自営業に30万円給付される予定の申請は、4月末からできることになっているが、どうだろう……順調に進む気がしないが、始まればすぐに申請するつもりだ。とはいえ、真面目に売り上げを確認しようと通帳を見てみると、昨年末から始まった美術展のアーティストフィーと呼ばれるギャラが1月末に入金されたのと、昨年の11月にちくま文庫から出た『家族最初の日』の印税と、12月に河出書房新社から出た『うれしい生活』という写真集の印税が2月末に入っている。そう、自営業の収入は遅れて入ってくる。連日ワイドショーはコロナ関連のニュースで、給付金についてもやっているが、自営業のものは、1月から7月までのどこかの月が昨年よりも半減していたら該当するとかなんとか……これも実際に申請が始まらないと本当のことはわからない。収入は常に不安定なものだが、3月中旬あたりから撮影の仕事は徐々に減り、4月はゼロに。これからどうなることやら……

学校から電話あり。先週の時点で学校からメールが届いていて、この日のこれくらいの時間に電話をするのでお子さんが出てください、と通達があったのだ。今年度の担任の先生がかけてきてくれたのだが、ほんの1分ほどで会話は終わり、私に代われと言う。先生からは、子供の様子はどうか、気になることはありませんか？　等。子供たちは元気で問題ないのだが、いつ学校が始まるのかは気になる。私たちにもまだ上からの連絡がなくて……と先生も困っているようだった。

夜、演劇にいつも一緒に行っていた友達とZoom飲み会。Zoom自体を使うのは2回目だが、友人と集まったのは初めて。ログインして、お互いの姿が画面に映ると、思わずエアーでハグ。近況報告など。気心が知れているので取り留めもない話をダラダラとできるが、これからどうなるんだろう、と誰かが言い出すと、話は途端に暗い方向へ。23時からロロという劇団がYouTubeの生配信で20分の演劇をやるらしいよ、ということで、これまたZoomを使ってみんなで画面を共有して観劇。その間、みんなが見ている顔も横に映るのが不思議でおかしい。見終わって感想を言い合うのは、実際にもよくやっていた。つい2ヶ月前、土曜の昼公演を見た後で、みんなで下北のイタリアンに移動し、焼き立てのピザを食べながら、ああでもないこうでもないと言い合っていたのが、遥か昔のように感じる。寂しい。

献本で届いていた金原ひとみさんの新刊『パリの砂漠、東京の蜃気楼』を夢中になって読んでいたら夜中の2時に。金原さんとはお互いの年齢と、2人の娘の年齢が近いこともあり、同志のように感じている。今この状況で、小さい子供を抱えている家庭は本当に大変だと思う。自分だったらと考えると、想像するのも恐ろしい。こんな状況で、家庭内暴力や虐待が増えないわけがない。

## 2020/4/23　木曜　曇り

午後、めちゃくちゃ重い腰を上げて自転車でスーパーへ。レジには前に同じマンションに住んでいたKさんの姿が。ここのスーパーは店自体が小さいこともあり、レジ前の列には、間隔のための目印なんかはなく、みんなぎゅうぎゅうで並んでいる感じだ。もちろん飛沫感染防止の透明な仕切りもない。それでも、とうとうレジの人は水色の手袋をし始めたので、ちょっと安心したところ。働いている人は常にリスクに晒されて怖いだろう。今では何とも思わなくなったが、最初コンビニでレジにかかったビニールカーテンを見た時はぎょっとしたものだ。お互いマスクをしているが、それでもレジを挟んで喋るのは怖い気がする。Kさんから話しかけられ、つい1歩下がってしまった。

スーパーをはしごして生協へ。ここの会員になっていることもあり、食材の買い物は少しだけ心強い。店は小さいが、会員制ということもあり、お店に人が溢れ返る、ということもない。何より、無農薬や、出どころのはっきりした国産の食材を扱うこともあり、感染対策に対しても最初から気を使っているように感じた。今日の会見で小池百合子が、スーパーの混雑緩和に向けて何か対策を出すという話もあり、なにを言い出すかわからないし、しばらく買い物に出かけなくていいように野菜を多めに買う。あとは切れていた砂糖、油、強力粉と、油揚げ、牛乳。これでしばらくは大丈夫、と思っても、大きくなった娘2人は、毎食きっちり大人の1人前を食べることもあり、休校が始まっての2ヶ月は食費が嵩んでいる。休校要請が発表された時は、娘達と1ヶ月(の予定だった)も一緒に過ごせるものだろうかと若干の不安があったが、今では家にいることが当たり前になっていて、これはこれで居心地がよくなった。私に仕事の予定がないことも大きいだろう。仕事がないことは不安だが、その分ストレスもなく、3人でのんびりと毎日過ごしている。しかしこれが、子供達が未就学児だったらと考えると……周りにも何人か、保育園を休ませて家でリモートワークをしている人がいるが、子供が昼寝をしてくれた時だけが自由時間だと言っていた。医療従事者のためにも保育園は開いているはずだが、登園を自粛して欲しいと言われたら、家で子供とずっと一緒にいることがしんどいと思っていても、空気を読んで通わせることができないだろう。最近、こんな時自分だったら、と考えてゾッとすることが多い。虐待やネグレクトのリスクのある家庭は、変わらず通えていたらいいと思うのだけど、どうなっているのだろう。

夕方のニュース番組で、女優の岡江久美子がコロナで亡くなったと速報。まだ63歳。年末から乳がんの放射線治療をしていたらしい。感染していることも、乳がんだったことも公表されていなかったので、志村けん以上に驚いてしまった。

小池百合子の会見では、スーパーの混雑緩和に向けて、買い物を「3日に1回」とか、入店の抑制対策についての話があったとテレビが言っている。カゴの数を減らすとか、イニシャルで入る時間が決まるとか……あとで会見をYouTubeで見るとして、お店の人は本当に大変だろうなあと思う。これまでドン・キホーテまで買いに行っていた猫の餌を、久しぶりに楽天で注文することにした。割高にはなるが、どうしてもドンキに行く気になれず。受付確認メールには、今注文が殺到しているらしく、かなりの遅延が見込まれると書かれていた。足りなくなったら、それこそ近所のコンビニで買えばいい。より一層、家から出たくないという気持ち。

## 2020/4/24　金曜　晴

10時過ぎと遅めに起床。昼ごはんに、賞味期限が切れそうな焼きそばと、昨日の夕飯のおかずの残り。最近はもう朝は食べずに、12時前に早めの昼ごはんを食べるというルーティンになりつつある。学校に行っているわけでもないので、子供達もお腹が空かない様子。食べたら眠くなり、午後昼寝。食べては寝て、をここのところ繰り返している。夕方、ゴミ出しに一瞬外へ。ミツが自宅を仕事場にしているので、こちらに戻ってくるついでに、帰り道にあるコープでドレッシングを買ってきてもらう。昨日の小池百合子の「3日に1回」を律儀に守りそうな自分が嫌になるが、本当に出掛けたくない気持ちもある。家から出ないことで感染リスクも減らせるし、いいことなのだが、運動不足やストレスもある。

明日は土曜で仕事も休みなので、ミツが夜に散歩へ出ようと言う。だったら、隣の駅の西友まで歩くことに。西友は24時間営業だし、夜中なら混雑しないだろうと踏んで。マスクに卓上用のアルコールスプレー持参。案の定0時前の西友はガラガラ状態で快適。ミツの自宅のそばにも西友があるが、そこは大きな駅の最寄りということもあってか、いつでも混んでいるのだとか。ミツもいるし、リュックも持ってきたので、ここぞとばかりにたくさん買い物。食品はもちろん、洗剤の詰め替え、お菓子。お菓子売り場は棚もスカスカだったが、人がいないことでゆっくり見れるのが嬉しかった。

帰り道、コロナ後は世の中がどうなると思う？　という話。私は、解放された人たちでスキンシップのハードルが一気に下がるのではないかとぼんやり考えていたのだが、ミツはその逆を説いていた。確かに今、スーパーのカゴを持つのも怖いし、コロナ前の手洗いうがいや除菌に無頓着だったことが、自分でも不思議に感じるほどになってしまった。マスクや除菌スプレー必須な生活の刷り込みは、いざコロナがなくなったところで、自分の中でも消えてなくなるのだろうか。終焉が一切見えてこず、いよいよ長丁場になりそうだね、と無人の甲州街道を歩きながら話した。

## 2020/4/27　月曜　曇りのち雨

午前中、朝昼兼用の食事を上の娘に作ってもらう。シチューなら材料が揃ってるよ、とクリームシチューに決定。ルーの箱を見ながら、ほとんど1人で作りあげた。最初は乱切りのやり方もよくわかっていなかったが、教えればすぐに覚えてしまう。サニーレタスをちぎったサラダと、同時に準備した炊き立ての白ごはんも。先週はハッシュドビーフのルーがあったので、それも「くらしならできるよ！」と励まし続けて作ってもらった。カレーやらシチュー的なものは、5年生の時に学校でキャンプに行った時に作ったこともあり、なんとなくはわかっているのだろう。やればやるほど手際もよくなる。もういい加減、毎食の自分のご飯も飽きたと思っていたが、こうやって娘に作ってもらうのは最高だ。本人も満足げ。でも、勉強の妨げにならない程度にしないと、とは思う。本来なら学校で勉強をしている時間なのだ。

15時過ぎ、雨が降り出す前にと郵便局へ急ぐと、シャッターがしまっている。調べると、今日から10―15時の営業に変わったらしい。レターパックが欲しかったこともあり、予定外だが駅前のローソンまで自転車を走らせる。ここまで来たならついでに、と近くのドラッグストアへ。昨日ちょうど衣替えをしたこともあり、衣類の防虫剤を買わないと、と思っていたのだ。それと猫の餌も。先週木曜あたりに楽天で注文したのだが、いまだに発送通知が届かず、忙しいのだろう。缶詰1週間分購入。あとは入浴剤と、子供達のおやつをいくつか。ドラッグストアってすごい、なんでも売っている。お客さんもスーパーほど多くないし、狭い通路に人がいたら避けたりして、お互いに距離をとるマナーになっているのを感じる。

土砂降り寸前に家に到着。急いで洗濯物を取り込んでやっと一息。なんだかんだ外出には緊張感が伴う。

ホットケーキを焼いて娘たちと遅めのおやつ。

明日には、久しぶりに作った自費出版の新作日記が家に届くメールがきていた。それも6箱分！　実物を確認するまでは落ち着かないが、これの売り上げがまるまる生活費となる。置いてもらう本屋さんへの納品書やら請求書の準備を進めた。手を動かしているとやっぱり落ち着く。

## 2020/4/28　火曜　曇り

午前中のうちに買い物へ出るが、小麦粉やら強力粉が売り切れ。外出自粛要請でパンやお菓子作りが流行っているとニュースになっていたが、こうもすぐに反映されるものかと驚く。そんな私も先週末は強力粉でピザを作ったり、ミツまでお菓子作りに目覚めてレモンケーキを作ったりと、人のことは言えない。明日から始まるらしいゴールデンウィークに、沖縄へ観光で行くであろう予約者が6万人だったのが、沖縄県知事の自粛呼びかけで、1・5万人にまで減ったらしい。それでもそれだけの人が沖縄へ旅行に……

夕方のテレビのニュースでは、満開で見頃の花を全て刈り取っている観光地の映像が流れてギョッとした。先週末の土日に、立ち入り禁止にしていても、花を見にくる人でごった返し、刈り取ることに決めたのだとか。生産者さんが、残念です、とコメントしていた。胸が痛い。

夜、夕飯を食べてからトラスムンドに新作日記の納品へ。店主のはまちゃんももちろんマスク姿で、レジにはアルコール消毒液が置いてある。店は開け続けているけれど、もう常連くらいしか来ないらしく、この感じはオープンしたての頃に似ていて「なんか懐かしい」と笑っている。私も家族以外の人と久々に話したが、はまちゃんともだいぶ距離をとった。これまで売ってもらっていたロンティーとパーカーの売り上げをもらう。これも生活費。久々に顔が見れてよかった。

家に戻って夜な夜な発送作業。根詰めてやったせいか、終わったらコロッと眠りについた。

## 2020/4/30　木曜　晴

今日で4月も終わり。ちょうど1年前、明日から令和ということとゴールデンウィークの最中で、なんとなくみんながソワソワしていた。私は夜、恵比寿にライブを見に行ったのだけど、帰りの乗り換えの渋谷駅が混むんじゃないかと思って早足になったのを覚えている。小雨の中0時前に家に着いて、YouTubeのスクランブル交差点のライブ映像を見たら、結構な人がいてゾッとした記憶。思いついて同じようにライブ映像を見てみると、渋谷駅前とは思えないガラガラ加減。1年前、誰がこんなことになるなんて想像しただろう。

今日は10時の営業開始に合わせて郵便局へ。昨日、私が自費出版した新作日記が届いたので、注文をくれた各書店さんへ急いで発送するのだ。とてもじゃないが1人では持てない量だったので、休校中の娘たちに手伝ってもらうことに。ゆうパックは集荷に来てもらえば楽なのだけど、アプリを使うと送料がだいぶ安くなることもあり、この場合は持ち込みのみ。荷物が入ったリュックを背負った娘たちと、大きな段ボールを抱えた私とで、いい天気の中ヒーヒー言いながら歩いて5分の郵便局へ。無事荷物を受け渡し、郵便局から出ようとしたら、局員の人に「ちょっと」と引き止められ、娘たちにアイスの形をした消しゴムをくれた。小児科で予防接種をしたらもらえるのと同じやつだ。帰り道にあるコンビニで、手伝ってくれたお礼になんかご馳走するよと言うと、2人ともアイスを選び、今日はアイス2個だね～！と喜んでいる。

発送したので自分のホームページに取扱店舗一覧を載せると、以前私の自費出版を取り扱ってくれていたいくつかのお店の人が連絡をくれた。今回新作の日記を作ったのは、お世話になっている個人の本屋さんの売り上げに少しでもつながればと思ったことが大きい。私の本で売り上げに貢献できるかは微妙なところだが、出版社を通して出すよりは、利率がいいのは間違いない。もちろん私にも生活費がすぐに手に入る。こうして久しぶりの本屋さんと連絡が取れたことは嬉しい。急いでまた追加の発送作業。

天気がいいので、午後に1人で散歩。自分でナイキの靴をデザインできる「Nike By You」というサイトがあるのだが、デザイナーの山野さんが「その人を思い（想い）ながら作る（キモい）」（原文ママ）、その名もYAMANOMAX200というプロジェクトがあり、それで植本一子バージョンのエアマックスをカスタマイズしてもらったものが昨日届いたのだ。もうずいぶんVANS以外の靴を履いていないせいか、エアマックスは足元がふわふわとして気持ちいい。こんなことでもないと、エアマックスなんて自分で買わなかっただろうし、一生履かなかったかもしれない。マスクしつつもルンルンで散歩していると汗をかいた。ふわふわと駅の方まで歩き、謎の個人店でベランダ菜園用の土を買って帰った。

## 2020/5/2　土曜　晴

昨日に引き続き、日中細々とした発送作業。これを1人出版社の人は本が出るたびにやっているのか、と考えると頭が下がります。今回久しぶりに自費出版で出したけれど、『かなわない』を最初に出した時なんて、出しても出してもほとんど上がりがない状態だった。儲からなくてもいいや、くらいに考えていたこともあり、結局14回増刷して１４００部売ったわけだけど、あのままタバブックスに声をかけられず、出版する予定もなかったら、延々とだらだら売り続けていたんじゃないかと思う。あれはもう、お金のためではなかったよなーと思う。今だってそうではないのだけど。

下高井戸のトラスムンドへ自転車で追加納品へ。気温が高く夏日のよう。道ゆく人はみなマスクと半袖姿だ。神田川沿いを気持ちよく走っていると、よし、増刷しよう、と決意。在庫がもう２００を切ったのだ。最初に１０００部刷り、それでも売り切れるかどうかと思っていたものの、追加追加であっという間になくなってしまった。増刷するなら誤植を直さないと。どれだけ入稿前に目を皿にして見ても、誤植って必ず見つかるから嫌になる。

トラスムンドの帰りに、ヤスケサンフードという家の一角でやっているお菓子屋さんへ。女性店主が1人でやっていて、実は天然スタジオのお客さんだったのだ。3年前くらいに家族で撮影に来てくれて、その時はもうすぐお菓子屋さんを始めると言っていた。週に2日しか開かないお菓子屋さんだが、今月はコロナの影響で土曜だけにしているのだとか。お菓子を作りながら子供のご飯も、ってやっぱり難しくて、と。久々にお店の焼き菓子が買えただけで嬉しい。4種類を家に帰って全て4等分し、紅茶を入れてみんなで食べた。最近は暇を持て余してか、とうとうミツまでレモンケーキやチーズケーキを作ってくれたけど、やっぱり人が作ったものは美味しくて嬉しい。

夕飯はミツがやるとのことで、昼間スーパーで買ってきたブリとタラを調理。ブリはグリルで塩焼きに、タラはフライパンでバター焼きに。最近Twitterで、みんなの在宅に伴う自炊率の上昇で、魚の鮮度の良いものが出回っているのだと話題になっていた。普段あまり魚には手を出さないのだけど、確かに活きが良さそうに見える。他にも、ピーマンのおかか和えとスライストマトも。久々に魚を食べたのと、人が作ってくれたこともあり、異常に美味しく感じる。午前中に生のパセリを電子レンジでチンして全部ドライにしていたので、バター焼きにもトマトにも振りかける。もう自分で作る料理に飽きたんだよ。

夜中、外から大きな声で歌っている人の声が聞こえてくる。前からたまに週末なんかにあったのだけど、今はそれが聞こえてくることで、ちょっとだけ元気が出る。

## 2020/5/4　月曜日　曇り時々雨

昨日から天気が悪い。5月の1日、2日と続いた夏日のような晴天が恋しい。天気が良いと、緊急事態宣言で「STAY HOME」しなければいけないこともまだ許せるような大らかな気持ちになるのだが、天気が悪いだけで一気に余裕がなくなる。生理前ということもあるのだろう。下の娘がクッキーを作りたいとうるさい。近くの郵便局は祝日ということで開いてないけれど、調べたところ、2駅先にある大きい郵便局が祝日も開いているらしい。家にいても子供達はうるさいし、気分も塞ぐので自転車で行ってみることに。朝降っていた雨も止んで、日差しが戻ってきたが、走っていると少しだけ天気雨。郵便局前には10人ほどの人が間隔を開けて並んでいる。これくらいならそこまで待たないだろうと並ぶことに。5分ほどで中まで入ることが出来、建物の中には順番待ちの印がきっちり床に貼りつけてある。ビニールが上から半分ほどかけられた窓口はひとつで、マスクをした2人の局員さんが対応している。順番が来て荷物を出すと、ゆうプリタッチという機械で送付票を貼っておかなければいけなかったらしく、「今度から先に出して並んでください」と注意される。だって知らなかったんだもん……と思いつつ、すみません、と謝る。どこもかしこも殺伐としているが、こんな少しのことでも傷ついてしまう自分の心は、ずいぶん脆くなったらしい。

受付に出してしまえば、リリースされた魚のように勢いよく自転車に乗って帰る。このまま家に戻るのも嫌だけど、お店の1つにも寄る気になれず、どこにも行ける場所がない。いつまでこの状況が続くんだろう。緊急事態宣言は5月末まで延期されてしまった。もちろん学校も始まらないだろうし、ミツもリモートワークだろうし、私は仕事がないのでお金を作り出さなくてはいけないだろう。

家に戻ると郵便ポストに画家の〇JUNさんからのレターパックが。新作日記を送ったのだが、お礼の感想がメールで早々に届いたと思ったら、丁寧にお手紙と絵まで。前にも手描きのクリスマスカードを送ってくださった。今回は、私が日記を送る時に「UFOが見てみたいです」とメッセージを書いたからか、〇JUNさんが見たというUFOを絵を。昨年末に〇JUNさんの個展のクロージングで、一緒にトークをさせてもらった。その打ち上げで、〇JUNさんの作品集の自筆年表の中に「深夜、自宅近くの空にU.F.O.を目撃する。」と書いてあるのを目ざとく見つけ、その話を聞いたことが発端だ。オカルト体験をしたことがある人は、会うとなんとなくわかる。そういう人には話をふりがちなのだが、〇JUNさんは絵や文章からも、目で見てるというよりは感じとったりする人なのだと思っていた。

官邸での記者会見がインスタライブで見れるということで、しばらくチェック。いろんなコメントが小刻みに流れていくが、いくつかメモをとってみる。「今は嫌でもついていくしかない」「総理頑張れ！」「クソ自民党！」「憲法改正が必要！」「無能政権」「どうせ選挙も意味ないんでしょ」「税金返せ」

**2020/5/5　火曜　晴**

持続化給付金を申請。案外簡単で拍子抜け。しかし簡単に申請できて安心したことで、ちょっとのことは許せるような気がしてしまうのが危ない。もっと複雑で、申請させまいとしてくるかと思っていたからだ。これは非常に危ないと思った。騙されてる！　そんな話を砂鉄さんにすると、雇用調整助成金は相談件数20万件、実際に申請されたのはおよそ２５００件、そのうち支給が決まったのはわずか２８２件だという記事のリンクが送られてきた。おいおいおいおいおいこんな感じなの⁉　これにはお店をやっている友達も、申請するために役所に並んだり税理士さんとやりとりしていると言っていたはずだ。書類を確認したりだのなんだの時間がかかるのはわかるが、あまりにも遅すぎるのと、じゃあ公文書が数分で黒塗りにされたのとか、あの速さはなんだったんだ。安倍はいっぺん死ねよ。自民党全員地獄へ落ちろ。１００万給付されるか一気に怪しく、不安になってきた。

「ＮＨＫニュースで、45年やってきた洋食屋さんが、スマホで今日の会見の映像を見ながら「閉店します」と決断していて、わたし、泣きました」

と砂鉄さんからＬＩＮＥ。練馬区のとんかつ屋さんが油をかぶって焼死したというニュースのリンクも送られてきた。人殺し内閣！！！

ステイホーム、いい加減飽きてきた。3日に1回なんて、買い物という1人になる時間さえも制限されてうんざり。

## 2020/5/6　水曜　雨

道でミツと喧嘩に。彼は怒ってそのまま自転車で自宅に帰ってしまった。私は歩きだったので、家に戻るか、と思ったものの、反省しがてらミツの家まで歩いて行くことに。4分の1も行かないあたりで疲れてきて、タクシーが通らないかなあと振り返りつつ歩く。全然走っているのを見かけない。今にも雨が降りそうということもあり、歩いている人もまばら。昨日の昼間は夏日のように暑かったこともあり、久しぶりに娘たちと一緒に川沿いを散歩して下高井戸まで納品に行った。1時間ほどの散歩だったけれど、本当にたくさんの人が出歩いていてギョッとしたものだ。今日は打って変わって閑散としている。神社の横を通り過ぎたあたりで、1台の空車のタクシーが見え、すぐに捕まえた。乗り込んで目的地を伝え、全然タクシーが走ってないですね、と思わず運転手さんに話しかけてしまう。運転手さんも、ずいぶん遠いところからここまで1人も乗せることなく走ってきたのだとか。そもそも走っている台数も少ないらしい。人がいないですか、と聞くと、新宿なんかの繁華街はガラガラだけど、むしろこういう住宅街の方が人はいるのだと言う。今日は天気がよくないから少ないけど、昨日なんかは散歩したりジョギングしたりの人がわらわらいましたよ、と。運転手さんも朝はジョギングを運動のためにしていると教えてくれた。それ以降はお互いになんとなく会話をやめた。マスクをしていることもあるし、密室ということで気を使っている部分もあるだろう。タクシーに乗ったのも久しぶりだ。1000円ちょっと払ってタクシーを降りる。歩合制というし、売り上げは大丈夫なのだろうか。駅前のタクシー乗り場に停車しているのが数台見えたけれど、流しのタクシーは捕まえるのが難しいのかもしれない。思えば連休なのに。

ミツの家に着き、謝って仲直りをし、雨も降ってきたので私はタクシーで家に帰ることに。しかしタクシーが捕まらない。仕方ないので久々にバスに乗ることにした。バスは時間通りにやってきたが、乗っている人はまばらで、もちろん間隔を空けて座っている。わたしもどこに座ろうか迷いつつ着席。エッセンシャルワーカーという言葉がある。私たちが生活を営む上で欠かせない仕事に従事している人々のこと。医療従事者や公共交通機関の職員、スーパーやドラッグストアの店員、配達員など。家にいたら配達員の人や、スーパーの店員さんしか関わりがなかったが、世の中ではいろんな人が今も普通に働いてるんだよなあと改めて思わされるのだった。予定ではゴールデンウィーク最終日の今日、緊急事態宣言は終わる予定だったが、もちろん早々に5月末まで延期された。学校もまるまる3ヶ月休校だ。休校にしておいて、政府は何1つ動かなかったことに怒りを通り越して唖然としている。私もどうしていいかわからず、子供たちの自主性に任せているが、本当にこれでいいんだろうか、という感じで毎日過ごしている。ミツと喧嘩になったのも、一緒にいることからくるストレスもあった。1人になりたいのになれない。外に出ることも自由でないことから、行ける場所がない。この軟禁状態はいつまで続くのだろう、という感じだ。

## 2020/5/8　金曜　晴れ

この頃都内は感染者がどんどん減っている。一時期は子供たちと「今日は何人だろうね」とクイズのようにして遊んでいたのだが、予想よりも少ないことが多くなってきた。しかし、そもそもの検査数が少ないという話もあり、もう何がなんだかだ。何がなんだかというのは今に始まったことではない。1ヶ月前に決まったマスク全世帯配布がいまだに都内の一部地域しかされてないとか、一斉休校してからなんの対策も出されていないとか……

いい加減気持ちが疲れてきて、昨日の夜はなんだか考え込んで眠れなくなってしまった。夜な夜なYouTubeで自家製納豆の作り方を検索し、ヨドバシカメラでヨーグルトメーカーを買い、メルカリで漆の食器を買い、楽天でまな板を買った。寝ついたのは6時くらいで、うとうとしながら地震を感じて目が覚め、Twitterを見るもそれらしい情報はなく、悪夢を見て泣きながら目が覚めたり、を繰り返して結局起きたのはお昼前だった。眠れてはいるがイライラが止まらず、子供達の部屋が汚いことにイライラしてしまい、理不尽に怒ってしまう。お腹が空いていることもある、と思い、とりあえず子供達には冷凍ご飯をチンしておにぎりとお湯で溶かしたコーンスープを飲ませ、私は1人分残っていたパスタを茹でて、丁寧にペペロンチーノを作って食べた。食べ終わって友達にヘルプ。こんな時、ミツに会っても理不尽に突っかかってしまうのがわかっているので、今日は帰ってきてもらわない方がいいかもしれない。

緊急事態宣言が出てから事務所にも行かないようにしていたので、まるまる1ヶ月はあの部屋を開けていない。いい加減家で子供達と一緒にいることにも疲れたのと、ニュースで休業中の飲食店に空き巣が入っているのを見たこともあり、心配になって行くことにした。晴れているので自転車も気持ちがいい。4月に入って最初に1件撮影をしたきり、その後の予約は全て延期になった。4月といえば入学や入園シーズンで、それだけでなくとも、毎年撮影にきてくれる誕生日のお子さんだっていた。何もお金を生み出さないのに家賃を払い続けることになるのか、と暗い気分になるが、飲食店に比べたらずいぶんマシなのだろう。従業員だっていない。とはいえ少なくはない負担に不安になってくる。久々に下北沢まで来たけれど、連休が明けたとはいえ、街が人で賑わっていてギョッとした。閉めている店も多くはあるが、予想以上に開けている店が多い。有名な人気のコーヒー屋さんは、その小さな店内にも店先にも人の姿が。15時過ぎだが、換気のために開け放しているらしいカレー屋の店内にも人の姿が見える。事務所の下には定食屋と美容室があり、どちらもドアを開けての営業中。定食屋には「テイクアウトやってます」と大きく看板が掲げられている。事務所はなんの変わりもなくホッと一安心。窓を開けて換気をし、出してあった椅子や時計を全部奥に収めることにした。普段からスタジオとしてしか使っていないので、家具がほとんどない状態ではあるのだが、より何もないワンルームに。クイックルワイパーで2周掃除をし、機材類は全部しまっておいた。いつになったら撮影を再開できるんだろう、と思いつつ、またお客さんが帰ってきてくれるのか、予約が入らない限り不安ではある。持続化給付金が今日から支給される予定らしいが、私の申請で果たして無事入金されるのかも心配。窓を開けているから、下のコーヒー屋さんのテラス席でお茶をしている若者たちの楽しそうな声が上まで聞こえてくる。覗き込んでみるとマスクをしていない。その姿は、何かに反抗しているように感じた。

## 2020/5/9　土曜　曇り

空気がどんよりとしている。連休明け初めての土日だが、まだまだ連休が続いているような、連休なんてなかったような不思議な感覚。今日も今日とて特に予定もないので、本を読んだり原稿を買いたりするか、とぼんやりしていると、自分のホームページに載せているアドレスに1件のメールが。開くと、吉祥寺のお父さんが救急搬送され危ないらしい、これを見たら連絡ください、とお葬式で1度会った親戚の女性の名前と電話番号が。一瞬ひやっとし、すぐに書かれていた電話番号にかけてみるが出ない。一緒に書かれていた石田さんの弟の電話番号にかけ、石田です、と言うと、向こうも石田なので戸惑っていた。一子です、と言い、メールをもらったことを話すと、今病院に向かっているところで、コロナの状況もあるので、無理して来なくていい、とのことだった。私はてっきり、蘇生処置を受けているところだと思いこんでいたので、状況がわかったらまた連絡ください、と言うと、いえ、もう亡くなったので……と言われ、絶句する。そうですか……と、とりあえず電話を切ると、今度は親戚の女性から電話が折り返され、今亡くなったと聞いたことを伝えると、こちらも驚いていた。とりあえず向かってますので、と電話が切れ、悩んだものの、やはり行った方がいいだろう、と向かうことに。でも外に、ましてや病院に子供達を連れて行くのはちょっと怖い。ミツに家で子供たちを任せ、とりあえず行ってくるね、と1人家を出た。ここから教えられた病院までは電車を乗り継いで1時間くらいだろうか。タクシーで向かった方がリスクも少ないかもしれない、と考えながら駅に向かっていると、親戚の女性からショートメールが入り、「おじさんは一子さんとくらしちゃんとえんちゃんに会うのをいつも楽しみにしていました。」とあり、ハッとして引き返した。やっぱり娘たちも行かないとダメだ。玄関を開けると、おかえりーと声がし、娘たちに「やっぱり行こう」と言うと、すんなりと準備をし始めた。ミツにも、病院の駅までついてきてくれる？　と聞くと、いいよ、とすぐに準備をし始めた。

もしかすると電車に乗るのは2ヶ月ぶり以上になるかもしれない。どこも空いていそうだが、特に空いている車両を見つけて4人で座る。みんな間隔を開けて座っているとは聞いていたが、こういうことだったのか、と納得。今、平日の朝の電車はどうなっているのだろう。吉祥寺で乗り換え、中央線。こちらも空いている。途中親戚の女性から、「もうノウタイ袋に入っている状態らしいですが、もう少し待ってくれるそうです」と連絡があった。ノウタイ袋、を脳内で想像してみる。遺体を納めるでノウタイだろうか。そんなことを考えていたら駅に着いた。病院までは徒歩10分とあったが、駅前からタクシーに乗る。ミツは駅周辺を散歩している、と本を持ってきたらしい。どこか喫茶店にでも入ってて、とも言えないが、駅前には通常営業している店も多く見えた。とりあえず雨が降らなくてよかった。3人でタクシーに乗ってワンメーターで病院に着くと、救急受付の前に親戚の女性と石田さんの弟が待っていた。2人とも石田さんのお葬式以来で、近くに行くまでどの人かがわからない。遅くなってすみません、と声をかけると、2人が立ち上がった。どうやら肺炎の影があるらしく、コロナの可能性もないわけではないので、そんなに近くで顔を見れるわけではないらしい。本当はもう遺体を納めなければいけないのだが、私たちが来るということを伝えていたので、待っていてくれたのだとか。ニュースで見ていたような防護服の看護師さんが目の前に現れ、じゃあこちらに、と案内してくれた。ここまででお願いします、と、部屋の入り口を指さされ、そこから入らないように立ち止まると、3メートル先に車輪付きのベッドに乗せられたビニールの袋があり、顔の部分だけ透明になっていて、そこから肌色が見える。顔の部分を見せてくれようとするのだが、透明な部分が小さくてよく見えない。看護師さんが「本当はダメなんですけど」と言って、袋を開けて顔だけ出してくれた。もう顔は黄土色に変わりつつあり、口を大きく開けて、目を閉じていた。会うのが久しぶりすぎて、本当にあれが親父なのか、ちょっと確信が持てない。子供たちに、見える？　と声をかける。換気をしているからか、奥から涼しくて強い風がこちらに吹いてくる。しばらくぼうっと眺めていると、看護師さんがゆっくりとした手つきで袋のジッパーを閉じた。ありがとうございました、と言って待合室に戻ると、弟が看護師さんからこの後のことを小声で説明を受けている。親戚の女性は涙をハンカチで拭っているが、私も子供達も、涙も出ず、ぼんやりとしていた。わざわざこんなときに来てくれてありがとうね、おじさんも喜んでるわ、と親戚の女性が言う。もう何を言っていいのかわからず、お葬式とかって、するんですか？　と聞くと、コロナの検査結果次第なのだという。それも来週の水曜に出るのだとか。もしコロナだとしたら火葬した状態でお骨だけが戻ってくる。そうでなければ、そこからいろいろやらなければならないのだろう。ほら、2人で相談することもあると思って、会っておいた方がいいとも思ったんだけど、と言うが、私も弟も何をどう話せばいいのかわからず無言に。女性がやきもきしているのが伝わってくる。

「夫が亡くなってから、お父さんとも疎遠になっちゃって……顔を見せに行けたらよかったんですが……なんかすみませんでした」

そう言って頭を下げると、2人とも首をふる。でも、本当の話だ。いつも人が死んだ後にこう思う。ああすればよかった、と。それでも実感はわかない。

何かお手伝いできることがあれば、連絡ください、と言い、我々は先に帰ることにした。本当は、全てお任せする、と伝えられたらよかったのだが、なんと伝えればいいのかわからなかった。

病院から出て、歩いて駅に向かう。連絡をしておいたミツが改札の前で待ってくれていた。早かったね、と声をかけられると、手にはコージーコーナーの箱がある。ケーキ買っておいたよ、と。娘たちがやったー！と喜んで、さっき来た電車で戻る。アルコールスプレーを鞄から取り出し、全員の手に噴射すると、みんなが同じ仕草で揉み込んだ。

## 2020/5/11　月曜　晴れ

今日は30度近くになるらしく、夏日の予報。娘たちの学校から連絡があり、前回の課題を提出し、今回の課題を持って帰らなければいけない。前回は新学期ということもあり、新しい教科書一式を持って帰らなければいけなかったので、体育館にドーンと1人ずつ袋詰めされたものが置いてあり、それを各々が勝手に持って帰る、という感じだったが、今回は宿題の提出なので、玄関先に長机が並べて置いてあるだけで、校内には入れなくなっていた。各クラスごとに提出し、茶封筒に入った新しいものを持って帰る。今回は画用紙1枚を輪ゴムで丸めて持って帰るのと、ゴーヤのタネを1人2粒ずつ、という指示も。ゴーヤの栽培を、家でやることになるのだろうか……本当に、いつになったら学校へ行けるのか。ばったり会ったらしいお母さん同士が立ち話で盛り上がっている。

ついでに近所のスーパーへ。もう2、3日は買い出しに出ていない気がする。スーパーには人が多く、自分だけ3日に1回という小池百合子の言いつけを守っているような気分。ふと思い立って、近所の蛭田くんにジュースの差し入れを持って行くことに。もう、友人の動向なんてインスタやTwitterでだいたいわかるものだが、蛭田くんはつい最近発熱したと病院へ行っていて、どうだったんだろうと思っていたら、溶連菌だったと、これまたTwitterで知ったのだった。コロナでなくてよかったものの、調子を崩したことにひどく落ち込んでいるようだったので気になっていた。自転車でパーっと走って行き、アパートの前に着くと、ちょうどベランダでアイスコーヒーを飲んでいる蛭田くんを発見。ドアノブにひっかけておこうと思っていたくらいで、会えるとは思わず、向こうも驚いているがこちらも驚いた。マンゴーとリンゴどっちがいい？ と聞くとリンゴジュースを選ぶ。抗生剤を飲んだこともあり、熱は下がったと言うし、顔色も悪くなかったのでよかった。友達の顔が見れるだけで嬉しい。

帰り道、川沿いは傾き始めた日差しでずいぶん眩しく、ジョギングしている人たちをたくさん追い越した。剪定中の植木屋さんや、公園には半袖のたくさんの子供。外の世界はこんなに日常に戻っていて、自分だけが自粛していてバカバカしくなる。もういっそ何も気にしないで動いてみてやる、と一瞬考えたりもした。天気がすこぶる良くて、季節はどんどん暑くなる。もうやってられないよ、と自転車に乗りながらマスクを外した。

# 『コロナ禍日記』編集日記

辻本力

日本・東京　2020年4月6日〜7月2日

## 辻本 力

つじもと・ちから／1979年生まれ。フリーのライター・編集者。本書の編集を担当。文化施設・水戸芸術館を経て、2010年、生活と想像力をめぐる〝ある種の〟ライフスタイル・マガジン『生活考察』を創刊。文芸・カルチャー・ビジネス系の媒体を中心にいろいろと執筆。19年よりタバブックス社外役員に。豊島区池袋在住、妻と2人暮らし。仕事は在宅。居酒屋、ライブハウス、ジムによく行っていたが、コロナ禍でいずれも自粛モードとなり、ほとんど家にいるように。

## 4月6日(月)

午前中、社外役員を務めている出版社タバブックスの代表・宮川さんからSlackでメッセージ。「3月分の給料振り込みました」という知らせとともに、「コロナ日記集で1冊できるんじゃない？　生活考察叢書で」という打診が。「生活考察叢書」というのは、タバブックスで始める予定の新たな書籍レーベルのこと。私の作っている1人雑誌『生活考察』絡みの本を出すために、昨年くらいから考えていたものだ。実は『生活考察』のルーツは日記にある。前身となる『WALK』という水戸芸術館の機関誌（これも実質1人雑誌だった）の最後の特集が、「日記　あるいは偏執狂的日記特集」という、いろいろな人が書いた約1ヶ月間の日記をひたすら集めたものだったのだ。まえがきや編集後記も日記にし、どこを開いても日記しか載っていない号、というコンセプトで作ったこれが非常に面白く、そこから「生活」というテーマを抽出して始めたのが『生活考察』なのである。いつかまた似たようなことをやってみたいという気持ちがありつつも、機会がなかった。なので、これ幸いとやらせていただくことにする。何より、このタイミングでやる意義もあると思うので。奇しくも先日、下北沢の書店B＆Bの内沼さんが日記専門の店を開店するにあたり、「あの号、残ってないですか？」と問い合わせを受けたばかり（私物を数冊放出予定）。というわけで、日記アンソロジー『コロナ禍日記（仮）』の企画が本日スタート。同時にこの日記もスタート。

## 4月7日(火)

朝食は、最近定番になっているプロテインスムージー。WPIプロテイン（ナチュラル）、ヨーグルト、無調整豆乳、バナナ＋何か他の果物や野菜、という組み合わせが基本。でも、今日は冷蔵庫に何もなかったので、入れたのはバナナのみ。打合せがリスケになったので、1日中家で仕事。午前中、CINRA.JOBでやっているインタビュー連載「その仕事、やめる?やめない?」の取材依頼を元『Quick Japan』編集長、現スタンド・ブックス代表・森山裕之さんにすると、即快諾の返信が。このご時世なのでZoomでやることになっているのだが、まだオンライン取材は未経験ゆえに若干不安も。

休憩中に、SWITCHでやりかけのゲーム『ホロウナイト』を少し進める。手こずってた小ボスをようやっと倒し達成感。そういえば、今回の外出自粛要請の影響でSWITCHの需要が拡大、品切れ状態になっているとか。コロナとは無関係に、去年末に勢いで買っておいてよかった。

夜、安倍首相が7都府県に緊急事態宣言。会見はリアルタイムでは見逃したが、その後のNHKの番組に出ているのを見る。具体的なことを何も言わない上に、何の補償もする気がなさそうで腹立たしいことこの上ない。

夕飯後、自宅で筋トレ。今日は胸と肩。先月、ジムが閉鎖になりそうな予感がして、アマゾンで可変式ブロックダンベルとインクラインベンチを買っておいたのだった。その後、同じようなことを考えた人がたくさんいたようで、ネット上からダンベルの類が見事に消えていた。マスク着用必須という条件で、ジム自体は開いているが、いろいろ不安なので今はとりあえずこれでしのぐ。

## 4月8日(水)

ハル・ウィルナーの訃報。享年64歳。死因は新型コロナウイルス感染による合併症らしい。クルト・ワイルのトリビュート盤とか、プロデュースを手掛けたルー・リード、マリアンヌ・フェイスフルのアルバムとか愛聴した盤多し。

ゴールドジム、ついに休館……。

遅めの昼、自転車で池袋の大好きなカレー屋に行くと、その時点で並んでいた2人をもって終了とのこと。時間を短縮しての営業になったらしい。代わりに、その近くの行列の絶えないピザ屋に行くと、自粛の影響で客足が落ちたせいかスルっと入れた。入口にはアルコールスプレー、さらにテーブル間をけっこう広めに取っている。具の部分も旨いが、何より耳が絶品。

夕飯に作った鯖缶トマトソースパスタが抜群に旨かった。鯖缶は偉大。

## 4月9日（木）

午前中、ライティングを担当する本の打合せ。初Zoom。これまでは見えてなかったその人のプライベートが、「背景の映像」としてダダ漏れちゃうのが面白いよね、というような雑談。iMacのカメラが思ったより広角で、ウチの台所が見えてしまい「あ、キンミヤ焼酎だ」と指摘されるなど。

編集スタッフをしている『仕事文脈』次号(vol.16)のゲラ×2がSlackで届く。特集は「東京モヤモヤ２０２０」。例のイベントを控え、「特別なもの」とされていた「２０２０年の東京」を問い直す、という内容だったのだが、新型コロナウイルスによって開催延期が決定……という予想外の展開に。

昨日のリベンジをすべく、池袋のカレー屋へ。空いている。一番好きな黒坦々カレー（唐辛子＋２g）を。食後、自粛以降どんな感じ？という話をお店の人と少々。

5月にスタート予定の、春日武彦先生と穂村弘さんのウェブ対談連載「俺たちはどう死ぬのか？」（ニコ・ニコルソンさんが漫画を、私が構成を担当）の第1回原稿を書き上げ、担当編集の穂原さんに送信。こんなご時世にもかかわらず、新しい連載が始められるというのはありがたい限り。

人が密集してないと踏んで、近所の馴染みの居酒屋さんに顔を出す。飲みに行くのを自粛してたので、外飲みは久しぶり。自分含めてカウンターに3組のみ、間隔的には許容範囲か。アスパラの素揚げ、ホタルイカ（生姜醤油）がハッとする旨さ。アスパラは、下の硬いところをピーラーで剥いたやつも揚げて出してくれたのだが、苦味がよいアクセントになっていて異常に気に入ってしまった。持ち帰りメニューを始めたとのことなので、今度買って帰ろう。

## 4月10日（金）

寝つきが悪く、明け方まで本読んだりゲームしたりしてしまい、寝不足。酒が抜けていない感。確実に生活のリズムが狂ってきている。かつては、朝は必ず8時には起きていたものだが、最近はもう10～11時に。

昼食は近所の回転寿司屋に。対面&食べ物が空気に晒されることは避けられない営業形態ゆえ、やはり客足は如実に落ちている。いつもは昼時は行列が絶えなかったのだが。食べ物がむき出しになっている店は今、厳しいかもしれない。こないだ見たパン屋も、1個1個包装するようになっていた。

ゲラを2つ戻す。Slackで宮川さんと日記アンソロジー寄稿者の相談。海外在住者の視点が欲しい、いろいろな職種・属性の人の日記を集めたいよね、というような方向性でメンツを再考。「(仮)」としてたタイトルは、これ以上のものが思いつかないので、そのまま『コロナ禍日記』で決定とする。内容も一目瞭然だし。

## 4月12日（日）

安倍首相meets星野源の動画、あまりの醜悪さにスルーしていたが（目の端に入ったら即画面をスクロールしてた）、あまりに頻繁にリツイートされるので、少し見てしまった。カルチャーのレイプだな、これは。

確定申告の書類をまとめる（遅）。

## 4月13日（月）

今年こそe-Taxで確定申告しようと張り切っていた

が、途中でよく分からなくなり、しかも打ち込んだデータが全部消えてしまい、すべてのやる気が死んだ。仕方がないので、明日税務署に行く……人混みが怖いが。

実家から茹で筍が送られてきたので、炊き込みご飯を作る。春。

日記原稿の依頼をポツポツとスタートさせる。メンツは、住んでいる国、職種やジャンルのバランスを考えて組んでみた。これまでとの連続性を考え、『WALK』日記特集の執筆メンバーである円城塔さん、栗原裕一郎さん、福永信さんにも依頼。当時、「みんな同じ雑誌に日記を寄稿するんだし」ということで、わざわざ渋谷に集合、佐々木敦さん事務所(HEADZ)に乱入&ホワイトボードに落書きするなど暴挙の限りを尽くし(笑)、その日の模様をそれぞれ日記に書いてくださったお3方である。

**4月14日(火)**

確定申告のため税務署へ。昼時なら少し空いてるかなと踏んで12時過ぎに行くと、少しだけ行列。例年と違って人と人との間に十分な間隔を取っているため、列の長さの割に人は少ないのだが、それを捌くスタッフの数も少ないので、結果的にまあまあ時間がかかった。初めてスマホで申告したが、パソコンでやるより早いかもしれない。来年こそはオンラインでやることを誓う。

茹で筍、今晩は味噌汁に。残り2かけ。

**4月15日(水)**

コーヒー豆が切れそうだったので、四ツ谷のコーヒー豆屋まで自転車で行ってみる。片道8キロほどの道のり。Google Mapの徒歩ルートで行ったら、途中ものすごく高低差のある公園を抜けねばならず、自転車を抱えて降りるのに一苦労。店内のカフェスペースが3組限定のコロナ仕様になっていた。店主と短く近況報告など。

夕飯に筍、野菜、鶏胸肉の黒酢炒めを作る。筍、残り１かけ。寂しい。

日記依頼の続き。

## 4月16日（木）

昼食がてら、ジュンク堂書店池袋店に資料本を買いに行く。友だちの店員Ｎさんがいたので近況報告など。「飲みに行きたいねー」「ねー」。ジュンクはレジがめちゃ混みで「お急ぎでない方はもうちょっとしてから」的なアナウンスが流れていた。１階にあるレジの列は、地下の漫画フロアまで伸びていた。

定食屋はコロナのせいか、受け取るのも下げるのもすべてセルフサービスになっていた。また、前にはなかった持ち帰り用の弁当も始めていた。店主が知人らしき人に「ぜんぜん人こないよー、でも弁当はけっこう売れるからやってよかった」と愚痴っていた。

夜、政府が現金10万円の支給を決めたと報道で知る。ようやっと、だ。でも、これじゃあ家賃とか払ったらほぼ終わりくらいの額。家にこもるには全然足りない。しかも給付は８月？　無理だろそれ。

聞き手・構成担当している『ＮＨＫ短歌』の穂村弘さんの対談連載が２ヶ月休載になる旨、担当編集Ｏさんからメール。毎回楽しみにしていたので残念だし、収入が減るのもツライ。こうやってじわじわと仕事が減っていくのだろうか……。

去年まで水戸に住んでいた友人のＯさん（東京出身で、大学から20年以上水戸住まい。昨年東京に戻ってきた。現在無職）が先月、前の職場（水戸）でバイトがあるからちょっと行ってくるわ、と言っていたけどどうしたかな？　と思ってＬＩＮＥをすると、「東京危ないから」と会社の社長家族に止められたらしく、まだ水戸にいるとのこと。この人、完全に東京に戻るタイミングを誤ったな。

全都道府県に緊急事態宣言、拡大。ＧＷ明けまでの予定。

## 4月21日（火）

初のZoom取材。CINRA.JOBのインタビュー連載「その仕事、やめる?やめない?」で、スタンド・ブックスの森山裕之さんにお話を聞く。オンラインのインタビューは、間合いが難しい。対面時と同様にやると相手と声が被ってしまい、お互いに「あ、どうぞどうぞ」みたいになってしまう。それ以前に、家族以外の人とちゃんと話すのが久々なので、会話の仕方を忘れてしまっている感。

夕方、池袋駅の西武デパートへ。今はデパ地下のみの営業で、製造がストップしているのか、多くの店がクローズしていて寂しい雰囲気。

宮川さんより、『仕事文脈』最新号、無事校了との知らせ。

メンツを調整していた『コロナ禍日記』、マヒトさんからLINEでお返事をいただいたりして、ようやっとピースが埋まりつつある。あと少し。

注文しそびれてたGEZANの「狂（KLUE）」のLPをFLAKE RECORDSにオーダー、十三月ではソールドの報が出ていた。危ない。

先日、ジュンクのNさんに勧められた居酒屋のテイクアウトおつまみセットを買いに行く。焼き鳥5本、クリームコロッケ、ポテサラで500円はかなりお得。酒量は極端に増えていないが、酒瓶のゴミが増えたような気がするのは、単純に外で飲んでないからだろう。

## 4月22日（水）

妻がコロナ以降残業続きで、基本ご飯は私担当になっているのだが、こう毎日だとネタ切れというか、マンネリ感が否めない。自分のメシに飽きた。

最近、普通にトイレットペーパーが買えるようになってきた。ハンドソープは、店によってあったりなかったり、タイミング次第。今日はハンドソープ詰め替え2回分のボトルが買えた。

『コロナ禍日記』の寄稿者ほぼ決定。福永信さんから紹介してもらった出町座の田中さんに依頼。この返事をもって最終とする。

**4月23日（木）**

元「エキレビ！」編集長アライユキコさんが新たに編集を手掛けるウェブメディア「telling,」に、Netflixの食ドキュメンタリー『アグリー・デリシャス』のレビュー記事を書く。

岡江久美子が新型コロナウイルスで死去との報。昔、「はなまるマーケット」を熱心に見ていた時期があったのでショックである。

休業要請に応じない業者を公表するって、それもう「要請」じゃないんじゃ？

深夜に腕と肩が痺れるような、もやもやするような不快感を覚え目を覚ます。木製のコリほぐしグッズ「骨盤職人」でゴリゴリとやってなんとか再就寝。自律神経がやられているのかも。

**4月24日（金）**

『コロナ禍日記』の執筆者が決定した旨、執筆者の皆さんに連絡。17名。

**4月25日（土）**

妻の実家から大量の野菜が届く。冷蔵庫が一杯に。家メシが続くので助かる。

今の時期に行っていいのか迷ったが、コンタクトレンズの調子が悪く、かつメガネも度が合わなくなってきていたので、池袋のファスト眼鏡屋へ。コンタクトレンズも新調したいが、粘膜に触れるものなので、状況が落ち着くまで待ち。

**4月26日（日）**

実家から消毒用に使えるというウォッカが届く。ただ、それを詰める携帯用スプレーが品薄で、１００

均などにも見当たらない。

近所の週1ペースで通っていた町中華がついにお休みに。張り紙によれば5月6日まで。中華鍋を振っているお母さんの年齢などを考えると致し方ない。寂しいが。

### 4月27日（月）

終日家で仕事。と書くまでもなく、毎日そんな感じ。ほとんど家から出ないので、変化が乏しく、曜日感覚もとうに失われている。

どうにもペーパーカンパニーくさいユースビオのニュースを目にしたタイミングで、夕方ポストを覗くと、例の布マスクが……要らねぇ。

### 4月28日（火）

書きあぐねていた原稿を脱稿、送信。

15時からデザイナーの内川たくやさん、タバブックス宮川さんと『コロナ禍日記』および書籍レーベル「生活考察叢書」のデザイン打合せ。この時期の日記ということもあって、シリアスな内容にはなるだろうけど、あまり悲壮感のある感じじゃなくしたいよね、という方向で話がまとまる。

### 4月29日（水）

今日は妻が休日出勤&テレワーク……という言い方は語義矛盾っぽいが、要するに本来は休みだが家で働いている。いつも家で1人で仕事をしているので若干気が散るが、そうも言ってられないので慣れるしかないのだろう。

夕方、喉に違和感。コロナ以降、体調を崩す＝コロナ?!　みたいな連想をしてしまいがちだが、季節の変わり目だし、普通に風邪くらい引くだろう。というわけで、悪化しないように漢方薬を飲んでおく。

**4月30日（木）**

注文してたCDがいろいろ届く。Floaters、Hemipenisの新譜、Napalm Death Is Deadの国分寺モルガーナへのドネーションCD-R「生きる。」など。

**5月1日（金）**

夕方、短縮営業している近所の居酒屋さんへ。一応20時まで、ということだったが、少しオーバーぎみでダラダラ飲ませてもらう。いつもは2人体制なのに、今日は料理からお酒まで全部女将が1人でやっていて、あれ？　とちょっと心配になる。

先日売り切れで買えなかったNapalm Death Is DeadのTシャツ（あだち充パロディ。『タッチ』の南ちゃんがハードコア・ファッションで黒マスクをしている絵柄。色違いで2枚買ってしまった）と、cunts「Beautiful Hole」のCD再発など注文。

**5月2日（土）**

昼夜逆転、とまではいかないが、起きる時間がどんどん昼に近づいている。

昼に食べたつけ麺の盛りがいまひとつで食べ足りず、近くの焼き小籠包の店で小さなサイズをテイクアウト。噛む時に中の熱い汁がピュッと飛び散って危険なので、最初必ず上部に箸で穴を開けるのだが、それをやってもなお汁をぶちまける妻。「だって違う穴から汁が……」。

いろいろ気になってあーだこーだと直していた書評原稿、何とか脱稿。送信。

**5月3日（日）**

デパ地下に期間限定で出店している沖縄食材コーナーでサーターアンダギーを購入。「今こういうご時世で試食を置いとけないから、これ帰って食べて」と黒糖ラスクの入った小袋をくれた。

ぐらもくらぶの保利透さんから新譜『〝対話TAIWA〟蔵であそぶ』のサンプル版をいただく。アコースティック・スウィング好きにはたまらないアルバムなのでは。ジャケ写が沼田学さんだった。

夕飯は、安オージービーフをスキレットと牛脂で丁寧に焼いていい感じにする試み。

### 5月4日（月）

午後からエンジンがかかってきて、取材原稿を一気に書く。さらに、気分転換にタバブックスのnoteで連載している「馴染みの店の、馴染みじゃないメニュー」の原稿も書く。よく行く馴染みの店で、普段食べることのないメニューに挑戦する連載。こんなご時世なので、コロナ以降販売の始まった、ラーメン屋のハンバーグ弁当を取り上げた。

22時過ぎ、30分ほどジョギング。運動不足解消のためか、この時間でも走っている人がけっこういる。少し蒸したが、気持ち良かった。

安倍総理、緊急事態宣言を5月末まで全国で延長を決定、との報。

### 5月6日（水）

北池袋駅から少し行ったところに「宅二郎」なる持ち帰り専門の二郎ができていた。家に帰って調べると、コロナ以降にできた持ち帰り専門のインスパイア店とのこと。1日おきに持ち帰り専門の日、Uber専門の日と変わるらしい。

### 5月8日（金）

夜、短縮営業中の神田の焼き鳥屋へ。Napalm Death Is DeadのTシャツを着ていったら、大将に「今日も面白いTシャツですね」と言われる。私は普段バンTを着ていることが多く、そのデザインについて一言コメントをもらうのが、ここでの毎度の儀式となりつつある。それにしても、居酒屋の20時閉店は早すぎる。締めにラーメン屋寄ろうにも、そっちも20時閉店だから無理だし。

帰ったら、大阪のスタンダードブックストアから通販した植本一子さんの新作ジン『個人的な三月』が届いていた。

**5月9日（土）**

週明け締切の書評原稿を送る。

昼に、例の「宅二郎」でテイクアウト二郎してしまった。二郎は30代前半にハマって、10キロ以上太った経験からすっぱりと手を切っていたので、かなり久しぶり（酔っ払ってインスパイア系を1回くらい食べたかもしれないが）。カラメにしたが、もやしの量がかなり多いからか（450g）、そこまでしょっぱさは感じず。懐かしくはあったけど、今の自身の胃腸の具合からすると、この手のラーメンはもういいかなぁ。

疲れのせいか、眼鏡を変えたせいか、このところ目の下がピクピクと痙攣する。薬局でホットアイマスクを買ってきて就寝前に使ってみたところ、即寝てしまった。

**5月10日（日）**

近所の町中華が休みから復活。お母さんも息子さんも元気そうでよかった。

スタンダードブックストアからの封筒を開封したら、店主の中川さんからのお手紙が入っていた。新しいお店の準備中とのこと。応援してます。

夜、ツイッターでENDONの那倉悦生さんの死去を知る。享年34歳。若すぎる。今回のコロナで中止にならなければ、5月頭のSumacとのツアーに行くつもりだったのだが……あの編成のENDONを見ることはもう叶わないのか。無念すぎる。

**5月11日（月）**

書評原稿を見直して、少し手を入れて送信。駒込のコーヒー豆屋で、表面がパリパリでクリームチーズとかが入っている菓子を購入。めちゃめちゃパリパリパキパキパキバリバリしてて、すごい食感だった。名前を覚えられないタイプの菓子。

22時頃ジョギングへ。距離が伸びて、いつもより先まで走っていったら、どこかで見たような風景に。さらに、目の前を都電が通過していく。帰ってからGoogle Mapをチェックすると、北区王子駅近くまで行っていたらしい。遠いと思っていた場所が意外と近かったり、いつも通る馴染みの道が意外な場所に通じていたりするのが東京の面白いところ。

焼酎飲みながらNetflixで『イントゥ・ザ・ナイト』『女子高生の無駄づかい（アニメ）』『トレーラー・パーク・ボーイズ』などを見る。

**5月13日（水）**

3ヶ月以上振りに髪を切りに行く。いつもは当日電話して美容室の空きを確認するのだが、コロナ以降前日までの予約制になっているので、ちゃんと昨日のうちに電話しておいた。担当のＫＵＲＵＭＩさんには出たばかりの『仕事文脈』でアンケートに協力してもらっていたので、そのお礼を伝えつつ、カット中は主に自粛以降の話を。現在は予約が入ったら出社する、という勤務スタイルになっているそう。店のある原宿は本当に人が少なかった。
歩いて代々木駅方面にあるコーヒー豆屋へ。いつもややぶっきらぼうな感じの店主が、この日も着ていたNapalm Death Is DeadのTシャツになぜか反応。はにかみ気味の笑顔で「マスクバージョン？」。これほどネタになるTシャツもない。
夕方、スマホを見るとSlackで宮川さんから連絡が。植本さんから日記原稿が届いたとのこと。早い！（日記のお尻の時期については、お願いしたタイミングとか、人によって多少のズレがあってもＯＫということにしているのだった）
昨日から営業を再開していた板橋のやきとん屋

（1ヶ月振りの営業）で晩メシ。帰りに店主と少し談笑。「大変だよねー」「でも、こうしてお客さん来てくれるんで」「頑張ってねー」。

Netflixで『女子高生の無駄づかい』最終回、『波よ聞いてくれ』最新話など見て寝る。今日もホットアイマスク。

**5月14日（木）**

心なしか喉が痛い。昨日久々に人と話したからか。桔梗湯をお湯で溶いてうがいしながら飲む。

millegraphの富井さんから『仕事文脈』最新号の感想メールが来ていたので返信（今号でアンケートにご協力いただいていたのだった）。私の原稿も良かったと言ってもらえて嬉しい。

しかるべき人たちが、しかるべき罪を問われ、きっちり食らってくれ、と念じながら仕事。今日は、コロナのせいで会期途中で中止となった展覧会「世田谷クロニクル1936-83」に寄せる原稿を書くため、8ミリフィルムをデジタル化した映像資料を見る。

**5月15日（金）**

本の情報サイト「ブックバン」に書いた本間文子著、チェーホフ原作『桜の園』の書評がアップされる。名作戯曲を小説化するシリーズの第1弾。本間さんとは、かつて食えなかった時期に派遣で働いていた会社で短期間ご一緒した間柄。感慨深い。

例の検察官定年延長法案の国会審議を見てキレそうになる。舐めとんのか。

夜30分強ジョギング。晩メシで米を抜いたら、身体が軽く走りやすかった。

**5月16日（土）**

酒飲みながらFloatersの配信ライブ@西横浜El Puenteを見る。最高。異様に音がいい。

**5月18日（月）**

最寄りのスーパーはいつもパスタ棚がスカスカで、高級ライン（ディチェコとか、あのへんより数割増しの価格のやつ）が少し残っているのみ。最近いつもこんな調子だが、棚に置かれるとすぐ売り切れてしまうのか、そもそも入荷がないのか？　あと、小麦粉関係も相変わらずスカスカ。

『コロナ禍日記』のウェブ用の書籍情報を書く。

**5月19日（火）**

村井理子『兄の終い』の書評を書いた『SPA!』最新号が届く。このところ、特集がコロナ一色になっている。

**5月20日（水）**

全国の書店・古書店を支援するためのクラウドファンディング「ブックストア・エイド基金」に申し込む。微力だが、少しでもお役に立てたら嬉しい。

diskunionが営業再開したとのことなので、久々にお茶の水駅前店と、同地のメタル館に行く。Winterのギタリストの新バンドGodenのアルバムなどを購入。

帰りに、久々に新富町にある魚系の立ち飲み屋へ。入店前に近くの青森のアンテナショップ（いつも行くのが遅い時間だから開いてるところを見たことがなかった）で一升漬けを購入。三升漬けのことを青森では一升漬けと言う、という学びを得た。

留学生の現金支給は成績上位者3割に、というニュースに絶句。よくもまあ毎日毎日こんな愚策ばかり……この酷さに麻痺してはいけない。

**5月22日（金）**

昼メシはカレーだ！　と朝から意気込んでいたが、胃が少々重く、結局鯖缶冷汁（スープ作家・有賀薫さんのレシピ）で簡単に済ます。

注文していたshe luv itのＬＰが大阪のレコ屋naminohana recordsから届く。ＣＤも持っているけど買ってしまった。

郵便局で、ＳＮＳで見て欲しかったドラえもんの記念切手を購入。昔のずんぐりとした絵柄がかわいい。

コンタクトレンズを新調し、池袋ジュンクで本を買って、近所の居酒屋で晩メシ。女将と、営業時間いつ戻すの？　みたいな話。これからの段階的な自粛解除の様子次第、とのこと。でも、近所の店はちょこちょこと20時以降も営業を始めるところも増えてきているとか。確かに、帰りに見たら、わいわい飲み会をしているラーメン屋などもあった。

**5月23日（土）**

昨晩締めにピザを食べてしまったことを反省、罪滅ぼしに朝からジョギング。帰ってきて、途中で撮った写真をインスタに上げたら、昔の職場・水戸芸術館でお世話になっていたＮさんから「ニアミス！」とのレスが。意外と近所に住んでいるのだなと、あらためて。

**5月25日（月）**

昼、自転車で駒込に行き、台湾料理屋で魯肉飯。小鉢が干し豆腐が麺状になっているやつで嬉しい（偏愛）。帰りにコーヒー豆屋で、以前食べて感動したパリパリバリバリ食感の菓子を購入。スフォリアテッラという名前だった。やはり覚えられない。

最近翻訳が出たチャールズ・ウィルフォードの闘鶏小説『コックファイター』を読むにあたり、急に『炎に消えた名画』を読み返したくなり、一気読み。日本のアート業界双六事情を書いた滝本誠さんのあとがきも素晴らしい。

本日をもって、全国の緊急事態宣言が解除された。

## 5月26日（火）

久々に下北沢のタバブックス事務所へ。今日は新刊『夢を描く女性たち　イラスト偉人伝』が完成したとのことで、その発送作業の手伝い&打合せ。宮川さんと郵便局に行きがてら昼メシ、超久々に般若へ。移店してから初かもしれない。店内にある旅行本の表紙を眺めつつ、旅行業界大変そうだよね、旅系のライターはどういう活路を見出すんだろ？「マツコの知らない世界」に出てたクルーズ船マニアの人とか今どうしてるんだろ？　みたいな話。

事務所に戻って、打合せ。『コロナ禍日記』は、プロフィールでなんとなくその人が現在どういう状況にあるのかが分かるよう、住んでいるだいたいのエリアや家族構成など＋αの情報を入れてもらうことにした。また日記は、頻繁に出てくる人物と書き手との関係性を読者が想像しながら読む面白さもあるので、あまり文中で事細かに説明する必要はないかな、というところで落ち着いた。

下北沢に欲しかった風呂用眼鏡（部品がすべてプラスチックで、水にも熱にも強い）を販売している店があることを事前に調べて知っていたので、帰りに購入。いい買い物をした。

帰って録画してた「警視庁・捜査一課長２０２０」を見ながら酒。そもそもは「科捜研の女」ファンとして見始めたドラマだったが（同じ役者陣で、上司と部下の役回りを入れ替えたりしている）、突っ込みどころが多すぎる上に、不倫報道で斉藤由貴が降板してからはいろいろと演出がトゥーマッチになってきて、ちょっとキツイなーと思っていたのだが、今シーズンから彼女が復活。だいぶ持ち直した印象。

## 5月27日（水）

日記原稿1本届く。

『文學界』編集長の丹羽さんから、金曜にオンラインでやる円城塔さんと小川哲さんによる対談のZoom招待が届く（私は構成を担当）。さらに選書リストが編集部の清水さんから届いたので、ひとまず本棚にあったものは確保しておく。

夜、神田の焼き鳥屋で飲む。昨日から22時までの営業になったそう。以前は22時閉店なんて早過ぎると思っていたが、緊急事態宣言の自粛を経た今「こんなにゆっくり飲めるなんて……」という感覚に。

## 5月28日（木）

続々日記が届く。テーマがテーマだけに、連続で読むとなかなかヘヴィだ。

夕方、デザイナーの内川さん、タバブックス宮川さんとオンラインで打合せ。ブックデザインやレイアウトなどについて。途中で内川さんのお子さんが仕事部屋に。手を振る宮川さんと私。新学期になって、まだ1度も学校に行っていないそうだ。

夕方、スーパーに行ったついでにポストを見ると、給付金の申請書類の封筒が来ていた。やっとか。

## 5月29日（金）

起きてツイッターを開くと、コロナ専門家会議の議事録を政府が作成していないことが分かった、というニュース。本書『コロナ禍日記』が、「記録」というものの重要性・意義を再確認する契機の1つになったら嬉しいし、そういうつもりで作っている。

午後イチで『文學界』のオンライン対談の立会い。円城塔さん×小川哲さんによる「ディザスター小説」をテーマにしたもの。いろいろ本を読みたくなる対談だった。円城さんのカメラの位置が正面ではなく、横からだったのが新鮮。以前は、こういう対談があると終わった後一席設けるのが普通だったが、オンラインでは不可能だし、今から考えるとあれってなんだったんだろう？　みたいにも感じますよね、という雑談も。

夕方、中央公論新社の上林さんから電話。『WALK』と『生活考察』創刊号を読んで、私に初めてのライター仕事をくれた方でもある。一緒に動かしている企画や、近況について話す。近く飲みましょう、という約束。

本日が日記原稿の締切なので、まだいただけてない方たちにメール。

近所の馴染みの店（焼酎ハイボールことボールの飲める店）が営業再開とのことで、これは顔を出さねばなるまいと馳せ参じる。カウンターには飛沫防止用のビニールシートが垂らされていた。そこそこ呑んだので帰ろうかなと思ったら、マスターから冷奴とボールのサービスがあり、酩酊。帰りに、普段は人気過ぎてアホみたいに並んでいるおにぎり屋が空いてたので、久々に寄る。客が引いたので、店長と近況話など。自粛警察からの嫌がらせがあったそうだ。

Facebookを開くと、知人のにゃんべさんが寄稿したという日記本の宣伝が。『仕事本 わたしたちの緊急事態日記』（左右社）。あ、企画被った！ 左右社さんとの日記バトル勃発か!? と一瞬思うも、メンツもカラーも期間も違うっぽいし、共に売れて欲しいなと思うのであった。

## 5月30日（土）

朝起きて、最近怠け気味だったジョギングを30分ほど。

届いた日記をひたすら読む。この日記本のキモは、1人1人がそれなりに長い期間、じっくりと綴っていることかもしれない。感情の変遷が追えるのは、それなりの長さがあって初めて可能になる。その分、日に日に疲弊していく様子が文章から伝わってきて、読むのが苦しい面もあるが。

## 5月31日（日）

起きたら栗原さんから日記が届いていた。「依頼の分量をかなりオーバーしているけど、とりあえず送ります」とのこと。思い返せば、かつての日記特集の時も、栗原さんのテキスト量がダントツで多く、級数を下げて無理くり詰め込んだのだった。他の執筆者との兼ね合いで、どうするかを考えることにする。

届いた日記原稿をひたすら読む、読む、読む。

書評サイト「ALL REVIEWS」の企画、オンライン版「フーテンのトヨさん」を見ながら夕飯。書評家の豊崎由美さんが、もともとは書店でやっていた本の叩き売りイベント(豊崎さんが、書店でお客さんの好みを聞いて本を勧める)をネット上でやってみる、という試み。昔読んだカルロス・バルマセーダ『ブエノスアイレス食堂』が取り上げられていて、久しぶりに読み返したくなる。本棚のどこかにあると思うのだが。

**6月1日(月)**

通っているジムが再開した旨、ツイッターで知る。すぐにでも行きたいところだが、今日は激混みだろうから自粛することにする。行けば、使えてなかった筋肉が悲鳴を上げることだろう。

**6月2日(火)**

中公の上林さん、ライターの須藤輝さんと神田で飲む。須藤さんが時間になっても来ないので上林さんが電話をすると「今起きました」。冗談かと思ったら本当だった。昼間「今日よろしく」というメールをもらっていたのだが、あれから寝たのか。結局遅れつつも来てくれて、閉店の22時まで飲む。家族以外と飲むのはほぼ2ヶ月ぶり。楽しい。

東京アラートとやらが発動したらしいが、調べても「これ、なんか意味あるのか?」という内容で、ただのやってますアピールにしか見えない。アホらしい。

**6月3日(水)**

14時からオンライン打合せの予定があり、机の前に待機していたのだが、1日間違っていたようだ。メリハリのない毎日なので、ボケてきている。

タバブックスのnoteで、『コロナ禍日記』の先行公開スタート。2、3日おきに1人のペースで、1、2日分の日記をアップしていく予定。初回は本を出すに至った経緯の説明も兼ねて、私の日記の最初の2日分を公開。

書評の依頼が来ていたが、どうにも時間が取れず断ってしまう。取り上げる本もなんとなく決めていたのだが……残念。緊急事態宣言が解除されてから、コロナで止まっていた案件が一気に動き出してしまい、スケジューリングがけっこうキツイ。

**6月4日(木)**

午後からオンライン打合せ2本。結局、最近はZoomとSkypeの2択で、相手によって使い分ける感じになっている。

1本目はCINRA.JOBの連載「その仕事、やめる?やめない?」次回の取材相手の相談を、前回からの新担当Yさんと。彼女には、以前他社の別媒体でも担当してもらったことがあり、今回の配属は偶然とのことでびっくり(CINRAに入ったことも知らなかったし、結婚して苗字が変わっていたので、すぐには気がつかなかった)。

2本目、デザイナーの内川さんと宮川さんと『コロナ禍日記』の文字組みとデザインまわりの話。どこまでフォーマットを統一するかが悩ましい。noteとかでつけていた人と、非公開でつけていた人とでは、けっこう文体や改行が違っていたりして、そのへんの扱いを同じにするか、差別化するかで意見交換。内川さんから表紙のデザイン案も(リアルタイムで手描き)。また掲載順は、悩んだが、書き始めの日付が早い順とする。4月スタートの日記の後に、2月スタートのが続いたりすると、やはり混乱するかもしれないので。

時間がなくどうしようかと思ってたのだが、読みたい誘惑に勝てず、話題の石井妙子『女帝 小池百合子』を買ってしまう。

2ヶ月以上振りにジムへ。空いていそうな閉店1時間半前くらいを狙う。マスクの着用必須。自粛以前より圧倒的に人は少なめ。その分、人との密接は避けられた。ジムエリアのアルコールスプレーの数がかなり増えていた。家で筋トレしていると、壁とか物とかにぶつかりそうで、いろいろ気を遣わなければならないのだが、やはりジムだと広々としていて気持ちいい。今日は下半身。筋肉の衰えが不安だったが、体感としてはマイナス10〜15%くらいの印象。思っていたほど酷くない。ただ、やはりマスクをしながら重量を挙げるのはなかなか苦しい。

## 6月5日（金）

今日は妻がテレワークとのことで、部屋の奥からパチパチとキーボードを叩く音がする。

『コロナ禍日記』の執筆者である福永さんからのメール、最後に「ついしん、また10年後に、また日記特集、やってくださいー！」。確かに、10年に1度、日記本を作れたら楽しいだろうなぁと妄想。

休憩がてら、百合子本を読む。顔の痣の扱い方など、少し気になる部分はあるものの、なるほど面白い。麻生大臣の口のひん曲がりが、マスク越しにも分かるのすごい。

## 6月6日（土）

一番よく行っていたライブハウス新大久保アースダムのドネーションTシャツを購入。Bandcampで本日16時までに購入すると、全額がアースダムに寄付されるとのことなので、このタイミングでポチッと。しかし、こんなにライブに行かない生活って、いつ以来だろうか。

相変わらず、日記の仕事。どのように表記するかも書き手の個性なので、どこまで統一するかが難しく悩ましい。（木）なのか、木曜なのか、木曜日なのか、あるいは入れないのか、とか。でも、これは考えてみるとけっこう重要なところで、例えば日記に曜日を入れない人がいたなら、その人は普段曜日というものをあまり気にせず生活しているということで、そこにも、その人の生活の有り様が表れていると考えることができる。「天気」を毎日記入する人は、その人にとって、その日の天候が生活に与える影響が大きいのかもしれない（子供を公園に連れていく日課があるとか、犬の散歩を毎日している、とか）。百合子本、カイロ時代の話が面白すぎる。

**6月7日（日）**

仕事と百合子本。１週間後に締切の原稿にようやく手をつける。

遅れていた日記原稿がポツポツと届く。

**6月8日（月）**

神保町・キッチン南海閉店の報を受けて、食べ納めに行く。昼時を外したが、15人ほど並んでいる。みんな入口にある閉店の言葉を写真に収めている。注文は、やはりカツカレー。もう1度来られるなら、チキンカツ&生姜焼きを食べたい。

帰り、御茶ノ水のdiskunionメタル館で、取り置きしていたBlacklabの新譜LPを購入。せっかくだしと、淡路町の豆花屋に行くもシャッターが降りている。インスタを確認すると、金土日のみの営業となっているらしい。無念。

**6月9日（火）**

ENDONのドネーションTシャツが届く。売り上げは、国分寺のライブハウスMORGANAとリハーサルスタジオFIRST AVENUEに寄付されるとのこと。ついつい黒Tばかり選んでしまいがちなので、今回は白にした。

ギリギリまで仕事して、閉店1時間半前くらいにジムに滑り込む。自粛明け2回目。今日は胸と腕。いい感じの疲労感。

百合子本、読了。「これはノンフィクションじゃない」みたいな批判も見かけたが、百合子の作り上げたハリボテの物語に対抗するには、やはりそれ相応の物語が必要だったのではないか。毒をもって毒を制す、じゃないが。

**6月10日（水）**

たまたま入ったカバン屋、入口で検温・手のアルコール消毒までは普通だったが、さらにキッチンタイマーみたいなものを手渡され「？」となる。在店時間を30分としているらしく、これで残り時間を確認してくれ、ということらしい。このパターンは初めてだ。

著者に諸々確認に出していた日記原稿が、ポツポツと戻ってくる。ＤＴＰ入稿にあたり、原稿フォーマットの統一事項などをまとめる。別件の原稿になかなか取りかかれないが、締切は着実に近づいてきている。

キッチン南海に続き、神保町の餃子店・スヰートポーヅも閉店との報。コロナ以降休業していて、そのまま閉店になったとか。老舗がどんどん消えていく。

筋肉痛。寝返り打つのが辛い。

**6月12日（金）**

筋肉痛いまだ取れず。胸と上腕三頭筋が軋む。やはりジムでのトレーニングは別物だった。

ただただ時間がない。メールの返信も滞りがち。週明け締切の原稿をやりつつ、『コロナ禍日記』の表紙まわりのデータを作る。特に帯、悩む。

**6月13日（土）**

ベランダのカレーリーフの木に花が咲いた。１度は剪定に失敗して死んだかと思ったが、復活してくれて嬉しい。昨年はあまりカレーを作らなかったが、今年はたくさん作ろう。豆とかココナッツオイルとか、あらためて買い直さなければ。

午前中、デザイナーの内川さんにレイアウト作業用のデータをまとめて送る。原稿のパターンが大きく2つあるので、ひとまずその代表となるものを参考に2本。あとは表紙まわりのデータ、フォーマットに関してまとめたものも。

締切がヤバイ原稿をひたすら書く。

## 6月14日（日）

遅れていた日記原稿が届く。残り1人。

妻の実家から大量の野菜が送られてくる。「いやぁ、多いな」なんて悠長に構えていられないレベルの多さ。わりと空めだった冷蔵庫の野菜室が一瞬でパンパンに。それでも収まらず、普通の冷蔵スペースにも詰め込んだ上に、ダメになりそうないんげんとかブロッコリーを茹でて冷凍。


明日締切の『文學界』の対談原稿、しつこくリライトして、なんとかいい感じに仕上がった。その日のうちに担当の清水さんより「ＯＫです」との返信が。一安心。

頂きものの枇杷を食べる。10年以上振りくらいに食べた。パッケージの値段を見ると、1個１００円以上してびっくり。昔はもっと安くて身近な果物だった気がするし、なんなら庭とかで採れていた気が。

## 6月15日（月）

寝足りないが起きてしまったので、とりあえず机に向かって仕事。廃品回収車のアナウンスが凄まじくうるさい。

冷蔵庫の大量の野菜を腐らせたくないので、積極的に常備菜を作る。紫キャベツのマリネ、いろいろ入ったサラダ、野菜の無水蒸し煮など。焼け石に水というか、この程度では全然減らぬ。

**6月17日(水)**

閉店1時間ちょい前に滑り込みでジム。今日は下半身。飲み友達のトレーナーWさんと2ヵ月以上振りに顔を会わす。自粛期間中の話を聞くと、教える仕事もないし暇だから、夕方からツマミを作って飲んで22時には寝ちゃう、みたいな生活だったそう。

**6月19日(金)**

筋肉痛が酷い。

届かない日記原稿にやきもき。

**6月20日(土)**

およそ3ヶ月振りの対面取材。CINRA.JOB「その仕事、やめる?やめない?」で通勤漫画家の座二郎さんにお話を伺う。上石神井の屋根のないご自宅にて(家の真ん中が吹き抜けになっていて、その部分には屋根がない。中庭を内包した家、みたいな)。久々すぎてちゃんと話せるか不安だったが、とても楽しく、奥様を交え、気づけば2時間以上話していた。やっぱりオンラインより対面だな、とあらためて。インタビューに伺って、お風呂とか子ども部屋まで見せていただく機会はそうそうないので、新鮮だった。

butajiくんの新曲「rhythm in motion」をBandcampで購入。日本では、昨日16時〜本日16時までのBandcampの売り上げが、全米黒人地位向上協会の法律事務所「NAACP Legal Defense Fund」に寄付されるとのこと。

**6月21日(日)**

『コロナ禍日記』執筆者の西村彩さんの夫である仁志さんが経営する、新代田のライブハウスFEVERからの配信ライブにBBが出演するとのことで、21時からテレビに映して視聴。アンコールありのロングセットで大満足。現場に行きたい欲が刺激されウズウズする。投げ銭のやり方がよく分からず、中途半端な額になってしまった。

**6月23日（火）**

原稿1本送って、来週締切の『SPA!』の書評で取り上げる本を担当編集Tさんに伝える。

引き続き、『コロナ禍日記』の入稿用原稿の作成作業。フォントや級数を揃えたり。地味に時間がかかる。普段のライター業ではそれほどOfficeを必要としないのだが、こういった作業をする時は代替ソフトでは不便極まりない。落ち着いたら導入を検討したいが、その前に古くなったパソコンを新調せねばならない。2013年モデルのiMac。

そろそろ自分の日記も整理せねばと、頭から手を入れ始める。「編集日記」という性質上、私の日記が一番後ろの日付まで続くことになるのだが、期間が長ければ文章量も多くなるわけで、けっこう削らなければならないのだった。ぱっと見、メシ関係の記述が多めなので、その辺をカットしてコロナ絡みの話を多めに残すことにする。なるべく普段通り旨いものを、好きなものを食べることで、コロナ禍という特殊な日々においても日常を保とうとしていたのだろう、私は。

**6月24日（水）**

デザイナー内川さんから本文のフォーマットデータが届く。1段組・2段組の2パターン。

最後の日記原稿が届く。いやー待った待った。でも原稿が面白いと、やきもきしていた時間を忘れて、すべてOKになってしまうのだった。

スピーカーから「コロナは風邪」と流す街宣車があり、「なんじゃそりゃ」と思ったら、都知事選の候補者だった。

新宿の紀伊國屋書店で、コロナで発売延期になっていた海猫沢めろんさんの子育てエッセイ『パパいや、めろん』を購入。装丁は、『コロナ禍日記』もお願いしている内川さん。

水戸に疎開していたOさんから「３ヶ月振りに帰ってきた。これから自粛生活始めます」とのＬＩＮＥ。一緒に軽く飲みに行った。

**6月25日（木）**

新型コロナウイルス対策を検討してきた政府の専門家会議を廃止、新会議体を設置するとの報。

終日『コロナ禍日記』の原稿整理。著者何人かに文字組みについて相談メールを送る。

東京都で24日、新たに55人が新型コロナウイルスに感染との報。５月25日の緊急事態宣言解除後では最多らしい。やっぱり見切り発車だったんじゃないだろうか。

**6月26日（金）**

アベノマスク配布完了とのニュース。２ケ月かけ、事業費２６０億円見込みとか。ほとんど誰もつけてないマスクに２６０億円……。

『コロナ禍日記』のＤＴＰ入稿、ひとまず14人分。

夕方、Vampillia/VMOのモンゴロイドさんからＬＩＮＥ。夜やるＶＭＯの配信ライブのインビテーションを頂戴する。そうか、配信でもこういうシステムがあるのか！　でも、仕事が終わらずオンタイムで見れなさそうなので、応援の気持ちも込めて、終了後72時間見ることのできる有料のチケットを購入。寝る前に見ようと思ったら、アーカイブが反映されるのに少し時間がかかるとのことで見れず。

**6月27日（土）**

コロナで延期になっていた「『ガンバの冒険』45周年展」が始まったとのことで、昼メシがてら池袋マルイに見に行く。描き手の画風が見事に反映されたコラボイラストが思っていた以上に味わい深くてよかった。

夜、飲みながら昨日のVMOの配信ライブのアーカイブを見る。ストロボ照明ガンガンで、ビジュアル要素に富んだこのユニットは配信に向いている。

**6月29日(月)**

東京都内で新たに58人が新型コロナウイルスに感染との発表。1日の感染者50人超えは4日連続。緊急事態宣言・東京アラート解除後、如実に増えているが、国も東京都も現状スルー状態。イヤな予想として、都知事選終わった瞬間に何か言い出すパターンなのでは。

**6月30日(火)**

春日先生と穂村さんの対談「俺たちはどう死ぬのか?」第2回、更新。

小池都知事が新たなモニタリング指標7項目を公表。東京アラートは廃止。これまでとは違い、新しい指標では、休業再要請などの目安となる数値基準は設けないとのこと。「どの数字までヒットしたらスイッチをオン・オフにするかではなく全体像をつかんでいく」ということだが、これ、つまり「フィーリングで」みたいなこと? 不安しかないが。

**7月1日(水)**

新型コロナウイルスの都内新規感染者67人の報。緊急事態宣言解除以降で最多。分かりやすくどんどん増えている。

telling,のNetflixレビュー原稿を入稿。今回取り上げたのは、ドラマ版『スノーピアサー』。

夜、仕事しながらOSOMALOから届いたアルゼンチンのドゥームバンドMephistofelesの新譜「Satan Sex Ceremonies」を聴く。開けた窓からの雨音が混ざり、Black Sabbathのファーストのオープニングみたいな雰囲気に。

## 7月2日（木）

これを書いているのは明け方のこと。つまり、7月1日夜の延長である。そういえば、少し前に外から聞こえてきた大きな破裂音みたいなのは何だったのか（朝のニュースによれば、火球だったとか。終末めいてきたな）。

いよいよ日記をつけるのも本日まで。最後にSNS等を確認し、漏れていたものをいくつか加筆（まだまだ見落としがありそうだが）。本日、自分の日記を含め残り分をDTP入稿予定。書籍編集はほぼ初めてだったので、勝手が分からず、いろいろと迷惑をかけてしまった。反省。でも、とても勉強になった。

このコロナ禍の記録の蓄積が、どのように読者に受け止められるのだろうか。「お楽しみいただければ幸いである」と書きたいところだが、内容が内容だけに「お楽しみ」というのもどうなのか。編集後記的な意味合いも兼ねて、こうしてギリギリ最後まで書いているわけだが、7月に至っても、まだまだ予断を許さぬ状況は変わらない。でも、もう限界と経済活動は再開され、私自身、注意しつつも外出頻度などは元に戻りつつある。悲観的に見れば、また一気に状況が悪化することだってあり得る。とはいえ、生活の積み重ねは続く。いや、続けなければならない、と言うべきか。

そんなようなことを考えながら、「保存」をクリック。

生活考察叢書　01

# コロナ禍日記

2020年8月13日　初版発行

著　植本一子　円城塔　王谷晶　大和田俊之
香山哲　木下美絵　楠本まき　栗原裕一郎
田中誠一　谷崎由依　辻本力　中岡祐介
ニコ・ニコルソン　西村彩　速水健朗
福永信　マヒトゥ・ザ・ピーポー

装丁　内川たくや（UCHIKAWADESIGN Inc.）
編集　辻本力

発行人　宮川真紀
発行　合同会社タバブックス
東京都世田谷区代田6-6-15-204　〒155-0033
tel：03-6796-2796　fax：03-6736-0689
mail：info@tababooks.com
URL：http://tababooks.com/

組版　有限会社トム・プライズ
印刷製本　シナノ書籍印刷株式会社

ISBN978-4-907053-45-1 C0095　Printed in Japan